柳堂随笔

冯柳堂 / 著

海宁市文学艺术界联合会 / 编

浙江古籍出版社

图书在版编目（CIP）数据

柳堂随笔 / 冯柳堂著；海宁市文学艺术界联合会编
. -- 杭州：浙江古籍出版社，2022.12
（海宁名人文献丛书）
ISBN 978-7-5540-2387-7

Ⅰ.①柳… Ⅱ.①冯… ②海… Ⅲ.①随笔—作品集
—中国—现代 Ⅳ.① I266.1

中国版本图书馆 CIP 数据核字（2022）第 195211 号

柳堂随笔

冯柳堂　著

编　　者	海宁市文学艺术界联合会
整 理 者	虞坤林
出版发行	浙江古籍出版社

（杭州体育场路 347 号　电话：0571-85068292）

网　　址	https://zjgj.zjcbcm.com
责任编辑	伍姬颖
文字编辑	屈钰明　吴宇琦
封面设计	吴思璐
责任校对	吴颖胤
责任印务	楼浩凯
照　　排	浙江时代出版服务有限公司
印　　刷	浙江全能工艺美术印刷有限公司
开　　本	880mm×1230mm　1/32
印　　张	11.375
字　　数	300 千字
版　　次	2022 年 12 月第 1 版
印　　次	2022 年 12 月第 1 次印刷
书　　号	ISBN 978-7-5540-2387-7
定　　价	78.00 元

冯柳堂

旅沪同学会第二次常会（后排左一为冯柳堂）

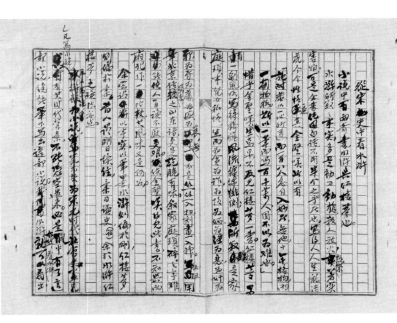

冯柳堂《从宋史中看〈水浒〉》手稿

冯柳堂《弹词》手稿

暹羅米在中國食糧之地位

一月前報載有粵省糧食會擬禁止暹米入口既而復有

較後實行之說曾幾何時華僑聯合會亦反對暹羅歷迫華僑曰

益加甚有非抵制暹米難期遏人覺悟而向各方作呼籲以言

暹羅與我國之關係發生最早即論其民族亦與我南方民族

為相近在海禁未開以前我粵閩人士之遷者已踵相接篳路

襤褸之功我華人有焉乃自暹之一部份人與日人相結爲

對我華作不利之舉最近之壓迫華僑實領非完全同化暹

人不可以列月惡殊深尤不可以等閒視之

暹羅盛產米穀米價常殘粵閩州缺米穀米價恆貴因以

冯柳堂《暹逻来在中国食粮之地位》手稿

宋神僧道济师出生异同考

冯柳堂《宋神僧道济师出生异同考》手稿

总　序

　　清代黄簪世序金鳌《海宁县志》云："宁邑为省会左辅，居三吴上游，大海奔涛，七郡之保障系焉，有百里长堤亘焉。山川蟠郁，户口繁滋，人文辈出。"在中国历史长河中，海宁优秀人物不断涌现。《中国人名大辞典》收录海宁名人130位，《中国近现代人名大辞典》收录48位。海宁地方文献资料中，《海宁州志稿》收录人物1409位，《海宁市志》(1995版)收录人物171位，《影响中国的海宁人》收录88位，《海宁历史人物名录》收录2900余人。

　　自古到今，人物的活动反映了整个政治、经济、文化发展的轨迹，尤其是杰出人物为推进社会的发展更是作出了卓越贡献。在海宁的这片沃土上，孕育出一批又一批名人，在文化、科技、军事、医学、教育、出版等诸多领域卓有建树。这些名人都曾经站在时代的风口浪尖上奋力拼搏，对中国经济社会发展产生了积极的作用和影响。

　　文化如水，润物无声。文化具有极强的渗透力，能够以无形的思想、特定的观念、丰富的形式，渗透到社会生活的方方面面。为传承和发展中华优秀传统文化，高品位打造现代化中等城市，必须深入挖掘和弘扬丰富的名人文化资源，延续城市文脉，提高城市文化软实力和影响力，发挥文化引领风尚、教育人民、服务社会、推动发展的作用，助力国际品质潮城建设。为此特编辑"海宁名人文献丛书"，进一步加强对海宁名人的研究，对名人文献进行系统性梳理与挖掘，以充分展现海宁深厚、丰富的历史文化成就。

　　我们也期待以此为起点，汇聚更多的力量，来守护和挖掘海宁传统文化的精神内涵，与时俱进地创新文化研究、丰富海宁精神，不断增强全市人民的文化自觉和文化自信，发挥文化铸魂塑形赋能的强大力量和功能，在共同富裕中实现精神富有，在现代化先行中实现文化先行，加快打造新时代文化高地，构建起以文化力量推动社会全面进步的新格局，让文化之根扎得更深、文明之河流得更远，谱写出无愧于时代、无愧于历史的崭新篇章。

整理说明

冯柳堂（1892—1945）名贻箴，因生于端午，小名端生，柳堂为其字，后以字行。浙江省海宁市袁花镇人，报业家。早年入浙江高等学堂预科，因家贫而辍学。后受聘于海宁达材学校任教。数年后回袁花创办海宁第六初等学堂，任校长。1914年末，又在袁花创办该镇第一所女子学校，除基础课程外，兼授手工技术，使女子亦能学得谋生之术。

1921年1月，受上海《商报》主笔陈布雷之邀，赴沪任《商报》编辑，自此进入报界。1925年起又任职于农工商局调查货价处。1927年农工商局改为社会局，先生负责第四科，主持社会福利和贫民救济工作。时值军阀混战，天灾不断，全国闹荒者向上海集聚。先生清楚有限的政府经费难以应付这个局面，乃发起全市募捐运动，借以建立难民收容所和贫民习艺所，以解燃眉。1929年、1930年上海连续两年闹粮荒，先生亲自主持，取缔操纵，打击奸商，以平抑粮价，使市民较平安地度过了灾年。1931年因深感国民党政府之腐败，即辞去社会局职务，入上海华商电气公司，任秘书长。直到1937年抗日战争爆发，华商公司被日寇控制，即离职。

1930年，受申报馆史量才之邀，聘为《申报》商业新闻版主编。1933年史量才当选为上海市临时参议会议长，又聘请先生为参议会秘书，负责撰写经济方面的议案。抗日战争前夕，已在国民党中央任职的陈布雷邀请先生襄助其工作，柳堂先生婉言拒绝，谓"我这支笔乃为大众所写，不为私人所用"。抗日战争开始，先生仅在申报馆工作，常用多个笔名撰写抗日与反"汪伪"政府的文稿。1941年太平洋战争爆发，日寇占领上海市租界，颁布所谓"新闻管制法令"。《申报》总经理马荫良召集报社主要负责人商议大计，提出宁可停刊，决不接受侵略者检查。先生坚决响应报社决策，主动提出辞职，《申报》亦随即在沪停版，自此先生处于失业状态，生活极度困难。不久马荫良亲至其家慰问，发现先生家中清贫之至，慨然曰："陶渊明不为斗米折腰，冯先生为中华民族之气节，甘冒失业之煎熬，令人钦佩。"1945年2月24日，先生因肠癌与世长辞，享年53岁。

综观冯柳堂一生，以读书笔耕为要事，毕生作品达百万字以上，所涉猎领域为二，即经济与文学。在经济方面，因其在报刊社负责经济类的版面，所以根据时务发表了一大批切时弊的文章。如《从举行国货年所得之感想》一文，针对时人崇洋媚外，及生产者只重仿制，忽视研发，产品制作不愿精益求精的弊病，一针见血地指出"购用国货，为国民之天职，努力国产，俾应所需，亦国民之本分，固无待于提倡，无需乎督促。乃吾国之情形大异于是，衣非'洋'不美，食非'洋'不足，居非'洋'不成，行非'洋'不速，日用所需，衣食所资，既无一无'洋'；而本国所生产者无论其为天然与人工，几无可与之匹敌，以至农田荒芜，机杼歇灭，手工业破产，即现在所称为'国货'，实际即'机器仿制洋货'者，亦如风中残烛，摇曳不定。此时人所以鉴于外来经济侵略之无已，抵无可制之经验，而努力于提倡国货运动也"。其提倡国货、振兴国家经济的爱国之心，跃然于纸。而此文发表至今已有七八十年了，其中的闪光点，对今人还起着一定的教育警示作用。

1934年2月出版的《中国历代民食政策史》（列入商务印书馆"中国经济学社丛书"，1937年4月再版）流传甚广。这部书较全面地论述了从虞夏商周至清代各朝的民食政策、救济途径、社仓制度与组织、人口和漕运等的成因及发展过程。在中国经济史研究上，享有一定的地位。作者谈到编著该书的起因："我国对于民食之调节，已有三千余年之历史，因革制宜，尤多良模。得能明其体要，究其利弊，再参照现代社会之环境，撷取他人之所长，斟酌损益，而为后此民食政策之张本。要亦不可无书以资参证，此本书所以编者也。"嗣后日本学者金阪博将其译成日文出版。

《乾隆与海宁陈阁老》是冯柳堂在文学领域里的一部著作，这部作品借用民间乾隆与陈阁老的传说，以诙谐的笔调，对海宁渤海陈氏家族史、发家史及阁老陈元龙的一生做了一番梳理，他在结尾中这样写道："信笔写来，不觉词费。有谓你唠唠叨叨，拉拉扯扯。写上一大套，到末了，事之为真为假，仍没有一个解决，说他做甚，其实无论那一件事，不是说他真即真，说他假即假，也不能得到一绝对的真假。……所以乾隆是陈阁老的儿子固不足奇；不是，更不必说。……事之真假，只可由读者自得之了！"他以巧妙的方式，回答了读者所需解决的疑问。他善于撰写考证类、掌故类文章，笔调流畅，谐趣可读，常用"溪南""柳塘""柳堂"等笔名，发表于各家杂志。他对古典名著《红楼梦》也很有兴趣，而他研究的角度也另辟蹊径。他对《红楼梦》里所写到的水烟、鼻烟、肥皂、木炭等等这些民众日常用品进行考证，用《红楼梦》小说的笔法，丰富对古今经济现象的分析，增强了文章的可读性。这种写法跨越了文学与史学的界线，为红学家们的研究提供了新角度。《〈红楼梦〉的读法》《从〈红楼梦〉谈顺治出家》《从〈红楼梦〉看到清初的戏曲弹唱》等均是值得一读的好文章。他在《从〈红楼梦〉中贾家的食品》一文中开始就这样写道："三年前尝为消磨炎夏永昼的光阴，费二个月功夫，就《红楼梦》做一番归纳工作，写成一部《红史》。红史，并不是如前人之认《红楼梦》为写清初一代史料，穿凿附会的去说，使读者越看越糊涂，丈二和尚摸不着头脑。我却从《红楼梦》文字事实，归纳整理，以见清初社会经济生活之一斑。其所以名之为'史'，正为《红楼梦》所记家庭生活，附带叙述的一种政治经济情形，倒是不可磨灭的史实。"这段文字很明显地表明，他对《红楼梦》所发生的兴趣和研究，与他人的不同观点。惜这里提到的《红史》，一直未见问世，不知尚在人间否？

当然冯柳堂其他的作品也并不逊色，包括那些游记，使读者阅后总有一些启迪。先生很善于在作品中坦露自己的观点，使读者领悟其中的精华。如他在《从宋史中看〈水浒〉》一文中谈道"凡写小说，自有其年代背景，不能凭空造来。必是胸中有了这部小说，才能笔下写出这部小说。《水浒》亦然，看《水浒》就可看出宋元时代，人情风俗、政治经济、民生吏治，一桩一件，都可看出一个端倪来"。明确表示写小说必须体现时代，是时代的一个缩影。而《从〈三笑〉说起》一文最后以"毕竟积善之家，必有余庆，忠厚待人，周急济贫，才是文人载福之道"来收尾，恰到好处地用作品劝导世人以善为德，才是"载福之道"。在《孝》一文有"孝为中国德行之本，故重孝莫如中国，言孝亦莫若中国，可谓中国伦理之极则。自天子至于士庶，立身行道，治天下，扬名于后世，莫不从孝出"的议论。这些观点虽不能称之为惊世骇俗，但也是劝人为善、以德处世的金玉良言，真正体现了一个新闻工作者应具备的社会责任心。可惜冯柳堂先生在贫病交迫的困境中离世，没有将自己所写的作品整理成集，其后因多种原因更是难于成书，这无疑是一个遗憾。

自 2020 年始，海宁市文联启动《海宁名人文献丛书》的收集整理出版工程，将冯柳堂先生的作品列入出版计划。如柳堂先生地下有知，当含笑于九泉矣。

这次整理，以冯柳堂先生散见于当年各大报刊上的文艺作品为主，并将《乾隆与海宁陈阁老》一书一并收入。其经济类的作品，因文体不同，基本不入其内。在资料征集过程中要特别感谢徐国华先生，他做了我的坚强后盾，大量资料在他的帮助下才得以找到。在稿件送到出版社后，他还从1935年《旅沪浙江高等学校同学会会刊》里，找到了一篇先生所撰关于就读该校的回忆文章，其中涉及不少乡人的信息，丰富了是集的史料价值。

是集整理在尽可能保持底本原貌的基础上，一律采用简体横排，故原稿中的繁体字、异体字、通假字全部按规范字处理，不再另行出注，地名、人名原则上不作更改。缺字则用□别之，纠误用［ ］别之。

由于当年刊物印刷的质量参差不齐，有些文字难于辨认，再加之自己才识有限，谬误之处在所难免，恳请诸位学者不吝赐正。

虞坤林

2022 1.13识于三省斋

目 录

从《红楼梦》看到清初的戏曲弹唱　　/ 001

《红楼梦》的读法　　/ 003

从《红楼梦》谈顺治出家　　/ 007

谈《红楼梦》中贾家的食品　　/ 029

从宋史中看《水浒》　　/ 038

从《三笑》说起　　/ 048

弹　词　　/ 054

朱子家训　　/ 055

孝　　/ 057

为"囙"字答客问　　/ 065

废止阴历的前提　　/ 067

杭州湾头之名胜风景　　/ 070

记虞山半日游　　/ 073

忆旧游　　/ 078

处孤岛中作名山之游　　/ 081

险逐潮神卷浪游　　/ 083

今昔文化何不如　　/ 085

同乡会固部落思想软　　/ 088

从烟酒到节约　　/ 090

谈水烟及烟之来源　　/ 092

旱　烟　　/ 095

水　烟　　/ 099

纸　烟　　/ 101

鼻　烟　　/ 105

雅　片　　/ 108

水烟袋与炼钢炉　　/ 111

眼镜考　　/ 113

肥　皂　　/ 123

戒　指　　/ 126

火　油　　/ 128

木　炭　　/ 131

钟表漏刻　　/ 135

茶　　/ 141

金刚石　　/ 145

金刚石流入中国之检讨　　/ 149

三谈金刚石　　/ 152

趸　船　　/ 154

箸的考据　　/ 157

中国帐簿之由来及其改革之成功　　/ 158

筹算、筹马与珠算　　/ 161

铜元之为铜板　　/ 167

数字别体　　/ 169

先秦时代经商术　　/ 171

谈　钱　　/ 174

银　行　　/ 180

经　济　　/ 189

画　线　　/ 193

屯　积　　/ 196

虞夏商周之民食政策　　/ 200

周代列国之民食政策及诸家之学说　　/ 210

上海各报商业新闻发展的经过　　/ 218

银行周报　　/ 220

何为而写此书　　/ 223

端午节与农商　　/ 226

财　神　　/ 230

上元灯市　　/ 235

又是重阳　　/ 238

盂兰盆会　　/ 240

清明时节　　/ 243

上巳修禊　　/ 246

乾隆皇帝与海宁　　/ 250

记白龙山人王一亭　　/ 252

白龙山人梦游诗　　/ 254

姚天亮　　/ 255

从百岁老人马相伯说起　　/ 256

看了刘海粟近作归来　　/ 259

与吕十千论画　　/ 261

狸案人物志　　/ 262

宋神僧道济师出生异同考　　/ 271

在浙江高等学堂的回忆　　/ 276

乾隆与海宁陈阁老　　/ 283

从《红楼梦》看到清初的戏曲弹唱

明季昆曲盛行，士大夫家，常自养歌女，教以度由。清承明后，达官贵人，极声色视听之娱，家庭内一部梨园并不希罕。不看别的，只看《红楼梦》中贾母对文官等女伶所说便明白了：

> 你瞧瞧薛姨太太、李亲家太太都是有戏的人家，不知听过多少好戏的。（五十四）

即贾家后来遣散这一班女伶，正为当时各官宦家凡养优伶男女者，一概蠲免的缘故。

所演唱的戏曲，一则是去明未远，习用昆曲，二则是昆曲词句雅，音乐清，戏情短，演角少，厅堂之间，红氍毹上，便可搬演，最合于家庭消闲娱乐之用。所以贾、史、薛、李诸家的戏班，都是唱的昆腔。而且自命为风雅之士，亦多喜欢檀板清歌，即如清代的皇帝，于送灶之夜，也要亲唱一支曲以媚灶君。

在这时候，除昆腔之外，从外面叫来的名班大戏，有昆腔与弋腔合演的（二十二），亦有一班之中昆腔、高腔、弋腔、梆子腔四者齐备的。演唱的戏曲，在《红楼梦》中所看到的，大约有下列的几出：

还魂、弹词、双官诰（十一）　豪宴、乞巧、仙缘、离魂、相约、相骂（十八）　丁郎认父、黄伯英大摆阴魂阵、孙行者大闹天宫、姜太公斩将封神（十九）　西游记、刘二当衣、鲁智深醉闹五台山（一十二）　白蛇传、满床笏、南柯梦（二十九）　荆钗记（四十三）西楼楼会、八义观灯（五十三）　寻梦、惠明下书（五十四）　冥升、吃糠、达摩渡江（八十五）

此外点而未演的有《游园》《惊梦》（十八），贾母口中所说的有《听琴》《琴挑》，及《十八拍》（五十四）。

在昆曲中有《上寿》这一支曲，词云：

> 寿筵开处风光好，争看寿星荣耀，羡麻姑玉女并起，寿同王母年高。寿香腾，寿烛影摇，把杯寿酒增寿考，金盘寿果长寿桃，愿福如海深，寿比山高。（《山花子》）

所以宝玉生辰，怡红院开夜筵，行酒令，宝钗拈着了牡丹，除大家公贺一杯以外，还要新曲一支为贺，芳官即唱"寿筵开处风光好"，众人都说把他打回去，可见这《上寿》是听腻烦了。女先儿也会弹词上寿，如宝琴、岫烟、宝玉、平儿四人合做生日的那一天：

> 两个女先儿要弹词上寿，众人都说，我们没人要听那些野话，你厅上去说给姨太太解闷儿去罢！（六十二）

其时的女先儿所说的书，如残唐五代的《凤求鸾》，亦会击鼓传令。（五十四）

除了戏曲弹词以外尚有打十番，十番上的女子，吹的一套好笛，《红楼梦》作者写那中秋的月夜笛声，何等清雅：

> 正说着闲话，猛不防那壁厢桂花树下，呜咽悠扬，吹出笛声来，趁着这明月清风，天空地静，真令烦心顿释，万虑齐除，肃然危坐，默然相赏，听约两盏茶时，方才止住，大众称赞不已。（七十六）

有这悠扬的笛韵，才会打动了凸碧堂前湘、黛的诗兴，即在那凹晶馆中，联吟达旦的了。（七十六）

（注）括号中数字，为《红楼梦》之卷数，以便读者检查。

载1938年11月16日《申报》第15版、17日第12版　署名冯柳堂

《红楼梦》的读法

《红楼梦》，的确是超凡入圣的作品，无怪近人崇尚白话文的尊之为"红学"，我今又依之作"红史"。前人关于《红楼梦》的读法，以及评述，亦可谓"至矣尽矣，蔑以加矣"。不过后人读《红楼梦》，都抹杀了作者一番苦口婆心，未能体会明白。作者原欲以富贵繁华、声色货利，都作一番幻梦看，警醒世人。不料读者以假作真，以真作假，反而迷惘糊涂起来，以为如有其事；梦想颠倒，竟为所惑，真是自作孽。作者似乎亦早鉴及此，故于《王熙凤毒设相思局，贾天祥正照风月鉴》这卷书内，特地明白揭出来：

……那道士叹道："你（指贾瑞）这病，非药可医，我有个宝贝与你天天看时，此命可保矣。"说毕从褡裢中取出正反面皆可照人的镜，背上面錾着"风月宝鉴"四字，递与贾瑞道："这物出自太虚幻境，空灵殿上，警幻仙子所制，专治邪思妄动之证，有济世保生之功。所以带他到世上来，单与那些聪明俊杰、风雅王孙等看照。千万不可照正面，只照他的背面。"……贾瑞拿起风月宝鉴来，向反面一照，只见一个骷髅，立在里面，吓得贾瑞连忙掩了，骂道士混账，如何吓我。……便将正面一照，只见凤姐站在里面点首儿叫他，贾瑞心中一喜，荡悠悠觉得进去了……众人上来看时，已咽了气，代儒夫妇哭得死去活来，大骂道士："是何妖镜，若不毁此镜，遗害世人不浅。"遂命架火来烧。只听空中叫道："谁叫你们瞧正面的了，你们自己以假为真，为何烧我此镜！"……（第十二回）

这风月宝鉴，何尝真是一面镜子，即是指《红楼梦》而说，故书中明说东鲁孔梅溪题《石头记》曰《风月宝鉴》（第一回）。作者的意思，看《红楼梦》不可止看正面，还得看到背面。看了正面，将如贾瑞之看镜子一般，止见一"色"字。能看背面，才显出一具骷髅来，色即是空，空即是色。故太虚幻境，一转移间，即成为"真如福地"。惟宝玉经过这一番磨炼，大澈大悟，踏破了软红尘，出家去了，就是从太虚幻境，回到了真如福地，非是大智慧，不能有此大超脱。换了一班未尝经过宝玉的境地，又未尝受过宝玉的享用，煞喜讲得空之又空，玄之又玄；即使他是终南山的老僧，专事修行的居士，与宝玉易地相处，不知他心中是何景象？还是生厌，还是起羡，还是留恋，还是出走，只恐是把捺不住了！可怜世上人，谁不向梦中讨生活；梦愈长，其迷愈深。又谁能不为梦境所支配，梦境愈酣，懵懂愈甚。若人只有顺境，而无逆境，不但乐而忘返，亦且寻求长生术，欲羽化可登仙。贾宝玉正看到家况，由顺转逆，种种不如意事相逼而来，逃不出生老病死，也无能长保荣华。人缘不能久——因为人生是刹那间事。富贵不可恃——因为富贵必有富之贵者，及其所富所贵的好似倚冰岩般消化了，那即是贫之贱之的日子到了，大家看清了这点，何必混水捞渔［鱼］，亦何必趁火打劫，干那争天夺地害人害己的勾当。还不如还我本真，到末了，博得一个心地安静。

看《红楼梦》的人，都颠倒于宝玉、黛玉二人。其实宝玉是色情狂之尤者；不说大观园中诸女子，除了他姊妹嫂子及少数女子外，那一个他不思染指。甚至并纺纱的村姑，亦要"目逆而送"，其他可知矣。林黛玉亦只是一股痴情，"小性儿行动爱恼人"。即如宝玉甘于低首下心，"亦乌能长治久安哉"！此等人衡之以为人应有的条件上，真是下下等。

作者善能即景生情，凡是书中人名，往往信手拈来，皆有妙趣。已见于评述中者，如詹光（沾光）、单聘仁（善骗人）之类，兹不论。

他如刘老老之女婿名狗儿，狗眼睛只会向富翁摇头摆尾，欺穷旁富，所重者钱财，所见者势力，所以将他的儿女，一个叫板儿，一个叫青儿，板儿与青儿，均是铜钱之称，如今叫铜圆曰铜板，呼钱之净白者曰青钱，即是此意。又如贾家银房总头目名吴新登，谐音即"无星戥"。那末，银钱进出，不知要干没了许多。仓房头目名戴良，戴良者，载粮也。买办名钱华，钱华倒呼之曰化钱，买办固以化钱为事。又为薛蟠买通作证的名吴良，吴良者，无良也，诬良也。为宝玉作媒之王尔调，字作梅，作梅者，作媒也。痛斥主人之家人，名之曰焦大，焦大者，翘大也，翘起大拇指敢说大话也。举棍击贼即称之曰包勇，包勇者，包其勇敢也。诸如此类，不一而是。

《红楼梦》作者，是不满于当时科举八股取士的；他也瞧不起当时的官吏，常借宝玉口中含讥带诮，骂他们为"禄蠹"。他也懂得医卜这一类东西，所卜的文王卦、六壬课，都有意义。而且他是深悉人情，所以书中文字，尽有许多为一般所欲言而不可得的；若只看其情绪缠绵，旖旎风流，是大误了！

《红楼梦》的白话文，即是如今通称的"国语"，既为国语，当然要用国音读，才觉清脆有致。如宝玉与黛玉讦耗子精故事，香芋与香玉，在北音，则芋、玉两字音相谐，方知是说着黛玉了。若用我们苏杭的乡音去读芋、玉，音不相近，便显不出他的用意来了。

读者要记着作者的一人"单"字，因为这部书，"单与那些聪明俊杰、风雅王孙等看照"。看照些是甚？就由你自己去照罢！你试想想，自古以来，享尽富贵荣华，丽姝才媛，不知有多少人，而今安在哉！恐怕并一坏黄土，一陌纸钱，还享受不成；那末生前刹那的荣华富贵，有何足道。何况是"邦无道，富且贵焉耻也"。若并"邦无道"也说不到，还有甚么足可自豪呢！

请君如羡慕，一看宝玉等为人，为甚么宝玉要出家做和尚。可见世事无常，不以无常为可久，如此，去看《红楼梦》，终必获益，不为所误。

我故曰：和尚惟有宝玉可做，宝玉的和尚，方是真和尚，那谟阿弥陀佛，为读者回向祝福。

1943年《天下》第3期　署名冯柳堂

从《红楼梦》谈顺治出家

　　我本无聊，而今为甚。读史所以通古达今，鉴往知来，而我乃用以看《水浒》；小说原只怡情适性，消闲解闷，而我乃用以谈顺治出家。天赋人以聪明才智，原冀其作有益于己亦有益于人之事，而我仅供无聊之排遣。虽然，世亦不乏无聊如我者，以无聊人写无聊事，为无聊者说无聊，是固无聊中之别饶风趣，又何碍？闲话少说，言归正谈。

　　自从《红楼梦》一书出世，在中国小说界放一异彩。盖中国小说，不是写动刀动枪，争天夺地，就是写才子佳人，淫夫荡妇。即如柳宗元《河间妇传》，虽是晋人中途贪欢失节，确乎如此不乏其人，但亦未免刻划过甚，有伤大雅。至于蠹俗小说，淫秽不堪，更是不必说起。惟《红楼梦》能恰到好处，当得起"好色而不淫"，所谈又只是家常琐事，而能引人入胜，越读越有意味，此为《红楼梦》独有之长，贤于一般小说家远矣。

　　《红楼梦》，前人谓其包罗清初八十余年故闻，因之穿凿傅会，旁证曲解，有如《红楼梦索隐》之类，未免过甚其辞。而其中最大一公案，即谓宝玉出家之为顺治出家，黛玉殉情之为董妃逝世，几乎成为千古疑案。余自读《红楼梦》，即思探索根究，苦于见闻无多，卒未下笔。今虽读书有限，好在无聊，不妨管窥蠡测，叙述一番，读者如有兴趣，果能耐心寻味下去，亦是读书研究之一法。

　　故老传言，清初三大奇闻，皆为生死大问题。一即顺治之死，是否为出家。二即雍正之死，是否为暴崩。三即乾隆之生，是否为调替。余于乾隆之生，曾就各方面记载，写有《乾隆与陈阁老》

一书，业已出版。雍正之死，亦搜集见闻，尚未属稿。兹就顺治、董妃之一问题，汇集史传笔记之所见，不重空谈、不尚武断，一以客观的态度，求传闻之由来，有如：

一、董妃是否即董小宛？

二、董妃究是何等样人？

三、顺治何以独钟情于董妃？

四、顺治何以有出家之传说？

五、何以谓宝黛即影射顺治与董妃？

吾人只以书本证书本，从夹缝中间，去觅线路，难免黑巷堂中摸索之诮。虽然，以目前人论目前事，犹难悉知，乃欲追溯至三百年前，又为宫闱之秘，生死之谜，是明知不可能而为之，更以见无聊之极思。

谓董妃之为董小宛，因董小宛曾被掳掠不知所终，其后乃有恩宠绝世之董妃。因疑生疑，而以为能使六宫无颜色，非有小宛之绝色佳姝，岂能使顺治颠倒若是？遂疑董妃即小宛。但董妃是否即小宛，先从冒辟疆之文字中索之。

冒辟疆《亡妾董小宛哀辞序》云："小宛自壬午归副室，即余形影交俪者九年，至辛卯献岁二日长逝。"按壬午为崇祯十五年，辛卯为顺治八年，屈指十年，与相归九年之说相符。又如张公亮《董小宛传》云："年仅二十七岁，以劳瘵卒。"援此以推算小宛之归辟疆，当为十八岁。

董小宛是否真个死，前人早已致疑。以为冒辟疆《影梅庵忆语》，追述小宛言动，凡一饮食之细，一器物之微，皆极意缕述。独至小宛病时作何状，永诀作何语，绝不一及。继又托之于梦，谓："梦还家，举室皆见，独不见姬。急询荆人，背余下泪，余梦中大呼曰：'岂死耶！'一动而醒。"夫"举室皆见，独不见姬"，此可知其非死也，乃生别也，托言为死，盖以相况也。故又云："姬亦于是夜梦数人强之去匿之幸脱，其人尚猿猿不休也，讵知梦真而诗谶，咸来先告哉！"此又托之于姬梦，明言强人劫之去，虽曰"幸脱"，而曰"梦真"，则为被劫无疑。

"诗谶"云云，盖谓辟疆与小宛三问卜于关帝，所得之签，三次相同，而事到底"不谐"，此辟疆所以忆语有云：

> 余每岁元旦，必以一岁事卜签于关圣帝君前。壬午得签云："忆昔兰房分半钗，如今忽把音信乖。痴心指望成连理，到底谁知事不谐。"

> 比遇姬，清和晦日金山别去，姬卜于虎丘关帝庙前，愿以终身事余，又得此签。秋过秦淮，述以相告，恐有不谐之叹，余闻而讶之。时友人在座曰："吾当为尔二人合卜于西华门。"则仍此签也。姬愈疑惧，乃后卒满其愿，到底不谐，则今日验矣。

小宛若以病殁，则不云"不谐"，而云悼亡。今曰"到底不谐""验矣"，于以见事之不成，非死别而为活泼泼地抢去也。

然则小宛为何人抢去，按之吴梅村诗，但云初避高杰之乱出走，而其后则有"墓门深更阻侯门"句，若果身殁营葬，何至以墓门间隔拟侯门之相阻？既以墓门拟侯门，诚如崔郊诗"侯门一入深如海"。尚有相见之日耶，尚有死别之可言耶？

夫既不能悉劫去者何人，而又不能知侯门者何指，冥思默索，如何得有端倪？而况小宛之被劫，已在清兵下江南之后（清兵下扬州，为顺治二年乙酉）六年，是则非为军队掠去明甚。又何至辗转入宫，而有董妃之一段姻缘？再从顺治皇帝亲撰之董妃行状中探索所谓董妃者，毕竟为何等人？是否即为秦淮名妓，艳月楼头之冒家宠姬乎？抑别有其人？此一桩公案，为全案之所系也。顺治所撰董氏行状，洋洋数千言，情文兼茂，洵出于至性之作，其言后之出身云："后董氏，满洲人也。父内大臣鄂硕，以积勋封至伯，殁赠侯爵，谥刚毅。"

按董氏为董鄂氏之简称，在清史中常作栋鄂氏，董鄂氏本为佟家江（浑河）、浑春江（红旗河）间一部落，于清太祖弩尔哈赤时降清，弩尔哈赤自得董鄂氏来降而始富，盖以其地多出产，且多珍品也。鄂硕即其后裔，如果董妃即董小宛，鄂硕将从何处得来？此一问题如得解决，亦可谓有一条线索。按《清史稿·鄂硕传》云：

> 鄂硕，栋鄂氏，满洲正白旗人。顺治初，从豫亲王多铎讨李自成，二年移师南征，鄂硕将葛布什贤兵，先驱至睢宁，败明兵。从端重亲王博洛下苏州，击明巡抚杨文骢舟师，趋杭州，败明鲁王以海兵，克湖州，十三年，擢内大臣世职。十四年，以其女册封皇贵妃。进三等伯。十五年卒，赠三等侯。

按鄂硕下江南，为顺治二年，战争不在维杨[①]，均在苏杭湖间。故董小宛如于此时被掳，尚可谓由鄂硕以入于宫。乃小宛之失亡，为顺治八年，又何缘而入于鄂硕之手，此时间之不同也一。董小宛之被掠，既在顺治八年，年已二十七。而其时之顺治尚止十四岁，年龄相差几一倍，即使明慧娟秀，轻盈艳丽，究亦不能掩其花信已过之颜色，此年龄之不相若也一。

何况顺治所撰董后行状，及玉牒、《清史稿·列传》，俱谓董妃于十八岁入宫，虽未明言为何年，但其年龄必与顺治相若，不然，卒于顺治十七年，何至尚为年龄二十余？若照小宛之年计算，应为三十余，此又从年分上以相推测而不相同也一。董妃之不得为后，据顺治所述，为有孝惠后在。不然，不待其死后而始赠后也。按孝惠后于顺治十一年六月立为皇后，时年十四，少于顺治三岁，则董妃入宫，应在其后。方与顺治之言相符，以理推之，当在顺治十二年，而于顺治十三年八月册为贤妃，则年齿与顺治同。如为十三年入宫，旋即册为贤妃，则比顺治小一岁，此从其入宫之

---

① "维"疑"淮"之误。

年分而知其不同也一。再则董小宛事冒辟疆九年，不知其有无生育否？而董妃则于十三年十二月晋封为皇贵妃，即于十四年十月生皇四子，且其产时甚艰，又焉知不为初产。故若小宛无所出，决不至一入皇宫，在破身十余年之后，忽而一索得男，事太奇突，此在生理上有不可相通也一。清朝欺君之罪，办理不稍姑息。如鄂硕以民间一美妇，冒充己女，献入掖庭。在当时之情形下，易触刑章，鄂硕虽热中于利禄，亦不敢行险侥幸于此一着。何况鄂硕为满洲人，主奴之分际甚严，在清大臣中为有功绩地位之人，更不应有此欺君罔上举动。故知其为不然，此从鄂硕身分地位而知其不至出此也一。

此外再从顺治后妃中，作一番观察。尚有两栋鄂氏，一即宁悫妃，为长史喀济海之女，顺治十年生皇二子裕亲王福全。一即贞妃，为轻车都尉巴度女，顺治十八年正月初七日以身殉世祖也。

其他汉姓妃子亦不少。顺治稽古制，选汉官女，备六宫吏，部左侍郎石申之女与选，即恪妃石氏。赐居永寿宫，冠服用汉式，所谓汉式者，即明代服制也。尚有巴妃生皇长子钮钮，陈妃生皇长女并皇五子恭亲王常宁，唐妃生皇六子奇授，钮妃生皇七子纯亲王隆禧，杨妃生皇二女恭悫长公主，但俱无董姓者在焉。

故从多方面以为推论，似乎董小宛入宫之可能性绝少。惟董小宛经冒辟疆诗酒揄扬，几乎成为女性之代表美，无人不知，无家不晓。及其被掠，必出于强有力者。虽辟疆以亡国贵公子，固亦无如之何，因之作《忆语》，写诔词，征文为传。无非尽文人"弄笔头"之能事，稍泄胸头之恨、离别之痛而已。会有董妃者死，而哀礼隆重，随以为此董也即那董也，混而为一。其时满汉之仇恨难消，南北之界限易生，一传再传，误以为真。乃至流传后世，亦似有此一回事，惟闻冒鹤亭在当时已力辨其非，但何能息悠悠之口，人方以为奇闻异事，作为谈话资料也。

然则董妃究为何等样人，此当于顺治所撰行状中求之。行状云：

> 后幼颖慧过人，及长，娴女工，修谨自饬，进止有序，有母仪之度，姻党称之。

此其在室时已有"母仪之度"，谓可以母仪天下而为后。若为董小宛，秦淮一歌妓耳！顺治虽欲曲为之讳，力为之誉，当亦不能如此凭空捏造。又云：

> 年十八，以德选入掖庭，婉静循礼，声誉日闻，为圣母皇太后所嘉与。于顺治十三年八月，朕恭承懿命，立为贤妃。九月，复进秩册为皇贵妃。后性孝敬，知大体，其于上下能谦抑惠爱，不以贵自矜。

此言其入宫后所见之德性，孝敬惠爱，谦和循礼，正见其为贤妃也。故顺治尝思不亲朝，经妃劝谏而不废。孝惠后以奉侍皇太后疾不勤，诏停其中宫笺奏三月，几乎再度废后，而欲立妃，经妃哀祈始得免。宫中女侍有善则闻，有过则为之隐。故当董妃之逝世也，非但皇太后哭之恸，顺治哀悼切，即后妃亦同声一哭。行状有云：

> 今后（孝惠后）及诸妃嫔皆哀痛曰："与存无用之躯，孰若有此贤淑，克承上意者耶！今虽存，于上奚益耶！"追思凤好，感怀旧泽，皆绝荤诵经，以为非如此，不足为报云。

此极言妃德化感人至深，非独如此。且自妃崩后，庶务丛集于顺治一身，抚今追昔，备极哀感，其言曰：

> 宫中庶务，曩皆后经理，尽心检核，罔不当。虽未晋后名，实后职也。第以今后在，（孝惠后）故不及正位耳！自后崩，内政丛集，率待命于朕，用是愈念后，悲感不能自止。

语遂及于前后之废，以及于今后之不相得。废后博尔济锦氏，为科尔沁卓礼克图亲王吴克善之女，皇太后之亲侄女，故与顺治为表兄妹。摄政王多尔衮为帝纳聘，及顺治八年，吴克善送女至京师，摄政王已死，顺治因不慊于摄政王及其母之所为，遂并及于后，册立三载，意志不协，终于废为静妃。复纳其从侄女为后，即所谓"今后"也，仍不相得，故独钟爱董妃。行状有云：

> 因叹朕伉俪之缘，殊为不偶。前废后容止足称佳丽，亦极巧慧，乃处心弗端，且嫉刻甚。见貌少妍者，即憎恶，欲置之死。虽朕一举动，靡不猜防。朕故别居不与接见，且朕素慕简朴，废后则癖嗜奢侈。凡诸服御，莫不以珠玉绮绣缀饰，暴殄少不知惜。尝膳时，有一器非金者辄怫然不悦，废后之行若是，朕慨含忍久之，郁懑成疾。皇太后见朕容渐瘁，良悉所由，谕朕裁酌，朕承慈命废之。及废，宫中无一念之者，则废后久不称众意可知矣。

夫妇之道诚难矣，嘉偶怨偶，以帝皇之尊，择后之苛，而致叹于伉俪之不偶。故虽才貌双全，而以个性之不协，终于仳离。然则今后又何以不相合，助为"今后秉性淳朴，顾又乏长才"。淳朴宜与顺治之个性相合，然以无长才，犹觉美中不足，必须"才德兼全，方称朕意"。此在顺治心目中究为何等样人？即董妃是也。行状中曰：

> 后才德兼备，足毗内政，谐朕志。恪其妇道，皇太后爱其贤，若获瑰宝，朕怀亦得舒，凤疾良已。

一须才德兼备，二须和谐心志，三则恪其妇道，四能足毗内政，才可以居后位。皇太后视同拱璧，皇帝则凤疾良已。"心病还须心药医"，董妃可谓顺治之相思草。虽然，董妃之美德，犹不止是，亦爱好简朴之一类，与顺治同。又言曰：

> 后性至节俭，衣饰绝去华采。即簪珥之属，夙不用金玉，惟以骨角者充饰。

夫屏除金簪玉珥，而用骨笋角饰，此特寻常庶民家有之，奈何出之于高居深宫、位埒皇后之皇贵妃。虽林妹妹之恬淡闲适，有所不逮，此顺治所以称道弗衰。

非仅如此，董妃寅畏忧患之心，保全外家之念，亦深且切。闻其父鄂硕病危，朝夕忧虑。及闻其死，哀戚不止，而以其父能得保全为大幸。闻其嫂不按月入宫省视，而知其兄已病亡，然而费扬古（鄂硕之子，父死承袭三等伯）在康熙朝，讨平噶尔丹，以抚远大将军晋封一等公，恩荣勋劳冠一时，固为董妃之兄若弟也。

董妃非但简朴，亦且敝屣尊荣。子女得失，藐不措意，固与顺治之用心若合。当其生荣亲王而殇也，亦以为"岂必己生者为天子，始慊心乎？是以绝不萦念"。

后卒无所出，遂育承泽王女二人、安王女一人于宫中，当其生荣亲王也，系难产。故行状有云：

> 当后生王时（顺治十四年丁酉冬），免身甚艰。朕因念夫妇之谊，即同老友，何必接夕乃称好合，且朕夙耽清净，每喜独处小室，自兹遂异床席。（拙著《乾隆与陈阁老》一书，屡承读者函询，何处出售？查此书托爱多亚路123号3楼正明会计师事务所代售，恕不遍复。）

从此等处，可知顺治好禅静，出于天生。盖以顺治十五年论，犹不过二十一岁，因之顺治称："后可谓明大义，不顾私戚，咸以礼自持，能深体朕心者矣。"

然以行状中事实按之，则后自荣亲王幼殇后，即患病。故云："后病阅三载，虽容瘁清癯，仍时勉谓无伤。诸事尤备，礼无少懈，后先一也。"

盖自十四年冬至十七年秋，固相阅三载也。后之学问如何，则如行状所云："所诵《四书》及《易》，已卒业。习书未久，天资敏慧，遂精书法。"

然而顺治之信佛耽禅，并而化及董妃。行状中述其参禅学佛之经过，以至临终现象云：

> 后素不信佛，朕时以内典禅宗谕之，且为解《心经》奥义，由是崇敬三宝，栖心禅学，参"一口气不来，向何处安身立命"语，每见朕即举之，朕含笑不答。后以久抱疾，参究未能纯一。后又举前语，朕一语答之，遂有省。自婴疾后，但凭几椅榻，曾未偃卧。及疾渐危，犹究前语，不废提持。故崩时言动不乱，端坐，呼佛号，嘘气而化。崩后数日，颜貌安整，俨如平时。此足以见后信佛法究心禅教之诚也。

从此等处，不禁回想到宝玉参禅与黛玉参禅之一番神情，然而黛玉临终，虽曰焚诗弃稿，但一股怨恨气，是否作茧自缚，至死方休，还是能排脱干净？此则系于临终霎那间。若观董妃神情，三年病榻工夫，反予以参悟机会，犹不能不牵掣于人情。故其临终时："帝后诸妃嫔环视之，后曰：'吾殆将不起，此中澄定，亦无所苦。独不及酬皇太后暨陛下恩。万一妾殁，陛下宜自爱。惟皇太后必伤悼，奈何？'"

有此一转念，虽系人情之常，若不能立时解脱，则又为情累，生死不能自拔，情之为累有如是耶。此宝玉出家所以不可及也。

董妃卒于顺治十七年庚子八月十九日壬寅，顺治崩于十八年辛丑正月初七日丁己①，相距只一百三十五日。顺治于妃之死，立颁哀诏，追赠为后。复为之辍朝五日，其后即上尊号为"孝献庄和至德宣仁温惠端敬皇后"，哀思不止。又亲写行状，在董妃可谓备极哀荣。故云："惟朕一人，抚今追昔，虽不言哀，哀自至矣。"此十六字常萦回于顺治心坎中，百三十日之煎磨，即为顺治之死，与顺治出家之主因也。

顺治既写董妃行状，复命大学士胡世安、卫周祚等为之序。

---

① "己"疑"巳"之误。

又命金之俊为董后立传。

提起金之俊，在清初亦是大人物，所以董后之传，必须金拟者以此。之俊仕清十八年，官至大学士，开国方略，皆出其手。一时之显贵权宠无比。然而民心不死，当时犹为之语曰："从明从贼又从清，三朝元老大忠臣。"又不能逃身后之诛，终于列入《贰臣传》，遗子孙羞，为身后名累。一时之富贵荣华何有耶？《聊斋志异》曾谓某巨公宅前，有人贴以一联一额，额为"三朝元老"，联为"一二三四五六七，孝弟忠信礼义廉"。骤睹之，不解。经人一解释方知上联少了一"八"字，下联缺了一"耻"字，合言之，则为"亡八""无耻"也。有谓此某巨公，即金之俊之类也。

从此等处看来，似乎董妃之为董小宛不类。盖满洲人在当时，自命为征服者，为主人、为贵胄；汉人为被征服者，为奴才、为厮走。虽无元胡轻视汉人之甚，而在其自尊心理之状态下，固视汉人蔑如也。若董小宛入宫，即使托名为鄂硕之女，为皇帝眷宠，当无有上至皇太后，中暨皇后，下迄妃嫔宫御之能爱护敬服如是。故非满洲人不能有此地步，何况小宛终究是败草残花，蒲姿柳质。顺治纵热恋，如热恋到追赠为后地步，势必遭皇族猛烈之反对。盖其时诸王大臣之权力甚大，决不能俯首帖耳于其称后也。是故董妃之与小宛截然两人，不能混为一谈，此余于前亦已发其疑矣。

至董小宛流落何处，埋骨何所，是否如吴梅村题画扇诗所云："珍珠十斛买琵琶，金谷堂深护绛纱。掌上珊瑚怜不得，却教移作上阳花。"究属难知，前人所记亦多纷歧。有谓系弘光末年被掠者，查弘光实际上不足一年即亡，无所谓末年。若谓弘光时被掠，不外出于两事：一为高杰围扬州，索防地，大掠城厢妇女。故吴梅村题小宛像诗引中，有"阮佃夫刊章置狱（谓大铖），高无赖（谓高杰）争地称兵。奔进流离，缠绵疾苦。支持药裹，慰劳羁愁。苟君家免乎，勿复相顾。宁吾身死耳，遑恤其劳。已矣夙心，终焉薄命"。

按阮佃夫刊章置狱，指大铖捕辟疆侯光域因之出亡事，至高无赖争地称兵，自谓高杰围扬州掠妇女事。但只述流离之苦，遭际之痛，犹未及于难也。故曰"已矣凤心"。至云"终焉薄命"，盖谓后之被掠也。二为清多铎南下。顺治二年四月陷扬州时事，但辟疆固谓小宛于辛卯年长逝，远在其后。至吴梅村画扇诗云，亦有谓系梅村自伤之作。当时传说之起因，颇讶异一妃子死，追封皇后，恩荣何以如是之甚者。实则皇贵妃与皇后相差一肩，死后追封，亦何足奇。若因妃姓董，适小宛不知所终，遽谓死者即董小宛，未免猜测过分，陷于谬妄。要知顺治颇习于汉化，以董鄂氏为董氏，俾与汉族姓氏相同，亦与近人酷仿欧美，而取外国姓氏作姓氏，同一用意也。

吾人因进而索讨顺治出家之有无。顺治之参禅学佛，于董妃之行状中已自述之矣。即清礼亲王《啸亭杂录》亦谓：

> 章皇帝（顺治）万岁之暇，时召木陈、玉林诸禅僧，讲究宗旨。圣祖（康熙）南巡，亦尝与诸老宿相印证。所幸名刹，辄洒宸翰，两朝深通内典，独无修斋造像之事，真乃具大神识，洞澈空相。木陈和尚名道忞，曾主天童法席，后封玄觉国师，有《北游集》。

按道忞法师，于顺治十六年九月召至京，一至天津，即命备车马往迎，卓锡于北京万善殿。顺治即驾临相访，相见之时，免礼赐坐，召见随侍法师六人。并谓："朕敦请老和尚远来，本为宏扬佛法，况天气严寒，且结冬制，俟春日还山何如？"道忞遵旨。次日又携学士王熙、冯溥、曹本荣，状元孙承恩、徐元文至方丈，赐坐。相与参禅论道，兹摘录一二于后，以见顺治之禅机。

顺治一日问道忞曰："向上一路，千圣不传，如何是不传底事？"师良久问云："陛下会么？"顺治云："不会。"师云："只者不会底是个什么？是何境界？作何体段？皇上但恁么翻覆自看，看来看去，忽若桶子底脱，自然了办。"顺治云："求老和尚更下一语看！"师云："无毛铁鹞过新罗。"又问："如何做工夫，始得与此事相应？"茆溪进云："皇上当谢绝诸缘，闭门静坐。饥来吃饭，困来打眠。如大死人相似，始得。"师云："此话在我禅和家即得，皇上日应万机，若一日稍不励精，则诸务丛脞矣。"顺治云："毕竟如何用心即得！"师云："先德有言，但能于心无事。于事无心，则虚而灵，寂而妙。皇上但遇大小事务，不妨随时支应，事后返观，向来酬应底毕竟从什么处起，从什么处灭，刻刻提撕，念念不舍，自然打成一片，事事无碍。"顺治云："恐有间断时如何？"师云："参禅无别诀，只要生死切，皇上固生死切时，如孝子丧却父母，即欲不哀痛不可得也。"顺治云："生死心切，诚如老和尚所说，但见闻觉知。昔人所诃，今欲用心参禅，未知落他见闻觉知。"师云："譬如大火聚，触之即燎人，然道火何曾烧却口，不见古人道：'即此见闻非见闻，无余声色可呈君。个中若了全无事，体用何妨分不分。'"顺治云："参禅悟道后还入轮回么？"师云："惟悟明生生底人，正可入他轮回，道忞请辞归。"顺治云："日久承謦欬，何忍遽令老和尚别去。"语毕潜然。

某日顺治又往谈禅，道忞云："忞时常出丑上前，今日拈则公案，亦请皇上下语。"乃举婆子烧庵因缘毕，遂云："设抱定皇上云，正恁么时，如何作么生，下一语，免得婆子趁出烧却庵。"顺治云："朕从来不曾留心，焉敢在老和尚面前指东话西。"师云："乞皇上毕竟下一语。"顺治又推辞，师云："皇上既下不得，决须发起勇猛心，著实参究，究到无可究处，忽然团地一声，自然七通八达，得大自在时。"顺治极为称是，及暮返宫，漏下三鼓，犹命内臣传语，抄录婆子机缘入宫，详加体究。

顺治尝以尤侗之文字，仅以乡贡作推官，犹为人劾罢，岂非时命大谬？道忞以君相能造命对，顺治乃命侍臣取尤侗文集来，内有"临去秋波那一转"时艺，顺治与师读至篇末云："更请诸公下一转语看。"顺治忽掩卷曰："请老和尚下。"师云："不是山僧境界，时升首坐在席。"顺治曰："天岸如何？"升曰："不风流处也风流。"顺治为大笑。

此为顺治十六七年间事，看者［这］番光景，时与和尚打伴，亲往晤谈，纡尊降贵，脱珍御服，着敝垢衣，不可以帝王定品位矣。且每谈历数时，乐而忘返，漏夜犹在参究，虽欲不出家而不可得，富贵如浮云，帝位若赘旒，在顺治心目中殆早有此想。何况万善殿中，不乏高僧名师，奚止道忞一人。与和尚伍，终必为和尚。翌年正月，乃有崩逝之说，出家之说，乌得不传说纷纭。

清康熙后，渐与藏密打成一气，盖满洲本自蒙古传来喇嘛教，复为政治上手腕，笼络蒙藏青海，又不得不崇奉藏密。康熙时，喀尔喀土谢图部归附第一代泽卜尊丹巴呼图克图随之内徙，泽卜尊丹巴颇有道行，尝至青海西藏等地学，并求班禅、达赖指授，故特许其有呼毕勒罕转世，即今所谓外蒙活佛是也。当时康熙颇礼信之，每年出塞及巡幸五台，俱随驾行。雍正亦奉章嘉呼图克图为师。乾隆自幼即修密宗，故如白莲教匪披猖时，口中念念有词，欲诛匪首于千里外。嘉庆犹不知其喃喃者何词，惟和珅能知其蕴，此亦和珅为嘉庆疑忌之一端。故惟顺治信奉禅宗，而顺治卒以之勘破红尘，参得透，看得明，说得出，做得到，非大仁大勇、大智大慧，不能有此大澈大悟，了此大事大缘。

其次以顺治有出家之说者，出之于吴梅村《清凉山赞佛》诗。吴梅村尝以诗寓史，故有诗史之目。后人见其所写《清凉山赞佛》诗，字里行间，愈为顺治出家有力之一证。

清凉山，即五台山。以"层冰结于阴岩，积雪留于炎夏，故名清凉"。吴梅村赞佛诗四首，第一首写帝妃恩幸之词，故有：

王母携双成，绿盖云中来。汉主坐法宫，一见光徘徊。结以同心合，授以九子钗。……陛下寿万年，妾命如尘埃。愿共南山椁，长奉西宫坏。……

曰"双成"，已隐一董姓在内，而曲折写来，大有"七月七日长生殿，夜半无人私语时"一般情景，当然启人疑。第二首转入凄凉境界，有如：

> 伤怀惊凉风，深宅鸣蟋蟀。严霜被琼树，芙蓉凋素质。可怜千里草，萎落无颜色。……持来付一炬，泉路谁能识。红颜尚焦土，百万无容惜。……微闻金鸡诏，亦由玉妃出。高原营寝庙，近野开陵邑。南望苍舒坟，掩面添凄恻。戒言秣我马，遂游凌八极。

此明言董死，如"可怜千里草，萎落无颜色"。千里草指董姓，下接高僧超度之语，从略。及"微闻金鸡诏……"，寓追封为后事。至"南望苍舒坟……"，则言荣亲王之死。"戒言秣我马，遂游凌八极"，固已决意出亡矣。至第三首明明写往五台山为僧。故开首即谓：

> 八极何茫茫，日往清凉山。……名山初望幸，衔命释道安。预从最高顶，洒扫七佛坛。灵境乃杳绝，扪葛劳跻攀。路尽逢一峰，杰阁围朱栏。中坐一天人，吐气如楠檀。寄语汉皇帝，何苦留人间。烟岚倏灭没，流水空潺湲。回首长安城，缁素惨不欢。房星竟未动，天降白玉棺。惜哉善财洞，未得夸迎銮。惟有大道心，与石永不刊。以此护金轮，法海无波澜。

读此诗，谁不知为五台山出家有此一回事。末后还要点出"回首长安城，缁素惨不欢"。可是"房星竟未动，天降白玉棺"。原来是没有死，所以"惟有大道心，与石永不刊。以此护金轮，法海无波澜"。还不如出家修佛法的好。第四首用穆天子西巡及汉武帝轮台之悔，以见顺治西幸五台，而以遗诏自责。但至：

> ……淡泊心无为，怡神在玉几。长以就业心，了彼清净

理。……纵观苍梧泪，莫卖西陵履。持此礼觉王，贤圣总一轨。可见并非崩逝，乃系参禅学佛，参礼觉王去也。

梅村赞佛诗，大要如上述。假使从夹缝中看去，未有一人不作顺治出家想。此出家之说，所以犹传于后也。

前人乃言康熙曾至五台山寻亲，事若凿凿。其言曰：

清凉寺者，五台之名刹也。卓锡其间者多一时高僧。顺治末叶，主持僧圆智，年八十矣。白豪在眉，苍鬐垂腹，而终日跏趺座无倦容。

顺治十八年正月丁己①夜子刻，世祖崩于养心殿。遗诏既颁，天下震动。五台僧奉巡抚礼作佛事，荐大行皇帝，梵声铙钹，讽号雷动。忽一华服少年排闼入，状貌魁梧，神彩焕发，圆智大惊，问："居士何来？"客曰："自燕京来，参谒大师耳！"客年二十余，举动豪迈，不类常人。问其姓名，笑而不答。圆智知有异，延入密室而询之。客曰："师毋琐琐，此来非他，求为弟子耳！从则留，不从则舍而之他。"圆智惊曰："客何语此？"客曰："吾弃天下如敝屣耳。"圆智惊惶失措。客曰："毋尔！师果弃吾者，则舍而之他耳！"因附圆智耳语久之，圆智曰："客欲由色相证菩提乎？是非具大智慧者不可，恐客混惯软红尘中，不耐清凉况味耳。"客曰："吾志决矣，师不信乎？可以试之。"圆智宿客于方丈，与谈论经典，客言解脱超妙，圆智不能难，乃大叹服。即日为披薙授戒，法名曰"慧真"。辟精舍以处之，异于群徒。群徒妒之甚，圆智诏之曰："小子识之，他日必有圣人莅此访此僧也。"于是群徒始悉此僧之为非常人矣。越二载，圆智示寂，主寺政者承遗命，善视慧真，一如圆智在日。慧真终日默坐，不与群僧一言。经典而外，旁及诗书六艺，

---

① "己"疑"巳"之误。

靡不博览精通，以故寺中人，佥以异僧目之。

一日，小沙弥偶语三藩起兵事，慧真瞠目曰："嘻！三桂反耶！"斯言也，乃异僧入寺后与寺中人第一次相谈之语。自是日按问军情，一若与之极有关系者，群僧不测其意，亦不敢不以告。及三藩平，台湾相继就抚，慧真得此消息，不觉喜形于色，群僧心愈疑之。

一日巡抚有命传主僧去，阖寺皇皇莫测其祸福。去五日而返，群僧问故，主僧曰："吾寺大福至矣。抚院穆公语我，圣上崇尚佛教，奉太皇太后临幸五台，已见圣旨，嘱我寺恭办行宫，以备两宫驻跸。"群僧喜跃，主僧曰："尔曹忘圆智大师遗命乎？善遇慧真，必有当世圣人临幸吾寺。师虽未明言，而慧真为非常人可知也。"众僧曰："吾师意其为何如人？"主僧曰："居移气，养移体，欲测其人之为何如人，必先视其居何若，行动何若，静心观之思过半矣。"小沙弥慧安曰："若然，则慧真师必为天子也无疑。"主僧笑颔之。未几临幸之期迫矣，阖寺僧俗，日夜扰扰，珠林宝相，若者宜修，若者宜整，而府县督率之役，辟山治道，竟月始已。

一日传两宫已发京师，将抵龙泉关矣。千乘万骑，云屯雨集。五台令继晋出迎于龙泉关外。至长城岭，山势险隘，车驾不易行，太皇太后遂中途驻跸。

既而帝诣清凉寺，主僧率众跪迎山门外。帝入寺拈香毕，问："寺中僧侣朕尽见矣？"主僧唯唯。帝曰："闻若寺有异僧，今安在？"曰："独居高峰一精舍，往来檀越都不相见。"帝沉吟久之曰："朕将谒之。"主寺者曰："山路崎岖，骑不得上，奈何？"帝曰："异僧牟尼再世，朕自当走谒。"于是屏侍从，惟令一小沙弥引路。小沙弥即慧安也。既至，慧安入白天子至，慧真闭目趺坐，若未闻也。帝审视良久，至性感动，几至流涕，突然抱僧足曰："父皇，子臣万死，今始来叩父皇安。"僧闭目曰："居士何人，今何语，山僧殊未解。"帝复呼曰："父皇！"僧惊曰："孰为父皇，山僧固世外人也。"帝跪地不起曰："子臣不肖，不足萦圣虑，独不念太皇太后、皇太后乎？"僧意犹不少动，曰："皇帝误矣。"顾僧意态甚倨，帝跪于地，熟视若无睹。小沙弥曰："日之夕矣，圣上其归乎？"帝乃辞僧下山，戒小沙弥勿泄。是夕宿清凉寺，翌日回銮，驻龙泉关。奉太皇太后还京师，帝出内府金二十万，以十五万布施清凉寺，其余布施五台诸寺。

其后谕廷臣曰："朕前奉太皇太后诸五台山，观览山川形势。一一亲历其地，手制碑文，今录出翻译满书汉书，并勒于石。朕所撰碑文，一时结构，尔等可与汉大学二等详加斟酌。近见汉人中有自负才高，每一文出，不容人点窜，此习俗之可鄙，文之所以不工也。"纳兰太傅明珠奏曰："圣上圣学天纵，睿藻夐绝，出入经史，臣等岂能仰窥万一，而谦抑之怀，尤为古帝王所不及。"厥后车驾巡狩，跸辇所经，必驻是寺。每至必造高峰谒异僧，前后施舍共百余万。又以小沙弥慧安，智慧兼大，特沛殊恩，封为智慧正觉佛。

此外尚有笔记，亦记康熙五台寻亲事：

圣祖四幸五台。前三次皆省觐世祖，每至必屏侍从，独进高峰叩谒。末次，则世祖已殂，有霜露之感，故第四次幸清凉山诗，感慨良深。诗云："又到清凉境，巉岩叠复垂。劳心愧自省，瘦骨久鸣悲。膏雨随芳节，寒霜惜大时。文殊色相在，惟愿鬼神知。"

按圣祖四次巡幸五台，是否为寻父，史传当然无明文，兹将其四次巡幸汇记于左：

第一次　康熙廿二年二月甲申幸五台山启銮，壬辰驻跸五台山，丙申回銮，驻四日。

第二次　同年九月己卯，奉太皇太后启銮幸五台山。辛卯，迎太皇太后抵龙泉关，以长城岭地势阻绝，銮舆登陟维艰。康熙特赴长城岭用辇亲试，每至斗峻处，步履欹侧不能径上，还奏太皇太后，后曰："予以积诚瞻礼五台，今行至此，遽尔中止。予心未安，明日至长城岭，如万不能登，可再酌行止。"随命校尉内监勤加演习，壬辰，后至长城岭，康熙亲督校尉前后扶行，历岭路数盘，山势巉嵝，险隘殊甚，太皇太后曰："岭路实峻，予及此而止，精诚已尽。五台诸寺应行虔礼者，皇帝代我行之，犹我亲诣诸佛前也。"太皇太后回驻龙泉关。甲午，康熙代礼五台诸寺。乙未，回驻龙泉关。十月己亥，奉太皇太后回銮。此次驻五台约两日半，惟驻龙泉关至四日之久。

按二次幸五台，若与前文记录康熙至五台事相对照，除异僧外，固相符合。又如五台山主僧云"抚院穆公"，而其时之山西巡抚，确为穆尔赛。则五台令继晋，想亦不虚。既然各部份记载，俱属确实，则所记顺治出家及康熙见顺治各节，又焉知不为无因，而非向壁虚造。况人言，康熙见顺治情形，俱为后来慧安所说，更有来因。

从龙泉关约西行二十里光景，经益寿寺、虎跑泉，即至长城岭，为燕晋分界处，可以远望五台。前人有诗云："西望龙泉锦绣开，紫云郁郁锁仙台。就中一片清凉地，劫火曾经几度来。"

五台山诸寺之著者，如显通寺，历圆照寺、广宗寺而至菩萨顶，台中风景，尽在目前。松风鸟语，天然佳境。康熙三次四次至五台，均驻跸菩萨①顶。清代有大喇嘛驻守，称为"钦命五台山掌印扎萨克堪布"，原名真睿院，唐建。明永乐初改建大文殊寺，供文殊普贤观音，及座下青狮、白象、朝天吼，均铜制，高约八尺，寺院房屋，

---

① 　底本缺"萨"，今补。

原有一藏之数，近已塌去大半，足见伟大。

第三次　康熙三十七年正月癸卯启銮，幸五台山。二月癸丑，驻跸菩萨顶，丙辰回銮。此次自启銮至菩萨顶，历时十日，为前所未有，驻寺三日。

第四次　康熙四十一年正月庚戌，幸五台山启銮。二月庚申，驻跸射虎川。山西百姓以晋饥，振粟䕮粮，愿于菩萨顶建万寿亭（明年为康熙五十寿辰），并献果品。康熙受果品少许，止建万寿亭，辛酉，驻跸菩萨顶，乙丑回銮，驻四日。

按第三次幸五台，在葛尔丹败死，朔汉平定回京之后三月，下半年方往盛京谒陵，故有告功性质。至以第四次巡幸五台之年分计算，顺治已在六十五岁。如果出家，或已圆寂，亦未可知。窃以四次幸五台，惟第一二次最为奇突。盖于半年内去两趟，何以匆遽若是，此中似有不可告人之隐者。又观太皇太后不能到五台，一番言语，似乎"精诚已尽"。而若力有未逮，言下颇多含蓄。及康熙自五台还龙泉关，无可流连，仍独驻四日之久，是否为母子相会，父子相逢，此则事涉宫闱秘密，为人所不及知，况后世乎？

顺治皇帝名虽死而疑其不死，遗诏亦为其破绽之一。大凡遗诏固有罪己之处，但未有如顺治以十四罪自责。大似生前罪己之诏，且所责者，多为个人及宫闱琐碎之事。如渐习汉俗，于淳朴旧制，多有更张；又父死止六岁，不能服三年丧，今又不能侍奉皇太后万年之后，稍尽子职；再以性耽闲静，燕处深宫，御朝极少，致上下情谊丕塞；复言及董妃事，则谓"端敬皇后于皇太后克尽孝道，辅佐朕躬，内政聿修。朕仰奉慈纶，追念贤淑，丧祭典礼，过从优厚，不能以礼止情，诸事太过，逾滥不经"。写来宛转自如，情文兼至，遗诏如此，亦可谓别创一格。

前人遂以宝玉谈禅，顺治亦参禅。宝玉尝谓林妹妹死去做和尚，顺治于董妃逝后不多时，忽闻崩逝，遂疑其非死而为出走。又见宝玉于林妹妹死后居然出家，抛弃富贵荣华于不顾，疑即影射顺治之敝屣尊荣，超然世外。林黛玉常病，与董妃病阅三年，情景仿佛。无薛宝钗则宝黛姻缘焉知不成就？然以生就金玉缘，亦犹董妃若无孝惠后，早已位正中宫。余尝谓惟有宝玉做和尚，才是真和尚。若是深山中高僧，一旦身处锦绣丛中，繁华境界，能不动心否乎？诚难言之。

　　顺治之死亡与出家，究竟是怎样，余不能先知，无从下一断语。但谓此一生死之谜，如要解决，惟有考古家脚踏实地去研究，或属可能。但亦大可不必，至就书本传闻以相考证，本文所述，大致已具，不难用理智去意会。好在世事本无所谓真假，出家与死亡同是避世，所差者一则一息尚存，一则生机全绝。然而究所谓死生，亦不能只凭形态活动以为生，停止以为死。有身死而浩气长存，万古不灭者；亦有行尸走肉，偷息人间，浑不知生为何来，死为何事者，此之谓哀莫大于心死，虽生犹死。

　　然则顺治究得何症而死？据当时所宣布曰"出痘"。满蒙人僻处关外，以天时、地理、交通等关系，不甚出痘。入关后，感染自易，故防范特严。顺治元年，凡民间出痘，即令地方官驱逐至城外四十里居住。地方官执行禁令，不是目为具文，阳奉阴违，不睬不理，即是操之过急，雷厉风行，来一下马之威。况当满人初临中国，求荣献媚之奸史，更是趋承惟恐落后，执行惟恐不力，欲博新主子欢心，只将自己人晦气。遂至民间偶患发热，及生疥疮，不问情由，即驱至城外居住。至有露宿荒郊，无衣无食，疾病之外，复受流离之苦。亦有见弱子幼女，一经发热，抛弃道旁，任其生灭。"乱世人命贱于狗"，在辁房军威之下，蝼蚁草芥之不若，更何足道。时有御史赵开心，毕竟尚稍有人心，颇觉不忍，奏请改善办法，居然感动清廷，于顺治二年二月起，改为必俟痘疹已见，方令出城。

有抛弃男女者，严加责治。在城外四十里，东西南北，各定一村，令彼居住。庶不致有露宿流离之苦。

接种痘之法，中国早已盛行。将患者之痘痂，择其症候经过良好者，捣碎，用绢包扎，塞于鼻内，以一柱香为度，不久即传染，故无牛痘之简便安全。症势凶险者，所谓"乌焦烂痘子"，竟可致人于死命。即使侥幸，也要成为满面烂桃。惟其如此，所以在清初，不要说"满清"初入关，重视出痘，即在后来，如《红楼梦》的作者时代，亦然如此。只看巧姊儿出痘，便可明白：

> 凤姊之女，大姊儿病了，乱着请大夫诊脉。大夫说："替夫人奶奶们道喜，姊儿发热是见喜了，并非别证。"王夫人凤姊听了，忙遣人问："可好不好？"大夫回道："证虽险，却顺，倒还不妨，预备桑虫、猪尾要紧。"凤姊听了，顿时忙将起来。一面打扫房屋，供奉痘疹娘娘；一面传与家人忌煎炒等物；一面命平儿打点铺盖衣服，与贾琏隔房；一面又拿大红尺头与奶子丫头亲近人等裁剪。外面又打扫净室，款留两位医生，轮流斟酌，诊脉下药，十二日不放出去。……一日，大姊毒尽癍回，十二日后，送丫娘娘，合家祭天祀祖宗，还愿焚香，庆贺放赏已毕。（第廿一回）

试看何等郑重。医生留在家内，要等毒尽癍回，才放出去。出痘已毕，一番举动，真当一件大事看。甚至于"庆贺放赏"，更是非同小可。此尚是公侯人家，若是帝皇之家，天潢贵胄，不知要何等仔细。可是药治不死之症，犯了死症，终归是死。豫亲王多铎是一员能征惯战虎将，也死于痘下，年止三十六，为顺治六年。后来又说顺治出痘死，但是顺治是否死于痘，还是一个闷葫芦。末了，又来一位同治皇帝，亦是说出痘而死，人皆传说其为非痘。如果顺治为出痘死，在当时应有传医诊治之举，不观夫同治时外间早有所闻，则死亦何至有出家之传说？大约亦为事起仓卒，大行之耗，突然宣布，而以为痘疹，致起时人之疑问，乃有出家之云说，要非无因。

分载于1943年12月14日起至1944年1月24日《新闻报·茶话》

署名冯柳塘

谈《红楼梦》中贾家的食品

三年前尝为消磨炎夏永昼的光阴，费二个月功夫，就《红楼梦》作一番归纳工作，写成一部"红史"。"红史"，并不是如前人之认《红楼梦》为写清初一代史料，穿凿附会的去说，使读者越看越糊涂，丈二和尚摸不着头脑。我却从《红楼梦》文字事实，归纳整理，以见清初社会经济生活之一斑。其所以名之为"史"，正为《红楼梦》所记的家庭生活，附带叙述的一种政治经济情形，倒是不可磨灭的史实。

本文目的，不在表扬我的未刊稿——"红史"，不过后面所写的即是我"红史"中一小部份资料，所以非将"红史"两字交待明白，不能见它的来源。

蒋槐青兄为《新都周刊》向我要稿；在我这几年来偶尔以书本消遣外，写作的事情，鼓不起兴趣，常以藏拙为是。可是槐青兄是老同事关系，情不可却，好在不是谈政治，亦不是谈经济，任我信笔所至，谈天说地，不问工拙，不计好劣。那也不妨权且写几篇，聊以报命。新都饭店，是上海饮食业交际场中最华贵精美的一个场所，最讲究的是吃，我就将《红楼梦》贾家的食品，作一番记述何如。

大观园的贾家，不问有这分人家，无这分人家，然后他的起居生活，真可当得起贵族化。我叙述贾氏食品之前，先将前人笔记中记清初宫中的食品介绍一番，以见贾家的食品为何如！

宫中食品，以豚肉、羊肉、家禽、蔬菜为最多。豚肉之制，约得十种。如肉丸，也有红白之别，红者烹以酱油，味甚可口。

又有笋炒肉丝，樱桃烧肉，葱炒肉片菜。又有鸡蛋饼，菌子炒肉，白菜煨肉，萝卜煨肉等。鸡、鸭、羊肉内，亦有数种。食案之中，有黄瓷大盆一，约二尺对径，中盛清汤有鸡、鸭、鱼翅。此外有烤鸡、烤鸭，上置松针，取其香也。

看到清宫前代的食品，虽说是食前方丈，还不如今日上海饮食讲究的人家。这不能以目前相比拟。在清初二两银子一席酒菜，言官已要见之谏章。如顺治九年张凤翔疏言："迩来官员，非有吉庆典礼，每一酒席，费至二两；戏一班，费至七两；宴会频仍，耗縻物力。"

如目前一席费数千元，不要令人挢舌不下，这明是币值的变迁，大众的生活，如"黑小男放鹞子，越放越高"。那末，穷奢绝［极］欲的生活，更不可以常理想像得之。

我说这一大套话，还没有入题；惟其如此，正以见贾氏的生活，在那时候，足以代表当时所谓贵族的生活了！如今且将《红楼梦》一书中所见的食品，把他分类叙刊在下面，这不过择其大要，不能说是全盘无遗。

（一）食粮

御田胭脂米　碧糯　白糯　粉粳　高粱　谷子

（二）牲畜

大鹿　獐子　狍子　暹猪　汤猪　龙猪　野猪　家腊猪
野羊　青羊　家汤羊　家风羊　生鸡鸭鹅　风鸡鸭鹅　熊掌
鹿筋　鹿舌　牛舌　野猫

（三）海味

鲟鳇鱼　各色杂鱼　海参　蛏干　大对虾　干虾

（四）粥饭

碧粳粥　红稻米粥　蒸[1]窝粥　鸭肉粥　枣儿粳米粥

红稻米饭　白米饭

（五）点心

豆腐皮包子　枣泥馅山药糕　糖蒸酥酪　菱粉糕　桂花糖蒸

新栗粉糕　藕粉桂花糖糕　奶油松瓤卷苏　鸡㵎卷儿

松瓤鹅油卷　建莲红枣汤　馒头

（六）汤

酸笋鸡皮汤　虾米鸡皮汤　野鸡葱子汤　火腿鲜笋汤　火肉

白菜汤（加虾米配青笋、紫菜）　荷叶汤　鸽蛋汤

（七）肉食

鹅掌　鸭信　火腿炖肘子　暹逻灵柏香熏猪　鱼茄鲞

炖鸡蛋　牛乳蒸羊羔　酒酿清蒸鸭子　鹿肉　野鸡

野鸡爪子　胭脂鹅脯　糟熏鹌鹑　猪肉羊肉　鸡髓笋

（八）蔬菜

咸菜　法制紫姜　椒油莼齑酱　面筋　豆腐　红菱鸡头

麻油醋拌五香大头菜　瓜条　菜干子　红豆　扁豆　大芋头

油盐炒菜芽儿　面筋醤[2]萝卜炸儿　葫芦

上面写了一大批，无非是《红楼梦》作者特地提出来，比较
的是通常食用佳肴美菜罢了。有人以为这也平常得很，其实吃小菜，
经过乾嘉时代才更加精美化，何况贾家的食品，单就荷叶汤茄鲞
而论，说他不讲究，亦不可得。

荷叶汤（见三十五回），只就一付汤模，已足惊人，有一尺多
长，一寸见方，下面凿着有豆子大小，也有菊花的，也有梅花的，

---

① "蒸"疑"燕"之误。

② "醤"疑"酱"之误。

也有莲蓬的，也有菱角的，共有三四十样，打的十分精巧。无怪薛姨妈见了，笑道："你们府上也都想绝了，吃碗汤，还有这样子，若不说出来，我见了这个，也不认得。"试想，以薛家这样的富厚，尚且不识贾家吃食家具，足征贾氏饮食的奢侈。然在凤姐看来，还只当稀松平常一回事。她说："姑妈那里晓得，这是去年备录，他们想的个法儿，不知弄些什么面印出来，借点荷叶的清香，全仗着好汤究竟没意思，谁家常去吃他呢！"

就吩咐厨房里，立刻拿几只鸡，另外添了东西，做出十碗汤来。凤姐儿是要"借势儿弄些大家吃"。贾母听了，以为"拿着官中的钱做人情"。其实这不是凤姐独创一格，那是一般的作风。贾母就善于调侃，一语破的，倒使凤姐儿有些难为情，不得不在面子上自破悭囊，好在他仍是"羊毛出在羊身上"。

一谈到吃荷叶汤，不要说是别有风味，而且还别有一种情趣在心头。不看宝玉吃这荷叶汤么？偏要玉钏儿喂来吃，无非是从大姨的金钏儿，推屋及乌的，想到小姨玉钏儿身上么？既然喂来吃，奇峰突起的忽又插入傅家两个嬷嬷来，将他们俩一段情切切意绵绵的热情，特地打断，又表示宝玉用得不专的神情。这一段妙文，在吃的史上，有一记之价值，可惜文字太长了，不便转录。宝玉所以能见好于女孩儿，不定是为他富贵荣华，也不全为他生相标姿，皆为他生就一付天性，"一些性气也没有，凭他怎么丧谤，还是温存和气"，对林妹妹如此，对其他女子亦如此。即玉钏儿从哭丧脸待理不理的对付宝玉，而终于"脸上方有一二分喜色"亦为此。宝玉生就这付本领，只可在女子队中厮混，不配在男子群中厮杀。然而玉钏儿至此，心旌亦不无摇动，所谓"吃罢！吃罢！不用和我甜嘴蜜舌的，我可不信这样话"，是从摇动中勉力归于镇静一点表示。然而宝玉对于女子的进攻，竟是有机可乘无缝不钻的朋友，还要故意诓玉钏儿呷汤吃，若无傅家的嬷嬷来，玉钏儿不知不觉，说不定也要蹈金钏儿覆辙，堕入宝玉的情网去了！我最佩服《红楼梦》作者这枝笔，古往今来，没有第二枝，虽史迁亦有不逮。然在中国旧道德观念下，诲淫诲盗的作品，虽享盛名，终要食报，不是及身，即在后裔，故咸引以为鉴戒。丁雨生为江苏巡抚时，曾将《红楼梦》严行禁止，而不能绝。以其字面绝不露一"淫"字，令人目思神游而意为之移，所谓意淫是也。至嘉庆年间，其曾孙曹勋，以贫故，入林清天理教，及清败，勋亦被诛覆其宗，时人即以为是书之果报。此其为说，固未可尽信，盖事出偶然。然亦足征前人自有一种信条，就是不能作造福于世的事，亦不可作贻害于世的事。切不可为贫，为报怨，而可胡作胡为，置一切人群社会祸福于不顾，故特地借果报相劝勉。

话须说回来，谈荷叶汤谈到小说的果报上去，不是离题太远吗？不，我正为劝大家要吃饭，须从远大处着想，不要只顾目前的得失，求一时的享用罢了。荷叶汤虽然精致，不是"家常"吃的；究竟贾家家常吃的什么东西呢？有如茄鲞之类，使刘老老听了要摇头吐舌说："我的佛祖，倒得十来只鸡来配他，怪道这个味儿。"茄子至贱也，以十来只鸡相配制，不鲜也鲜了！制法是：（见第四十一回）

> 把才采下来的茄子，把皮刨了，只要净肉，切成碎钉子，用鸡油炸了。再用鸡肉脯子，合香蕈、新笋、蘑菇、五香豆腐干子、各色干果子都切成钉儿，拿鸡汤煮干，将香油一收，外加糟油一拌，盛在磁罐子里，严封，要吃时拿出来，用炒的鸡爪子一拌就是了！

从此等处就可看到贾家的食用奢侈，覆亡之祸，早种于此。然而看贾家厨房的排场，真是与御膳房一般。不信，请看柳家的说："像大厨房里预备老太太的饭，把天下所有的菜蔬，用水牌写了，天天转着吃，到一个月现算，倒好。"

清代笔记中说，皇帝吃一个鸡蛋，要报销几两银子，因为一个蛋，经手的人你要派一份，我要分一份，到得皇帝嘴里，无怪要成两银子了。这是办差的侵肥，也有为了御膳房一住有了这样菜，就要预备皇帝随时传唤，不能不备样一点，也是耗费之一端。所以皇帝有不识得菠菜，说他为"红嘴绿鹦哥"，虽出于民间传说，皆只为添了一样菠菜，其后得随时预备的缘故。话虽如此，贾家的大厨房也居然把天下的菜，用水牌写起来，轮流着吃，骄奢到如此地步，清初的功臣家，未免享福过度了！

除了大厨房例有的菜外，尚有儿辈每天孝敬的菜。这原是表示孝意。但行之不出于真诚，那就流于虚伪，成为例行故事，即在受之者亦不觉子孙孝敬之可爱。所以无论那一件事，总要有诚；不诚，虽礼仪三千有无益，好话万声有何用！第七十五回中说：

> 贾母见自己几色菜已摆完，另有两大捧盒内，盛了几色菜，便是各房孝敬的旧规矩。贾母说："我吩咐过几次，蠲了罢！都不听，也只罢了！"王夫人笑道："不过都是家常东西，今日我吃斋，没有别的，那些面筋豆腐，老太太又不甚爱吃，只拣了一样椒油莼齑酱来。"贾母笑道："我倒也想这个吃。"鸳鸯听说，便将碟子拿在跟前。……又指那几样菜道，这是几样看不出是什么东西来，是大老爷孝敬的。这一碗是鸡髓笋，是外头老爷点上来的。一面说，一面就将这碗笋送至桌上。贾母略尝了两点，便命将那几样，这人都送回去，"就说我吃了，以后不必天天送，我想吃什么，自然着人来要。"……

这一段写出大家庭儿子孝养的情形。贾母说是不偏心的，然对于赦老，究不敌政老那般亲爱。邢夫人亦不敌王夫人之得承欢颜。以父母对于儿女，同是一根生，而亦不无厚薄，本是奇特，其实倒是通例。亦许赦老的天性不及政老的厚，所以孝敬的小菜，乃至"看不出是什么东西来"。或许鸳鸯觑破这一层，竟有郑家侍婢的风度，"薄言往愬，逢彼之怒"，说出这样话来，以逢迎老太太的心意。不然，何以政老的菜，特地提出名儿来，就送至桌上，让老太太去吃。赦老是否明知老太太看也不看，故拿些不知什么东西来孝敬。若果如此，赦老尚有人子之心么？则其不得承欢于老太太固当。

至于姑娘们吃的是怎样？看了柳家的一番言语，每日肥鸡大鸭子，吃得腻烦，还想烹调别种小菜换口味。大观园中姑娘、丫头、嬷嬷一大群，而每日费于菜蔬的只有一吊钱，足征鸡、鸭、猪、羊占了大宗，菜蔬倒成为点缀品。而且也可看到当时的物价，毕竟廉宜，不然，这一吊钱的菜蔬，照现在物价，只可买得一二两菜，连做交头也不敷呢！闲话少说，且看六十一回中柳嫂子一番清脆的话，可见贾氏上下食用奢侈的一斑：

> 柳家的正在按着房头分派菜馔，忽见迎春房里小丫头莲花儿走来道："司棋姊姊说，要碗鸡蛋炖得嫩嫩的。"柳家的道："就是这一样儿尊贵，不知怎么，今年鸡蛋少的很，十个钱一个还买不出来。昨日上头给亲戚家送粥米去，四五个买办出去，好容易才凑了二千个来，我那里找去，你说，给他改日吃罢！"莲花儿道："前日要吃豆，你弄了些饺的，叫他说了我一顿。今日要鸡蛋，又没有什么好东好西；[1] 我就不信，连一鸡蛋都没有了，不要叫我翻出来。"一面说，一面真个走来，揭起菜箱一看，只见里面果有十来个鸡蛋。说道："这不是，你就怎么利害，吃的是主子分给我们的分例，你为什么心痛。又不是你下的蛋，怕人吃了！"

> 柳家的忙丢了手里的活计，便上来说道："你少满嘴里浑

---

[1] 此句疑应为：前日要吃豆腐，你弄了些馊的，叫他说了我一顿。今日要鸡蛋又没有！什么好东西？

诌；你妈才下蛋！通共留下这几个，预备菜上的交［浇］头。姑娘们来要，还不肯做上去呢？预备遇急儿的。你们吃了，倘或一声要起来，没有好的连鸡蛋都没了。你们深宅大院，水来伸手，饭来张口，只知鸡蛋是平常物件，那里知道外头买卖的行市呢，别说这个，有一年连草根子还没有的日子还有呢！我劝他们细米白饭，每日肥鸡大鸭子，将就些儿也罢了！吃腻了肠子，天天又闹起故事来了。鸡蛋、豆腐，又是什么面筋、酱萝卜炸儿，敢自倒换口味；只是我又不是答应你们的。一处要一样，就是十来样。我们不要伺候头层主子，只预备你们二层主子了。"

看了柳嫂子这番话，不要说是姑娘小姐们，连几位姐姐亦娇养得比平常官家小姐来得利害；细米白饭、肥鸡大鸭吃腻了，又想换口味，这是大观园中普遍的现象。你看平儿姐姐也是如此，向刘老老道：

> 我还和你要东西呢！到年下，你只把你们晒的那个菜干子，和虹［豇］豆、扁豆、茄子、葫芦条儿，各样干菜带些来，我们这里上上下下都爱吃这个，就算了，别的一概不要，别罔费了心。

刘老老的回答是："依我们想鱼肉吃，只是吃不起。"

贫家想吃鱼肉而不得，富家想吃蔬菜而不便，总不脱少吃多滋味，多吃少滋味。吃得惯了要生厌，一厌便思换口味。没得吃的才想吃，吃的又是不畅快。世间事每不能尽如人愿，不要说口福一道。

《红楼梦》食品中，独不言鱼，有则亦系鲞干之类，并非鲜鱼活虾。这是北方得鱼不易的缘故，"鱼我所欲也"，在大观园中人，竟是不可得。

然而螃蟹才有得吃，可是薛家当铺里的伙计，从田里得的好螃蟹，拿来孝敬东家，东家则拿极大极肥的来奉敬亲戚，才有持螯赏菊这回事。据刘老老估计，这样螃蟹，就值五分一斤，十斤五钱，五五二两五，三五一十五，再搭上酒菜，一共倒有二十多两银子，彀①庄家人过一年的了。而在贾家只一顿大嚼。富家的骄奢，贫家的不满，散布在社会中，那能得其平呢！

贾家吃螃蟹，用蟹黄蟹肉剔在蟹壳子里，用姜醋拌食。吃的酒，有黄酒，有合欢花浸烧酒，贾家不喜吃冷饮，连葡萄酒都热了吃。吃完蟹，用菊花叶及桂花芯薰的菉豆面子洗手。

烤鹿肉吃，别有一种风味，且不必谈煮燕窝粥，那以林黛玉吃的为多。用洁粉梅片雪花洋糖来煮食（见四十五回），这明明是冰糖。既说是洋糖，那必往外洋进来无疑了。这时候的洋人，最可能的为红毛人（荷兰），为葡萄牙人，可是荷兰人为了要报郑成功夺他台湾仇，所以每次帮清廷用夹板船出兵。带兵的称为"出海王"，清廷很是优待，或许这种冰糖，亦是为荷兰糖呢！

载1943年《新都周刊》第2、3、4期　署名溪南

---

① "够"的方言。

从宋史中看《水浒》

小说中有两奇书，《水浒》与《红楼梦》也！

《水浒》所叙之事实，多是动刀动枪，杀人放火，说来着实害怕。可是全书纯用白话，不用半个之乎者也，写得人人生龙活虎，个个性情逼真。金圣叹所以有："施耐庵以一心所运，而一百八人各自入妙者，无他，十年格物，而一朝物格。斯以一笔而写百千万人，固不以为难也。"

惜乎金圣叹生焉早，不及见《红楼梦》一书。《红楼梦》另有一副风格，写得旖旎风流，缠绵悱恻。所叙虽是家庭琐事，儿女私情，然而为贪为诈，为情为妒，为奸为邪，为昏为庸，为盛为衰，无一不是丝丝入扣，刻画入神。而且当北京话写来，较之山东话，更是干脆有味。叙家庭琐碎之事难，能使人百读不厌更难。使金圣叹得见此书，不知与《西厢记》作一比较，其风味又是何如？

余尝谓以事实，以笔墨，《水浒》偏于刚，《红楼梦》则偏于柔。昔人谓刚日读经，柔日读史。余于《水浒》《红楼梦》之读法亦然。（按，刚日柔日，为奇日偶日之谓。）

凡写小说，自有其时代背景，不能凭空造来。必是胸中有了这部小说，才能笔下写出这部小说。《水浒》亦然，看《水浒》就可看出宋元时代，人情风俗、政治经济、民生吏治，一桩一件，都可看出一个端倪来。

《水浒》相传从《宣和遗事》编造出来，但就余记忆所及，吾乡王国维先生写《宋元戏曲史》，似乎《水浒》中有几则事实，早已谱入戏曲中。（原书不在手头，故无从查起。）可见《水浒》一书，不尽根据《宣和遗事》，而为宋元时民间故事。盖由于宋孝宗以天下养高宗，命侍从访民间奇事，日进一回，谓之说话人（即今之"说书"）。故传奇一类之书，发轫于宋而盛于元。

宣和为宋徽年号，徽宗在位二十五年，凡六改元，宣和为其最后一次改元，共七年。（起巳①亥迄乙巳，即公历1119—1125年。）传位于钦宗，不二年，靖康难作，为金人俘虏而去，宋高宗绍兴五年四月，崩于五国城。

徽宗生性轻佻，当国家累世丰裕，心耽逸乐，任用谄佞。蔡京又导之侈靡，童贯复兴戎喜功。为兴建园囿殿阁，而有宣和元年朱勔的花石纲，闹得东南骚然，家宅不宁，贫富不安，卒有方腊起事于两浙、宋江横行于京东。一部《水浒》，罪魁祸首，皆由蔡京、高俅为导火线。不有高俅，就没有林冲这班人落草；不有蔡京，就没有梁中书的生辰纲，那里会有梁山泊聚义。中国小说，不外乎两类：一类不满于当代现实政治，奸臣当道，贪污肆虐，所以借盗贼侠客，诛奸除暴，来出这口气。一类不满于缙绅阀阅，婚姻专制，贫富不匀，而有"落难公子中状元，闺阁千金私订终身"这等事。

高俅确有其人，《宋史》宣和四年五月，以高俅为开府仪同三司。《水浒》叙高俅得进于徽宗，在即位前。至宣和四年，约二十余年，位至开府仪同三司，可谓恩幸一世。

《水浒》中对于宋江等为寇造乱时期，不甚明了。按宣和元年冬十二月，诏京东路盗贼窃发，令东西路提刑督捕之。所谓京东路盗贼者，无疑地指宋江这伙草寇而言。是年正是苏州朱勔夤缘蔡京、童贯以花石纲谄媚徽宗之时。翌年十月（宣和二年），方腊为花石纲的骚扰，起兵于建德之清溪，以席卷之势，占领杭州。

梁山泊究竟在那里？这疑问从吾童年看《水浒》，即已怀想到

---

① "巳"为"己"之误。

此。据《水浒》中说，是在济州，离郓城东溪村只有一百十里以下路程，即到梁山泊边石碣村，就是阮家三弟兄所住地方。从行路时间来说，夜间三更从郓城东溪村动身，明日晌午就可到石碣村。从日间来讲，石碣村起个五更动身，行了一天，即到晁家庄，可知一百十里路程为近似。但是即使到了石碣村，看吴用的话，仍只是"这里和梁山泊，一望不远，相通一派之水"，犹是可望而不可即。足征梁山泊不在郓城境内。

从《宋史》看去，梁山泊在东平境内，为最可信。东平即五代宋初之郓州，其后为东平府。但欲知梁山泊之成因，又要追溯至宋以前。就我从《五代史》《宋史》观察所得，是河决东流所造成。五代以来，河决东流，势甚披猖。大都泛滥于滑、濮、澶、郓一带。有如："唐庄宗同光二年八月，宋州大水，郓、曹等州大风雨，河水溢漫，流入郓州界。"

及至唐明宗长兴二年，黄河又在郓州泛溢：

四月郓州上言，黄河水溢，岸阔卅里，东流。

石晋高祖天福六年九月，河决滑、濮、澶、郓四州，水东流。兖州奏称："河水东流，阔七十里。"（按《新五代史》为冬十月，《五代史》则谓十月遣使分往滑、濮、郓、澶，视水害禾稼，月份稍有参差。）及至石晋出帝开运间，黄河之水，始侵及梁山：

开运元年六月，河决滑州，环梁山，入于汶、济。

黄河之水，环绕梁山而合于汶、济，三水汇注一处，势必化平原而为巨浸大泽。梁山之成为梁山泊，殆即始于此时，是为西历944年。

山东呼泊为泺，故史中常称"梁山泺"。后周显德六年，命步军都指挥袁彦浚五丈渠，东过曹、濮、梁山泺。（《五代史·本记》，作"东流于定陶，入于济"。此引司马光《通鉴》。）通青、郓之漕，此为"梁山泺"名称之始见。

入宋代，黄河为患于郓州一带益频。《宋史》云：

太宗太平兴国七年，河大涨，蹙清河，凌郓州，城将陷，塞其门。急奏以闻，诏殿前承旨刘吉驰往固之。八年五月，河大决滑州韩村，泛澶、濮、曹、济诸州。坏居人庐舍，东南流至彭城界，南入于淮。

其后又因河决而徙郓州治。

真宗咸平三年五月，河决郓州王陵扫，浮巨野，入淮泗，水势悍激，侵迫州城。郓州城尝因赤河决，挟济泗，苦水患。至是复因霖雨盈月，积潦益甚，乃徙于东南十五里阳乡之高原。

黄河不但泛滥于郓州，亦且数度流注梁山泊。

真宗天禧三年六月，河决滑州，漫溢州城，历澶、濮、曹、郓，注梁山泊。又合清水古汴渠，东入于淮。州邑罹患者三十二。

从上文，知黄河由郓州而注入梁山泊，其在郓州无疑。其后：

神宗熙宁十年，河大决于澶州、曹村、澶渊，北流断绝，河道南徙，东汇于梁山张泽泺。分为二派：一合南清河入于淮；一合北清河入于海。凡灌群县四十五，而濮、齐、郓、徐尤甚，坏田逾三十万顷。

神宗元丰五年八月，河决郑州原武埽，溢入利津、阳武沟、刁马河，归纳梁山泺。

黄河屡以梁山泺为尾闾，若非浩瀚数百里，必不能容此洪流。大凡大水挹注。巨泽吞吐，泛则汪洋一片，退则汀沚星罗，沙洲纵横，萑苻遍地。港汊纷歧，临山阻水，盗贼资为逋逃薮，草寇恃为跳梁地。梁山泊之为盗窟，固亦地势使然。《宋史·许几传》云：

许几知郓州，梁山泺多盗，皆渔者窟穴也。几籍十人为保，使晨出夕归，否则以告，辄穷治无脱者。

故《水浒》中阮氏三弟兄为渔夫，亦即巨盗。从可知梁山泊在宋江入踞前，已为盗穴，许几方用保甲治盗。

宋江利用梁山泊为寇，并非创作，而是因袭，即《水浒》中亦是如此叙法。但逼使梁山泊人民附和为盗，宦官杨戬不能辞其咎。杨戬与梁师成，俱为徽宗弄权之太监。《宋史》云：

> 杨戬用胥吏杜公才议，展转索民田，增赋租，始于汝州，侵淫于京东西、淮西北，括废堤、弃堰、荒山、退滩，及大河淤流之处，皆勒民主。佃额一定，后虽冲荡回复不可减。梁山泺、古钜野泽，绵亘数百里，济、郓数州，赖其蒲鱼之利，立租弄船纳直，犯者盗执之。

蒲鱼之利，乃为苛捐杂税所出，犯者以为盗而拘执之，民安得而不附盗？此梁山泊所以为盗薮，又由是可知梁山泊，固广阔数百里，位于济郓之间。《宋史》所以多道其在郓州，《水浒》所以称其在济州，盖皆就所在处而言。附图以见梁山泊附近地形，

亦即梁山泊好汉大展身手之地。距宋之首都开封甚近，而济州与东平，位于梁山泊之两端。当宋江入山为盗，黄河已北徙。然水势犹浩荡，故官军入山剿捕，颇难得手。只看《水浒》二十三回"何涛剿捕石碣村"，便可知其概况。若宋江等不远离窟穴，弃其凭藉，而至海州，虽张叔夜亦无如之何。

清《一统志》云：

> 梁山泺在寿张县东南梁山下，久湮。盖梁山泺即古大野泽之下流，汶水自东北来，与济水会于梁山之东北，回合而成泺。宋时黄河汇入其中，其水益大。故政和中，剧贼宋江结砦于此，其后河徙而泺亦渐淤。迨元开会周河，引汶绝济。明筑戴村坝，遏汶南流，岁久填淤，遂成平陆。今州境积水诸湖，即其余流也。

由今观之，寿张在黄河之北，东平在黄河东南，此盖由于河流变迁，而致地位转易。今东平之西有梁山，亦可谓在寿张之东南。寿张与东阿，在宋同隶于东平府。当时河流南北移徙，东平、东阿、寿张、郓城、济州，焉知不均为梁山泊四周之城邑。今东平犹有东平湖存在，迤逦而南，沿今运河，湖沼巨泽，所在皆是，又安知不为古梁山泊之片肢只体？大概黄淮间，水陆变迁无常，自古已然。

宋江在《宋史》中见于宣和三年。《徽宗本纪》："是月方腊陷处州，淮南盗宋江等犯淮阳军，遣将讨捕。又犯京东江北，入楚海州界，命知州张叔夜招降之。"此寥寥数语，便包括了一部《水浒》。施耐庵说得天花乱坠，穿插齐全，都是空话。惟有第七十回"梁山泊英雄惊恶梦"，即影射张叔夜招降事。既为张叔夜，何以所梦见者为嵇康？嵇康谁不知道是晋朝清谈名宿？要知张叔夜的名，正是嵇康的字。张叔夜字嵇仲，又是含着嵇康的姓，所以施耐庵才用嵇康来影射张叔夜。

何以不用宋江得梦，而用卢俊义惊梦，则为卢俊义在梁山，虽位居第二，但毕竟是天罡星，理应冠首。再则禽其副贼而江降，卢俊义固为宋江之副，故由卢得梦。至于张叔夜如何招降宋江，且看《宋史·张叔夜传》云：

> 张叔夜再知海州，宋江起河朔，转掠十郡，官军莫敢婴其锋。声言将至，叔夜使间者觇所，向贼径趋海濒，劫巨舟十余。载卤获，于是募死士，得千人，设伏近城。而出轻兵距海诱之战，先匿壮卒海旁，伺兵合，举火焚其舟。贼闻之，皆无斗志，伏兵乘之，擒其副贼，江乃降。

从此段事实，宋江是轻敌中计而后投降，大约为宣和三年二月中事。张叔夜善用兵，不但招降宋江，后来升任济南府，复歼灭山东群盗，仍能以少击众，毕竟非凡。

> 山东群盗猝至，叔夜度力不敌，故示闲暇。遣吏谕以恩旨，盗狐疑，相持至暮未决。叔夜发卒五十人，乘其情，击之，盗奔溃，追斩数千级。

张叔夜不但武略吏治，在宋为有数人物。亦且志行卓荦，气节凛然。金人示意欲立张邦昌，宋群僚皆署名劝进，惟有张叔夜与孙傅不署名，这是何等气概。

然在阘茸昏庸之官僚中知，只苟安旦夕，保自身利禄，谁肯作远谋大计，为国家民族利益着想？尽管说是为大己，而处处为小己；尽管说仁义道德，那一处不欺世盗名。故施耐庵恶宋江奸诈自用，处处将他揭穿。另外又加一李逵，无论其为正为反，多是宋江心中事。道将出来，使宋江容身无地，大骂铁牛。大凡欺诈只可蒙得一刹那，过后便为人知。一手只可掩一人目，不能并千万人掩之，又何能并后世之人而掩之？作伪心劳日拙，何如诚实坦率，倒头便可睡着，最是有益。偏有罗贯中眼见施耐庵的《水浒》动人听闻，也要画蛇添足。写成一部《续水浒》，真个将宋江等草寇，当忠臣义士看待。奖掖盗贼，贻误后世，金圣叹已斥其非，并说是依据宋代侯蒙有招安宋江之义而作。按《宋史·侯蒙传》云："侯蒙知亳州，时宋江寇京东。蒙上书言：'江以三十六人横行齐魏，官军数万，无敢抗者，其才必过。今清溪盗起，不若赦江使讨方腊以自赎。'徽宗曰：'蒙居外，不忘君，忠臣也，命知东平府。'未赴而卒。"

幸而侯蒙已死，不然，徒损国家威信。大凡强徒必凶横狡诈自负，以为人奈何他不得，才取于为非作歹，扰乱地方，掠夺财产。若不给以能耐者，而常以官□利禄，牢宠招安。即使受招，亦必为所轻视，仍为地方患。试观历朝招抚盗贼无其数，能有几次结果佳妙？故盗贼只有捕，既捕之，然后慑之以威，驭之以方，抚之以威，綦之以惠。或许能死心塌地，不再为盗。若只示以恩，思为苟且一时计，终必受其累。侯蒙，宦臣也，徽宗以为忠，不亦大谬！

且宋江投降，与方腊被擒，为前后间事。宋江之降，见于宣和三年二月，方腊成擒，即在同年四月，相差只一月许。此短时期内，在旧式交通制度下，立调新降之盗，赴前线效力，非但无此事，亦且无此速。况且讨方腊者为童贯，擒方腊者为忠州防御使辛兴宗。地点不在杭州，仍在清溪。是年八月，方腊伏诛，距起事至覆灭，不及一年（宣和二年十月方腊反），那里会有武松独臂擒方腊这回事！乃后人竟信了罗贯中的话。西湖边上，至今还有武松的一坯土；塘栖相近，靠运河的地方，不少梁山泊好汉垒垒土馒头，真是奇事。或以为也许有这回事，所以宋江投降，而后方腊成擒。但在童贯、张叔夜传中，何以均无只字道及？（方腊附见《童贯传》中）可知其不然。

甚至于说宋江硬要逛名妓李师师，适逢徽宗来了，躲避不迭这类事。说起徽宗微行，不始于宣和年间，而始于政和后。为了谏阻微行，居然都堂审问。《宋史》有这样一段事实：

政和后，徽宗多微行，乘小轿子，数内臣导从。置行幸局，局中以帝出日谓之有排当，次日未还，则传旨称疮痍，不坐朝。始民间犹未知。及蔡京谢表有"轻车小辇，七赐临幸"，自是邸报闻四方，而臣僚阿顺莫敢言。曹辅以为谏，徽宗得疏大怒，令服都堂审问。太宰余深曰："辅小官，何敢论大事？"辅曰："大官不言，故小官言之。官有大小，爱君之心则一也。"少宰王黼阳顾左丞张邦昌、右丞李邦彦曰："有是事乎？"皆应以不知。辅曰："兹事虽里巷细民无不知，相公当国独不知耶？曾此不知，焉用彼相！"

好极！"曾此不知，焉用彼相！"何等忠勇正气。徽宗有忠勇之臣不能用，反令其向都堂审问，而用一般逢君之恶，奸邪昏庸的宰辅。不有靖康之难，将不知人世间尚有报应事。

《水浒》说潘金莲挑帘，打了西门庆去。其初引为疑，何至挑帘子，曾打着行路人？后来看见几家珍藏的宋画院写的长卷，乃知宋时里巷之中，家家门外，张上一扇帘子，所以挑帘子，一不小心，曾打着行人。此虽小节，但即小可以见大，小亦不可以忽。

金圣叹不满于他以前的《水浒传》，加有"忠义"二字。他以为："忠义而在《水浒》，忠义为天下之凶物、恶物乎哉？且《水浒》有忠义，国家无忠义耶！故夫以忠义予《水浒》者，斯人必有对其君父之心，不可以不察也。"

诚然，以忠义予《水浒》，必有对其君父之心。然予宋江以忠义，焉知非施耐庵之本义。金圣叹又言曰：

彼一百八人而得幸免于宋朝者，恶知不将有若下百千万人思得复试于后世者乎？耐庵有忧之。于是奋笔作传，题曰"水浒"，意若以为一百八人，即得逃于及身之诛僇。而必不得逃于身后之放逐者，君子之志也。而又妄以忠义予之，是则将为戒而反将为劝耶？豺狼虎豹，而有祥麟威凤之目；杀人夺货，而有伯夷颜渊之誉；剿刖之余，而有上流清节之荣：揭竿斩木，而有忠顺不失之称。既已名实抵牾，是非乖错。至于如此之极，然则几乎其不胥天下后世之人，而惟宋江等一百八人。以为高山景行，其心向往者哉！……呜呼！名者，实之表也；志者，人之表也。名之不辨，吾以疑其书也；志之不端，吾以疑其人也。削忠义而仍《水浒》者，所以存耐庵之书其事小，所以存耐庵之志其事大。虽在稗官，有当世之忧也。

吾于金圣叹一番大道理，去忠义而存《水浒》，吾无间言。独惜金圣叹不能设身处地，替当年施耐庵着想。或许以忠义堂处一百八人，以替天行道予梁山草寇，耐庵有不得已之苦衷。圣叹未能一读《元史》，故不知终元之世，"群盗"如毛（此之谓盗，元室所谓之盗也。），而元卒亡于所谓"群盗"之手。当时之所谓"群盗"，虽亦不无假窃名义，但固不乏草泽中忠义志士。金圣叹批《水浒》，尚在明崇祯十四年，若在后三年批之，当亦知耐庵内心苦痛。以忠义予宋江辈，有所不得已，岂好为之！

载1943年9月1日—9月10日《新闻报》　署名冯柳堂

从《三笑》说起

说起《三笑》，人人皆晓。独我所谈，或有未了。引史据传，大题小做。岂敢云高，藐乎其藐。

话说《三笑》，其名不一，随弹唱者以定名，前乎此书则有金如意，写唐伯虎与陆昭容的恋爱史，接连而下，尼姑丫头，凑成八位，故亦名《八美图》。后于此书为换空箱，唐突了文徵明，为了猎艳逐美，几乎闷死在空箱内，不有贼伯伯上门，险些儿送了小性命，结果还是便宜他，赔贴了一位贼妹妹。中间一部，即是《三笑》，写唐伯虎追逐秋香的浪漫史。其实这部书，系从《今古奇观》三十三回《唐解元玩世出奇》这回书而来。及后编为弹词，乃成为《九美图》，以与八美合之而成九。若照《今古奇观》说来，只有一笑，弹唱者添加两笑，遂成为三笑姻缘，这是一种穿插，为弹唱者所不能少。

何以弹词书，大都托之于明正德年间？正为这正德皇帝（武宗）说不尽种种风流，有许多作风，为历代帝皇所无，如今读之还觉好笑。"上有好者，下必有甚焉者也"。何况三吴富庶之区，人才所萃，爱好风流，放浪形骸，奇形怪状，穷丑极妍，一时风气所趋，转觉不可遏制。再加之唐、祝本是无聊，焉得不做出许多丑态韵事，经后人穿插博〔傅〕会，更显得放诞风流，无所底止。

吴中四才子，本是卓卓有名，但不是唐、祝、文、周，而是祝、唐、文、徐。弹词家硬生生把一周文宾拉进去，据我所推想，当是一种生意经。因为弹词最重要的流行地域，为苏、杭两地，假使书中插入一杭州人，在苏州说书，固然无碍，在杭州一带说书时，倒易引起就地人的注意，所以将吴中本来的四才子徐桢〔祯〕卿剔出，而加一莫知所由来的周文宾，殆为此故。

徐祯卿被剔出，或许为后人所不知；正为他是早世，卒之年，仅有三十三，故尔默默无闻。唐伯虎、祝枝山，照小说中看来，更是放浪到无可放浪，恶极到无可恶极，但两人中祝枝山似乎较唐伯虎为尤甚。

《明史》有如是之批评，可见其为人，亦可见后世所传为不尽虚伪。其言曰："吴中自枝山辈以放诞不羁，为世所指目，而文才轻艳，倾动流辈，传说者增益而附丽之，往往出名教外。"

"传说者增益而附丽之，往往出名教外"，这两句中，包括了唐、祝无限奇闻异事，大约唐伯虎点秋香，亦在其中了。不过祝枝山并不是早年即放荡，唐伯虎还经他劝告而成业。其时尚有一位狂生，与伯虎同里，名叫张灵。唐伯虎与之交莫逆，遂纵酒不事诸生业。枝山以伯虎性颖利，暴弃可惜，乃劝之读书，闭户浃岁，居然举弘治十一年戊午乡试第一，即所谓解元是也。论科分，祝枝山是伯虎的前辈，盖祝枝山是弘治五年壬子科乡试的举人，但不是解元，这一科的解元是顾清。

唐伯虎本来放浪诗酒罢引，而何以颓唐放诞至于此，正是有故。以唐伯虎才学，当得起"才子"两字而无愧。大概有才气的，总不免夸口大言，或者是出言无忌，这是文人的积习。唐伯虎中解元那一年的主考，是梁储，梁储是正德时有名宰相。梁储自见唐伯虎的文字，惊奇了不得，归而言诸朝士，以为得一佳士，并出其文，给学士程敏政看，敏政亦奇之。无如事有凑巧，翌年会试总裁，正是派着程敏政。唐伯虎进京会试，有了知己座主的梁储，复得着这届会试总裁的知遇，早存着不作第二人想，独占鳌头，舍我其谁，不但是存心如是，而且形之于口隽言语间。本来是傲放不羁，而今更是出言肆无忌惮。功名利禄，在普通一般人所必争，有了你，便没有了我，如今看见唐伯虎这般洋洋得意神情，早存着一股怨气，要想乘机发作。又不料事有巧之有巧，程敏政的家僮，受了江阴富人徐经的贿，出卖会试题目，一时哄动了举子，经御史弹劾，程敏政果然革职办罪，然而唐伯虎为了出言不慎，亦一网打进，非但状元进士无望，反而革去功名，下诏狱，谪为吏。在现在，好像衙门里充当一位吏役，穿上一套制服，带着武器，反可上下其手，鱼肉人民，做到人瘠我肥的地步。但在有骨气的人们，反以为辱，不以为利，避之惟恐不及。唐伯虎蓦不防有此一反动，当然是心灰意懒，格外放浪，演出卖身投靠这类离奇的举动，或许是确有其事。

不要说《今古奇观》及《三笑》，说唐伯虎自卖于华家为奴，即在前人笔记中，亦有说唐、祝卖身给某富翁家充厨子事。偶见巨龟于灶下，一时诗兴大发，两人大联其句（诗从略），事为主人知，曰："尔两人虽佣人而诗人者也，昨夜所联之句，录与老夫看。"两人如命录呈，主人拍案叫绝曰："老夫有全家行乐图，缙绅题遍，类皆浮泛应酬，孰若此诗亲切入情，呼之欲出，尔其为我书之幅头，传之子孙，以为家宝，庶几流芳百世。"两人曰："昨见巨龟曳尾灶前，我两人即景生情，为此联句，若书之行乐图上，恐不雅相，不如无书。"主人曰："奇哉！何与老夫图中之意，语语针对，当必灶神之功，不书，负此诗，并负此图矣。"

富翁竟欲以乌龟自况，亦未免谑而虐矣。惟唐、祝诡奇不轻〔经〕之行动，层出不穷，如祝枝山在《三笑》中描写其敲竹杠，吃白食，自无如是之甚。然《明史》亦云："枝山文章有奇气，当筵疾书，思若涌泉。尤工书法，名动海内。好酒色六博。善新声。求文及书者踵至，多贿妓掩得之。"单看这一段文字，枝山可谓真才子，文章书法，甚至于嫖赌吃着，歌唱奏曲，那一样不工。欲得其文章书法者，常贿妓掩得之，可见非到他酒色淋漓，难觅他片纸只字。

尝闻："唐伯虎题妓湘英家匾云'风月无边'，见者皆赞美。祝枝山见之曰：'此嘲汝辈为虫二也。'湘英问其义，枝山曰：'风月二字无边，非虫二乎？'湘英终以为美，不之易。"

非但如此，《明史·祝允明传》云："不问生产，有收入，辄召客豪饮，费尽乃已。或分与持去，不留一钱。"

可见祝枝山完全吃白食，也喜欢给人家吃了白食去。而且不尽是敲人竹杠，亦喜欢竹杠给人家敲去。可是"晚岁益困，每出，追呼素〔索〕逋者相随于后，允明益自喜"。

以追讨索债相自喜，枝山可谓另有乐处，确乎非寻常可及，小说书中，说得恶形恶状，大约从此等处蜕化而来。

讲到唐、祝寻开心地方，不一而足。我且诗录几则于后：

伯虎对门一富翁之母七十寿诞，求诗于伯虎，伯虎援笔书曰："对门老妇不是人。"富翁见书而惊。又曰："好似南山观世音。"意稍释。第三句曰："两个儿子都是贼。"见之又不觉失色。续曰："偷得蟠桃寿母亲。"富翁快快持之而去。

看这首诗，使人一惊一喜之状，跃然纸上。清纪晓岚，曾仿此体，为某翰林之太夫人寿，一时传为佳话。某富翁毕竟俗不知书，反以为快快，诚不知好歹矣。

又见伯虎题半截美人，饶有意味，词云："天姿袅娜十分娇，可惜风流半截腰；却恨画工无见识，动人情处不会描。""谁家妙笔写风流，写到风流意便休；想是当年相见处，杏花村里短墙头。"

吴令命役于虎丘采茶，役多求不遂，谮僧，令笞僧三十，复枷之。僧求援于唐伯虎，伯虎不应。一日偶过街所，戏题枷上曰："官差皂隶去收茶，只要纹银不肯赊。县里捉来三十板，方盘托出大西瓜。"令见而询之，知为唐解元笔，笑而释之。

伯虎又尝出游遇雨，过一皂隶家，以纸笔求画，伯虎遂画海蛳数十，题其上云："海物何曾数着君，也随盘馔入公门；千呼万唤不肯出，直待临时敲窟臀。"

必定要写出皂隶之遭遇来，正见文人游戏，未免流于刻薄。相传祝枝山尝与沈石田出游，见尼姑收稻自挑，祝云："尼姑田里挑禾上。"沈云："美女堂前抱绣裁。"盖禾上为"和尚"之谐音，而绣裁乃"秀才"之象声，字面恰对，音又相近，自为巧联。

至于唐伯虎之自废，尚有宁王宸濠之一段刺戟者。宸濠在南昌，距苏州近，慕伯虎才名，厚币聘之。及伯虎往，察其有异志，佯狂醉酒，露其丑秽，宁王不能堪，乃放还。筑室桃花坞，与客槃游晏饮其中，不复再有意于世事。

论年龄则四才子之中，祝枝山最长，生于明天顺四年庚辰，比唐伯虎大十岁，盖伯虎生于明宪宗成化六年庚寅。文徵明与伯虎同年，徐桢〔祯〕卿年最小，又比伯虎小九岁。

论享年，则徐桢〔祯〕卿最小亦最早死。唐伯虎次之，年五十四，祝枝山又次之，年六十七。文徵明享寿最长，年九十。

唐伯虎之命名，皆从其出生之年而来。以其所生之年为寅年，故名寅。寅有敬畏之意，故字曰子畏。寅肖虎，故号曰伯虎。晚年韬晦，皈心佛乘，故号"六如居士"。六如在《金刚经》偈言中所谓"如露亦如电，如梦幻泡影"，故曰"六如"。

《三笑》中屡称"六指唐寅"，余尝求之各传中不可见。惟《今古奇观》有此说，《三笑》弹词中亦有之。倒是祝枝山确乎生而枝指，故自号枝山，又号枝指生。因《今古奇观》中并未提及祝枝山，故《三笑》亦不知枝山为六指头。

以人品论，唐、祝皆放诞不羁，祝又为甚。以福泽才学论，文徵明最厚。文徵明非但不是解元，亦且不是举人，惟文才与唐、祝若，宁王亦厚币相聘，辞不就。以岁贡生，诣吏部试，授翰林院待诏，故称"文待诏"。四方乞诗文书画者接踵于道。而富贵人不易得片楮，尤不肯与王府中人，曰此法所禁。门下士赝作者为多，徵明亦不禁。然伯虎与徵明之画，皆出自沈石田（周）。时吴中自吴宽、王鏊以文章领袖馆阁，一时名士如沈周、祝允明辈，与并驰骋，文风极盛。然主持风雅数十年，徵明一人而已。

于此可知文人当厚道，文徵明非但福寿双全，而其子彭以能诗工书画篆刻世其家，至今得之，犹珍若拱璧。彭孙震孟，官至大学士；世泽绵长，毕竟积善之家，必有余庆。忠厚待人，周急济贫，才是文人载福之道。

载1943年《天下》创刊号　署名冯柳堂

弹　词

弹词，说书之一种也。说书之由来甚早，亦称评话。惟弹词之由来，不可得知，但观其所描写之事实，大都为明正德年间事，足征其由来匪远。《红楼梦》中，已有女先儿说书，惟不言其是否即为弹词也。大概乾嘉之季，歌舞升平，娱乐事业，乃见发达，或亦时势使必然。

说书者，以前称之说大书，所说为《三国演义》《水浒》诸书，次之为《金台传》《岳传》《七侠五义》。弹词为小书，说小书者不重说白而重唱，佐之以三弦，故曰弹；编成词句以便唱，故曰词。所弹唱者大都为《三笑》《白蛇传》《描金凤》《双珠凤》《珍珠塔》《玉蜻蜓》一类书，歌喉宛转，弦索叮当，亦沪上近十年来一时称盛之娱乐也。

弹词之中，独以《三笑》一书，妇孺咸知，正推其所叙述之人物，为有名之才子，所描写之事实，为盛传之韵本。所以为谐谑者，尚可解颐，而不伤雅；所以为猥亵者，虽曰无聊，尚不淫秽。此其所以为雅俗共赏，独得盛行于一世欤！

《三笑》脱胎于《今古奇观·唐解元玩世出奇》一回书演绎而成。

据稿本整理

朱子家训

　　近见《新闻报》贷学金书画展览时，求《朱子家训》者众，足见风气转移，知修身齐家之要。余尝谓时代有古今，学术有新旧，独道德为人生应取之途径，无上下古今之殊。偶因环境影响，而立言不得不从其时所尚者，又当别论，要之大体固无妨也。

　　《朱子家训》，以其称为朱子，不察者往往误以为宋代之朱熹。余童时用朱子家训墨，亦尝有此想。即在西安碑林中，得《朱子家训》拓本，书家案语亦与余童时所见相同，乃知误朱柏庐为朱熹者固大有人在。

　　朱柏庐名用纯，字致一，明末清初人，为明之诸生。清兵下江南，杀戮甚重，朱家昆山，亦不能免此厄。柏庐之父集璜，为明诸生。于昆山城陷之日，不屈而殉国。柏庐痛明社之亡，父死国难，慕王裒攀柏之义，遂以"柏庐"自号，隐居讲学，守程朱说，授徒赡母，友爱诸弟，白首无间。晨起谒家祠，即庄诵《孝经》。平居精神宁谧，动止有常，盖主敬功夫有由来也。尝谓"圣贤之学，不外一敬，敬犹长堤巨防，滴水不漏。敬之至也，一敬而天下之理得，天下能事毕，变通鼓舞。尽利尽神，希圣希天之学，俱在于是"。

　　治家格言（后人称为"朱子家训"）之作，殆亦有感于时尚风俗之丕变。故曰："今人日常用行，无非种种恶习。人心中只办得'卑鄙'二字，伦理上只办得'苟且'二字。必须勘破从前魔障，跳出坑坎，更从上面探讨精微，方可进道。"而其学说，又以为"圣贤之道，不离乎事事物物。即事事物物而道在，即事事物物而学在"。

可知治家格言，为其学说之结晶，故能乡里感化。争曲直，不愬诸官，得柏庐一言即解。尝曰："识得天理熟，当机立应，如离弦之矢，更不拟议，更不矜张，真是何思何虑，真是行所无事。"人能修养到此地步，所谓圣贤仙佛，一二二一也。

余亦钦柏庐格言。但不能见诸实行，揆之柏庐知行并进之义，惶惭无地。然亦未尝忘治家格言，故向碑林购拓本，意即在是。盖以为时时日日不知不觉中，与之相接近，终必获益。无如碑林石刻，不能使余满意，寻思必得书家为之，始相得益彰。丙子夏，得金山陈陶遗先生法书相惠，喜出望外。陶老以章草名世，不轻易作楷书，而不知其寸楷之遒劲神化，直逼虞、欧。余得之，珍如拱璧，颇思影印以贻戚好，会战事作，不果。日前，三一主人金有成先生谈及，何如影印成帙，以便临池，以资默化。惟以今日之物力，更不易措。

朱柏庐先生卒于清康熙二十七年，享年七十二，有大德宜享高年。病革犹以"学问在性命，事业在忠孝"语其弟子，想见其生死须臾之不相离也。（稿费贷学）

载1944年2月15日《新闻报》　署名冯柳堂

孝

余就《论语》以述君子，曾于本栏发表其旨趣（见《何为而写此书》），稿已粗具，书名未定。无如一病数月，今犹未愈，整理工作，尚待进行。日前友人某来视疾，谈及日用物品之万般昂贵，子女教育费之负担綦重。安贫守分，诚难乎处于今之世。虽精神上无改其乐趣，但筹措深感夫拮据，是亦环境使然，有何怨尤。乃出稿中《君子之德性》一章，请益于友人，亦稍可平心静气。章分二十节，曰仁义礼知信、曰温良恭俭让、曰忠恕敬慎惠、曰宽刚勇直孝。相与谈父母之于子女，子女之于父母者如何？友人劝余即以其中《谈孝》一节，先行发表，公诸世之为父母子女者，亦足以省发。余遂取未整理竟之稿，寄诸吾友讷厂，请为酌夺也。

孝为中国德行之本，故重孝莫如中国，言孝亦莫若中国，可谓中国伦理之极则。自天子至于士庶，立身行道，治天下，扬名于后世，莫不从孝出。其说备于《孝经》一书，孔子曰："夫孝天之经也，地之义也，民之行也。天地之经，而民是则之。"何以谓之"天地之经"？盖以"孝德之本也，而民是则之"者，孝为"教之所由生也"。故季康子问"使民敬忠以劝"，孔子曰："临之以庄则敬，孝慈则忠，举善而教，不能则劝。"皆以一己修身做起，使民知劝勉，自能则效之也。或问孔子："奚不为政？"孔子曰："书云：孝乎'惟孝友于兄弟，施于有政。'（此成王命君陈之辞。见《尚书·君陈篇》，作克施有政。）是亦为政。奚其为政？"以君陈能孝，故曰惟孝而能友爱于兄弟，推孝弟之心，施之于政。国无不治，民无不化，故孔子以为奚必在位而后谓之为政。能以身作则，化及乡邦，是亦为政之一道也。

可见中国政治思想，皆从一身一家作出发点。孟子曰："人有恒言，皆曰天下国家。天下之本在国，国之本在家，家之本在身。"为政者常以一身之善恶，系天下人之善恶，盖重人格感化。故以君子之德，譬之于风，言其感化力之强大，此贤主良臣政治之说所由兴也。夫以一家之事，可推之于一国之政，亦为家齐而后国治，未有家不齐而能治国平天下也。（然后世正反其道而行之，而其治绩如何？）因之个人之修养，与其行品之敦笃，学识之优劣，不但为一身之本，一家之本，亦为一国之本。故将孝弟看得特重，推而至于谨信、爱众、亲仁、学文，皆以"入则孝，出则弟"为其本。有子则谓："其为人也孝弟，而好犯上者鲜矣。不好犯上而好作乱者，未之有也。"确乎能知孝弟之人，岂肯作违法蔑纪之事？是以谓"君子务本，本立而道生。孝弟也者，其为仁之本欤"！盖之孝弟知爱其亲，自不欲贻父母忧。爱者仅为仁之一体，但仁无爱不能见其仁。人能爱其父母兄弟，必能爱其家。爱其家，亦能爱其国。家何以存，为有国之保护。国不存，覆巢之下，宁有完卵。故爱身爱家，必先爱国。然此一念之爱，皆从孝弟出来。扩而充之，仁民爱物，即在其中，则孝弟非为仁之本欤！

孔子言孝，亦因人而施。子游问孝，子曰："今之孝者，是谓能养。至于犬马，皆能有养，不敬，何以别乎？"人自呱呱堕地至于成立，谁孕育之？谁抚养之？父母也。苟一念微父母何有于今日之吾？无今日之吾，亦无今日吾之能所以为吾，则吾身从父母之身而来，而吾与父母为一身。吾爱吾身，独不爱吾身所自出之父母本身，有是理乎？然人咸不明此理。非不明也，人往往于最切近最浅易之理，忽略不之思。非不之思，思之不诚不笃耳！人知小恩小惠，加于我者常思答报，而独于父母昊天罔极之恩，不知报德，是父母并常人之不若也。人莫不爱其妻孥儿女，而不能爱其父母者多矣！苟能移其爱妻孥儿女之心，以爱父母，则人必以为大孝矣，是父母并其妻孥儿女之不若也。

有以为养育儿女，为父母应有之义务，尽其为人之本分耳。故尔放言"非孝"。故不论权义对等之说，有义务之可尽，应有权利之可享。而不念片方面之义务，独责之于生我抚我养我育我之父母，而不敢责诸人，望诸人，抑何薄于所亲而厚于所疏。然世间事无有不报，因果与报应，虽科学不能逃此律。（但为非作恶者，偏欲斥之为迷信，讥之为无稽，毁之为腐化。正为其作恶多端，内心常多焦虑，惟恐因果报应之祸及自身，延及子孙。故但望世间无因果报应，亦怕听因果报应之说。乃不得不作违心之论，横肆排斥也。）故当其儿女之为夫妻父母矣，所待其儿女者，一如其为儿女时父母所待之于彼。及彼儿女长大待其父母也，亦如彼为儿女时以待其父母，是因报应之不爽也，以不孝报不孝，诚如谚所谓"忤逆还生忤逆儿"。则能孝养其父母者，常得子孝孙贤，种瓜得瓜，种豆得豆，因果律固应如是也。

孝父母不尽为养，养其一端耳！孔子见人之养其父母，好似儿女对父母之一种恩惠，以为尽孝之能事矣。而不知如以能养为孝，则养父母固为养，养犬马亦是养，养父母与养犬马，有何别乎？谓养犬马为孝犬马可乎？然则养父母所以别于养犬马者，为其养父母能知敬，养犬马无此敬意耳！如养而不知孝敬，则与养犬马何别？孔子戒世之以养父母为孝者，尚须记取一个"敬"字，盖孝与敬本为相联而至之事也。

夫养父母当知敬，非仅语之于子游也。子夏问孝，孔子又语以"色难"。色难者，正为儿女对父母之颜色为难耳！盖对父母有孝敬之诚心者，必能和颜悦色。虽父母有恚怒憎恶之色，而儿女不敢稍存不豫之状，如是以事亲，则何"色难"之有？惟其不易，孔子所以语之也。至"有事，弟子服其劳；有酒食，先生馔"，弟子先生，非师弟之谓。弟子者，家中之子弟；先生者，父兄也。进酒食于父兄，为父兄服其劳，此为儿女长幼应有之敬意（参阅《礼记·内则》篇）。故孔子有"曾是以为孝乎"之问，必也服劳奉养出于至诚，而有愉色婉容，方为能尽其孝，然有为一般所难能，故曰"色难"。

孟懿子问孝，孔子语以"无违"；樊迟以问孔子，子曰："生，事之以礼；死，葬之以礼，祭之以礼。"则与"色难""不敬"，同是儿女易犯之失。孟懿子生长于世禄之家，服劳奉养，在常人以为能尽父母之孝者，在彼均不成问题，故不足以为孝。惟是富贵之家，鲜克由礼，何况好僭越之三桓后裔，更不知礼，故孔子语以"无违"。对于父母自生存至于死亡，要能处处尽礼，无违越之嫌，则事亲之始终毕矣。事亲能无违于礼，则事君亦能无违于礼。孔子一语双关，戢其僭越之心也。

及其子孟武伯问孝，孔子语以"父母唯其疾之忧"，此则推父母爱子之心，而勉儿女推心以爱父母也。父母爱其子，唯恐其有疾病，见儿女有病，其即心焦急，有不可以言语形容者，故人能推"父母唯其疾之忧"之心。以爱父母，则自勉为善良，不欲贻父母忧，并爱惜自身，无伤父母之心，所谓"身体发肤，受之父母，不敢毁伤，孝之始也"。父母有疾病，亦当以父母忧其疾之心，以忧父母，是亦可以为孝矣。但只见父母忧儿女，少见儿女能真心忧父母之疾。一旦父母衰老，需儿女服事，久而生厌，渐至憎恶。父母子女间之天性，日形漓薄，不能善始终者亦众矣。惟父母年事愈高，□爱子女愈切。舐犊情殷，鲜有如曾国藩，亦有所不尽，闻纪泽病大愈，亦曰："老年人始知圣人教孟武伯问孝一节之真切。"将父母爱子之心，和盘托出。近与谢利恒医生谈治病所见，谢医云：

"为儿子病向其叩首祈托者，前后不下十余人。为父母疾病而向其叩首奉恳者，行医数十年，只一人而已！"孔子所谓"父母唯其疾之忧"，真是深悉人情之谈。尤其在富贵之家，儿女成长，足以自立之后，父母生死不足置怀，故孔子教孟武伯以父母唯其疾之忧，意亦在是。

甚有不肖之儿，冀父母速死，早得享受遗产者。（如宋沧州节度使米信之子簪，尚人出重利借"老倒还"钱。借据写明"若父死，钟声才绝，本利齐到"之语。与近时富家子举借之"磐子钱"，同一用意。）是亦人子也，何以枭獍成性？此则溺爱之□。溺爱者，宠爱过度，纵容放肆。"骄奢淫夫，所自邪也。"是以爱子莫事于教，所谓"爱子，教之以义方，弗纳于邪。"而得"父慈子孝兄爱弟敬"，亦人生之乐事，家庭之幸福也。（自骄奢淫夫起，所引为石碏谏卫庄公宠州吁语。）故儿女不肖，虽亦由于国家社会之过失，而父母不得辞其咎，止为有养而无教耳！孔子唯恐父母宠爱儿女，而云："爱之能弗劳乎？"盖父母爱子之道，莫大于管教得宜。俾能自立，出而为社会人群服务，"立身行道，扬名于后世，以显父母。"然无不从习劳服勤而来。幼而能习劳，长而能立业。是以建大勋、成大业，有大学问、行大功德，大都出之于贫寒家之子弟。为能耐劳苦，冒艰危，不以冻馁动其心，而惟增益其不能，以冀成就其本业。习劳与成功，盖成正比例。为父母固挚爱其子女者，应使儿女习劳服勤为第一义，而念逸豫足以亡身也。

或谓孟子有言："责善，朋友之道也。父子责善，贼恩之大者。"如是，责善只为朋友间事，父不可责子，子不可谏父。子不谏父，犹可，父不可责子，何以为教？是不可如是言。责善者，父责子善，子责父善，朋友可互相切磋。父子而责望太深，亦将伤父子之恩情，故曰："责善，朋友之道也。"至父以教子，子以谏父，非可比于责善也。但子谏其父，亦至有其应处之道。孔子曰："事父母几谏，见志不从。又敬不违，劳而不怨。"此对于父母之有大过失，子女谏劝而言也。几谏者，婉言微谏也。谏之而父母之志不从，不可犯颜逆谏。再起敬起孝，以动父母之心，而冀再谏，虽劳亦不以为怨，此可见孝子之劝其父母，何等用心周至。一种和悦气象，见于言外。《礼记·内则》云："父母有过，下气怡色，柔声以谏。谏若不入，起敬起孝，悦则复谏；不悦，与其得罪于乡党州间，宁孰谏。父母怒，不悦，而挞之流血，不敢疾怨，起敬起孝。"此虽不必与语今之人，但不妨示以古之孝。若夫匡章父子责善，而至出妻屏子，家庭尚有何乐趣哉！

　　父母无不思念子女，每欲团聚一处，晤对一室，子女则晨昏定省，承欢膝下，诚天伦之至乐，亦中国大家庭制度之所由来也。及子女外出，倚闾而望，出于父母至情，恒所不免。孔子曰："父母在，不远游，游必有方。"不远游者，惟恐父母念之也。曾子所谓"一举足而不敢忘父母，道而不径，舟而不游，不敢以先父母之遗体行殆也。"在孝子亦不欲久疏定省，游必有方。俾父母知其所在，聊慰父母之心，亦慈孝之天性使然。

　　孔子曰："父母之年，不可不知也。一则以喜，一则以惧。"不可不知父母之年者，儿子应有之心也。知父母之年，一则以喜，一则以惧者，喜者，喜父母之寿康，能长承色笑耳；惧者，忧父母年老力衰，不能长得孝养耳！孝子之心，永无已时。"慎终追远"，盖孝子贤孙，水源木本之思。祭飨之举，意在纪念祖先，表示敬意，虽远弗替。子路述孔子之言曰："祭礼，与其敬不足而礼有余也，不若礼不足而敬有余也。"是不为鬼灵而飨之也明甚。（儒家于鬼神之说，大抵抱存而不论之态度。）孔子观人子之孝，不但观之于父母生前，亦尝观之于父母死后。所谓"父在观其志，父殁观其行。

三年无改于父之道，可谓孝矣"。父在观其志者，父在子不得自专，只可观其志。父殁然后其行为可见，必待三年无改于父之道，可谓孝者，盖在父丧期内，能不改于父之道，是不以父死而改其行，亦可谓孝思不匮，奚止三年？孔子尝谓："武王、周公其达孝矣乎？夫孝者，善继人之志，善述人之事者也。"善继述先人之志，谓之达孝。故曰："事死如事生，事亡如事存，孝之至也。"是能不以父母生存亡而易其孝也。

孔门弟子中以孝传于后世者，曾参、闵子骞其著也。曾子之孝，未见于《论语》，但所传之《孝经》，为东方伦理学中唯一之巨著。将孝与政打成一片，家与国糅合成辐，忠孝传家，几成为中国社会唯一之格言，亦唯一之荣誉。（此外如《礼记·祭义》诸篇，尝见曾子之《言孝》，其孝可知。）闵子骞，孔子曾称许之曰："孝哉闵子骞，人不间于其父母昆弟之言。"父母常赞美其儿子之孝以为荣，昆弟常习相友之深以为乐，用以自慰，是亦人情之常，故不无有过誉溢美之处。惟闵子骞之孝友。人无闲言，可知其确有孝友之实，孔子所以美之。子贡问何如斯可谓之士？孔子语以"宗族称孝焉，乡党称弟焉"，然次于"行己有耻，使于四方，不辱君命"之士者。正为士须论才，方可有为。孝弟仅有其德，未必皆有才，而以任使命，故以为次也。

孟子尝于公都子之问"匡章，通国皆称不孝焉"而目曰："世俗所谓不孝者五：惰其四支，不顾父母之养，一不孝也。博弈好饮酒，不顾父母之养，二不孝也。好货财，私妻子，不顾父母之养，三不孝也。从耳目之欲，以为父母戮，四不孝也。好勇斗很，以危父母，五不孝也。章子有一于是乎。"举孟子所言，匡章非不孝。而通国方以为不孝。孔子所谓"众好之，必察焉；众恶之，必察焉"，众人之毁誉，未可以为是非也。然亦可见战国世衰道微，犹不失为"虽无老成人，尚有典型"。若以闻诸今之人，谁无一于是乎？滔滔者皆是也。故咸不自知其不孝。呜呼！世道衰，此孝子所以特加旌表欤。

载1944年9月21日—9月30日《新闻报》　署名冯柳堂

为"囦"字答客问

　　拙作《记帐款项上应用一什么字》，发表不二日，即有杭州大中华火柴厂某君（因原函失去，忘其名，并此致歉）来函，以"囦"字相商，嘱为裁答。本思即复，奈商业新闻经济专刊均患稿挤恐慌，无从刊登，遂亦因循迄今。本日晨见《申报周刊》中载有袁在辰君《介绍一个新字"囦"》并指名鄙人相与商榷，因是不敢再躲懒矣。

　　查此字"囦"非敢掠美，当拙作属稿时，确亦曾一度考虑及此。盖当时以为旧时之"洋""元""ㄆ"，笔划何等简单，写作何等便利，因思欲得一字以代"国币"二字之用，辗转寻思，竟不可得，于是亦思创作一字以资用。国之为"囗"，本为古字，无所用其考量，但"幣"用何字以代替之，用其上半截，则为"敝"字，虽曰财货有相通之义，"与朋友共，敝之而无憾"，但这"敝"字应用进去，既不合简单便利之条件，意义亦不甚佳。自必采用其下半截"巾"，俾与"囗"字合作，才合于前述之办法。然而"囗"于"巾"之上，则似"吊"之形，"吊"虽亦为旧时计算钱币之通称，言"吊"即可知其为ㄆ，而今日之国币，所代表者非为钱，而为一种"元"也，用"吊"形状之符号，似亦未妥。然则置"巾"于"囗"之中，可以别于"吊"而可代表"国币"矣。惟鄙见，以为仍应考虑者，无论将"巾"字置于"囗"之下，或"囗"之中，先须问明"巾"是否可以代表"幣"字。虽曰古之用作财货之名称者，如"币"，如"布"，如"帑"，皆从"巾"，但照"巾"字本义固为佩巾也，从"丨"，象系也。即所谓"币"，所谓"布"，亦皆为丝枲之织品也。帑之意义为金币之所藏，稍异于是，然如单用一"巾"字，能否即可代替"币"字之含义，则余未习小学，不敢妄谈。即不谈字义而讲笔顺，凡方形字如"口"，不能以一笔了之。或曰，帐簿体可化繁为简，固不妨于书写时，团团转画形成一圆圈形，岂不便利；不但将来与记帐时之零"〇"字相混淆，且其中尚应有一"巾"字，两字如要一气呵成，势必成为内外两圆圈中加一"｜"，成为"中"字之中加一口，大略如作∅，又似乎大觉圆妙了。鄙人当时虽尝几番考虑，数次书写，终于不敢"自我作古"，弃而不用，乃择大众所经见者述及之，然亦知为未妥也。

今读袁君文，方知其所创造之新字"囘"，与余当时一度所考虑者竟不约而同，可见事固有同此心理者也。袁君并在其大著《中国簿记学》中，将加以提倡。惜余未获读是书，不能明其创作精意之所在。只就余当时考虑之情形，奉答如是，并以复杭州某君之惠教。

载1937年《申报·每周增刊》第2卷第23期　署名冯柳堂

废止阴历的前提

有了四千六百余年历史的阴历，已深入于民间。一朝改革，欲推行尽效，原不是一件易事。不过以革命政府的精神，不难费稍久的功夫，便将阴历废除。看今年国民政府阴历年初照常办公，上行下效，阴历的运命可想而知了。

为什么要废除阴历？从世界大同方面去讲，大家都用阳历，我们何能独异？从科学方面讲，为何舍准确的阳历不用，而用月建大小不定与夫三年两闰五年三闰的阴历？又从改革方面去看，除旧布新，要一新耳目，使授时正确，亦非改用阳历不可。

去年废止阴历的运动，发动迟了一点，欲以极短时间，达到废止目的，明知是不可能的。不过，既开其端，必有其终，这就在乎有不断的努力，和广大的宣传了。现在一般人犹莫明阳历之利，阴历之不便，假使党政方面同认废止阴历为必要，就立刻起来作废除阴历的准备，莫待到半年过去，再来运动，那恐又蹉跎一年了。

尝以为废止阴历，要从多方面入手。第一点：就是历书。专制时代，授时认为国家要政，历书由钦天监监印。自从民元以后，虽有所谓观象台历书，但是历书都由私家书坊印售，不但是阳历徒存其名，即阴历月建大小亦有参差，这样的历书，如何可以准其行世？

现在既以废阴历用阳历是断然的事，就应该由政府严令各省市禁止书坊私印历书。这或者认为太过，但应该禁止历书，不得再用阴历，必定要根据中央研究院观象台所刻印的历书印行。假使书坊仍敢沿用阴历，那就不客气将书没收，并且要课他极大罚金。第二点：日记簿已成为一般的用品，印日记的书坊，又都是大公司，今年也要责令他们在印十九年新日记的时候，再不该将阴历同印在内。第三点：就要抢着各地报馆，再不要于报头上阴阳历并列，并且要多多登载推行阳历的文字，其效力自比几千几百的宣传页为大。

不过从事实上看，最足为废止阴历障碍的，为商界的结账。固然，商家的结账，与农家的收获有关，因为乡间商店，注重在信用交易，平时以赊欠卖出为多，所以一年三节结账，大半是根据农家收获而来。如端节之为丝麦上市时期，中秋之为豆棉上市时期，年终之为米谷上市时期，农人偿账缴租，田主收租付账，都靠着农产物收获之后。而阴历年终，正值农产秋收冬藏空闲之际，商店就待农家收获辗转相付以收回其平时所放之账款。假使改用阳历，所谓年终，至少比阴历要提早一月，或一月有半，那辗转相偿之时间，当然没有阴历那样充裕。不过既在农产尽登之后，如果大家预事准备，那末商家于阳历年终结账，也非是绝对不可能之事。可惜人类是富于惰性的，何况要改革他历祖相沿的阴历，所以贵乎要有革命的精神，早日给民众的一个通知，今年的最末结账期，是阳历年终，不是阴历年终。对于商界向用阴历结算的账期，如钱业之三底九底以及普通之端节、中秋，统应由中央责令地方参酌就地商习，于一个月内筹画定当，转由工商部酌核通令施行。此外如工商业职工薪水之以阴历结算，亦可由中央先行明令定期改为阳历支付。工商界结账改期，阴历废止已成功其半了。

此外一点要十分顾到的：就是民众的娱乐。娱乐是人们不可少的事，我国人向来娱乐时期，只有所谓如清明、端阳、中秋、重阳以及新年的四天。假使这娱乐时日不把他改换过去，亦足为推行阳历的障碍。不要看别的，只看阳历年初与阴历年初一番情况，就可知道。所以应由党部和政府出来提倡阳历新年的娱乐，不但要有阴历那样热闹，而且过之，这并不是叫人民浪费光阴，因为要废除阴历，也得给人们一个休暇娱乐的机会。我们推想阴历年首四日的休息由来，大约是勤劳一年，以此四日，答偿他的劳苦，慰藉他的人生，以为陶情取乐的时期。即年首年尾种种情形，固然多半由神权时代递嬗下来，可是"一来为神，二来为人"的乡间俚语，狠可表示他们借神权来发扬他们自己的娱乐的了。他如端阳等令节，亦应该用相当的日子去替代；这并不是妥协的说法，不过要改革，要谋其实现，也要明了旧时的情形而为革新的张本。而紧要关头仍在各地党部之宣传深入人心，政府之执行果决有为。如此，阴历废止，不难见诸民国十九年。

载1929年《社会月刊》第1卷第1期　署名柳塘

杭州湾头之名胜风景

群山之中有名胜地。沿沪杭公路行，自乍浦迤西，滨海一带，群山起伏，至六里堰，过黄湾以迄闸口，山势蜿蜒，峰回叠嶂，不可以尽名，而其间多名山水，乃风驰电掣于沪杭公道者，竟交臂失之，宁不可惜，爰为表而出之。

南北湖上之风景区。六里堰之南不数里，有湖名永安，周十余里，中贯以堤，界湖为南北，因亦名南北湖。三面皆山，独缺其东南隅为大海。山中盛植桃李，阳春天气，绿荫婆娑中，娇红粉白，与湖光山色相映，疑似身处桃源中也。沿湖杨柳依依，芙蕖亭亭。山中又多翠竹乌桕，红枫绿槐，故虽至深秋，犹有为看枫叶而往者，景物宜人，可想见矣。

鹰窠顶观日月平行。湖旁有高峰，名鹰窠顶，矗峙海滨，为诸山长，鹰鸥日翱翔于大海上，夜宿其巅，因以为名。山有寺，可为游客作东道主，笋蕈肥嫩，蔬菜鲜美尚可口。门前有公孙树二，相传为元代物。常于十月朔晨光熹微中，登山巅观"日月平行"，双丸跳荡，霞光万道，见者称奇。明大儒黄梨洲先生尝往观之，有文记其事，见《南雷文集》。微闻非九月有三十日及天气晴朗者不得见。

黄沙坞诚修养胜地。山之阳为黄沙坞，诸峰环抱，一面临海。坞中种桃栽李，茂林修竹。擅山海之胜，无尘嚣之气，仅有鸟径可通外，几与世绝。而空气清新，诚为修养胜地，惜无人注意及之。

雍正帝敕建大士寺。自山顶西望，并峙于海澨者，即大小尖山也。大尖山孤立海滨，与尖山东西相对，中隔一小平原，名小山圩。

尖山之脉，迤逦北行，止于公路之南。沿公路西行，至地名闸口者下车（在黄湾之西，袁花镇之南），南行不二里，即至山麓，有天妃宫。上山，为乾隆时所筑之辇道，故虽曲折而平坦易行。山顶有大士寺，为清世宗拨帑敕建。白石为栏，寺门仿宫殿式。门内有御碑亭各一。山石嵯峨，不能直登，凿石为阶，盘旋而上。此其间有神话也：相传启建时，正斧凿兼施而时为胶住，乃自其旁开径以避之，事后方知下有磁石，故铁器为所牵制，如今天王殿前尚有转向石，以磁针置其上，南北易极。殿后为一大院，左为客堂，右为罗汉堂，中为大士殿。再自左侧进为僧寮，历石级数十而下。有轩三楹（俗称地窨子），明窗净几，中悬一额曰"观澜阁"，系浙江巡抚杨昌濬（此即为杨乃武案而革职，后为佐左宗棠平西而赴复）题。凭栏下瞰，洪波森森，白浪滔滔者，即著名世界之浙江潮发生处也。

　　浙江潮发生之由来。人皆谓浙江潮，自鳖子亹始，实则已成为历史上之陈迹。分水道为三之龛赭诸山，早为浊浪怒潮所卷引，逐渐南移，淤为陆地，与南岸相联接。且地在海宁城之西，而潮之最伟大处，乃在海宁城之东，即八堡一带，其发动处又在八堡之东二十余里之尖山口。盖杭州湾经怒潮之冲激，刷成一绝大海臂，经乍浦、海盐、澉浦、黄湾而至尖山口，西入愈深，口径愈狭。潮自东海进来，浩浩荡荡，其势甚张，直冲尖山，折而南行，阻于沙滩，又奔而北，复与新来之潮浪相遇，訇然而起，其高逾丈；新潮旧浪，会合西逝，衔接如线，巨口细喉，潮浪乃层积而高，发声如雷，掠水面如数十万马驰骤以前，蔚为天下之奇观。其发声之来，闻尖山之脉，潜行海中，有谓与南岸越中诸山相接，故海中礁石林立，潮之发声，殆以此故。八堡之潮所以壮观者，正为潮进尖山口后最整齐最激昂之处也。西进至海宁东门外，亦观潮胜地，有观潮亭，额曰"浙潮，天下之大观也；东塘，又浙潮之大观也"句。自此而西，潮头渐乱，突出如舌，故海宁东门与南门相距伊迩，潮头已不同；再西则成强弩之末，不足观焉已。

清高宗三临尖山。清高宗六次南巡，而有四次到海宁，四次之中又有三次到尖山。第一次为乾隆二十七年第三次南巡至海宁阅海塘，命岁修老盐仓一带柴塘，增坦水石篓，以资拥护。亲临阅视尖山、塔山间（俗称塔山坝），改筑后石坝工，旋幸观潮楼阅福建水师。第二次为乾隆四十五年第五次南巡，三月至海宁观潮，幸尖山，以石塘工有单薄者，命一律改建鱼鳞石塘。第三次乃为乾隆四十九年第六次南巡，幸海宁尖山阅视塘工。因此大士寺之香烟突盛。

观潮楼即在大士殿之后。观澜阁之东，遥望东海，水天一色，清高宗曾登此阅福建水师，题有"海阔天空"四字匾额。不幸海风浩大，百数十年楼亦坍圮。民国初元，屈文六先生按浙，巡视至此，饬属拨款重建，改名"四照楼"，材料不坚，更难持久。

塔山坝与鱼鳞塘。塔山坝在尖山之西，一小石山，耸立海中，离塘三数里。清高宗以潮大筑塘不易成，乃于石山及海塘间筑堤连贯之以御潮。为筑塘不成而殉职者甚众，沿坝坟墓累累，可见工程之艰难。至鱼鳞石塘工程之坚固，迄今犹食其惠；曾屡欲改用水泥建筑，皆随波逐浪而去，终无成就。

载1936年《旅行杂志》第10卷第1期　署名冯柳堂

记虞山半日游

虞山半日之游，而欲记其景物，不将为稔游者所窃笑？虽然，有所游必有所见，有所见必有所记，凡入于我眼帘，萦回于我脑海者，不论其为一地一物，皆可为我游记之资料，岂必以时之久暂，为能尽游之能事耶？因以摅我之所见。

余懒于行走，故不常出游。此次以莞会计之故，不能不从。先时约期四月二十五日准晨八时自上海出发，作琴川虞山之行。以琴川为曾虚白先生之珂里，因是举备餐、觅代步诸事，悉以委托之。报名参加者三十有二人。不料春雨连锦，至廿五日晨起，犹是阴霾四合。余以七时二十分到锡沪汽车站，先余而至者竟无其人，八时已至，到者仅六七人，延至九时，合同游者眷属计之，得十六人。计《民报》为胡朴安、袁业裕二君。《大晚报》只曾虚白君一人，金摩云、崔万秋二君临时作罢。《中华日报》参加者有梁秀予、郭秀峰、章育武三君。《时事新报》本有项远村、薛宸山、郑希涛、黄天鹏四君，且声明各携夫人偕游，而去者只薛宸山君夫妇二人。《大公报》胡政之、李子宽、徐铸成、王芸生、孔昭恺五君，临行亦无一人至。《申报》则有胡仲持、冯都良二君及余共三人，而仲持、都良二君亦未来。故等候至九时三十分始开车。掠嘉定、太仓而过。日亭午矣，而吾侪之目的地亦到，遂相率入城，至虚白先生之虚霩园小憩。

园建于乾隆年间，有树皆苍老，无水不曲折。余尝谓中国园林，以幽邃曲折胜，虽数方丈之地，亦能布置得纡回起伏，深远奥妙，历几重山，几条水，不知其为占地几许也。故可以中国人之画山水代表之，所谓胸中自有丘壑，非同凡品。西人园林，宽旷整洁则有之，幽深则未也。然正亦如其作油画，现实之色彩太浓厚。

如此名园，宜生文人，故曾氏人材辈出，尤深于文艺，环境亦与有力焉。吾等为时间所限，仅匆匆绕园一周而出。至山景园用午餐。山景园遥接虞山，岚影山光，可于几席间得之。园为常熟著名之酒馆，开办已有四十余年。肴馔颇可口。金谓"此皆虚白之功也，微虚白，岂易得此佳肴"，遂各举杯以为虚白寿。朴老一时诗兴勃发，即席吟咏，立成四首，惜余健忘，未能转录一首，以供读者之欣赏。

菜中之著名者，为常熟鸡、长江鲥、虞山松蕈［蕈］。常熟酱鸡，已为沪上人士所喜嗜。煨鸡则非至常熟不易得食。（上海酒馆中虽亦有之，未臻其妙。）煨鸡者，本为乞丐食鸡之煮法。宰鸡，清肚实，连毛涂泥，投于火中而煨之，及熟，脱泥，鸡毛附着于泥而皮肉可食，味香美可口。食者效其法，有包以荷叶，实以五香肉钉，已非叫化鸡之本色矣。鲥鱼本为当令之食品，又为常熟之名产。就长江渔船买鱼归，举以烹调，故肥鲜卓绝。松蕈在新雨之后，愈觉鲜嫩可爱。余以为内地菜馆有二长：（一）能得味之真。盖用原汁烹煮，故原味不至走失。不若上海小菜无论其为包饭作为酒菜馆，喜用调味粉末，味皆千菜一律。（二）能得味之鲜。盖蔬菜之味永，全在一"鲜"字，宿则味变矣。即如上海就地所卖之小菜，亦于上日采得，留待翌日出卖，远方贩运而来者更无论矣，安得尚有鲜嫩之可言。至一地有一地之特菜，其余事也。

餐毕已一时许，匆匆乘藤舆即行，时城内正在开筑马路，久雨之后，泥泞几不能下足。沿路房舍版筑犹存，粉刷一新，殆为筑路让进而改建者欤，然若异日过此，则一路康庄任尔驰矣。过言子仲雍墓以时促不及展谒，徒申景仰之忱。然念江南文化之启发，微先贤其谁与归。

常熟城之一隅，跨越虞山，故出城即为入山之道矣。自连朝大雨，好似预为吾人洗山清道者。因是山尘不染，泉声琤琮，一路苍翠欲滴，新绿如油，而天时又密云不雨，阳光隐现，气候不燠而和，若非雨后出游，安得有此良辰美景？首拆破山兴福寺，寺前有经幢二，云系唐时石刻。过空心池，有谓此古迹也，池深不可测，故以空心名；然叠石于其中，以便跨越，则深浅可知，其殆"潭影空人心"之意欤！池水为全寺之人作饮料，故禁洗涤。登山而至月照亭，下山从修竹新篁中穿越至大殿，旁有精舍数楹，障以碧纱，竹影蔽空，有亭翼然。夏日过此，闲敲一局，午睡一觉，宁非快事。大殿中有大和尚正在讲经，听礼者尚众，余等不欲搅乱经堂，故过而不入。出寺，向三峰寺进发，入山渐深，坡度愈高，舆夫气咻咻有声，余等悯其劳，乃舍舆步行。伛偻而上，山势愈峻，呼吸愈促。但闻人呼长江见矣。回首返顾，则见大江在望，橙黄若带，平沙如布，江船点点，历历可数，三峰矗峙，识者谓为南通之狼山。余顾而乐之，亦浑忘足力之垂尽。虚白语余，"屡来登临，未有如今日所见之清晰者"，同人咸自庆眼福不浅。

出三峰寺已为三时，距相约开车之时间仅一小时，而剑门犹未至，乃努力向前行，舆夫异舆相随于后。杨花载涂，松涛潮鸣，虚白云："此万松岭也。"行行重行行，而剑门至矣。剑门，为虞山最胜处。山势至剑门相近处，两山作限，悬崖突出，峭壁耸峙。循崖辟路，随山转折，则见方块之石，层累而上，于石壁中，自上而下，有裂缝高约数十丈，若斧凿剑劈而成者，旁刻"剑门"二字。俯视平原，仞立数十丈，行步有戒心，遂以蜀道拟之。余以为剑门之状固雄矣，而剑门之胜，乃在远眺，西湖之水平如镜，麦田纵横，一片碧绿，河道纵横，波光摇漾，宛如身处画图中，是诚不可多见。

剑门山上之宕石，皆为片层状，作方块形，且方石之间多裂隙，隙间又多砾片石屑，察其状，好似久经洪水巨浪之冲激，犹存啮痕，复遭风化，乃渐形分裂。即如现在所称之剑门，亦疑是历经矿水之融蚀，而岩石为开；复经大小之激荡，而崩裂愈深，则吾人今日行立之处，在洪荒时代，焉知非波浪汹涌之所也，而此山此石，又焉知不为水中之一岛，或为江边之一山耶？且依地形言，由虞山而至大江，水道纵横，平原旷野，则在洪水怀山襄陵之际，与大江合而为一，亦大有其可能性。即以土性言，宜棉宜稻，亦焉知今日之田亩，非太古时代之水洲沙渚耶！愧余不明地质，无由证实其是非也。

自剑门而下，缘山修道，迤逦而下，达于平原。又乘舆旁山沿河而行。会有猎禽鸟于山中，先闻砰然一声，则枪发矣。既而回声激荡于山谷中，轰轰如雷鸣，恍然悟雷声之作，理亦如是，两电相摩而发声，即砰然之枪声也。隆隆若甚可畏者，其亦空气激荡而成欤！

沿途所见墓道皆修整，坟墓无论新旧，皆封筑甚固，节孝牌坊，所见何止数十处，"天恩旌表""奉旌节孝"，触目可见。尚有"前明奉旌义贞节孝之总牌坊"。由是可知常熟对于妇女贞操问题素甚重视。亦惟常熟民力富裕，又为文化发达之区，即以前清一代而论，有会元一，状元六，榜眼一，采花二，传胪三。而翁氏叔侄状元，尤为佳话。前清惟科甲大官，例得建坊，齐民只有百岁坊、孝子坊、节孝坊，亦须奉准旌扬，方许建立，此三者在旧礼教之范畴下，自惟节孝坊最足为墓茔之光显。富而希荣，贵而求富，是固人情之常欤。

常熟为棉稻之乡，亦产菜子黄豆。余自沪一路过去，新麦绿，菜花黄，蚕豆方在开花结实，自太仓而北，河港纷歧，水利愈富，此可于公路之桥梁证之。桥梁数常超过公里数二三十，可证每一公里之内，其桥不止一座。直至支塘六十八号桥，始与公里之数相等，自此而至常熟，则又公里数超过桥梁数，或三或五。再则常熟粮食号家以及某某橡皮耷坊，虽未加调查，就所见已属不少。有某号招牌，为某某籴籴粮食号，籴籴本为米业之专用字，而常习用买卖字样，此粮号独用籴籴，其亦数典不忘祖欤。

棉亦为太嘉常熟之特产，黑白子花，驰誉已久，惟年来粗绒棉渐不为人所重。嘉定有嘉丰纱厂，余亦只于车中一掠而过。常见公路旁有乡人经纱备织，想见纺织犹为农村副业。惟若能就本地之产物，兴工惠农，是亦经济建设之大道也。

在常熟勾留之时间约五小时，于五时廿五分开车，抵上海为七时五十分，虞山半日之游始毕。

载1937年《旅行杂志》第11卷第7期　署名冯柳堂

忆旧游

　　余童年负笈武林，星期假日，偶尔倘徉湖山，远足所至，常盘桓于灵隐韬光间，良以山林秀色，蔼然接人，清泉玲琮，足涤烦腑，何况胜迹所留，启人遐思，佛殿庄严，令人启敬，而今湖山如旧，景物已非，抚今追昔，能不慨然，但愿桃柳争芳之候，已为获取最后胜利之时，则此日骑驴湖上，重寻旧游之地，山灵有知，亦将含笑相迎，欢然道故，为问别来无恙者耶！

　　灵隐之胜，游者众矣，能游者必能知其胜，毋庸余之喋喋。灵隐之沿革、地位，《游览指南》中亦有述及之矣，独于灵隐之掌故，言之者尠，故就余所知者一言之。

　　人人知为灵隐寺，而走进山门，则扁额所书为"云林寺"，不知者以为疑，知者但知为康熙（清圣祖）帝所题，至康熙帝何以题此三字，则知者更尠，而不知此中自有一段事实，正为将错就错之故也。

　　康熙廿八年南巡至浙，游灵隐寺，寺僧请赐额，康熙秉笔立书，方写第一字之灵字，不意所写雨字头太大，其下尚有三口一巫，竟不能安排，正踌躇间，高士奇已知其故，遂于掌中书"雲林"二字，伪为磨墨，使两字为康熙所见，康熙即书"雲林寺"以赐，盖"雲"字之"雨"字头稍大，底下只一"云"字，固无妨也。于是灵隐寺匾额，因作"云林寺"，而游者仍知为灵隐寺也。

　　飞来峰之佛像，为元朝蒙古人杨琏真珈所凿刻，杨为毁盗南宋诸帝绍兴陵寝之巨魁，故睹此石像，不禁回想当年民族所受蹂躏之惨痛。

罗汉堂，为灵隐寺最有名之佛殿，不意前年毁于火，杭人士以为不祥，而去年固有沦陷之痛。罗汉五百尊，法相高大，施以金装，并有济颠僧像，济僧固与灵隐大有渊原者也。复有乾隆帝像，此固有不可解矣。像清服，上张黄盖，盖时人以乾隆为罗汉转世，乾隆南巡，又屡临灵隐，事后，僧人为塑一像于内，设无当时地方官之许可，僧人亦何敢出此。殿毁后，曾图恢复，以战事作，遂中止，姑不论战后元气大伤，募捐维艰，即以一笔装金费，照目下赤金每两二百余元之价格，岂咄嗟所能集。

韬光庵石楼上悬有"楼观沧海日，门对浙江潮"对联，人但知为唐人宋之问灵隐寺诗中句，而不知尚有一段掌故在内。宋之问游灵隐，月下吟诗至"楼观沧海日"，苦不能得下联，有老僧出，为接句云："何不曰'门对浙江潮'？"宋称善，与之纵谈，及明日访之，已失所在，人谓此即骆宾王也，徐敬业兵败，遂息隐于此。

灵隐代有名僧，如韬光即僧人也，与白居易等相往远。远姑不说，就清代言之，如恽南田设无灵隐寺僧之援救，将以厮养终其身，盖恽南田当甲申之变，与父相失，卖于杭州富商为奴，其父之故人谛晖和尚在灵隐为方丈，知之苦无救策，会二月十九日观音诞，杭俗妇女多于是日至天竺烧香，过灵隐必拜方丈，谛晖道行甚高，贵官男女来膜拜者以万数，从无答礼。富商夫人亦从苍头婢仆，数十人来拜，谛晖探知顾而纤者恽氏儿也，乃起而跪南田前，膜拜不止，曰"罪过罪过"。夫人惊问，曰："此地藏王菩萨也。托生人间，访人善恶，夫人奴畜之，无礼已甚，况又鞭扑之耶！"夫人惶急，归告某商，商亦恐，次早即来长跪不起，以求开佛门一线之路，谛晖乃请以清水供奉地藏王入寺，缓为忏悔，商乃布施百万，以恽付谛晖而去，南田始脱为奴。

兹再言灵隐寺僧有出而为巨卿者矣，亦谛晖手中事。沈近思幼依谛晖，报剃为僧，复延师课以举业，游庠后，还俗无所归，徘徊于西冷①桥下，遇项某识其非常，妻以女，成进士，官至御史大夫。雍正尝问之曰："汝于宗门必多精诣，试言之。"沈对曰："臣少年潦倒，偶逃于此，幸得通籍，方留心经世之学，以报国家，日惧不给，不复更念及此矣。"

历来有学识之士，往往自遁于禅，而幼年祝发者，更不知屈陷多少，无谛晖其人，南田乌得成为名画宗，暗斋岂能以法介著于世耶，为述一二，以见无往而不有人材，特患用之无方耳！

载1939年《旅行杂志》第13卷第1期　署名冯柳堂

---

① "冷"疑"泠"之误。

处孤岛中作名山之游

欧西人善爬山，中国人喜游山。爬山以跻高为目的，故不惮巉崄巉严，迈往直上，此其勇足多矣，而于山水之盘桓领会则未也。游山虽未尝不攀藤扪葛，登山越岭，为能旷观宇宙之大，俯视泉石之胜，怡然自适，超然物外，尽日游山不见山，盖有得于山林泉石之外者也。

中国人士酷爱游山，故游山之文字，见之于吟咏，形之于笔扎者特多。以言文，柳柳州永州西山诸记，为后世读游记者所取法。继柳州而游山之作，代有其人；但以游记著称于近世者，求之于明代，则有《徐霞客游记》，求之于现代，则有高鹤年《名山游访记》。柳州诸文，特借游记抒写其抑郁之情绪，满肚皮为西山诸胜鸣不平，抑亦自鸣其不平欤？徐霞客之游记，是以游而后记，兼及于风俗物产，固尚有民生政治之见存焉。《名山游访记》，则以行脚而有记，到处皆禅机，是入世而求出世之作也。

余虽有志于游，游必有其应具之条件，窃有所未备；因之居常不得游，今处孤岛之中，更谈不到游。不游则无以消遣，乃取之于游记；游记之所游，亦即可为余之游也。时而北走五台恒岳，时而东登泰山云台，西北则揽终南太华之胜，西南则探峨眉鸡足之幽，雁宕罗浮之清，黄山云海之奇，天台九华之遗迹，普陀海岛之风光，费数年或毕生所得游遍者，余得于数日或数小时内毕之，瞑然而思，悠然神往，固不啻身处青山绿水间也。

欲以窥山水之貌，则画尚矣。中国山水之作，自大小李将军之后，名画家辈出，虽有南北之分派，实为山水则一。余最喜欢山水画，以其独得清闻恬静之气，恍若置身画中，与隐逸同处，心赏神会，不觉意气自平。惜以蓄画无多，且少佳构。间尝参观画展，古今杂陈，游目而过，仁足而观，未足以畅怀也。偶思得一二帧为坐卧游观之需，无如其值恒贵，古之画佳者固昂，今之画不佳者亦昂，敝帚自珍，殆亦人情使然欤？余以是仍返求于字句行里之间，乐此而不疲；名山之游，尚期俟诸异日。

载1940年《旅行杂志》第14卷第1期　署名冯柳堂

险逐潮神卷浪游

"驾言出游，以写我忧"，游为乐事也。攀百尺之崖，探万寻之壑，履不测之渊，凌浩森之波，一不慎则祸患随之，固亦险事也。然惟饱经忧患而长享安乐，其乐焉靡涯；亦惟千回百折而豁然开朗，乃心旷神怡。游固不能无险，正惟险而有弥觉游之可乐。

余童年负笈海宁，校即陈氏安澜园废址之一隅。东门之外，朝潮夕汐，非仅为东塘（海宁之海塘之称）之大观，亦天下大观之浙江潮也。

浙江潮之所以成为大观，前人俱以为鳖子亹之故，余已屡言其非，今其说渐寝，但余之所谓险，非寻幽探胜之谓，亦非乘风破浪之故，而为观潮所遇之险；至今思之，犹在目前，盖险些儿随潮逐浪，与波臣为伍。

余在校，每逢星期休假，春秋佳日，午餐之后，与二三同学访安澜园旧址，徘徊于废丘颓梁之上，垂钓于方沼璧池之中。作野烧，则蜿蜒而展及于雉堞女墙之巅；燃沼气，则烈焰轰腾于芦苇、茭藁之间。舍此则出其东门，长天与海水一碧。越山则岗峦起伏若长蛇。潮自东来，若数十万白马成行，骤驰而至。银涛滚滚，雪练横江，一刹那间，早已掠眼帘而西逝。然怒潮沈在鼓其余勇，不断向塘岸猛扑，水花四溅，浊浪排空，播海舶如摇篮，越桅顶而雨下。于此时际，我宁人所谓头潮已过，二潮方张，稍一疏忽，易于肇祸，余之所谓险，正在于此。

海宁观潮之最佳地点，为八堡相近。八堡约在诸桥之南，正当南北潮头攒聚之冲，势最猛，常越塘而上。其次以海宁东门外观潮亭为胜,终不逮其东之小普陀庙前之盘头。大凡建筑盘头之处,必为潮流冲激最烈之点,故观览最宜。塘以大条石嵌铁锭,镶固至周;惟独盘头,用柴薪堆垛而上,成半圆形之海中堡垒状;三面皆水,高与塘齐,以杀潮浪之势,而固塘基。盖坚如条石,犹不胜潮水之冲荡,有时随巨浪而外坍,盘头虽久,亦不免遭同样之结果。然潮浪冲击,常为柴薪所分散,打成片片。正为水力至柔亦至刚,以潮与柴比,柴性柔,而潮力强,故能深入柴垛之内。而柴能逆来顺受,不若潮与石接,两强相遇,终必有一伤。观潮亦以盘头为有左顾右盼之乐,惊心动魄之致。余正惟此,而险逐潮臣以俱去。是方驰目于潮浪之奔腾,不意浪高如山,迎面而来,情知不妙,即向后奔,而半截衣衫,早已淋漓尽致,沙渍狼藉。时有数小孩方在跳踉戏逐,余以为余固幸而免,此而何如,亟返首回顾,溷迹泥水中之一群小孩,耳目口鼻,满涂海沙,已在挣扎而起。盖彼为弄潮儿家子女,深悉潮性,见其猝来不及避,即伏地,若植立则易为潮浪所席卷。余经此一吓,嗣后观潮,每存戒心,不欲临塘以观,宁可踞高远眺。

写至此,朱志尧先生适来顾谈,见余此作,即曰:“余为上海人,而余之得悉海宁潮,犹为距今四十余年前(约卅余岁)自英文书中得之,后乃约伴往观,确乎此半小时之观潮,及霎时间高潮飞驰而去,伟大惊奇,得未曾有。余亦与君受同样惊吓,盖蓦不防巨浪若泰山压顶,将及余身,余即退避,而已全身尽湿。”余曰:“是固不可不有以为后之观潮者告,但此亦不常见之事。惟海宁之潮,确乎天下罕有,举世无双;世有未观海宁潮者,曷不于时局澄清之后,驾言出游,以观潮异何如?”

载1942年《旅行杂志》第16卷第1期　署名冯柳堂

今昔文化何不如

"富贵不归故乡，如衣锦夜行"，所以如汉高祖之豁达大度，也要"威加海内兮归故乡"。陈涉做了王，故乡的人去探望他，见他宅第堂皇一派富贵气象，不禁惊讶地说："伙颐！涉之为王沉沉者。"自然，从贫贱而跻富贵，好似"一跤跌入糖缸里"，只觉得味甘无穷，回想当年贫苦无聊，恍如天堂隔世，怪不得一朝得志，想要骄傲给故乡人看，好显示他不可形状的得意神态。固然，这种举动，也由于世态炎凉所促成，因为贫贱则父母不子，位尊则拥篲相迎。因之，如韩魏公家，世代簪缨，遂以"昼锦"名其堂，以示他的富贵荣华，如衣锦昼行，为人人所习见习知，毫不足奇，毕竟公相家的气派，与贫贱而富贵者的不同。若是骄傲给故旧看，则与胁肩谄笑，同是卑鄙无耻。

我的故乡为袁花镇，（《申报》所编的地图作袁花塘，似是而实误，镇名袁花，而通海宁之河，名袁花塘，所有丁桥、诸桥各乡镇，俱靠袁花塘。）是属于海宁而介于宁盐（海盐）之间的一大镇。环袁，皆山也，有九十九峰，缺一角，可见杭州湾头之潮水。镇有千余年的历史，自宋元明清以来，代有名人，假使一一叙述，当非篇幅所许，亦无此必要；只拣几件要使大家能够得知的说出来，且以吾镇四乡为限，不涉全县。

刘基（伯温）谁不知道他未得意时候，曾为吾乡贾氏之馆师，后来，替朱元璋又向贾氏借了大宗军饷，打成了明朝天下。

祝氏的宋学（虚斋先生）与许（相卿）、董（从吾）的王学（王阳明先生），余风迄今犹有存者。

查氏的诗，在清代很驰名于海内的，查初白先生和清圣祖南池子钓鱼诗，有"臣本烟波一钓徒"，俄而内侍宣传"烟波钓徒查翰林"［因同时有初白先生之从子声山先生（名升，善书）同入侍，故以"烟波钓徒"别之］，史家遂称"臣本烟波一钓徒"的查初白，可与"春城无处不飞花"的韩竑，同为千古独一无二之单传句。

海宁（是我们袁花人称海宁城而言）的陈氏，（即拙著《乾隆与海宁陈阁老》书中之陈氏。）他也是吾镇的乡间人（坝上），后来他们发迹了，遂由乡而迁居城中，不论他们的一门三阁老，即论他们一族中科甲联绵，已是非凡，而况陈氏的书法，又为海内所宗呢！

尤其是脍炙人口即《聊斋志》亦采入的查伊璜先生（继佐）与吴六奇将军之一番知遇，即世上盛传的"风雪英雄"。要知道这位伊璜先生，是充满了民族思想，常不胜故国黍离之思的。至于他与吴六奇，固然是巨眼识英雄，确乎匪易；然而不有吴六奇后来一番报德，世间那曾知道有这回事呢！故可说是相得而才益彰。

以往的文化，只好从诗文著作及科甲各方面去观察，不说别的，单说藏书家，吾乡就有吴氏的拜经楼，马氏的道古楼，至今犹为藏书家所重视。至于科甲呢？仅就吾乡查、祝两姓而言，元明清三代科甲不断；此外不如查、祝两姓的，亦不少是读书人家。吾尝看见有许多县分，一为秀才（附学生）便是非凡，一领乡荐（举人）那更了不得，然在吾乡则不然，我童时，吾家隔河两岸十余家，举人即有五人，秀才廪贡，一家常有数人，故在一般人看去，并不觉得十分希罕，只是平凡无奇。因之，我常以为平等是建在同等地位同样势力之上，假使一有不同，无论法律上理论上，如何道平等，实际上总难得平等。

至于吾家，何敢自扬先德，可是历史相传，清贫自守，"布衣得暖，菜饭得饱"，这是吾家五百余年来老古话，简言之，即求保持一个起码生活，庶不至为非作歹。

可是吾乡文化如今是大落伍了，前后不到三十年，形势大非，当然也是农村文化破产的必有结果；盖早先读书，只要几本四书五经，诗词文章，自己不断的攻习下去，所谓黄卷青灯，藜藿菜羹，一朝朱衣点头，便有"书包布翻身"日子，如今是自小学而大学，处处要钱，笔笔要费，说是义务，尚且要钱，何况大中，更是费用浩繁，故照现在的民生经济，负担大宗教育费用，断非一般人所能堪。我敢说，是资本主义色彩浓厚的教育，不知埋没了多少人才；而且有学识经验为了限于"资格"不得一试的，又不知屈抑了多少人去。制度的不良，酿成人事的不平，那是无可讳言的！

载1938年《旅行杂志》第12卷第1期　署名冯柳堂

同乡会固部落思想欤

酝酿已久之海宁同乡会瞬将成立矣，而今而后，吾数千旋沪同乡之合作精神，其将益彰乎？从纵的方面，吾同乡会将为此数千旋沪同乡谋共同之幸福；横的方面，对于乡国应有相当之贡献。说者不察。有疑方今潮流所趋，正以同乡会为地方主义部落思想诟病，吾辈乃从而组织之，毋乃非识时之杰欤？余应曰：盖有说焉，夫社会之所由来，实由人类合群心所演进，人事愈繁，群之需要愈迫切。吾人一日不能离群而索居，即一日有合群之必要。联睦乡党，合群之一也，同乡会之成立，即由联睦乡党而推进者也。世之诟病同乡会者，以其实有类似家族主义或宗族主义之意味。吾国人对于家族主义与宗族主义，观念之深切，团结之坚固，果非他国所能及。而弊在目光太短。只知有家族，不知有国家，能为家族牺牲不能为国家奋斗，故中山先生论民族主义，亦但以中国人之团结力，只能及于家族而止，不能及于国族为憾，初未尝反对宗族主义。并以恢复民族主义，先谋团结，欲谋团结，宜先有小基础。小基础者何，即一为宗族一为家乡，能联络同省同县同乡村之人团结之。更从而扩大之，固不难恢复民族主义，国基亦于以确立。是同乡会又曷尝违反潮流哉！抑吾又闻，生不出闾里者，未尝以同邑环居之人为可亲爱也，以其常在宗族制度下，有相当之保护，缓急不必求于人。及一旦远离乡井，偶值乡人，即非素稔亦易接近，彼空谷足音，跫然色喜者，亦以是我族类，缓急可恃耳。从而广之，在国内有同乡之分，在国外则但有同国同种之别，此种心理为人人所具有。彼所诟病者，非惑于欧西之个人主义焉欤！吾愿新创之海宁同乡会，能发扬民族主义，不为世病。至于为乡人应有之努力，如团结救济等等，固已尽人皆知，且有乡君子在，毋烦余之赘述也已。

载1929年《潮声》（海宁）成立大会纪念特刊　署名冯柳堂

从烟酒到节约

烟酒的消耗，在这九个月中进口有一千三百余万元，上海的理教会把他平均计算，每日消耗达四万八千余元，遂劝各界厉行节约，摒除烟酒不正当的消耗，这是在他们理教的立场上说，固应如此劝导人。

但要明白此一千三百余万元最大的消费者，不是四万五千万中国人中的大多数人，而是其中绝少数部分的达官巨商（当然是烟之中还有烟叶等原料在内），这些腹便便而自以为"麦克麦克"的富翁，与气昂昂而目空一切的达官贵人，都是挥霍的民脂民膏，因为中国到如今造产立业的富翁恐如凤毛麟角，能成为富翁的不是盘剥居奇，即是操纵投机，以侥来的钱，买侥来的物，那会觉着肉痛。

可笑的他们还说救国难，要提倡节约运动呢！固然，照中国的现状，不但已到了非节约不能救国，亦已到了非节约不能救自己的地步了。然而他们自己有处挪用的是金钱，所以口里尽管说节约，他们的生活，仍在穷奢极欲竟有非一般人所能想像得到的奢侈。虽则大学中如此说"一家仁，一国兴仁……一家贪戾，一国作乱"，并云"其家不可教，而能教人者无之"，但是中国有地位的人，往往是教人家应该如此做，自己呢！偏是在这个范畴以外，实际上又常是破坏这举动的人。

烟酒节省，原不是难事，即使不能节省，有的是土酒土烟，几杯绍兴酒，数枝美丽烟，难道不有同样的作用，何必定要用进口的洋酒洋烟，才能消闲遣闷呢！

果真要厉行节约，亦只要如理教徒，那样戒烟酒的精神，决无有不成之理。可是作者非理教中人。理教之所以戒烟酒，或许当初别有一种伟大的精神，寓乎其间；但是能够戒绝，是另有一种宗教的信仰，坚其决心。原来"在理教"之所以为"在理"，正为他"在儒释道三教之理中，奉释教之法，修道教之行，习儒教之理"，因之自清初至今，三百年来，戒烟酒而不禁茹荤，依然盛行着；正为抱有坚决的信心，才不为外物所移，而能切实的不吃烟酒。如今所提倡的节约运动，若人人抱有决心，亦焉有不成功之理；可惜是使的遮眼法，做的表面，除了物价高涨生活紧缩，自然地出于被迫的节约而外，其他仍是胡天胡帝，然或许也有被迫节约的一日，可是到了这地步，已是节无可节约无可约的呀！

载1938年10月28日《申报》第13版　署名溪南

谈水烟及烟之来源

连日见上海市水烟业公会为假水烟事，登有启事，历述水烟之起源及其利益，并以汉丞相诸葛亮征孟获时所用蒉叶、芸香草，其后转辗移植于甘肃兰州一带，即为水烟之嚆矢，此则未敢为之定论。但据旧时笔记所载，云烟自小吕宋等地，于明万历年间流入，称之为"淡巴菰"，即 Tobacco 之译音也，自为外邦输入无疑。然亦未尝说明于淡巴菰未输入前，中国即无烟叶之出产；所可断言者，吸烟之风，明季渐兴，而自清初迄今，愈见其盛行，俗谚有之"小鞑子敲潮烟"于以见满人进关之后，吸烟之流行。

旧时之烟，大都为旱烟之类，以竹竿通节为烟管，一头挖一孔，以纳烟，一头吸之。烟杆甚短，可以藏之于腰际，烟尽乃敲去其烟蒂，故曰敲烟。烟草切成丝，以荷包盛之。满洲人腰系荷包，其原始之作用，为游猎时盛储干粮，亦以为贮烟之用。其后荷包乃成为清皇室珍赏装饰之品，寖与原意相失矣。

何以知清初吸烟之风始盛，此则可于"禁"字知之。大凡一种新嗜好发生，至于相习成风，引起当局之注意时，必出于禁，禁则往往又不生效力，反促其盛行。清初对于吸烟之记载渐众：如海宁相国陈文简公元龙，及溧阳相国史文靖公贻直，均以吸烟著称于当时。相传二公酷嗜淡巴菰，不能释手，清圣祖恶之，时南巡驻跸德州，特以水晶烟管赐之，二公喜甚，用以吸烟，火焰直冲喉际，呛甚，惧尔不敢再吸，康熙乃传禁天下吸烟，蒋学士陈锡有诗纪其事：

碧碗琼浆激滟开，肆筵先已戒深杯。

瑶池宴罢云屏敞，不许人间烟火来。

禁虽禁而吸者吸，嗜之者宁可挨饿，而烟有不能不吸者。如武进刘文定公纶未遇时，贫至绝食，以竹烟袋乞烟草于邻，邻人诮之曰："烟草消食，勿多吸也。"公笑受之。

盖时人以烟可消食，故邻人讥笑其无食而犹不忘情于烟也，如此。

尤可证明康熙虽禁烟而烟仍流行者，如纪大烟斗是也。

纪大烟斗者，即纪文达公晓岚也。纪喜吸烟，其烟斗甚巨，一斗之烟，自出寓至朝门始尽，故有此称。纪尝值上书房，某日经乾隆帝召见，纪以为数言可毕，匆遽间纳烟斗于靴筒中而入见，不意谈甚久，烟斗之烟内炙皮肤，纪顿现侷促不安之状，高宗怪而询之，纪以实对，曰"臣靴筒内走了水"，高宗乃挥之出，靴筒走水，恐亦亘古所罕闻也。

水烟之制，亦见于乾隆间，盖乾隆一代，为清之黄金时代也。享用之奢侈，当无其匹。旱烟之自改为水烟，疑亦发生于此时，盖自旱烟进而为水烟，乃为吸烟术之进步。旱烟之管，至多以铜为烟斗，象牙金属为其嘴。水烟袋则全以金属为之，光亮整洁，一也；烟自水中滤过，气味和顺，二也；可以用人装烟，三也。何以知其为乾隆时代已盛行，则可于乾隆四十一年十月徇曹阁学之请，禁吸水烟是也。又何以知其以前尚未流行，则可观于《红楼梦》一书，所纪皆为雍正至乾隆初元事。《红楼梦》书中于吸烟竟未之多见，只有一百零一回中，薛宝钗向凤姐儿递了一袋烟，所谓一袋烟者，其为旱烟可知。假使当时已有了水烟，穷奢极欲之贾氏，决无不有此物之理，而且贾母、王夫人以及赦、政诸人都不见吸烟，惟鼻烟已自西洋流入，书中亦已见及。

其时之水烟袋，似乎非一般人民所同得享用。即官吏之间，于旱烟、水烟二者之间，尚有阶级之分。咸丰八九年间，王有龄经两江总督何桂清之拔擢，不数年间，以一盐大使，而至江苏布政使，与总督互相倚重，视巡抚蔑如也。巡抚赵德辙称疾去，继之者为湖南布政使徐有壬。徐知王之专横也，思有以折之。会王往谒，左右两俊仆各执白铜烟袋，装送水烟，徐语之曰："君仕至两司，尚未知官场通例乎？藩司谒巡抚，但许吸旱烟，不准吸水烟，君虽才略无双，定例其未可违也！"遽挥二俊仆去，王出不意，丧气而出。可知当时之水烟，显有阶级存乎其间也。

又该启事述及水烟之益，余亦深服其说。盖余早年喜吸水烟，其后兼吸纸烟，近八年来二者俱已摒绝矣。水烟之吸用，在余看来，确实吸烟术中之最卫生者。盖烟之为害：一则火气直逼咽喉，故喉头常多病，余所以将二十七年吸烟历史，忍痛割绝，正为当时喉哑之故；二则烟毒尼古丁吸入肺脑，俱易为害，惟水烟乃以烟气经水中滤过之作用，一部分烟毒已溶解于水中，可以减少毒质。清季我校理化教员杭州郦敬斋先生曾根据水烟袋之原理，而有卫生旱烟管之创作，系于烟管之内，置有螺旋一枚，使烟气经过螺旋之盘旋，而冷却黏滞于螺旋之上，以减少烟毒直接冲入喉际。郦师并盛称水烟袋吸烟之进步，谓外国纸烟有其便利而无其卫生。惜乎水烟袋携带较不便；二则烟蒂满地喷，易致不洁；三则在现代之办公室内吸用水烟，在形式上当然无纸烟之易于收藏。实则将来如注意到吸烟之真意义，焉知不有一日重复以水烟袋为最妥善烟具。盖水烟与纸烟之比较，无非为时髦与不时髦，便利与不便利，而此两点尚非水烟根本失败之原因也。

载1939年5月16日《申报》第17版　署名冯柳堂

旱 烟

　　烟，何时流入中国，不可考。学者金谓烟之原产地，为南美洲。但中国之有烟，据古代传述，皆谓明时由吕宋流入，此其可能性甚大。求之《明史》中虽未述及吕宋之产烟，然明时中国人之侨居吕宋者，固已甚多，且远在葡、西、荷人东来之前，此观于《明史·吕宋传》可知。如云：

　　　　吕宋居南海中，去漳州甚近。……万历时，法郎机强，与吕宋互市；久之，见其国弱可取……乘其无备，袭杀其王，逐其人民，而据其国，名仍吕宋，实佛郎机也。先是闽人以其地近且饶富，商贩者至数万人，往往久居不返，至长子孙。……

　　要知道中国人出洋最早者为闽人，从史书中看去，凡海道之出发点，盛称泉漳。及葡人占澳门，始渐南移。至广州之为中西交通枢纽，已在英人势力东侵之后。故"淡巴菰"之名称，亦最先见于《漳州志》。淡巴菰，西名也。学名为 Nicotiana Tabacum，英名则为 Tobacco，中国人呼烟草为淡巴菰，又首见于《漳州志》；正见其为漳州人由海外传入。至何以又称之为烟，则又为其吸食之时，缕缕发烟，因以为名。又作菸，菸本训萎败，而《广韵》有臭草之说，遂以烟有臭味，亦作菸，取其音义相似也。

　　因烟草最先输入闽地，故烟至今仍以闽产为佳；然普通谓之潮烟，则又以潮州得名，如今广烟在上海，仍有相当之地位。

　　吸烟之风习，大约至明末清初而渐盛，故在明季书籍中犹为罕见，至清则吸烟之风，似已遍及各地，因之欲觅吸烟之记载亦较易。

俗谚有所谓"小觌子敲潮烟",早年市上曾有泥塑一清服,蓄短须,持捍烟管,作吸烟状,以为小儿玩具者,此可见满洲人之盛吸烟。其在汉人中,如康熙时,海宁相国陈元龙,溧阳相国史贻直,俱以吸烟著称,甚至为清圣祖所播弄也。因陈史互为姻亲,而二人又喜吸烟,圣祖恶之,即赐以水晶烟管,二人喜甚,以为异数,用以吸烟,烟焰直冲喉际,呛甚,至不敢再吸。圣祖又传禁吸烟,蒋廷锡有诗纪其事。诗云:

> 碧碗琼浆漱滟开,肆筵先已戒深杯。
>
> 瑶池宴罢云屏敞,不许人间烟火来。

可是禁者自禁,吸者自吸,但观雍正四年制钱缺乏情形,便可知当时吸烟之风依然披靡也。

当时制钱每枚重一钱四分,最轻为一钱,而银价一两,只可兑大钱八百四十文,融化为铜,重约七斤有余,用以制造铜器,可卖银二三两。盖其时烟袋用者甚多,物虽微小,毁钱十文,即可制成烟袋一具,值百文有余,奸民可图十倍之利,故镕制钱作烟袋者比比。但此之所谓烟袋,尚非水烟袋,而为旱烟袋,故只重一两余。然足证吸烟之人多,乃至影响及于制钱也。

乾隆时,朝臣中吸烟著名者,莫如纪文达公晓岚,有纪大烟袋之称。盖其烟斗甚大,一斗之烟,自出寓可吸至朝房也。一日当直,正吸烟,忽闻召见,亟将烟袋插入靴筒中,趋入奏对,良久,火炽于袜,痛甚,不觉呜咽流涕,上惊问之,则对曰"臣靴筒中走水",盖北人谓失火为走水也。乃急挥之出,比至门外脱靴,则烟焰蓬勃,肌肤焦灼矣。

至于当时贵族家中,如《红楼梦》书中之贾宅,尚少见吸烟,只有一百零一回,薛宝钗向凤姐儿递了一袋烟,此一袋当然为旱烟。惟《儿女英雄传》中写的是旗人家中,故如安太太吸烟不离手,张金凤、褚大娘子亦吸烟。正见旗人最喜吸烟,而民间吸烟之风已盛。甚至有腹宁杨而烟不能不吸，如武进刘文定公纶未遇时，贫至绝食，以竹烟袋乞烟草于邻，邻人诮之曰："烟草消食，勿多食也。"公笑受之。盖笑其无食而吸烟，将更饥也。

烟袋之制，不一其材，有纯铜、纯银、象牙、乌木、紫檀、藤条、竹管之属。但金属之烟袋易传热，木质之烟袋易敲折，藤条虽坚而失之于柔，象牙虽佳而不经使用，以及银铜等，只可制短小之烟袋，且不易吸收烟油；故旱烟袋以竹为最宜，一则取其细长，二则取其直，三则取其不易折，四则烟油易于为管壁所吸收。大凡用竹木作烟袋者，上端之烟嘴，用铜，用牙，用料不一致，惟下端燃烟之斗，必须用铜。盖吸旱烟，烟嘴衔于口中，金属固经用，但太硬，易伤齿，故以象牙为最适宜，为其硬之中带有柔性。烟斗盛烟，去其余尽，必须敲击，故虽用金属，尚易剥蚀。旧时烟袋之上，悬一荷包；或一漆髹木质之烟鳌，用以贮烟。然最简单之吸烟方法，用一细竹管，长只尺许，通其节，一端刻挖成一小漏斗状以纳烟。吸烟时一手持烟管，挟于将指与无名指间，撮烟丝于巨指食指间；另一手用其两指取烟，用纸吹燃烟（纸吹亦称煤头，用熟纸搓卷成条，有煤便于吹），一吹一吸一敲，悠然自得，见者生羡，此所谓敲潮烟是也。

英人喜吸板烟，据传前首相鲍尔温其最著也。但闻板烟之来，由于某科学家用一木，挖一孔以容烟，常在实验室内试燃吸之，秘不欲人知。某日，吸烟之时，待役闯入，见满室烟雾，误以为失火也，忽忙报警，而其秘密始揭穿，渐为人知，乃以木制成烟斗，此即板烟之滥觞也。板烟与中国潮烟，虽烟管有修短之殊、精粗之别，而其使用方式如一辙也。

吸烟何以会流行，正为其能辟秽，能运化，能提神，且携带便利，往往饭后一烟在手，习为故常。然亦有其害，盖烟中含有尼古丁 Nicotine，毒物也。前人谓烟油能杀蛇虫，正为烟油中有尼古丁存在。

尼古丁亦有称之为烟碱，在良的烟叶中，约含百分之二，劣者则含百分之八。本来为无色油状液体，触着空气则呈褐色，如其纯粹的尼古丁数滴，可以伤人性命。所以多年老烟袋的烟油，灌入蛇口中，居然能杀蛇。又惟其尼古丁富于刺戟，且有不快之臭味，故易伤脑。用火燃烟，故火气直冲，每伤喉，口腔多病，喉哑声嘶，均为此故。

旱烟，各地皆有出品，惟以杭州元奇烟为最。烟丝金黄可爱，香味尤充足，或谓搀有兰花子粉（即泽兰子），亦谓杂有檀香末，惟性太燥，将吸之前，须稍润泽，则味较和，然过湿又不便于吸。

载1940年12月11日、12日、13日《申报》第8版　署名冯柳堂

水　烟

　　余尝谓吸烟方式最合卫生、最有科学□味者，莫如水烟。因为水烟的烟，经水中滤过，再由管上升入口，颇多曲折，遂觉烟味和醇，不似旱烟之直刺咽头。惟其从水中滤过，烟油已有滞留于水中，若所谓尼可丁之类，虽云难溶于水，但其入于人身，自必较旱烟为更少。

　　中国何时发明水烟的用法，简直是无从考证起。但知其不在清初，盖直至乾隆四十一年十月才发现了"水烟"两字，而亦只简单一句话，说是徇曹阁学之请，禁吸水烟。水烟至于禁，那可知当时水烟已在流行了。

　　可是到了咸丰年间，又发现了一件水烟、旱烟争执。事实是怎样？咸丰八九年间，王有龄经两江总督何桂清之拔擢，不数年间，以一盐大使，而至江苏布政使，与总督互相倚重，视巡抚蔑如也，巡抚赵德辙竟引疾以去。继赵者为归安徐有壬，由湖南布政使调抚江苏，素闻王之专横也，思有以折之。王初次上谒，左右两俊仆，各执白铜烟筒，装送水烟。徐谓之曰："君仕至两司，尚未知官场通例乎？藩司谒巡抚，但许吸旱烟，不许吸水烟，君虽才略无双，定例其未可违也。"遂挥二俊仆使去，王愕然出不意，无可置辞，丧气而出。

　　水烟筒以铜制，亦有白银制，大抵白铜为多。水烟筒比旱烟袋为美观，而且有许多附属品，如夹烟之钳，剔烟之签，拂烟灰之帚，联烟筒之练，件件皆以铜制，筒之全身，又洁白光亮。后来盛行喷筒，吹去烟蒂，不似以前拔烟管头，放入口吹，要费两番手续也。

水烟之烟，有兰州水烟，其色青，故称青条。此外则有净丝，烟黄色。皮丝则以闽产为最佳，亦最和醇，故品格较高。

某次与朱志尧先生谈，又谈及水烟，余盛道其法良，以为将来必有复兴之一日。并谓其饶有科学的价值。志尧先生语余曰："诚然，中国人最会于小技巧上用功夫，而不能运用于大工业上去，良可浩叹。君知炼钢用焦炭，而不知炼钢之得有今日之成功，实得力于中国之水烟筒。"余讶之，以为戏言。志尧先生曰："不！诚有其事。初外人之炼钢用焦炭，但陶冶之际，焦炭粒屑微埃，常有夹杂于钢中，钢中如稍含杂屑，则其成品不耐使用，患之而无术改善。会有某西人，曾为炼钢技师，见中国之水烟筒，恍然大悟，于是仿其法，亦将煤气自水中经过，去其气中夹杂之灰埃，及炼成之钢，百折不断，遂有今日之成就。"余尝谓中国有各种发明，而不能蔚为科学，为世所重，得无类于不龟手药耶！

载1940年12月26日《申报》第9版　署名冯柳堂

纸　烟

　　纸烟是机制品，更见其为外国流入的了，亦称为香烟，以其香味较任何烟为佳的缘故。大概吸烟的方式，雅片最麻繁，须侧卧曲躬，亦最费事，一烟泡之微，以至上斗烧吸，非数分钟不办。

　　水烟较雅片为省事，但仍须有水烟袋，须装烟低吹，烧烟，去烟蒂，种种手续亦不见得便利。旱烟可云最便利了，但以烟斗小，容烟不多，且烟味亦无纸烟之佳，携带复无纸烟之便，盖至少须有尺许长之烟袋，及烟荷包等物。因之纸烟之便利，尤推独步，既不必定须烟管，而且一烟在口，两手仍可照常工作，行住坐卧，无往不宜，卒致穷乡僻壤，无远弗届。

　　纸烟当初只供外国人自己吸用。其时的进口税则，凡外国人自用不以转售于中国人的，可不纳税。遂致纸烟、雪茄、洋酒等物，因华人与西人交结渐多，又加以洋派学时髦的心理，于是这一类消费品，逐渐传入中国人社会中去，进口愈多，税收损失甚大，所以光绪二十五年九月，盛宣怀条陈筹饷事宜，以此为言，"近来外国烟、酒、药料、器皿等物，中国销路甚广，不尽各国官商自用，应分别筹议加税"。足见这一时期中国人嗜好，逐渐欧化的了！

　　大约此时中国人一般所吸用之纸烟，为品海（即针头牌 Pin Head）牌纸烟。但最盛行的还推孔雀牌（Peacock）与龙牌（Dragon）两种烟。为什么这两种纸烟为中国人所喜吸，正为其能投举吸香烟之中国人的所好。盖当时中国人对于吸纸烟尚无素习，若使不用香烟嘴（即香烟管），那末，一枝香烟方入口，半枝香烟已为唾沫浸湿了。孔雀牌与龙牌，每匣烟中，附有纸质涂蜡的烟嘴六七枚，每枚长约半寸，互相套接，居然成为一具良好的香烟嘴。但此两种香烟不久就绝迹了。代之而起者则有强盗牌（刀牌 Pirate）、大英牌（亦称粉包 Ruby Queen）这几种烟。

最老的品海牌为什么在当初有一度不流行呢？这是受了国际政治的影响。盖在光绪三十一年（公历一九〇五年）美国定了一种禁止华工苛例，其时的中国人，已是睡狮将醒，遂开始了第一次对外杯葛行动（Boy-Cott），掀动了东南数省抵制美货，最热心奔走的还推曾少卿先生，分赴各地演讲，在顽旧嫉忌的政府下，更属难能可贵。因为品海牌是美商烟公司出品，为了避免抵制之故，遂由英商出而续办，于是即成为 B.A.T.（为英美烟公司之简称）商标了！

纸烟虽是外洋输入，但当光绪十四五年之间，上海已有洋商设厂制造。据说第一家是苏州河畔老晋隆洋行，即在他三层楼上制烟，惟恐为华人偷学了去，所以是讳莫如深，谢绝参观。

其时的纸烟，只卖三四十文一匣（银圆一枚约兑九百三四十文）然而在当时的生活程度，还觉得纸烟价格太贵，所以又发行一种五支装纸烟，如鼓牌、鸡牌之类。至于最脍炙人口的上等香烟是三炮台，三炮台是绿色纸匣装，吸三炮台烟的是几位大阔老，然亦不过一角余一包。此时华商南洋兄弟烟草公司的出品双喜牌，渐发现于市上了。一般吸烟的青年，为了他是中国人自己设厂制造的出品，所以双喜烟一出世，销路大盛。而且双喜烟的包装，颇有类于三炮台，二十支装双喜烟，每包又附有竹烟嘴，更为初吸烟者所欢迎。继之而出者有飞艇牌、学生牌，俱为投学生所好。从此华商纸烟厂如雨后春笋般开设，颇有压倒洋商烟公司之势；加以爱用国货的潮流，又在鼓动着，而其后华商烟公司中出品，如南洋之白金龙、长城，及华成之金鼠、美丽，颇为中上社会所爱吸。于是洋商烟公司目睹情况，至一九三五年，在上海的英美、大美、花旗三公司，合组为颐中运销烟公司，以与华商相竞争，到了八一三后，华商的几家大烟厂，因为设厂的地点关系，都受到绝大打击，此本是一时现象，何况仍在继续出烟，不过香烟的王座，又移转于洋商烟厂了。

雪茄是著名的吕宋雪茄 Cigar，不问而知为外国货了。中国虽亦有仿造，总不若舶来之佳。

中国原有生产的烟叶，绝少能供纸烟之用。是以英美烟公司为了求本地供给原料起见，特地在鲁、豫等省觅土质相宜者，散给烟植，命农家种植，再向之收买。办理以来，颇著成效，然自华北事变之后，采办亦多困难了。

纸烟所用的烟叶，以叶本之尖端最嫩。最嫩的烟叶制烟固然佳，可是味太淡了，吸烟者不够劲。接近叶柄之大部分烟叶，又失之于太老了，只可制下等烟。于是不嫩不老恰到好处的，只有接近叶尖以下的一小部分。制烟时，将烟叶抽去烟筋烟梗，然后细切成丝，再用纸卷。抽下来的筋梗，压扁之后，再用机切细，和于烟丝中以制烟，所以吸普通纸烟，有时候突自烟中，迸裂出一些烟片来，既是压不平切不细的烟梗，那就使吸烟者感觉不快。纸烟之所以香，与有和润的烟味，正为其和有糖酒的缘故。然而过分多和了，那末，吸烟之际，或逢着潮湿天气，那烟枝上一点一点黄汁斑点透露在纸上，即不良于吸，而烟枝亦易霉化了！

香烟更较旱烟、水烟为直刺咽喉，不言别的，单看吸纸烟的两指，与一副牙齿，往往熏成黄黑色，那可知熏灼得利害了。至于牙痛、龈肿，咽头与口腔发炎，那不算一回事。作者除雅片烟外，鼻烟雪茄偶亦尝试，至于水烟、纸烟、旱烟，自信有相当经历。尤其是纸烟，具有二十七年的历史，直到民国二十年冬天，因为喉哑到发音无声，经过不少医生治疗，未能奏效，有劝余戒吸纸烟者，遂于某一天晚上屏绝不吸。诘朝，友人不见余吸烟，以为余忘带烟，以一枝相赠，余语以故，友人笑谓余曰："一鼓作气易，不及半年，君父将恢复旧态矣。"余答以姑试之，且观其后。如今又将第十年矣，余未尝一吸烟，友朋中初皆不之信。其后皆知我为真诚，由可知戒烟非难事，所息无决心恒心耳！

载1940年12月28日、29日《申报》第8版　署名冯柳堂

鼻　烟

烟之中，不用火燃，不用口吸，只有鼻烟，顾名思义，已知其为用鼻吸了。

鼻烟之为烟，系一种带黄褐色粉末，相传明万历间（十六世纪）意大利教士利玛窦等来华，用以作贡品，而始流行。这的确有其可能性。盖闻鼻烟之制作，多半为修道院中神父的业余工作，其法秘不以示人，所以各个修道院的所出鼻烟，亦各有其不同。鼻烟，当然不外用烟叶作原料，可是他的作料，有的掺以葡萄露酒，有的掺以蔷薇露，用各种的花露果酒，制成各色香味不同的鼻烟。闻其制法，先将烟叶浸以花露，置于瓮中，埋于地下，经若干时取出，方始制烟。于是互相品评，为优为劣，佳者不易多觏，而名贵一时。

鼻烟不但在中国为士大夫所爱尚，即在古代□法诸国，一进了大学，就要讲究吸鼻烟，足见是上流社会中交际所必需。鼻烟为是烟叶和花露等成品，所以不脱酸辣的气味，亦即以"酸头足"为上品。吸鼻烟的方式，虽同是用鼻，而中西人手法亦不同。西人吸鼻烟，系用手撮鼻烟，搐之于鼻；中国人吸鼻烟，用指经蘸烟，按捺于鼻孔，而微微吸入之，即此微微吸入之际，闭目凝思，屏息细辨烟之酸头辣味之如何，而其优劣以判。

鼻烟因为缙绅士夫所尚，蔚成风气，驯致贩夫走卒，尤而效之。朱君尝语余：观其用指之手式，可知其吸烟之程度。内行多用无名指；不惯吸烟的，常有用小指去蘸烟。此外用大拇指的，一望而知其为非雅人，必其所吸的鼻烟劣，故其所取之量多。

为了蘸烟的手法不同，藏烟的器具亦异。西人用手指撮，故用罐盒装，取其撮之便。中国人用指蘸，故可用瓶装。用瓶装称之为壶，盖今之鼻烟瓶状，即古壶状，故称之为鼻烟壶良当。其所以用瓶装，尚亦有故，因瓶，庞其腹而紧束其颈，烟之吐纳，又仅存一小孔，再加以壶盖紧塞，内中所装之物，自不易泄气，故中国常用此以贮丸散。今鼻烟之所重者为其气味，用贮丸散的贮鼻烟，恰配相宜。

鼻烟壶以扁形为宜，这是当然为便于怀中藏纳及携带的缘故。但是形式亦大小不一，看用途而异。如放在几案上的不妨略大，为圆为方，均不在乎。携带的自以扁小为佳。质有料。（玻璃）晶、玉、石、翠不定；上有盖，嵌珠宝，镶用金银，盖里连一小长匙，插于瓶内以取烟。用小匙取出之烟，置于烟碟中，以之自用，以之饷客。碟之制，大都用象牙，直径不逾一寸。有刻书画，尝见一小碟刻有《滕王阁序》全文者，字迹莫能辨，但用显微镜照视。则字字分明，朗朗清疏。其刻人物则须眉毕现，山水则树木森森。故一碟之微，价值有在数十百金。

鼻烟壶，当时由西洋进来的是何等形状，吾又要取证于《红楼梦》了！

《红楼梦》中晴雯有病，宝玉取鼻烟与之，此可看出西洋鼻烟当时的装潢：

> 宝玉命麝月取鼻烟来，给晴雯闻些，痛打几个喷嚏，就通快了。麝月果真去取了一个金镶变金星玻璃小扁盒儿来，递与宝玉。宝玉便揭开盒盖，里面是个西洋珐琅的黄发赤身女子，两肋又有肉翅。里面盛着些真正上等洋烟。晴雯只顾看画儿。宝玉道："闻些，走了气就不好了。"

这是写鼻烟盒的形式，尚不是用鼻烟壶，可知还是西洋原货。以下就要看到鼻烟的作用了：

> 晴雯听说，忙用指甲挑了些，嗅入鼻中，不见怎么；便又

多多挑了些，嗅入鼻中，忽觉一股酸辣，透入囟门，接连打了五六个喷嚏，眼泪鼻涕，顿时齐流。晴雯忙收了盒子笑道："了不得辣，快拿纸来。"早有小丫头递过一叠儿纽纸，晴雯便一张张的拿来揩鼻子。

从此处看到吸鼻烟，还是用嗅，不是用指蘸，酸辣是鼻烟的特性，既名之曰，真正上等洋烟，又可见已有非上等洋烟了。

鼻烟在庙堂之上，也有君臣相得，特许吸纳，但是朝服在身，势不便从怀中相取，所以用扁小的鼻烟壶盛烟，插于靴筒中，名为靴插。

据说鼻烟藏之愈久愈佳，故藏烟遂为爱吸鼻烟者所重视。有非百余年不吸者，有数两之烟价值千百金者；而其名目亦繁。嗜鼻烟的不仅藏烟，目亦蓄瓶，恒有四季异其瓶，冬夏异其质，此种豪奢生活，求之当世鼻烟没落的时期已少见，而鼻烟壶之为西人收藏者仍多。

载1940年12月2日《申报》第11版、3日第8版　署名冯柳堂

雅　片

谈到雅片，人人知道是贫弱中国的最大害，可是中国人真是不怕死，从"枪火"之上用功夫，至今还是流连着。

这里不要谈雅片是怎样害人，只略谈雅片一些故事。现在吸雅片的老者尚多，作者生平未尝有雅片入口，所谈毕竟是门外汉，所以不周到地方，还请指教。

雅片是译名，从 Opium 转译而来。何时始入中国，渺茫不可考。可是童时见前人某笔记载，明万历间已有流入，有谓明神宗（万历）为了鸿胪寺卿李可灼进红丸而崩，这红丸内中就舍了雅片缘故。"仙人难识丸丹事"，何况是宫闱中的丸丹，更是无从讲起了，权且不谈。

雅片在中国，大约乾隆末年已见流行了。因为这时候的中国，真所谓歌舞升平的黄金时代，文酣武嬉，穷奢绝［极］欲，那种消闲提神的物品，正是投其所好，何次又是英人势力东渐的时候，东印度公司在印度获得孟加拉诸地，英人通商已到了宁波，其后虽行禁止，可是英人为求通商而使马戛尔尼至清廷。到了嘉庆初年，就看见禁吸雅片的上谕，那可知吸食雅片已多，才会禁止呢！

雅片战争，在英国通商的目的上，不算一回事；可是在他文明上，毕竟留一污点。作者尝谓雅片战争是白银战争，数年前为白银问题，颇思有此作，后来终于不写，盖年来非必要不劝笔，这几天又写经济丛谈，为了留作补白之用。

何以知是白银战争，这不难就当时的艰荒银贵情形可知。因为当雅片须用白艰，吃雅片的人愈多，白银流出愈盛，可是几次败仗的结果，雅片不曾禁止，反如水银泻地无孔不入，百余年来犹未肃清，饮鸩止渴，大堪伤心。

雅片因为是从外洋输入，所以是广帮经营居多，尤其是潮汕等地人。普遍则称之为土，土之为义如何，有人说，罂粟炼成浆，以土相和，而后出售；亦有谓大土为圆形，如中国人所传太岁神之土一，亦是滚圆一团，故名之曰土。大约以泥土之土为近，盖熬雅片烟，恒有笼头渣滤出。

何谓笼头，以竹笼铺纸，而将所熬之土汁，从纸层滤过，其汁水均在下，而纸面所留滞者即土渣也。早年均弃去，年来雅片贵，故弄堂中常闻"阿有笼头渣"之呼声，由可知渣亦值钱矣。

雅片有大土、小土之分；大土有公班、喇庄之分，如现在所玩之足球大小，外以烟叶数层为皮，皮厚约三四分不等，内贮土浆，臭之有异香。买大土者恒取其皮薄则肉（即浆）多，故买原只之大土，与拣买文旦一般，以两手捧土，而以两大指按捺之，如皮□熟而内容结实者佳。可是土到了门售店后，无论原只零劈，内容恐不能完全是原货了。因为门售店家能用巧妙的手术，拣大土的皮面某一处浸润了，再将土皮一层一层剥开，开成小圆孔，而将里面土浆挖出来，拌和许多充作土的料子，重行装可去，仍将土皮照样封好，烘干，与原状无二。所挖出的一部分土浆，将来另作大土出卖，这是卖场上一种舞弊。

小土，有赤庄、金花等称，与大土不同，大土内是浆质，小土则坚实，大小如拳状，每包□只，用纸包裹。此外尚有川土，产于四川，作圆丘状，故底扁平。云土四川土为软。此外有台浆来自台州；象浆来自象山；其他产地甚多，名目之繁，据光绪年间调查，没有几省不种土，尤其是山西陕甘诸省，因为距海边，洋土不易得，遂不得不自种自吸了。

雅片有□时的提神兴奋与麻醉、止痛、止泻之力，故称之为□药，并以避免吸食雅片之禁令。其已煎成之烟膏有名之曰"富寿膏"，以见其功效之大。又呼之为"芙蓉膏"，这是从罂粟花□为阿芙蓉而来，故称吸雅片者为芙蓉馆主，而其实有如民国初元新舞台夏月珊所演的黑籍冤魂了！至于为什么要吸雅片，也曾向许多瘾君子讨论过，说来话长，非本文所能及。

清光绪季年，受新政之推荡，及兴学之效果，咸知雅片为灭国灭种之因，于是禁烟之说又盛。查当时印土逐年运销中国，据载：光绪五年以前，每年进口约七万余箱，每箱售五百两，中国收税三十两。光绪廿七年刘坤一、张之洞曾拟雅片公卖，以为光绪廿五年洋药进口五万九千一百六十一担，前五年大约在五万担上下，最多一年为六万三千一百余担，最少一年为四万八千九百余担，以时价每两值银五钱计算，足值银五千万两，故主张设局官卖，照时价每两加二成出售，每年可得盈余一千万两，事虽未行，然而后来领照吸烟，终于将土行闭歇，未始不是此为动机，虽是私烟越禁越好卖，毕竟是印土绝迹了。

可是印土虽绝迹，而代印土以兴的烟土，以及烈于烟土之代用品，又不知有多少，愈演愈烈，近闻除红丸、白面之外，尚有所谓"哈"者，二哈即过瘾，但是毒更甚于"红白"，不到一年，形销骨立，毒疮遍体了！

载1940年11月30日《申报》第8版、12月1日第14版　署名冯柳堂

水烟袋与炼钢炉

余曾于上年谈《水烟及烟之来源》(见《申报·春秋》),力誉水烟袋为吸烟中之最合卫生,最是善法,而为纸烟盛行所推倒颇为可惜。(至水烟袋亦有其失败之原因,兹不赘。)某日,与朱志尧先生闲谈旧事,又谈到水烟问题上去,所见固相同,而志尧先生所谈,则谓水烟袋之制作原理,竟为外人运用到工业上去,而收宏效,此则余未之闻也。按,最近希特勒预备攻英,欲飞渡海峡,因之有滑水鞋兵队之训练,此项兵队,可以履海面如平地,而滑水鞋之制造,固又脱胎于德国在华军事顾问西克将军见长江中国水上运动用具,加以改良而成者也。而不知今日各国炼钢事业,得有如此之精美成绩,固亦从中国水烟袋而发明者也。

炼钢需用焦炭,焦炭用煤制,于炼焦之时,收其煤气,用以炼钢。炼愈久,火工愈足,则钢愈佳,故有"久炼成钢"之说,但自收集所得之煤气,中含有未烬之杂质,因之传入钢中,钢中一有杂质,即易裂,且不经用,患之而无法改善。及见中国水烟袋,烧烟于前,吸烟于后,而此前后呼吸之间,经过袋中之信水,于是所烧之烟,内中如有未烬之杂质或其毒质,如尼古丁之类,一经水中滤过,亦溶解,即掺和,而吸入口中之烟气,乃纯洁而芬芳,味醇而性和矣。

自水烟袋之制,为外人所见,顿然领悟,乃将炼焦所发出之煤气,经过水锅中滤过,再行收集,而用之于□□炉,以之燃烧,以之炼钢,则煤气干净,火力强烈,而无杂质流入钢中去,钢亦质地纯洁,可以久炼百用而不敝矣。

中国人尽多发明，尽有许多制作，饶有现代科学之价值，尽有为外人所意想不到，而不知改良，不知运用，乃至一无作为。良材自蠹，草木同腐，比比然也，宁不可叹？

1941年《商业实务》第1卷第8、9期合刊　署名冯柳堂

眼镜考

一、眼之为用大矣哉

世称人之智慧者为聪明。聪者，耳闻之审也；明者，目见之切也。盖智识经验之成就，之能深造，无一不从见闻中得来，故以聪明称人之智慧，亦即见耳目器官之重要也。自来一切事物之形态优劣，莫不以目接之，而后思辨之作用以起。无听见即失所明，失所明，即不知何者为优，何者为劣。优劣之不分，即是非之不明；是非之不明，即公道之不伸；大而至于社会国家，小而至于公司家庭，苟其所见之不明，未有不小人道长，君子道消，酿成乱亡失败之阶也。惟其明，乃能辨贤奸，知好恶，明是非，张公道，察顺逆，严从违，虽有敌国外患，不足以夺其气，贫苦艰难，不足以摇其志；则国未有不治，民未有不兴者也。此皋陶所谓"天聪明，自吾民聪明"，正为结集民众之智慧，而为社会国家之智慧也。

不但此也，人之善恶，智愚，未尝不可于其双目中见之。吾人不言相，可以孟子之言证之：

> 存乎人者，莫良于眸子；眸子不能掩其恶。胸中正，则眸子瞭焉；胸中不正，则眸子眊焉。听其言也，观其眸子，人焉瘦哉！

听其言也之为聪，观其眸子之为明。人不能明察是非，不识好歹，是无目者也。若"明足以察秋毫之末，而不见舆薪"，或管窥而蠡测，又岂得谓之有目者乎！

人以生理上之关系，不能保其目力之平准；正视者可一变而为远视，昧于近物；短视者则又不能辨物于咫尺之外，欲弥此缺陷，则眼镜尚矣。眼镜所以使目之不明者明之，目力所不能及者及之。自有眼镜，近者能远，远者能近，而无不便矣。且文化愈发达，用目之机会愈多，目力之消耗焉亦愈甚，而需用眼镜者亦愈众，此固必然之趋势也。

惟戴眼镜者，原以求其明，但戴有色眼镜者宜须慎。有色眼镜，所以杀光线之刺戟，若误以为镜之色，即为物之色；己所见亦如人所见，则将如墨子所谓"染于苍则苍，染于黄则黄"，无往而非失其真矣。

前人之祝康健者，常曰"耳目聪明，手足清健"。又谓人之建大业者，必曰"目光远大，识见高超"。用是作眼镜考，以祝诸君目益明，眼光愈远大，毋拘拘于目前之事实，毋斤斤于一己之利益，立定脚跟，放大眼光。并以见眼镜虽小，而为中西互市之始，是为考。

二、眼镜究从何处来

眼镜为中国所自有，抑为外国所输入，此在稍作常识之研究，即知其为科学之产物，必非中国所自有。然则自何处来，何时始入中国，则以载籍缺略，难得有准确之考证。各书所载眼镜之始源，多根据明张靖之所著《方州杂录》，谓来自番舶满剌加，其父方伯公尝得宣庙所赐予，宣庙称明宣宗也，则宣德年间，已有眼镜矣。但满剌加为何等国家而有此眼镜，此则须先明当时海外交通之情形。

按成祖自夺帝位，惠文帝出走，不知所终，成祖疑其尚在人间，遍索国内不得，乃欲求之域外。（一）永乐三年六月，命三保太监郑和率王景弘等，通使西洋，自苏州刘家河泛海（即今浏河），由浏河至宁波，转福建，由福建而出南洋。此行也，以五年九月返国。（二）六年九月再往锡兰山诸国，九年六月返国。（三）十年十一月复命和至苏门答剌等处，以十三年七月还朝。（四）十四年满剌加古里等十九国，咸遣使朝贡，復命和等偕往赐其君长，十七年七月还。（五）十九年春复往，明年八月还。（六）二十二年正月旧港酋长施济孙请袭宣慰使职，和赍敕印往赐之，比还，而成祖已晏驾。（七）宣德五年六月，帝以践祚岁久，而诸番国远者犹未朝贡，于是郑和、王景弘复奉命历忽鲁谟斯等十七国而返。和出国凡七次，自南洋群岛远历至今印度（榜葛剌锡兰）等凡三十余国，所取无名宝物不可胜计。无名者，必其中多有为中国人所不经见，故不能道其名耳。如眼镜亦即包括于此"无名宝物"之中，则宣德间宜有此物；反之，若必以为出于满剌加，则满剌加在明初尚服属于暹逻，仅为草昧初辟之部落耳。永乐元年，明中官尹庆使其地，以金帛诱其酋长入朝，三年九月，酋即随庆入京，成祖封之为满剌加国王，满剌加之称王，自此始。六年郑和使其国，自是朝贡常通，直至成化十七年而止，计有二十三次：永乐七年、永乐九年、永乐十年、永乐十一年、永乐十三年、永乐十四年、永乐十六年、永乐十七年、永乐十八年、永乐十九年、永乐二十一年、永乐二十二年、宣德元年、宣德八年、宣德十年、正统九年、正统十年、景泰六年、天顺三年、成化四年、成化五年、成化十一年、成化十七年。

虽入贡甚频，但观其物产中，并不见有玻璃一类之产物，即按其民智亦乌能有眼镜一类之制品。故以产品言，可与其隔衣带水之苏门答剌出产相比较，以见满剌加之产品中，容有工艺品，亦疑其非自产，盖史称苏门答剌气候风俗人情正相同，则其所产宜无不同也。

（一）满剌加出品

玛瑙　珍珠　珊瑚树　鹤顶　金母鹤顶　犀角　象牙　黑熊　黑猿　白鹿　火鸡　鹦鹉　琐服　白苾布　西洋布　撒哈剌　片

脑　蔷薇露　苏合油　栀子花　乌爹泥　沉香　速香　金银香　阿魏　斗锡

（二）苏门答刺出品

玛瑙　宝石　水晶　石青　回回青　善马　犀牛　沉香　速香　丁香　龙涎香　降真香　刀弓　锡　琐服　胡椒　苏木　硫黄

然则满刺加产物中何以有苏门答刺所无之产物，此则可证满刺加之物产中，有为欧洲之产物，即明人谓眼镜自番舶满刺加来者，亦是此种原因耳。

在明正德年间（公历一五一一年即正德六年）佛郎机强举兵侵夺其地，王苏端妈末出奔，遣使告难，时世宗嗣位，敕责佛郎机令还其故土，谕暹罗诸国王以救灾恤邻之义，迄无应者，满刺加竟为所灭。先是以交通不便，佛郎机已灭满刺加，明犹未知之，故正德十三年戊寅（公历一五一八年）遣使加必丹末等贡方物，请封，始知其名，按葡人刺斐尔比斯特罗由玛拉加至广东，为公历一五一六年（即正德十一年丙子）诏给方物之直遣还。其人久留不去，剽劫行旅，至掠小儿为食。已而夤缘镇守中贵许入京，武宗南巡，（正德十四年八月）其使火者亚三因江彬侍帝左右，帝时学其语以为戏。正德十五年始许入贡。十六年武宗崩，是年七月携土物求市，遂拒绝之。其将别都卢既以巨炮利兵肆掠满刺加诸国，横行海上，复率其属疏世利驾五舟击巴喇西国。嘉靖二年（公历一五二三年）遂寇新会之西草湾，明指挥柯荣等拒之，生擒别都卢疏世利等，得其炮，即名为法郎机，并绝其通市。但当时粤吏公私计费皆取诸番舶，番舶不至无所得，为请于朝仍许其互市，于是法郎机得入香山澳为市。至嘉靖十四年佛郎机在香山澳壕镜筑室建城，雄踞海畔，若一国然；高栋飞甍，栉比相望，闽粤商人趋之若鹜。久之，其来益众，诸国人畏而避之，遂专为所据。嘉靖四十四年犹托言满剌加入贡，朝臣知其为法郎机伪托也，拒之，但其后大西洋人（意大利）等来中国，亦居于此。

满剌加俗本淳厚，市道颇平，自为佛郎机所破，其风顿殊，商舶稀至，多直诣苏门答剌，然必取道其国，率被邀劫，海路几断，其自贩于中国者，则直达广东香山澳，接迹不绝。

由此一段史实，满剌加在正德年间已为佛郎机所占有，而至嘉靖四十四年法郎机之在中国往来，犹托言为满剌加，盖中国人但知为满剌加，法郎机即以满剌加自居。不知所谓佛郎机者，远在欧陆西隅。满剌加者，近在暹罗之南端，史家尚谓佛郎机与满剌加相近，其他又安能辨其地程之远近。佛满不分，此眼镜由满剌加来误之所生也。

且明人眼镜亦有自西域来，吴宽《匏翁集》有谢人送西域眼镜诗云：

> 世传离娄明，双眼不能没。
>
> 千年黄壤间，化生直百镒。

吴宽为明成化八年状元，长洲人（至今人犹乐道之吴中四才子，"唐祝文徐"，皆为吴之后进）历仕成化、弘治、正德三朝，卒于官，以行履高洁，诗文有典则称于时。而于人赠以西域眼镜，称扬如此，比之为离娄之明（离娄，古之明目者），千年化生，价值百镒（每镒为二十四两，此言百镒，极言其珍贵耳）抑何其珍视乃尔。故《七修续稿》之记述眼镜，在今日视之，竟类于神话矣。其言曰："闻贵人有眼镜，老年观书，小字毕见，诚世宝也。此以活大车渠之珠囊制之，常须养之怀中，勿令干死，然后可照字。"

何以有此怪诞不经之谈，又何以价值如是之贵，按《通俗编》有云：明之中叶，眼镜自西域传行中国，贾胡夸诞其言，故当时人受其愚罔若此。案欧亚之陆路交通，自汉已开其端，至元深入中欧，往来更繁，及明凡西域各国虽远至天方，亦多从陆道入嘉峪关。至宣德五年郑和使西洋，遣使至古里，古里有船至天方，因使人附其舟以往，天方亦遣使随之入贡，宣宗大悦。其后天方诸国自海程来者，往往附爪哇满剌加之舟以行，自陆道来者，仍从西域入嘉峪关。

由此观之，眼镜流入中国，早则在宣德年间，迟则为弘治、正德年间。其输入之路径，一谓来自番舶满剌加，一谓来自西域，要之皆自西洋辗转流入也。

三、眼镜之得名及形态

眼镜之始称为僾逮，亦作僾䨽。僾䨽本为云貌，与眼镜不相涉，疑词人以“僾逮”二字欠雅驯，故改用之耳。但眼镜何以名为“僾逮”，此在前人未之解。有以为即仿佛之意。用仿佛之意称眼镜，亦难索解。余以是疑为译音兼取与眼睛相仿佛之意，名之为僾逮。如为译音，当系从葡萄牙语、满剌加语或阿拉伯语中迻译而来，此三者余均未之谙。惟《明史》所记各方贡物中，已不少采用译音，如撒哈剌、哆啰嗹、乌爹尼、白苾布，即其一证。然在英语中（虽其时英语尚未流行东土）之称眼镜，如 Spectacle，如 Eye-glass 均无僾逮之音可寻。惟 Eyed 庶几近之，但为形容词，其义亦不甚洽。后人亦以为系当时闽粤人之土语，辗转作此书也。总之，“僾逮”二字，用于眼镜，不能显其物之用途，殊不妥贴，故正德间吴宽诗中，已见用眼镜字样矣。盖镜之为义，有照视之意，用之于目，故名之曰眼镜，则功用形态毕显，较之僾逮之暧昧不明，远胜多矣，遂沿用迄今。

明人写眼镜之形状，据张靖之《方洲杂录》中云：

> 如钱大者二，形色绝似云母石，而质甚薄，以金相轮廓而纽之，合则为一，歧开则为二，老人目昏，张此物于双目上则大明，来自番舶满剌加国，名曰僾䨽，皆玻璃所制，后粤东人仿其式，以水晶石制之。

故《鸥北诗钞》中，初用眼镜诗云：

> 相传宣德间，来自番舶驾。
>
> 初本嵌玻璃，薄若纸新研。
>
> 中土递仿造，水晶亦流亚。

眼镜之自玻璃改为水晶，正为中国无玻璃出品之故。至描写眼镜，尚有流传的七字吟眼镜（宝塔体）诗，亦堪发噱：

> 片
>
> 两片
>
> 水晶片
>
> 两个连牵
>
> 耳朵上背纤
>
> 鼻头上挂招匾
>
> 隔子一层反看见

前人咏眼镜，尚有数联，其立意大约相同，如云：

> 长绳双耳系　横桥一鼻跨

另云：

> 终日耳边拉短纤，何时鼻上卸长枷。

从这几首的诗中，可见前代的眼镜，大都以绳作镜脚，带于两耳之上了。

四、老花眼镜与近视镜

自万历九年（公历一五八一年）意大利亚人利玛窦抵广州之香山澳，二十九年入京师，分遣王丰肃、阳玛诺等于南京，同来者尚有意人龙华民、毕方济、艾如略、熊三拔，日耳曼人邓玉函、西班牙人庞迪我、葡萄牙人阳玛诺，均以传布天主教为事。士大夫如徐光启、李之藻辈均好其说，于是西洋之文化出品，随传教之士，流入内地，眼镜亦当其一也。

惟当时之眼镜，尚属稀少，至清初犹如此，故蒋廷锡在内廷见康熙有眼镜，为其母乞得一副。又如《红楼梦》一书，系写康雍间事，以贾氏如此人家，惟贾母一人有眼镜，全书中亦止三见。如五十三卷云：

> 又有一个眼镜匣子，贾母歪在榻上，与众人说笑一回，又取眼镜向戏台上照一回。又说："恕我老了，骨头疼，容我放肆些，歪着相陪罢！"

又第六十九卷云：

> 二姐儿（尤二姐）垂头站在旁边，贾母上下瞧了一遍，因又笑问："你姓什么，今年十几岁了？"凤姐忙又笑道："老祖宗且别问，只说比我俊不俊。"贾母又带上了眼镜，命鸳鸯、琥珀："把那孩子拉过来我瞧瞧肉皮儿。"众人都抿着嘴儿笑着，推他上去。贾母细瞧了一遍，又命琥珀："拿出他的手来我瞧瞧。"贾母瞧毕，摘下眼镜来笑说道："竟是个齐全孩子，我看比你（称凤姐）还俊些。"

第三次用眼镜见第九十五卷有云：

> 贾母打开看时，只见那玉比先前昏暗了好些，一面用手擦摸，鸳鸯拿上眼镜儿来戴着一瞧，说："奇怪，这块玉倒是的，怎么把头里的颜色都没了呢！"

要知道赦［疑"贾"误］政、王夫人等都是五十内外之年，该带眼镜，虽说父母在，不言老，尊长前，不带眼镜，但是燕居之时亦并不说及有带眼镜。又如刘老老以七十余岁年龄，未闻有眼镜，正以当时之眼镜尚少，只达官贵人家有之，民间尚不多觏。

且眼镜之不易多得，尚有事实作证明，如：（一）中国书本，虽为木刻之故，字迹不能十分纤细，亦为便老年人之阅读，故字体常大。（二）家有眼镜，甚为珍贵，往往由父母传之子孙，镜脚已断，缚以布绳，系于两耳，如得之甚易，何致有此情景耶。故在当时，老年人尚少戴眼镜，若有眼镜可带而不用带者，则为之称奇矣。

相传翁方纲（覃溪）学士六七十岁时，尚能于灯下作细书，不假薆醶。每岁元旦于西瓜子仁书四楷字；五十后写"万寿无疆"，六十后写"天子万年"，七十后犹能写"天下太平"，虽笔书逐渐减少，然于耄耋之年，能在西瓜子仁上作此四字，宜为任何人所不能及。又闻翁早年能在一粒胡麻仁上，写"一片冰心在玉壶"七字，目力之胜，固称异禀，其技亦神矣。

以上所云，多见其为老花眼镜，近视眼镜则未之有见。以近视眼无眼镜，故患近视者之视物，常须紧凑其两眼，接近其事物，时呼之为眯瞅眼，前人有嘲近视眼诗云：

> 笑君两眼忒希奇，子立身边问是谁。
>
> 满屋日光拿蛋子，月移花影拾柴枝。
>
> 因看壁画磨穿鼻，为锁书橱夹住眉。
>
> 更是一般堪笑处，吹灯烧了嘴唇皮。

以见患近视者如有眼镜，必不吃此亏矣。余忆近视眼镜之盛行，尚在光宣之间，其时之患近视眼者始多用眼镜。左清乾隆年间，犹无近视眼镜，于何证之，证之于乾隆。

相传乾隆亦患短视，南巡至苏，抵浒墅关，未及睹见其旁之三点水，遽呼为许墅关，人以出于皇帝，遂相沿称（其后梁章钜曾为乾隆作辩护，以为可读许音，但字典上皆读"虎"音也。）。故当时若有近视眼镜，乾隆决不会看不见水旁也。

乾隆之短视，尚有一证明。盖近视之所以为近视，则为眼球突出，视线落于焦点之前，故年愈高，以眼球之自然收缩而渐平，视线与焦点相接近，反可不御眼镜而视物。故乾隆晚年不用眼镜，正为近视之一证。相传阮文达公元（芸台）入史馆后，适和珅掌院事，元执弟子礼甚恭。未几大试翰詹，高宗以眼镜命题，和知乾隆高年不用眼镜，先泄信于元，故元诗中有云：

四目何须此，重瞳不用他。

高宗以押"他"字脱空议论，又暗合已意，置高等开坊。会纪文达公昀（晓岚）入见，乾隆亦命之作眼镜诗，以他字限韵，纪立吟一联云：

圣明安用此　臣昧必须他

都是以乾隆高年不带眼镜入诗，可见其患近视也明甚。

至于臣工患近视眼者亦多，雍正时某公短视甚，一日入朝，雍正询之曰："汝看得见朕否？"对曰："天威不违颜咫尺。"应对可谓敏捷矣。

金匮孙文清公尔准（平叔）素短视。某年道钱塘江，正遇秋汛，大喜，欲观潮，放舟江心以俟，比潮至，闻万马奔腾声，急出至鹢首视之，舟人谏不听，立未定，已为潮头卷入江中，仓卒之间，但觉浪压肩背而过，有千万斤之重，三四翻腾，遂掀于江岸，一无所苦，孙自言素来短视，受此大惊，卒未识潮为何状也。

所作《眼镜考》止于此。至近来眼镜之盛行，式样之改进，镜片之种类，以不在考之列，故从略。

载1939年《爱目》第2期　署名冯柳堂

肥　皂

　　长日无聊，闲居静坐，偶与儿女辈谈往事前言以消遣。秉中遂以肥皂之皂字作何解相询。余曰：皂本作皁，皂其俗体也。皁训色黑。古称吏役之贱者曰皁曰隶，后世称官卒曰皁隶本此；官员升堂，则持杖站班，出行则么喝开道。戴尖顶高耸之帽，穿皁褐直襟之衣，细察皁字，宛然一皁隶戴帽直立，持杖之状也。相传皁隶之帽，象征元皇室所戴之冠，明太祖灭元，乃用为隶役之帽，故此一帽，固饶有民族历史意义也。秉中又询余，皁既为褐黑色之义，何以肥皂之色不黑而黄。余曰：昔日之皂黑，今日之皂黄。盖"肥皂"二字，尚为中国原有之词；而今日所用之肥皂，已非中国原有之肥皂，而为外国传入之肥皂也。中国旧时所用以供洗濯之用者，（一）皂荚，（二）碱，（三）灰滤水。皂荚为树名，高可数丈，夏月开黄绿色之花，花后结荚，扁平如豆（白扁豆）荚而大，长可七八寸，远望之，累累若刀在鞘中，其色黑，故曰皂荚，亦称皂角。煎其荚于水中，可以浣衣。择其荚实长而肥厚，脂多而粘者，捣之烂，范之成方形，即曰肥皂，掺以香料，则曰香皂；肥皂之名，盖由于此也。在昔苏沪一带，造此皂者甚伙，其色黑，其香泽有桂花等不一，余幼时，尝见先君子喜用之，当时虽有茂生等香皂，而仍习用土制之桂花皂。惟质粗，刺肤作痛，故洋皂进口，土皂渐失其用也。（现在画锦里香粉店尚有由荚肥皂可售。）

　　碱，大都由北方运来。碱有两种，一系透明，一系不透明。产于包头等处，所谓斥卤之地也。旧时由天津，转营口，再由沙船驳运南下。贫窭之家，用草木灰置竹箩中，垫以稻草，盛灰于内，日以水浇滤之，下置一□□□，水中含有碱质，即炭酸钙也，可供洗濯。

外国肥皂何时始入中国，此则无从者闻。余尝谓《红楼梦》一书，最可以看出康雍间一班贵族生活，然肥皂之见于《红楼梦》者，仅有第二十一回湘云洗脸之后，宝玉趁势也在这残水中洗脸之际，紫鹃递过香皂去，宝玉道："这盆里就不少，不用搓了。"固不知此处所用之香皂，为洋货，抑为土产？但照时代论之，还以土货之成分为多。一则《红楼梦》作者对于外来之物，常提示出来。再则洋货进口，自乾嘉道光之后而始盛。三则从"搓"字看去，当为旧时之肥皂无疑；盖以皂荚制成之香皂，其质粗而坚，不若近代香皂，柔滑而光润，故揩洗时用力去"搓"不可。此外妇女所以润泽皮肤者，一为胰，取自猪脏，用酒浸之，可以祛龟裂而使皮肤滑润；一为蜂蜜之蜜，用以涂抹。及洋蜜进来，此二者亦自然淘汰矣。洋蜜即甘油也，甘油为肥皂之副产，固为同气连枝也。

余既一时求肥皂何时始入中国而不可得，因思访之于朱志尧先生。以志尧先生年已七十八，且生长于上海，早年即投身于实业界，而其矍铄精神，不减伏波当年也。志尧先生谈，伊十余岁时，洗衣犹用旧法，未有目前所用之肥皂；惟外国香皂已有之，犹未见盛行。据其回忆，似为当时德商某洋行经理某语其华经理曰："思偕君作海外游，曷考察孰为最合销于中国之货物。"及华经理返，语洋经理曰："有二者价最廉，而用最广，一即洗衣之肥皂，一即缝衣之引线。"洋经理如其言，固获盛销云。惟肥皂在当时，中国人亦有仿制者，然以设备简陋，规模狭小，故出品甚劣，色黄而水分多，鲜时其实甚潮软，不堪洗擦，俗称为"黄南瓜肥皂"；宿后坚硬异常，碱质甚重，易伤衣；但以缺乏良皂，仍乐用之。自祥茂、固本二皂先后行世。（此外尚有北忌等皂，质地纯良，用者称便。

固本厂本为德商办，于第一次欧战返国，乃由五洲出资经营，至今屹为中国制皂业之巨头。）

　　昨为"八一三"，各业多停市，因写此以实商业金融。余本有《经济丛谈》之作，就民生经济，日用百物，加以整理，求其源委，俟有机会，再当读者相见也。

载1940年8月14日《申报》第9版　署名柳塘

戒　指

戒指，前人以为即古之指环。但戒指之名称，始见于明人笔记中，都卬《三余赘笔》云：

> 今世俗用金银为环，置于妇人指间，谓之戒指。按诗注："古者后妃群妾，以礼进御于君，女史书其月日，授之以环，以进退之。生子月辰，以金环退之；当御者以银环进之，着于左手；既御者着于右手。"事无大小，记以成法，则世俗之名戒指者有由来矣。

是则指环一物，专为定情而用，与现代所谓结婚戒指，用意殆相近。但不曰指环，而曰戒指，复成为妇女通常装饰品，此其变迁尤不可得明。但余考之于明贡品中，则戒指颇多由外洋进贡而来也。如暹罗、锡兰，俱贡金戒指。浮泥则除金戒指外，尚有金条环，金银八宝器等物。满刺加则贡金镶戒指，所谓金镶也者，必有宝石等镶嵌矣，不然，则亦名为金戒指可也。古代之所谓贡，实则同于互市，盖取其少数以进上，而以多数求与官民互市也。故疑戒指自外国流入，以其类于古之指环，故前人即以指环相引证。况夫贡之本义，为贡其方物，则金戒指必为各该地方之制品，而以进贡。中国仿效之，遂流行为妇女饰物。至后世则男子亦用戒指，此则又当别论矣。

至结婚交换戒指，犹是最近三十余年间事，盖缘于所谓文明结婚也。文明结婚者，为清末流行之一结婚名词，其实不可训，若谓此结婚仪式为文明，旧时之婚礼为野蛮乎？决无是理。在清末学校初开，竞以维新相号召，于是欧风美雨，不论其为善为恶，俱以文明别之。如话剧之在当时，亦曰文明戏。自由结婚，遂亦谓之文明结婚也。自由结婚之说，来自欧陆，当时自命为文化先进者，竞尚自由，骇世惊俗，有所不顾。于是结婚尚自由，以破旧礼教之种种束缚，物极必返，事理之常。又以西俗结婚，交换戒指，沿袭之，以为应有之仪式，于是戒指又多一种用途。由是可见戒指为西俗之所重，故用为贡品，流入中国至少为戒指之形式，则无所用其疑问矣。

载1941年1月6日《申报》第8版　署名冯柳堂

火　油

　　火油亦称煤油，又称石油，初流行时，以其从外国来，故称洋油。中国向用植物油燃灯，古代富贵之家，仍多燃蜡炬，宋寇准最豪侈，未尝点油，虽溷轩马厩，必用蜡炬，于此可证。植物油燃灯，用灯芯草引油发火，其光不明，故曰灯光如豆，言灯火之光，如黄豆般大也。

　　自火油来中国，至光绪二十年前后，始渐流行入内地，用者虽以其光明远胜于油灯，但以一则矿物油与植物油质地不同，火油易于引火，故以菜油豆油视火油者，时兆焚如。再则不能用旧时油灯点火油，而通常所用之"洋油手照"，不但容易倒翻，亦且油质不易燃尽，煤多气恶，因之不能流行。美孚油行知其然，遂造成"美孚油灯"容油之器，底大而平，不至倾倒，而翻火油灯成火灾之事渐少。有柄，可以手携，家庭用之始称便。上有玻灯罩以遮风，移动之际，不易为风吹灭。内有灯头中衔纱带以点火生光，并有捩旋以增减灯光之明暗，不但油中之煤质可以燃发殆尽，亦且灯光明亮，远胜于旧时一灯荧荧矣。不仅此也，美孚行且于灯罩之上，油器之外表，俱印有"美孚行"或"点美孚油"字样，其初赠送于用户，其后用户争相购置，于是火油乃深入民间，无不知有所谓"老牌油"，盖继美孚油来者，尚有亚细亚等油，而以美孚为老牌矣。

　　在电灯未行前，火油灯为发光唯一之最良工具。有台灯、有挂灯，白磁其罩，黄铜为饰，花纹镂刻亦绝精细，故颇美观。因火油既为日用所必需，而其供给又操于洋商之手，在光绪季年，火油曾一度为囤积投机之目标，当时各报行市中，火油行市亦其一也，以是倾家败业者亦不少。

火油之名与用途，中国古代早有见及，《新五代史·占城国传》有云：

> 周显德五年，占城国王，因德漫遣使者莆诃散来贡猛火油八十四瓶，蔷薇水十五瓶……猛火油以洒物，得水则出火。蔷薇水得自西域，以洒衣，虽敝而香不灭。

所谓猛火油，即今之火油，殆未经提炼耳！至是火油已有流行于中国，故宋康誉之所撰《昨梦录》有云：

> 西北边城防城库，皆掘地作大池，纵横丈余，以蓄猛火油，不阅月，池土皆赤黄，又别为池而徙焉，不如是，则火自屋柱延烧矣。猛火油者，闻出于高丽之东数千里，日初出之时，因盛夏日力，烘石极热则出液，他物遇之即为火，惟真瑠璃器可贮之。中山府治西有大陂池，郡人呼为海子。余犹记郡帅就之，以按水战，试猛火油。池之别岸为胡人营垒，用油者以油涓滴，自火焰中过，则烈焰遽发，顷刻胡营净尽，油之余力入水，藻荇俱尽，鱼鳖遇之皆死。

此言猛火油之作用，固与今之火油无相异也。其余言安南出猛火油者，史书中亦有见之，要知安南与占城，在今视之，固为一地也。其他杂记中有云：

> 猛火油树津，出佛打泥国，大类樟脑，第能腐人肌肉，燃置水中，光焰愈炽，蛮夷以制火器，其锋甚烈，帆樯楼橹，连延不止，则虽鱼鳖，遇者无不炉烁。

此则非油，而为一种树脂，能发大火，遂以猛火油拟之也。

但在古代，亦知其为矿物，故有石油之说。如云：

> 鄜延境内有石油，旧说，高奴县出脂水，即此也。生于水际沙石，与泉水相杂，惘惘而出，土人以雉尾挹之，乃探入岳

中，颇似淳漆，燃之如麻，但烟甚浓，所霭屋幕皆黑。

盖此所云，犹为粗劣之石油，而其产地，即今陕甘产石油之处也。

自煤油流行，而洋铁畚箕，乃为应时之产物。盖中国旧时所用之畚箕，非竹篾编成，即为木制，自火油箱对角剖成各半，可为畚箕二，较竹木为经用，不期然而遂为日常家用之品。又有将火油铁箱两具，合制一箱，以藏衣物，近且专有以镀锌白铁制造矣。向来中国植物油用篓装，或用巨甕，近年上海油店家，出售生油豆油，亦多用火油听装，大者则用大铁桶装，因之油之行市，亦分三种，一为每百斤价（或为每斤价），一为每元可买若干，另一则为每听售若干，大约一听之油重量，司马秤为二十八斤，市秤为三十二斤左右。

火油之马口铁箱，呼之为"听"，盖从 Tin 字相迻译，Tin 者固亦用以称马口铁所制之器具，故饼干等以马口铁匣罐相装者亦曰"听"，如一听饼干，一听火油之类皆是也。

载1941年1月7日《申报》第8版、12日第13版　署名冯柳堂

木　炭

　　木炭，为薪材之余烬，亦即燃烧未尽之炭质。在煤未盛行前，冬御寒，庖烹调，工锻冶，皆用炭。

　　炭之发见最早，盖知有火食，已用柴薪，炭因为柴薪燃烧自然之结果。至厝薪举火专窑烧制而成之炭，即通常所谓之木炭，其经过烧制手续，又有大量生产，供大众需求，遂成为商品之一。

　　中国人民之用炭，上古时代已有之。如《尚书》中有"民坠涂炭"（见仲虺之诰），以泥涂之涂喻水，以木炭之炭喻火，犹谓"民坠于水火之中"，可知炭之应用甚古远。至于燃薪成炭，周秦之间，亦有文字可寻，如《礼记·月令》"草木黄落，乃伐薪为炭"，可知矣。

　　炭为柴薪所烧制，故产地不限于一隅，但亦必以山乡饶林木者始得烧炭，如江浙一带所用之炭，多来自温台一带，盖以其地多山，薪材无虞匮乏也。

　　北方诸山，童山濯濯，故不产木炭，多用石炭。石炭即煤也；以其出于圹中，坚如石，黑如炭，而以为名。《前汉书·地理志》中所谓"豫章郡出石，可燃为薪"，即石炭之类也。川中多产竹，故亦用竹烧炭，名为竹炭。宋陆游《老学庵笔记》有云：

　　　　北方多石炭，南方多木炭，而蜀又有竹炭。烧巨竹为之，易燃，无烟，耐火，亦奇物。邛州出铁，烹炼利于竹炭，炭皆用牛车载。

　　至于烰炭，大都从炊灶余烬，置于瓶瓮中，上加盖，或以湿纸封其口，杜空气流通，即成炭。本名浮炭，谓投之水中则浮故也。其实烰、浮古音相同，至白乐天诗中"日暮半炉麸炭火"，写作"麸"，后人仍以用烰字者多。《老学庵笔记》称："陈无已手简一编中，有十余篇，皆与酒务官托买浮炭，其贫可知。"可见宋人尚称之为浮炭。并曰"其贫可知"，足征浮炭比其他之炭廉，亦即为烰炭之火力较弱。但烰炭生火易，煤炭欲易引着，恒取烰炭为煤，为其质比他炭松之故。

尝闻前人有团炉共话饮酒之雅兴，盖当时无今之煤炉、水汀设备（现除少数都市及都市中少数人家外，大多数尚仍以炭取暖），故生活优裕之家常围炉取暖，可以煮酒，可以烹茗，可以谈心，一举而数得。夫炉何必曰团，盖团者，状其圆也，圆形之炉设于中，四周之人可围坐，遂亦名其炉曰围炉。其后以炉之不雅观也，乃用一大铜盆，而以刻花绘金朱红髹漆之圆形木架为座，爇条炭于其中，火光熊熊，满室为春，间有投香料及红枣于炭中，以杀烈臭之气，故亦名为火盆。如《红楼梦》记贾氏除夕行礼，尤氏房中，地下满铺红毡，当地放着象鼎三足泥鳅流金珐琅大火盆；又如贾母正室火盆内，焚着松柏香、百合草，想见华丽富贵气象。

北地气寒，冬令非烤火不易御冷，然如京官虽贵，鹤俸所入，清贫异常，故至冬令岁暮，有送以"炭敬"，助其买炭生火以御寒也，不作苟且看。古俚词有谓"雪中送炭真君子，锦上添花滥小人"，本出于宋太宗淳化四年，雨雪大寒，遣中使施孤老贫穷人米炭，盖雪中送炭，赒恤于饥寒交迫之中，的是难能可贵。然而世态炎凉，人情浇薄，偏多如苏秦所谓："嗟乎！贫穷则父母不子，富贵则亲戚畏惧，人生世上，势位富贵，盖可忽乎哉？"

因之锦上添花易，雪中送炭难，宜无怪拜金主义流行，一切有所不顾矣。

炭之火力强，至今如上海虽煤气电气盛行，煤与煤球，亦代薪炭而为燃料之主体，但炭之用途犹未消失。如良庖之烹调，仍喜用炭炉。金银工作之镕解，亦非用温州青炭不可。煎中药，用炭最相宜，盖取其文火缓煎，气不易消散，汁可以尽出，如今各药店代客煎药，不无取其速就，遂用打汽油炉，火力急，速则速矣，其如药之气味乎？以是知炭自有其适当之火力以应用。并以炭质多细孔，易于吸收水中之污质，故以为澄清水料之用。又如宋苏东坡《物类相感志》所言炭之用途，则有（一）烨炭断道，行蚁自回;（二）烨炭缸内水，夏月可冻物;（三）烨炭瓶缸内安猫食不臭，夏月亦不臭;（四）铁锈，以炭磨洗之，钝，以干烨炭擦之，则快;（五）杉木烨炭为末，安门臼中，开门自能响。此前人之说也。余童年在校读书，常用石版演算，久用则油溽，不易着笔成字，故用砖片以水摩擦去其污，但不如用炭摩擦为佳。近见学生演算草，多用纸张，不带石版，自是亦为糜费之一。

木炭初燃时，有因炭中杂质未净，爆裂作响，撒盐于炭中可不爆，亦见于《物类相感志》。但炭因燃烧所发之碳酸气（二氧化碳），能窒息，所谓中煤毒者即此。故不可靠炉取暖，并宜稍启门窗，流通空气，疏散煤气。然如虑开放门窗走失热气，则必于炭炉之上，安放水壶，取其调节空气之干湿，并可以吸收二氧化碳。本来蒸木材时，常发生一种可燃性之混合气体，名曰木气（Wood Gas），设法收集之，可供燃烧之用。又发生一种暗褐色液体，再蒸馏之，即得淡褐色液体，名曰木醋酸（Pyroligneous acid）。惟现在烧炭之法，将此有用之副产品，消失于大气之中，放弃于无用之地，能不可惜，故终必有改良造窑烧炭设备之一日，方可一举而数种备也。

西洋画中有木炭画，用木炭描绘大幅画，且为油画作底稿，盖取其揩拂易，修改便。然中国画亦早用炭条作画稿，惟不用木炭，而以杨柳枝一端烧成炭，以代笔，绘人物底稿常用之。故炭字一义，范围甚广，凡动植物烧成炭质者俱称炭，如骨炭、山查炭等均是也。

载1941年1月31日《申报》第13版、2月2日第8版　署名冯柳堂

钟表漏刻

自鸣钟流入中国，始于明代，明冯时可《蓬窗续录》曾云："见西洋道人利玛窦有自鸣钟，仅如小香盒，一日十二时，凡十二次鸣，亦异物也。"

可见当时犹为罕见之物。崇祯五年九月十五日月食，以钦天监与回回科及用西法（即利玛窦等所传之法）所推算之时刻不同，徐光启疏陈所以不同述及定时法有云：

> 早晚定时之术，壶漏为古法，轮钟为新法，然不若求端于日星，昼则用日，夜则任用一星，皆以仪器测取经纬度数，推算得之，此定时法也。

所云"轮钟为新法"，即自鸣钟也。从日星以测时刻，恒星时也。

何以谓之自鸣钟，以其届时自能击钟发音报时，不假人力，故曰"自鸣"，亦称之为"时辰钟"。

可是自动击钟报时，中国古代亦有之，始于唐僧一行梁令瓒等所制铜浑象仪，以漏水转之，然未臻其妙。及宋太平兴国四年巴中人张思训创作以献，太宗召匠造于禁中，逾年而成，置于文明殿东鼓楼下。其制起楼高丈余，机隐于内，规天矩地，下设地轮、地足，又为横轮、侧轮、斜轮，定身关、中关、小关，天柱七，直神左摇铃，右扣钟，中击鼓。以定刻数，每一昼夜，周而复始。又以木为十二神，各直一时。至其时，则自执辰牌，循环而出，随刻数以定昼夜短长。……用开元遗法，运转以水，至冬中凝冻迟涩，遂为疏略，寒暑无准，以水银代之，则无差失。旧制日月昼夜行度，皆人所运行，新制成于自然，尤为精妙。惜乎张思训死，即以失修而废弃，法亦不传。此中国各种制作，大抵如是，以人兴废，故迄无改善制作之机会。张思训所制浑象仪，虽以木制，亦用轮轴，日月五星附丽于上，昼夜长短，寒暑进退，无所差忒，与今之所谓天文钟者原理用途，盖如一辙。

然在当时，钟表犹为稀世之物，即在清初尚如是，但观康熙年间为皇太后寿，清圣祖所献之寿仪中，有自鸣钟，康熙二十五年荷兰贡品中，亦列有大自鸣钟，所以清宫中仅多是各式的自鸣钟，陈列一殿。正惟其为外国进来之物，故在清初，犹限于贵族家中有之，不信，但看《红楼梦》中记刘老老见凤姐房中之自鸣钟，铛然作响，尚误以怪物看待也。第六回书中有云：

> 刘老老只听见咯当咯当的响声，大有似乎打箩柜筛面的一般，不免东照西望的，忽见堂屋中柱子上，挂着一个匣子，底下又坠着秤锤般一物，却不住的乱晃。刘老老心中想着，这是什么东西，有甚用呢？正呆时，陡听得当的一声，又若金钟铜磬一般，倒吓了一跳，展眼接着又是一连八九下。

可见刘老老自称为"住在天子脚下"的，尚不识此物，其他可想而知。不但如刘老老，即清龚翔麟《珠江奉使记》，尚且见澳门之大自鸣钟以为奇物，其言云：

> 有定时台，巨钟复其下，立飞仙台隔，为击撞形，亦以机转之。按时发响，起子末一声，至午初十二声，复起午末一声，至子初十二声，昼夜循环无少爽。前揭圆盘，书十二辰，俟某时钟动，则蟾蜍移指笃某位。

谈到钟，深觉《红楼梦》中资料最多，可以见钟之种类形式价值，如第十四回云：

> 凤姐分派宁府中人办事的时候有云："素日跟我的人，随身俱有钟表，不论大小事，皆有一定时刻，横竖你们上房里也

有时辰钟，卯正二刻，我来点卯，巳正吃早饭，凡有领牌回事的人，只在午初二刻。"

可见宁府上房里有时辰钟，而凤姐不但自己有钟表，随身的仆婢亦都有钟表，更比宁府中为豪富了。在宝玉房中有一座台钟，如五十一回中宝玉问晴雯头上可热：

晴雯嗽了两声说道，不相干，那里这么娇嫩起来了。说着，只听外间房内格上自鸣钟嗤嗤的两响。

惟其是台钟，放在格上，好淘气的女孩子，就会去摆弄，如五十八回中芳官将时辰钟弄坏了：

袭人笑道："方才胡噪了一阵，也不留心听得几下钟了。"晴雯笑道："这捞什子（按即指时辰钟）又得去收拾。"说着拿过表来瞧了一瞧。麝月笑道："提起淘气来，芳官也该打两下儿，昨日是摆弄那坠子，半日就坏了。"

所谓坠子，即指钟摆。当时虽有钟表，而其报时，不似现在之称某点某分，仍是用老法称某时某刻某分。如四十五回中云：

黛玉道："我要歇了，你请去罢，明日再来。"宝玉听了，回首向怀内掏出个核桃大的金表来瞧了一瞧，已指到戌末亥初之间。

又如十九回去中云：

宝玉袭人正说着，只见秋纹走进来说："三更天气了，该睡了；方才老太太打发嬷嬷来问，我答应睡了。"宝玉命取表来看时，果然针已指到亥正。

又如六十三回中云：

众人因问几更了，人回："二更以后了，钟打过十一下了。"宝玉犹不信，要过表来瞧了一瞧，已是子初二刻十分了。

有谓表上数字只从一至十二为止，偏要记时刻，未免于看时间要多一番换算时刻功夫，所言良是。但旧时钟表，尽有机件是洋货，而钟表之面有在中国制造，仍列子丑寅卯辰巳午未申酉戌亥十二时于其上，分为二十四小时者。余幼时尚习见此种钟表，故宝玉之表，能不假思索，说出子初二刻十分，焉知不为此表亦列有十二时辰之故欤！

至于自鸣钟形状，如九十二回中冯紫英向贾政兜售之自鸣钟，有三尺多高，内有一个小童，拿着时辰牌，到了什么时候，他就报什么时候，里头也有些人在内打十番的，与汉宫春晓的围屏，共卖五千两银子。又王凤姐有一座金自鸣钟，拿去卖了五百六十两银子，此可见当时钟的价值一斑。

然而以宁国府这样人家，后来抄家，只抄出钟表十八件。嘉庆年间，和珅抄家，所抄出的大自鸣钟有十座，小自鸣钟一百五十六座，桌钟三百座，时辰表八十个，如今一家钟表店，恐尚不及和珅家中所藏之丰富。在昔清宫中喜用八音钟，称为"闹钟"，《清宫词》咏其事云："珍珠为帐缛芙蓉，歌舞初停便放慵。梦觉每疑犹作乐，八音新式闹时钟。"

表何以得名，此则又须回溯到中国旧时所用表，系立八尺之表，以测日影而求时刻，即周官大司徒以土圭之法正日景以求地中也。自西洋钟表流入，中国既以其钟能自鸣，名之曰"自鸣钟"；乃以其不鸣而可藏之于怀者，用中国旧时测景之表名之，而曰"表"。今人有以其用金属制，乃于表字左旁加一金字，而为"錶"字，转失原来定名本意，然大多数仍写作表。

表非尽不能发音，打黄金表，即按键钮能作声以报时刻也。在昔表之称，有称之为"自行表"，亦称之为"时辰表"，惟通称皆曰"表"。

钟表在清初，尚如是珍奇，道光年间，海禁开后，流通渐广。同光之际，郭嵩焘致李鸿章书，则已云"钟表玩具，家皆有之"，然终不如今日社会上之普遍也。

中国旧时无钟表，则用漏刻，即铜壶滴漏也。漏刻之制，由来最久，《周礼》所谓挈壶氏，主挈壶水以为漏，以水火守之，分以日夜，所以视漏刻之盈缩，辨昏旦之短长是也。

漏刻之制，有铜壶、水称、渴乌、漏箭、时牌、契之属。铜壶以贮水，鸟以引注，称以平其漏，箭以识其刻，牌以牙制，刻字填金，自卯至酉，共有七方，以告时于昼。契有二，用木制，一曰放鼓，二曰止鼓，用于夜。旧时宫禁开钥，为卯正后一刻，盈八刻为辰时，每时皆然，以至于酉。每届一时，直官进牌奏时正，鸡人引唱，击鼓十五声，午正则击鼓一百五十声。至昏夜鸡唱，放鼓契出，发鼓击钟一百声，然后下漏。每夜分为五更，更分为五点，更以击鼓为节，点以击钟为节。以筹记更点之数，故曰"更筹"。每更初皆鸡唱，转点即移水称，以至五更二点，止鼓契出。五更击钟一百声，鸡唱击鼓，是谓攒点。至八刻后为卯时正。以此循环报时，四时皆同。惟冬令水易凝结，滴漏失其用，有时乃济以火，而张思训制浑象仪中之漏刻，冬令遂以水银代水也。

但一般均无漏刻之设备，只凭经验，日间则看日影之推移，夜间仅凭更鼓之报道，未足为记时之准则也。故大都闻鸡鸣知天之将晓，见日没知黄昏已近。普通欲知时刻，日间有阳光尚可辨别，雨天据经验以推时刻。中国人不能确守时间，正为向来报时之方法不精密；再则为其工作时间太散漫，所谓"日出而作，日入而息，帝力于我何有哉"！因之看得时间不重，虽有爱惜分阴寸阴之说，但求其动，不在乎守。何况平日谈时，亦不过"近晌午了""朝饭时候了""快要近黄昏了""没顿饭时候""半盅茶功夫""一班烟功夫"诸如此类，对于时间的观念太松泛，因之迟早之间，并不为奇。如今钟表盛行，报时渐准，而一般工作，亦多有一定时刻，将来中国守时间之风气，必可遂渐养成也。

因古时报时之法如是□疏漏，欲知其为何时，的是难事，故有定寅时歌诀，以为寅时一定，其他即可推算，实则时刻问题，如无其他计时可恃方法，仍不能用以相解决，姑录其说，以见古时辨时之不易：

> 正九五更三点彻，二八五更四点敲。三七平明是寅时，四六日出寅无别。五月日高三丈地，仲冬才到四更初。十月十二四更二，便是寅时君记切。

正九者，即正九月也，谓正九两月之寅时，同为五更三点，至三两月，平明即为寅时也，余可依此类推。然此聊备一说，今已无此需要矣。

载1941年2月24日《申报》第9版，25日、26日、27日第8版　署名冯柳堂

茶

连日天气和润，阳光隐现，正草木萌苗之佳候，亦即中国名产之茶叶，采撷时期至矣。

中国茶之发现最早，诗云："谁谓荼苦其甘如饴。"荼古同茶，盖茶叶之老者，初上口时味苦涩，但回味则清香甘美。甘如饴者，言其味之美也，谚所谓"乡下人吃橄榄，掷去又拾来"，可作茶如饴之借注也。

茶至唐代始榷税，正见唐时民间茶之消费已大，故为计吏所垂涎。自有陆羽《茶经》之作，而茶始为文人所乐道，然非谓陆羽始发现茶也，特陆羽始将茶著之于文字耳。其后论茶之作，有《茶述》《茶谱》《宣和北苑贡茶录》《北苑别录》，不一其作。

茶以采摘之时期，而有明前、雨前之分，其实同一茶也，惟采摘之时期有迟早耳！明前者，清明之前采摘也，古称火前。雨前者，谷雨之前采摘也。实则无非为叶之老嫩，或芽叶之多寡耳！因茶叶嫩不但黄绿可观，亦清香味和；叶愈大，其味愈涩，色愈浓，饮之刺舌。故以芽为尚，叶次之。清明之前，新茶甫苗，故芽多可贵；谷雨之前，芽展为叶，不若芽之佳，然尚为嫩叶也；谷雨之后采摘者，叶渐老，味亦渐劣，俗所谓粗茶叶是也。

茶之优劣，视其芽叶而分，兹录宋熊蕃《宣和北苑贡茶录》所云，以见今犹流传未替也。

宋熊蕃《宣和北苑贡茶录》云：

> 凡茶芽数品，最上曰小芽，如鹰舌雀爪，以其劲直纤艇，故号芽茶。次曰拣芽，乃一芽一叶者，号一枪一旗。次曰中芽，

乃一芽带两叶，号一枪两旗。其带三叶四叶，皆渐老矣。盖以茶芽未展为枪，已展为旗。宣和庚子岁，漕臣郑可简始创为银线水芽，盖将已拣熟芽，再剔去，只取其心一缕，用珍器贮清泉渍之，光明莹洁，若银线然，以制方寸新銙，有小龙蜿蜒其上，号龙团胜雪。

所谓一枪一旗，一枪两旗，即今茶叶店"旗枪"之名所由来也。及宋无名氏《北苑别录》所云，较详于前说，其言曰：

茶有小芽，有中芽，有紫芽，有白合，有乌蒂，不可不辨。其小如鹰爪，初造龙团胜雪白茶，以其芽先次蒸熟，置之水盆中，剔取其精英，仅如针小，谓之水芽，是小芽中之最精者也。中芽，古谓之一枪一旗是也。紫芽，芽之紫者也。白合，乃小芽有两叶抱而生者也。乌蒂，叶之蒂头是也。凡茶以水芽为上，小芽次之，中芽又次之，紫芽、白合、乌蒂，皆在所不取。使其择焉而精，则茶之色味无不佳。万一杂之以所不取，则质有不匀，色浊而味重矣。

宋代贡茶，范以银型，镂以龙纹，与今之茶砖相似。宋人亦谓龙井茶之所以佳，盖为有龙井泉水浸润之取。凡茶叶生在气候温和、空气潮润之山地最宜，尤以野生茶为尚，故山上多云雾，所产茶无不佳，有云雾之目。闽、浙、湘、鄂、皖、赣无不产，然为茶农不讲究制茶术，茶商贪近利而搀杂着色，于是洋人将茶移植于锡兰、台湾各地，然而采制虽精，但天时地利不可更，故色香味仍以中国茶为佳。华茶所以不绝迹于世界市场者，为其得天独厚；然若以得天独厚，乃至自甘堕落，不知振拔，则良产佳品，终有毁没之日也，可不惧哉！

相传碧萝春，为太湖中洞庭东山产，本名"吓杀人"，盖乡姑采茶，随搀随纳之胸怀中，茶芽经胸膛偎热，忽而异香触鼻，茶女出不意，不觉惊异而呼"吓杀人"，吓杀人者，吴下惊异之词也。

及清圣祖康熙年间南巡至苏，时苏抚为宋荦，扈驾游太湖，见渔夫网鱼，亦下网得大鱼，喜甚。及登东山，以茶献，饮之甘，询何茶，曰"吓杀人"，圣祖以其名不佳，乃名之曰"碧萝春"，是亦茶史中之一段小故实也。

谈茶之书，读唐宋以来史，皆有纪述，近人更多著作，兹不多赘。上海饮绿茶，动辄曰"龙井"，其实真正龙井之茶，山僧以之馈赠饷客尚不足，乌有余茶以应市。故市上所流行，大都改制耳！及上海沦为孤岛，沦陷区内之茶叶，俱为日方所搜刮，商人贩运，虽领有通行证，然货至沪上，仍空手而返。自由区内之茶叶，经政府统制，沿海口岸，复为日方所封锁，故自香港转辗运沪，不但物稀，亦目价贵。市上所售茶，乃皆不得真味，质亦劣。茶商为应市计，不得不将杂茶改制。改制之时，尝用白蜡，以增光泽，有用蜡烛油充数，取其浆，故有时饮茶觉有油腻气，初以为老虎灶之水不洁所致，及自行烹水泡茶，油腻臭味如故，方知为茶叶本身之病。再有时茶水经宿，变成褐绿色，则又为茶叶着色过度之故。茶叶何以要着色，原为卖场上美观计，取其青翠可爱也。相传茶叶着色，为已故茶商朱葆□偶然所发见。宣统年间，某银行栈房第一次灾，存栈之茶，受水溃，不无点黑。朱有存茶在内，乃命栈司购白粉以饰茶，栈司误购黄粉，用以掺和茶叶内，茶色倍形美观，于是其茶倍受欢迎，业中人讶之，旋由其戋司宣露于外，遂皆仿行。然有着色过度，茶汁过黄过绿，引起社会惊疑，而取缔着色茶。迄上海商品检验局成立，茶叶部分检查，委之于吴觉农，吴习农业，而以改良茶产自任，平时多研究，曾思取缔黄粉，但又不可无返色之物，乃征求无毒黄粉，其后虽有出品，施之于茶，经久其色绿，犹未尽善也。

江浙间饮茶之风最盛行，有谓盛于清初者，但观宋耐得翁《古杭梦游录》，则知南宋时已盛行矣：

大茶坊，张挂名人书画，在京师只熟食店挂画，所以消遣久时也，今茶坊皆然。又有一等，专是诸行借工卖技人会聚打老处，谓之市头。

按市头，即今各业"茶会"之起源也。

现在市上所售之红茶更劣。盖红茶更不易来沪，遂有以绿茶在沪改制；再以少许台湾红茶作面张以欺顾客，及泡出茶汁，香味淡薄，而茶叶亦不红不绿。盖红茶须用鲜叶制，绿茶改制，适成其为"镶红"矣。（乡间小茶肆，有以红绿茶拼泡一处，谓之镶红。）

载1941年3月17日《申报》第9版、18日第8版　署名冯柳堂

金刚石

金刚石，已成为仕女最高贵最可炫耀之装饰品，用之于戒指最多，富饶者则用为各种装饰，亦不为奇。

金刚石（Diamond）之为人珍贵，一则以其坚，故中文呼之为金刚（Chinkang），最为恰当。又不呼之为石，而称之为钻者，盖又喻其可攻坚也。二则以其反光强，盖金刚石本为八面体，六面体，或菱形十二面体之结晶，富于反光，一经琢磨后，竟呈全反光性，因之钻石在身，常见光芒四射，华贵非凡。光绪季年，余在杭州浙高肄业，彼时博物（动植生矿）师材尚形缺乏，因是不得不借材异地。其时之任教席者，为日人铃木龟寿先生，彼于授地质及矿物学时，亦尝授余等以矿石硬度表，分为十等，以金刚钻为最，并制成口诀两句以便习诵，余乃得记忆迄今，尚能引用。诀云：

滑石方兮萤磷长，
水黄铜兮金�煌。

滑，指滑石，为矿石中硬度之最低者；石，为石英；方，为方解石；萤，为萤石；磷，为磷灰石；长，为长石；水，为水晶；黄，为黄玉；铜，为铜玉；金，为金刚石，此为十种硬度之标准品。据谓矿石之至弱者，可以指甲刻划成纹；最坚者如金刚石，则非以金刚石中之细碎者自相琢磨不可。大约长石等硬度以下，尚可用钢铁之力，其上如水晶等则非钻不可矣。玻璃之硬度，相同于水晶，故须用金刚钻划分之。

金刚钻之一名词，见之于中国书本中，就余所知，则为明代。当时西域各国若哈密畏兀儿，吐鲁番，鲁迷，天方，其贡品中，俱有金刚钻之名。清初吐鲁番贡品中，更有玉石二千斤，金刚钻二钱之说。于以见中国之有金刚钻，皆从西域来。实则非为西域产，特当时中国之与西方各国懋迁有无，皆以中亚各国为其转运枢纽，故中国旧书中，珍奇异物之交易，及宝物之鉴识，动辄称西域商人，甚至呼为"识宝太子"，良以此故。

金刚石之产地，为南非及比属刚果等地，要之皆为开倍利（Kimberley）之火山凝灰角砾石中之产物。同治十一年《申报》有《金刚钻考》，曾见之于民国二十八年《六十七年旧报新抄》中，所言辨别真伪之法，虽非科学的，但在六十七年之前，而有此说，亦足珍视：

> 西国最重金刚钻，其大者国君以为饰石，值百千万，小者以饰手指之戒圈；然有真有伪，其伪者名曰水钻，以水晶伪为之。欲辨其真伪有二法：其一法即以玻璃试之，其真者刻划玻璃，则起痕一道，伪者无之，试于磁器亦然。其一法置于炭火烧红，入酸醋中浸之，真者仍坚，伪者即酥矣。

至呼之为钻，亦有其说：

> 以其能钻磁器之孔，故曰钻也。今钉碎碗者用之，镌玉印晶印者亦用之，盖无坚不破，击铁，铁损也。昔有持伪舍利者，金铁不能碎，以金刚钻击之立碎，盖伪舍利以羚羊角为之，惟金刚钻能碎羚羊角也。用金刚钻以镌玉印金印，须以铁为管，如笔管然，歧其首，钳金刚钻而刻之，然以坚攻坚，不能即深入，初仅细痕，继则渐深，颇费腕力，且用久锋亦稍钝，而其坚不可磨之石，无法砺其锋，只有一妙法，于灯火烧之，即锋又利矣。惟屡烧则渐小，钳松而易于坠地，物小而难于寻觅焉。寻觅之法，将地上灰土齐扫入乳钵内，擂之有响者，即得之矣。

惟其言金刚钻之出处，以为"或出于石中，或出于鹰粪中，余博考群书，则以鹰粪之说是也"。

此则揆之于现代所说，似乎离奇。实亦不足异，盖当时国人对于海外情形，颇为隔膜，而能言其出于"鹰粪"，虽不相符，但南非好望角等地，固为候鸟之集中地，每至冬令，群鸟以此为庇寒之所，因之鸟粪亦为该地之特产，适又出产金刚石，遂误以为产于鹰粪中；惟曰"鹰粪之说是也"，未免近于臆断矣。

金刚钻鉴别，所用的科学方法，《科学画报》第六卷第七期中有一段，可资说明：

> 辨认金刚石所用的方法，是试验它在氢氟醋酸里的不溶解性，它的硬度、密度、折射率，和在氧气中的可燃性。氢氟酸虽能溶解多数物质，但不能溶解金刚石。金刚石的硬度在一切物质中为最高，故可把它摩擦碳化硅晶体（Carborundum），来试验它的硬度。金刚石的密度（3.51）和次甲碘（Methylene Iodide）相等，故可把金刚石置于次甲碘中，来试验它的密度，因为真金刚石可以悬浮于次甲碘中。在摄氏八百度时，金刚石可以在氧气中燃烧。

但是普通一般的鉴别，那只可（一）让之于各个人的经验，他们所用的工具，是一付戥子，和一架小小显微镜。（二）色泽，以粉红色、白色为最贵，褐色、灰色及黄色者贱。（三）看"翻头"之充足与否，所谓"翻头"也者，即折射率也；以及透明之程度如何。

至于价格之贵贱，除了色泽等以外，颗粒之大小（即重量），亦是一主要条件。计算金刚石之重量，名曰克拉特（Carat），亦作开拉特（Karat）。其价格之增加与增大之倍数，成平方比例，如一克拉特价格为三百元时，二克拉特之价格当为一千二百元。

克拉特是一种称金刚石的法码，等于二〇五公丝（Milligram，瓱，旧作粍），约等于旧时库平五厘五毫，市戥之六厘四毫。但国际通用，亦有作二〇〇公丝者。

巴西所产的黑金刚石，通常作圆粒状，只可作琢磨及钻头

（Diamond Drill）之用。此外人造金刚石正在试制中，尚无大成就。据称用纯粹的铁屑和糖碳（Sugar Carbon），加高热高压而制成的，虽所得尚细，但经试验结果，确乎是纯粹而透明的上等金刚石。（可阅《科学丛报》六卷七期《人造金刚石》文内。）

上海仕女之御钻戒者，在前尚少见，惟豪富之家以及优伶妓女中用此相炫耀则有之。战前有一时期，小钻戒颇流行，但至沪战发生之后，百物飞涨，民生日蹙，购置匪易，即有之亦不敢轻易御戴矣。

末了，又要介绍一段现代世界最大的一块钻石于读者，这是从《科学画报》七卷八期中转载下来的：

> "发格斯总统"宝石，据说是现代世界上最大的未经琢磨的钻石，重达七二六·六〇克拉，已由阿姆司特丹寄往美国，为美国所有。该宝石如果置在珠宝商的普通秤上，约重五又四分之一英两余。这块钻石长二寸半，阔二寸，厚一寸，色呈淡蓝。该石在未经琢磨时，价值七五〇，〇〇〇美元（如照现在的黑汇换算，值法币一二，七五〇，〇〇〇元），按世界上最大的一块金刚石，重三千克拉，名叫克林南（Cullinan），曾琢成九块大钻石，最大的一颗叫"南非洲明星"，重五三〇克拉，均为英皇所有。

载1941年1月5日《申报》第12版　署名冯柳堂

金刚石流入中国之检讨

自《金刚石》一文刊布后，接有张静乐君（一月九日）来函，略谓："忆二十九年春，鄙人鉴于金刚石贩卖业者，所用权量器具，俱系舶来品，思仿制数种，藉以少塞漏卮，爰制钻石量钳及天平二种，并编制《钻石衡量对照表》一书，附有《金刚石识小录》，以增读者兴趣，欢迎指正补充。不意事隔经年，业此者幷无只字教我，要亦识短文拙，未克引玉所致耳！今读宏文，获益匪浅。惟鄙人对于金刚石于何朝何年何人最先输入中国，及 Carat（不甚广用之世界公制）于何年及何种方式改为二〇〇公丝二点，颇欲求知，用特冒昧求教，并附《钻石衡量对照表》一本，希指正"云云。

除对于张君惠赐鸿著表示谢忱外，最近就读史所得，发见张君第一问题中所欲问之一点，因趁今日休沐有暇，以答张君，并为读者告：

金刚钻之一名词，见于《明史》，前文已言之矣。至何时何人输入中国，此则在中国史书及笔记中所不易求到。盖中国文人于诗词文章，是其拿手惯技；而稍带一些格物功夫的东西，以为工商末艺，雕虫小技，不值一顾，遑论记述。今《经济丛谈》之作，偏欲从此等处下功夫，故往往劳费多而成效寡。一文之成，写来不甚费力，然平时所费功夫，却也不少，故于事物之起始，惟有就字句中加以推论之一法，此亦无办法中之办法也。

中国与外国通，六朝之后渐兴，然大都取自陆道，海道虽通而未盛，即蒙古之进攻欧亚，亦从陆行。航行之利，至明成祖时郑和七次下南洋而始著。自永乐三年（公历一四〇五年）初次放洋，终于宣德五年（公历一四三〇年），凡使三十余国，所取无名宝物不可以数计。此"无名宝物"之寥寥四字中，正不知将南洋西欧物品流入中华者包括多少在内。不但如此，即其时热带动物以贡品献纳明廷者，如榜葛剌屡进麒麟，鲁迷等国进狮子、犀牛，不一见。麒麟，照《明史》所记，固即今非洲所产之长颈鹿（Giraffa）也，狮、犀更无论已！至明正德时葡萄牙人已来广东，当时西洋物品见之于诗词中者，如吴宽《谢西域眼镜》诗，记者于《眼镜考》中，尝致疑于"西域"二字之范围，今亦另得有证据，足征西域固有眼镜流入，不定来自满剌加也。

至于珠玉宝石之自外国流入中国，最盛之时期，则为明世宗时代（嘉靖元年—四十五年，公历一五二二年——五六六年）。明世宗中叶以后，颇喜方士术，营建斋醮，采木，采杳，采珠玉宝石，吏民奔走不暇。用黄白蜡至三十余万斤，沉香、降香、海漆诸香至十余万斤，又分道购龙涎香，十余年未获，因之请海舶入澳，为葡萄牙占踞澳门之始。又用红黄玉制方泽朝日坛爵，购之陕西边境不得（即向西域商人买），遣使至吐鲁蕃西南二千里之阿丹求之。用太仓之银，□人承运，办金宝珍珠。于是猫儿库睛，祖母绿石，缘撒索尼石，红剌石，北河洗石，金刚钻，朱蓝石，紫英石，甘黄玉，无所不购。缪宗承之，购珠宝益急。神宗黩贷，珠宝价增旧二十倍，顺天府尹以大珠鸦青购买不如旨，镌级，可见明帝搜求珠宝之切，而外国珠宝流入必多也。

由是可知世宗中叶，已有金刚钻输入，而输入之居间者，无疑之为葡萄牙人，盖葡人当时已入居澳门矣。

至于每克拉之重量，何时改为二〇〇公丝，此则余与张君在目前，同是知其然而不知其所以然。且待将来发现时，再行介绍于读者。好在为学无止境，一人之心思才力，不用之于彼，即用之于此。我有所不知，人或有所知，以所知补不知，亦切磋琢磨之道也。

金刚钻视克拉之大小而计算价格之方法，盛克中君举疑来询，但余究非业中人，尚无以答。今乘此机会，以请经营钻石事业者详举见告，自当披露，想亦为读者所欢迎，岂仅盛君而已哉。

关于钻石测重法，以及钻石之折光率，并钻石之沿革，兹介绍张静乐君之《钻石衡量对照册》于读者，可于此中去检阅也。

载1941年3月4日《申报》第6版　署名冯柳堂

三谈金刚石

余尝两谈金刚石，窃疑金刚石之得名，与佛经中所称之金刚有关，因欲求其迹，以相引证。及读六朝《宋书》，天竺迦毗黎国于元嘉五年献金刚指环、摩勒金环诸宝物，时为民国纪元前一四八四年（公历四二八年）。七年，复有呵罗单国遣使献金刚指环。指环即今之戒指，余前已言之，自西南诸国传入，盖当时西南诸国王中颇有以戒指作印信之用，固有类于今之印戒。及读《隋书》，波斯国出火齐金刚。火齐状如云母，色如紫金，有光曜，别之则蝉翼，积之则如纱谷之重沓也。但金刚之为何状，书未之详。《唐书·天竺国》乃有金刚形状之记载，谓似紫石英，百炼不销，可以切玉。《新唐书·扶南国传》，亦谓出金刚，类紫石英，生水底石上，人没水取之，可以刻玉，扣以羊角，乃泮。即所谓羚羊角能碎金刚石是也。又称拂菻国有夜光璧、明月珠，不知可是金钢石一流珍物。

夫如史书所述，则金刚之为金刚石无疑。又求诸佛书，则《妙法华莲经》中，亦将金刚列于诸珍宝中；又化作八万四千众宝莲华中，谓以阎浮檀金为茎，白银为叶，而以金刚为须。须者花蕊也，以金刚作蕊，取其颗粒相类也。则释迦牟尼佛时已知有金刚之为物，并知其为珍贵之品，故以喻经义之不可破坏，之为宝中之宝。近顷又读江味农居士所著《金刚般若波罗密经讲义》（系得蒋竹庄居士所惠赠），亦言及"金刚，梵语啭日啰，或跋折啰，义为金刚，物名也。盖金中之精，最坚最利。能坏一切物为利，一切物不能坏之为坚。《内典》言：'帝释有宝，名曰金刚，持之与修罗战，金刚力士所持器仗，曰"金刚杵"。金轮王有"金刚轮宝"，因称"金轮王"。'古人谓之金刚钻，色如紫石英，透明，或曰生水底石上。《内典》中，常用以喻法喻人。……"则印度知有金刚石，并知利用金刚石，而借以作喻，固不止一端，且已远在三千年前，世之发现金刚石，宜无逾于此矣，用以补余前说之不足。

金刚石至近代，其魔力更强，为此而掀起战争，杀人盈野，因此而启盗心，遂动杀机。而不知十五世纪中叶西半球新大陆之发见，亦与金刚石具有关系。缘哥伦布辈之所以不惮重洋，甘于冒险，其唯一之动机，皆为当时欧西与东方的通商日见繁盛，而为之居间的意大利商人，莫不因此致富。西、葡、英、法的商人，眼见东方宝藏，馋涎欲滴；无如欧亚交通管键之君士坦丁堡，自耶教徒手中，落于回教徒之手，行旅多不便，且须纳巨赋，思从海道中另辟新径，以避去君士坦丁之留难。然则与金刚石有何关系，盖为一二九五年马可波罗（Marco Polo）从中国北京，重返威尼斯（Venice）故乡，携有金刚石、红宝石以俱归，皆为欧人所不经见之宝物。复于其游记中盛夸中国之富饶华丽，大有白玉为阶金为殿，满地金银收不尽之概，焉得不使当时产业未发达之欧西人眼红心热，跃跃思从大西洋到达东方也。

金刚石近以世界之开辟，遂以南非为著名之产地。顷见《旅行杂志》张尚仁《非洲回味记》，在南非各市镇满目是些写着 European only 牌子，非白种人，竟至有钱无处觅膳宿，口渴无从得滴水，苦痛不堪状，确乎使人不平，而今如金刚石市场，非徒 European only 竟然是 British only。可是不论何人，如其到相当地位，亦要来个 Only，而不念金刚石虽坚，碰不过羚羊角，此传有高明柔克之训也。

载1942年3月24日《申报》第6版　署名冯柳堂

趸 船

趸船者，以称从大船上剥卸货物运至岸上之船也。趸船之名，由来已久，或系与中英通商以俱来。盖此一名词，首先见之于广州，其后遂从粤人而渐散播于沿海通商口岸，至今成为通用名词，而不知其原义之由来矣。

余尝在梁廷枏《夷氛纪闻》中，见有趸船之名称。其言曰：

> 孟阿腊与孟买部，皆鸦片所自出。乾隆初年以来，内地嗜食渐众，贩运者积岁而多，一时来至二万余箱，价值逾六千万。由南洋新埠，陆续运至粤海，伶仃洋船，随卖随又运至不绝，谓之趸船。全恃内地游手走私奸民，为之载棹入口，灌输内地，沿海边郡，递于天津，皆趸船之所流注。贩户先收货会城，入夷馆，易鸦片单出，付买省，持示趸船，则按数而给。

兹就文字而论，"谓之趸船"，足证"趸船"一名，至是方有。"皆趸船之所流注"，则沿海边郡，以至天津，知有趸船，皆从鸦片走私而来。

趸之义何所取，从趸为零之对，盖趸言其整数，如趸批，如趸买，皆言大宗批发买卖也。然"趸"本俗字，造作此字之意义，谅系囿于旧时之财货界域，以有"万贯家财"为满足，故万字之下加足字，极言其数之大也。今用之于剥货之船，则剥船上所载之货，终觉无多，且系从大船上分卸而来，不能谓之整，即亦不能谓之趸。至谓船上之货为趸卖，而非零拆，故称其船曰趸船，亦不近情，若据此说，即批发之店可称为趸店。要知当时之趸船，实为洋船巨大，不能驶入伶仃洋，或虑中国官厅禁止，故不敢驶入，乃停泊于外洋，由剥船将鸦片运至内海。为之居间交易之所，则为夷馆，夷馆者，夷人所居，即为后之领事馆也。交易成，方至趸船取货，则趸船之作用，实系将大船上卸下之货物，暂时作一存顿之所。余故对于孟心史所云："所谓趸船，或本是顿船，为停顿之意。"表同意。惟孟氏尚不欲确定其名称为顿船，表示"或本是"之意，且亦不推究趸字得名之由来，及应作顿船之理由安在，余不敏，一申其说，孟氏若在，不知以余言为何如！

余以趸之为趸，既从当时洋货买卖而来，而在中国文义，"趸船"二字，难得适当之解释，其必与洋文之音有关。因思趸船之趸，与吨位之吨，同是洋人之口语，华人效习其音而沿用之，故《夷氛纪闻》中吨位之吨亦作趸，更足证余之理解为不谬。盖吨位之吨，本从英语 Ton 之发音而来，可作趸，则趸船之趸，又焉知不同样从英语 Tender 而称为趸船，故趸者译音也，非译义。

Tender 者，本系从大船将乘客货物以达陆上之船也。亦有为储大船上所用粮食等船舶之称，"言以蔽之，为辅佐大船所不及，以便大船与陆上之联接，不论其为乘客货物，皆资以到达陆上为目的之船只也。揆之中国原有之字，可称之为剥船（现通作驳船），若用英文之音以相呼，自以译作'顿船'音义最相近"。

缘"顿"之音义，本从"屯"而来，故有停顿、存顿、寄顿，并有存贮之意，与今之趸船作用实相近，音亦相似（鄙人尚有谈《屯积》一文俟将来有机会发表，可参阅）；盖趸船之货物，无非就大船中所载之货物，不能直达，暂时存顿以抵岸，并非趸批之谓也。当时之作者，求一时之便，写作为趸船，今欲求其音义并可相通，则何如称为顿船之为恰当。

又英语称用以拖运货船之小汽船，为 Tug，如吾人在黄浦江中所常见者，一小汽船之后，联接之货船三四艘，鼓浪而去。但 Tug

虽亦为运货之用，而非直接装卸货物，故与趸船有别。余为便于读者阅览起见，故标题仍作《趸船》。

载1941年9月19日《申报》第6版　署名冯柳堂

箸的考据

对于吃饭所用的筷子，见诸记载者很迟，可以想见它的历史不会太久。因为从人类一般进化的程序来说，攫取食物，最先用手，其次用随带在身边的武器，然后才有一种专门供食物的工具。因此筷子的出现，必然是很后的程序。《史记·宋微子世家》载："纣始为象箸，箕子叹曰：'彼为象箸，必为玉桮。'"这个记载如果可靠，可以表示商末已经有了筷子。但这资料实际上是不甚可靠的，因为它不是直接的史科，何况这里所说的"箸"，未必就是筷子。《史记索隐》就说"箸"是壶□一类的容器。

比较可靠的是《留侯世家》和《绛侯周勃世家》上面有关箸的使用的记载："汉王方食……臣请藉前箸为大王筹之。"（《留侯世家》）"景帝居禁中，召条侯，赐食。独置大胾，无切肉，又不置櫡。条侯心不平，顾谓尚取櫡。……"（《周勃世家》）

这里己经表示箸是食具，而且可与切肉的刀并用。但同时亦可看出它的使用还未普遍，仅限于宫庭贵族，而且证明最先是用刀的。

古时桌上不见有人用筷子，出土的古明器，其中的陶灶上面，陈列着供死者享用的各种食品和食具，如鱼肉杯盘等等，有切肉的刀，但是没有筷子。可见筷子成为小民普通的服食工具，必然是汉以后的事了。

载1949年3月1日《铁报》　署名柳塘

中国帐簿之由来及其改革之成功

　　近人以中国古籍无簿记字样，而以为中国无簿记术；又以中国簿记，其形式上无西式之完美，遂视为卑卑不足道。此其心理之错误，正与庚子义和团前后之一般心理无以异。庚子以前，藐视洋人，重视自己，而反对西学。庚子以后，吃了大苦，一变而为崇拜洋人，轻视自己。凡"进口洋货"无不佳，"国产土货"无不劣，流风至今，迄未稍改，且又甚之。学术亦何尝不如是，以人之长，补我之短，方为正办。若不知我之短之所在，一意以模仿为能，此其成效如何，固未敢必，即纵能见效，亦必费力多而收效少也。

　　愚尝谓有文字、明计算、能交易，则所谓"簿记"也者，自会应运而兴，无待强求，亦无待提倡。簿记之不见于旧籍，正惟言"簿"而"记"之义已在其中。今言簿，兼言记，其为近人所造作之名词，殆亦或然之可能也。（按簿记疑系日人翻译 Bookkeeping 时所造作，再由日本转输入中国者也。）

　　"簿"虽与"籍"常相连用，细译之，则籍以用于书籍方面为多，如经、史、子、藉［疑"集"之误］之类。"簿"则专为登记财货事物之簿之通称，亦称簿书。虽非专指帐簿，但收支之簿，自亦包含在内。即如古有"主簿"之官，专主簿书，晋习凿齿为桓温荆州主簿，时人语曰"徒三十年看儒书，不如一诣习主簿"，正见其所习为书本所无，而其职务为重要也。

　　"簿"之最明显之注解，莫如《周礼·司会》之注有云"主计会之簿书"。主持计会之簿书，非即所谓"簿记"而何，至称帐簿，由来已古。"帐"本训"张"，古代君主官吏出巡游其臣下僚属，为张设帏帐于道路，以便驻足，谓之供帐。供帐所费，即后世所谓办差供应之费，登记于簿，名曰"帐簿"。供帐既为君上所费，主计者偶于簿中，浮报款目得不问，因此"帐簿"相沿而为登记日用款目簿书之通称，亦犹"流水"帐之胚胎于"川流不息"也。流水帐者，商人期望财货之往来有如川流之不息，因以名其簿，作吉利语也。（按帐簿亦竟有书"川流不息"者。再则钱之本字为"泉"，泉者有流通之义，则以"流水"名其帐簿，更妥贴矣。"钱"本为农具之名，但古代亦有以农器为交易之媒介，故亦作钱。）至书"帐"为"账"，系为不明用"帐"字之理由者所改造，彼以为"帐"为"帐幕"之"帐"，而用于登记财货出纳之簿，得无有所误乎？况财货之字皆从"贝"，则"帐簿"之"帐"字，亦应从"贝"方为合理，于是改写"帐簿"为"账簿"，"记帐"为"记账"矣。

古者在政府方面，有计籍计簿之称。凡此所登记者，固不限于财货，亦兼及于政事。降而至宋，为强本弱枝之图，渐行财权集中之制，会计制度亦灿然以备。如丁谓会布之流，皆会计之名宿也。（参阅本杂志第一卷第六号拙作《吾国古代之会计制度》）又按《宋史·职官志》："比部郎中员外郎，掌勾覆中外帐籍。凡场务仓库出纳在官之物，皆月计、季考、岁会，从所隶监司检察以比上部，至则审覆其多寡登耗之数，考其陷失，而理其侵负。"此于审查帐籍之手续程序，已有成规可据。即"帐籍"二字亦于此始见，可知宋以前早有帐簿之组织也。

在官厅方面，已有其所谓簿籍之组织，而在民间，谅亦不至无簿籍。然而簿记之法不见于中国，此为重士农而贱工商之故也。因重士农而贱工商，为工商者类皆不学，不学则无由著述，即有组织，载之于店规合同之中，而不能垂久，此其一。再则对于帐簿之最大作用，所谓"勤笔免思"而已。彼此间重信义，一诺千金，历久不变，以视西洋之崇尚契约者有别。三则商人能自运用其才智，规划帐簿以求适合于其事业之需要，故不拘拘于一定形式，而凌杂之弊亦即由是以生。此三者但凭一时臆想所及，未尝有所推考也。

故谓中国无论簿记之书籍，无成文之法规，无精密之形式固可。若谓中国无簿记法，无一顾之价值，则亦浅之乎视有数千年历史之中国簿记也。

今者得徐会计师之一番整理研究，而为中式簿记之改良，说者方庆各业帐簿，得以改良应用，便利不少为幸。愚独以为学术本求应用。惟能将中国旧式簿记，无书可查，无法可据，而运用现代科学精神，成为有系统有组织之一种学术，俾收支记帐法与借贷记帐法，成为东西两大学说，则其所为益于我国学术界所供献于世者不亦伟大欤。日新又新，吾于徐君改良簿记之精神祝之，期止于至善。

载1934年《会计杂志》第3卷第1期　署名冯柳堂

筹算、筹马与珠算

中国计算所用之数字，通常有三种:(一)即一、二、三、四、五、六、七、八、九、十，此为数字之本体。(二)即壹、贰、叁、肆、伍、陆、柒、捌、玖、拾，俗称大写之数字，多半为借用之字体。(三)为工商界记数所用之"码子"，(见后)现有呼之为"商码"是也。

第二种所以借用为数字(除壹贰叁原亦为数字)，正为其笔划较繁，不易涂改，故曩时官文书(今亦然)，以及今之支票填写金额俱用之。然通常记账，仍用数字之本体，或用码子，取其书写便捷也。

码子之由来已久，而不知何自而来。在前人但知其然，而不求其所以然;且以为此工商末技，有何研究搜讨之必要，即明知其然，而亦不愿形之于笔，遂使今人数典忘祖，欲知其然，并知其所以然，有不可得矣。记者于数年前受友人之托，曾拟写此文，懒于执笔。今见本报投稿为阿拉伯数字来源，有涉及码子者，因思一抒所见，为研究码子作开路之先锋也可。

码子，应作马子(码头之码亦为马，非为码，码为砝碼之码)，马子之来源为筹马，筹马之制见于投壶。筹，壶矢也;马者，投壶胜者为之立马以记数，《礼记·投壶》有云:"正爵既行，请为胜者立马，一马从二马，三马既立，请庆多马。"

孔颖达曰:"立马，谓取算以为马，表胜数也，每一胜辄立一马，礼以三为成，三马既立，请庆多马者，其胜已成。"

又云:"算，长尺二寸。"

此言其长度。但"算"与"马"，实即"体"与"用"，故有曰:"马各直其算。"

马系象形，以投壶于游戏之中，寓尚武之意，故用以计胜算者曰马。

筹与算在造字时原有分别，《说文·竹部·筭》云："筭，长六寸，计历数者。从竹从弄，言常弄乃不误也。"

《说文》系东汉时人作，当时之筭长六寸，合今尺犹在四寸左右，后世则一寸有零。惟释义，算须常弄乃不误，故筭从弄，深得学算精意。即今之习算者，亦何尝不须常演习而始有成，足见中国造字能将如何可以习算成功之意义寓于其中也。又曰："算，数也；从竹具，读筭。"

段氏注曰："筭为算之器，算为筭之用，二字音同而义别。"又曰："筭谓筭筹，与算数字各用，计之，所谓算也。"盖一为名词，一为动词也。惟古算字中最可看出筹算之形式者，莫如"□"。

此其字形，足见筭筹之纵横排列状，宛然一布筭之雏型也。

以言筹，《说文》有云："筹，壶矢也。从竹寿声徐锴曰，投壶之矢也，其制似箸，人以之筭数也。"

筹，本为投壶所用之矢之称，因以投中之筹多寡立马计输赢，筹之用亦无异于马矣。于是"筹"与"马"相联系，而成"筹马"之一名词，为后世计算数字之通称。今筹算之制虽废，而用筹以计数之□迄今犹复盛行，如栈房出进货物仍用竹筹计数。故劳玉初论筹算曰："筭者，其正名也；筹者，其通称也；筭者，用以计之之请也。其材以竹，其形似箸，其色有赤有黑（正算赤，负算黑），其度不一，古长而今短，盖古者席地而坐，布筭于地，故宜长；

后世坐于几案，故宜短。"明于此，与张子房"借箸代筹"之说有
由来矣。汉初□犹未脱席地而坐之习（如汉文帝不觉席之□也，足见当
时已用席），然箸与筹，其形已相近，故"借箸"可以"代筹"，后
人尝用其词，而不明箸之所以代筹之故也。

筹算之来□既明，一究筹算之形式，则筹马之由来亦有因矣。
筹算□筹，其一二三四……数字之排列，有纵列横列两式（见图），
布算之时，纵横互见，以免混淆。所可异者，筹算与笔算，虽古
今中西之不相侔，而数字自左首列序而下则一。筹算之补空位（如
两数字中间之〇与单位之〇）用钱，笔录之时则用〇，与笔算相同；
筹算之布式，虽有与笔算相异处，而法实等之位置则相同。时无
论古今，地无论东西，人类所具之意识，出自天赋，故其所制作
亦大同而小异也。

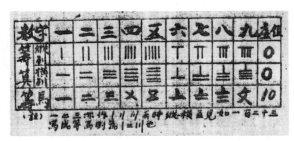

筹算失传，不知始于何时，余尝检阅唐宋元明诸史，而不易
得其迹象。大抵唐时犹盛行筹算，可于唐书创作大衍历之《一行
和尚传》中见之：

> 一行求访师资，以穷大衍，至天台山国清寺，见一院古松
> 十数，门有流水。一行立于门屏间，闻院僧于庭布算声，而谓
> 其徒曰："今日当有弟子自远求吾算法，已合到门，岂无人导
> 达也。"即除一算，又谓曰："门前水当却西流，弟子亦至。"
> 一行承其言而趋入，稽首请法，尽受其术焉，而门前水果却
> 西流。

此后律历虽有改变,而筹算之见于著作者,仅有《明史·艺文志》罗雅谷《筹算》一卷,至清康熙间梅瑴成有《古算器考》,足征筹算已失传矣。

笔算何自入中国,亦不可得考,但至迟当在元代。元世祖至元四年有回人札马鲁丁用其本国历法,进万年历,以三百六十五日为一年,不置闰月,而置闰日。明洪武初,特为回回历置官设职以掌其事,旋又罢置。乃其后历失其序,日月食时间常不符,甚至朔日之夜见微月,会利马窦来中国,挟西洋天算以俱来,与上海徐光启等习,徐乃以西洋天算之说进,与庞迪峨、熊三拔等(俱西洋天主教士)同修历。其后天主教士来中国者尚有邓玉函、龙华民、罗雅谷、汤若望等,俱与中国天算史上有相当之贡献。汤至清康熙年间,尚为讲历而遭谗,卒以所推算准确,南怀仁(亦西洋教士)起而为之昭雪,南且为康熙制造大炮以平三藩也。(按,徐光启亦主张与教士等共造大炮,以抗清师,为兵部所格而罢,庸臣误国,但知有私,不知有公,类如此。)自笔算入中国,而中国之算术为之大变,筹算式微,亦其一大原因也。

因用筹算之故,记录其计算之结果,状其形,而成为今日流行之筹马。此观于附图即可明了筹马者,即筹算计数之符号也。惟有×、𠃌、文、三马子,与筹算之形不符,此则尚有待于考证者也。

×系两筹交义之状也,求其字迹,则为古"五"字,自与×无涉。𠃌则为"五"字之一笔写成(见附图),故非从筹算得来。盖×与𠃌若照筹算排列,非为四画五画,即为四竖五竖,竖画之数太繁,不便于笔录,故求其简,则做×与𠃌,亦其宜也。至"九"之作"文",此又脱胎于筹算,而变其形式;盖筹算之上一竖为五,故九作文,上为五,下为四,合之适得其九也。

马子既从筹算脱胎而来，故旧时呼之曰"筹马"，最为允当，呼之曰"商马"，要知使用此筹码者，固不限于商界也，但有未切。

珠算之制，不过利用筹算之理，制作为算器而已。盖珠算除"五"在横档之上，与筹算横列之形式稍异外（其实仍是一致，珠算至四加一时，始为一下五去四，而五在上档，若不下五去四，则仍与筹算之状无异也），其余均为筹算横列之状（见附图）。闻夫珠算始于何时，余尝求之于史而不可见。（余读史无多，或有之而未及发见耳！不知梅氏丛书有此记载否，惜未见其书也。）但筹算自元明以来，似渐失其传，必当时有起而代之者之故，否则计算之具，日用所不可缺，焉有失传之理，殆疑当时已有珠盘之作矣。且珠算之口诀，原从筹算而来。而口诀之由来已久，宋洪迈《容斋续笔》中，已记有"三四十二，三六十八……"等计算上之俗语，谓《淮南子》及杜预注《左传》有"八八六十四"之句（原文不克记忆，仅记其大意），可见汉晋之间已流行，则目今所习用之九九乘法表，出于古代之筹算更多一证矣。

从筹算一变而为珠算，为中国计算工具之一进步；盖用筹布算，不若圆柱圆珠计数之进退自如也。每柱固定其珠数，上档之一珠代五，下档每珠为一，固与筹算无异，然运算除有时上档两珠同时使用外，余时上二珠下五珠尽够应用，不若筹算之筹，易于散佚，而定位无珠盘之得固定也。珠算运用灵活，非筹算敷筹可比，故易为人乐用，而筹算遂无人顾及矣。

加减乘除，珠算较笔算为捷；劳玉初《筹算考释》，并谓开方亦以筹算比笔算为快，余固未之试。但以为除目前新发明之计算器外，珠算固为计算工具中之最便捷者，虽有错误不易发见之憾，但为"不常弄"之过，常弄者常不误，此观于钱业中几位算盘名宿，运珠如飞，笔算纵快，有望尘莫及之叹可知也，即新式计算器亦有时无其快捷。惜乎年来之习珠算者固渐普遍，而运算佳妙者则少见。

中国筹马之从筹算脱胎而来，当不至大缪不然，惟阿拉伯数字是否从中国筹马递变而成，抑由印度传入，在未有研究前，未敢妄赘一辞，姑存其说，以待日后之考证。按，回教之通中国，在唐太宗时（按穆罕默德克麦加，称霸于阿拉伯，为唐贞观四年庚寅），至肃宗乾元元年，以宁国公主嫁回纥可汗；代宗永泰元年回纥吐蕃入寇，郭子仪免胄见回纥，受盟而还。中国与回教国通，以此一百五十年间为最。若筹码由此时中传入回纥，亦非将阿拉伯史乘作深切之研究，不易下一断语。至于由印度传入，更非从印阿两国史实中另觅线索不可。惟余有疑者，则为罗马数字之形式编制，竟与中国筹马若相符契。□其一二三四，固与筹算中之纵列式无二数；自五至九，形式虽异，而其理复相同。中国与罗马为东西两大古国，数字竟相若，其意义如何，饶有研究之余地，惜余不学，未能一挟所疑也。

载1940年9月17日《申报》第9版　署名冯柳堂

铜元之为铜板

从铜元称为铜板，不得不先从铜钱说起。

中国向用铜钱，故钱自周代以来直至最近数年始行绝迹的一种通货。本来钱自有其一定重量成色，旋以种种关系，逐渐退化到后来所见的小钱地步。但一看顺、康、雍三代制钱，确是名副其实。可是钱亦会如家运一般地衰下去，到了光绪年间，一钱二分重的制钱，甚而至于重九分者已为上选，五分左右之钱通行于市。钱质愈劣，物价愈高，故光绪十二年六月，颇拟划一线的形式重量，期以三年之内，规复旧制。当时即拟以机器铸钱，但恐工本过巨，并恐北京鼓铸，引起外界误会，因循未办。直至光绪十三年口饬直督李鸿章购置机器一部，就天津机器局赶紧鼓铸，运京备用。李鸿章复谓："外国机器造法，本与中国模铸不同，自镕铜卷片以至成胚、凿孔、印字、光坯，挨次相连，又非多建厂房不可。"遂将中国制钱寄至英国格林活铁厂照样造机，每枚重量以一钱为准。光绪十四年三月，定购之铸钱机器到津，连钱模及外洋至上海水脚保险费合英金六千二百十二镑十先令八便士，加以由沪运津水脚共折合银二万七十八百七十二两五钱二分，此为中国用机器铸钱口之始。

可是机器铸钱，终敌不过旧势力，在其他各省，依然是模铸。至于机器铸的钱究属如何，可观光绪廿四年川督文光所陈川省铸钱成法中有云："鼓铸惟人工是赖，较之他省以机器压钱者巧拙劳逸不同。"这可见机器铸钱比人工为优了。

光绪廿六年广东省用机器铸造铜元，于是中国的通货，至是始渐渐机械化。光绪廿七年又饬各省仿铸，铸额增加，只贪图铸钱用以为办新政，于是愈造愈多，愈铸愈劣。在开铸之始，银币一元只兑八，九十枚，光绪廿八九年已可兑到一百二十余枚，内地则照八折行使，其实是一样道理。

当铜元初上市的时候，内地均称为铜角子，以其与银角式样相似。其后均称为铜板。至何以呼之为铜板，这又当从铜钱而来。

谈到"板"，不得不追溯到清以前。据明海盐董谷《碧里杂存》云：

> 吾乡自国初（按即称明初）至弘治以来，皆行好钱，每白银一分，准铜钱七分，（按吾乡婚丧用费在数年前，犹以银一分作钱七文计算，俗称七申银，此可见由来已久），无以异也。但拣择太甚，以青色者为上（按称钱之佳好者曰青钱）。正德丁丑，余始游京师，初至，见交易者，皆称钱为板儿，怪而问焉！则所使者皆低恶之钱，以二折一，但取如数，而不视善否，人皆以为良便也。既而南还，则吾乡皆行板儿矣，好钱遂阁不行，不知何以神速如此。既数年，板儿复行拣择，忘其加倍之由，而仍责如数，自是银贵而钱贱，其机亦始于京师。

由是可知铜圆之称铜板，盖亦由板儿而来。在小说书中善于用人名以砭世俗的，尤推《红楼梦》作者，写刘老老的女婿小名狗儿，为了没有收税的亲戚，做官的朋友，没法去弄钱，所以将他的女儿唤作青儿，唤他的儿子为板儿。青儿者，青钱也；板儿者，钱之次者也；正见狗儿眼睛里所看见者只有是钱财。有谓司马相如亦名犬子，何以不然，这是"父母爱之，不欲称斥，故为此名也"。与狗儿之为世俗之徒，乌可以相提并论。

如今，铜板亦与铜钱一般是希世之物，同是绝迹于市场了。

载1940年11月26日《申报》第8版　署名冯柳堂

数字别体

数字作之壹、贰、叁、肆、伍、陆、柒、捌、玖、拾、阡、陌等字，明陆容《菽园杂记》谓"始于明初刑部尚书开济，然宋边实《昆山志》已有之。盖钱谷之数，用本字，则奸人得以盗改，故易此以关防之耳"。按陆容为明昆山人，其所言如此，正见明人对此种数字采用之由来，已为说纷纭。清海宁查慎行《得树楼杂钞》，有较详之考据，其言曰：

> 古书一为弌，二为弍，三为弎，盖以弋为母，而一二三随数附合以成其字，不知单书一画为一等字，起自何时。程大昌《演繁露》云："今官府文书，凡记数皆取同声而点画多者改用之，以其不可改换为奸也。"顾炎武谓，数目壹、贰、叁、肆等字，皆武后所改。洪《容斋随笔》曰："古书及汉人用字，一与壹，二与贰，三与叁，其义皆同。"

按顾炎武之说，谅必有所本。盖武则天于字尝多攺作，如以"一人大吉"为"君"字，忠字上加一画为"臣"字，诸如此类，殆亦可能。惟不论始于何时，宋以前已有之，故《容斋随笔》有此说也。

柒字之来历，《得树楼杂钞》所论，颇饶意味，其言曰：

> 桼，古七字。《太玄经·玄攡》曰"运诸桼政"。《方言》曰"吴有桼娍之台"。王莽候钲铭，重五十桼斤是也。唐碑书七字，亦有作漆者。后人省笔作柒，柒即漆之草书。今作柒，又柒之省。

余按"柒"为"漆"之草书，颇可置信。观下列三字，一为漆之真书，一为草书，一即柒字，固有其笔路变化之迹可寻也。

至于二十作廿，三十作卅，四十作卌，由来已久，俱见《说文》，其说有云：

廿（音入），二十并也。

卅（音飒），三十也，今作卅，十并也，亦作卉，直为三十字。

卌（音先立切），直为四十字。

可见廿、卅、卌之书法，为写数字时自然之结构，中国古代用筹算，故并写之数字，类皆横画竖道相合以成，此可见其遗迹也。

算盘始于何时，余于《算筹筹马》一文中，云未知其由来。友朋中颇以此为问，余自问，读书无多，未敢臆断。亦有谓北齐时已有之者，见之于《算书》，但此《算书》之本身，余尚有怀疑。惟余目前差堪引述者，筹算至宋时，必有一番改革，因历算之书，遍阅《廿五史》，无过于《宋史》所列之多也。即如等子（俗称戥子）亦始于宋初，有暇当集其一鳞半爪，再与读者相商酌。明知丛谈之作，挂漏良多，然皆信手拈来，聊以消遣。无非就闻见所及，纪事物之始，求进化之迹，为改善之资，并以备后之整理国故者辟一线之途径而已！至言其详当俟诸专书问世。

载1941年2月28日《申报》第8版　署名冯柳堂

先秦时代经商术

古语有之："天下熙熙，皆为利来；天下攘攘，皆为利往。"然则熙熙攘攘者皆为利，利固何自而来乎！

《大学》有言："生财有大道，生之者众，食之者寡，为之者疾，用之者舒，则财恒足矣。"

所谓"生"，所谓"为"，皆是生产之谓也。"生"指自然物之生产，如农畜之产是也。"为"指人为之生产，艺是也。"食"之意，为消费，但似专指不生产而寄食之徒言。"用"为财货之使用。夫生产众，消费寡，制造快，使用缓，是皆生产过于消费，则财货常足。然而财货虽足，犹非最后之目的，故曰："仁者以财发身，不仁者以身发财。"

所谓"仁者以财发身"，盖仁者能善用其财，散及于民，故得以财起家，盖生产须求大众之消费也。不仁者但知个人之发财是务，故亡身以殖货，则是操纵居奇也。

中国未始无经济思想也。管仲是经济大思想家，亦为大财政家；其后则如汉之桑弘羊，唐之刘晏，宋之王安石，无一思藉财政工商业有一番作为。且其理论事实，求之近世，未始非物物交换及统制经济之先河也。余常读《十九世纪欧洲思想史》，谓中国虽有数千年之文化，仅占此书之数页，言中国文化思想无进步，对世界无甚贡献。吾耻之，吾甚耻之，然无以湔洗其辱。但如管仲之学，不为后世曲儒所掩没，吾知中国经济学说，亦必斐然成章，早为世重，惜乎至今犹未有阐发及之也。

在古代能知后世工商事业之必占地位独具只眼者，只有司马迁一人。故于《史记》中独辟《货殖》一传。其后各代史书亦虽有《食货》一门，但于工商社会经济之动态，未之多见。《货殖传》中所述各家经商致富之道，大堪研究。兹述其要。

如计然之言：

> 论其有余不足，则知贵贱。贵上极则反贱，贱下极则反贵。贵出如粪土，贱取如珠玉，财币欲其行如流水。

此勾践所以称霸，范蠡所以致富，皆计然之遗策也。

《索隐》有云：

> 夫物极贵必贱，极贱必贵，贵出如粪土者既极贵后，恐其必贱，故乘时出之如粪土。贱取如珠玉者，既极贱后，恐其必贵，故乘时取之如珠玉，此所以为货殖。

太史公又云：

> 故物贱之征贵，贵之征贱，各劝其业，乐其事，若水之趋下，日夜无休时，不召而自来，不求而民出之。岂非道之所符，而自然之验欤！

物贱征贵，贵之征贱；盖谓物之贱者，必求物贵之处售之；物之贵者，求物之贱者买之；而后劝其业，乐其事，若水之趋下，固犹自然之性也。

白圭经商之要，则为"乐观时变，人弃我取，人取我与"。故当时言治生，祖白圭，而今之经商者亦何独不然。然白圭以为欲尽其术诚难，故曰：

> 吾治生产，犹伊尹吕尚之谋，孙吴用兵，商鞅行法是也。

是故其智不足与权变，勇不足以决断，仁不能以取予，强不能有所守，虽欲学吾术，终不告之矣。

近世有"末等生意头等利"之谚，盖以为技虽末而其利愈厚，此在《史记》中亦有之。其言曰："夫用贫求富，农不如工，工不如商，刺绣文不如倚市门，此言末业，贫者之资也。""置货置得真，蚀本蚀得轻，此经商之语也。汉代宣曲任氏之经商致富，则为田畜，人争取贱价，任氏独取贵者，富者数世。"

故司马迁以为："富无经业，则货无常主。能者辐凑，不肖者瓦解。"

一言以蔽之，只要经商有术，致富起家，固不难也。先秦之世然，后秦之世更以见其然也。

虽然经商致富所得之财，如何处理，最好一例为名传千古的伏波将军马援：

> 马援转游陇汉间，尝谓宾客曰："丈夫为志，穷当益坚，老当益壮。"因处田牧，至有牛马羊数千头，谷数万斛，既而叹曰："凡殖货财产，贵其能施赈也，否则守钱虏耳！"乃尽散以班昆弟故旧，身衣羊裘皮袴。

相反的一个例，悭吝的则如晋王戎：

> 王戎性好兴利，广收八方园田水碓，周遍天下，积实聚钱，不知纪极，每自执牙筹（按当时行筹算之一证），昼夜算计，恒若不足，而又俭啬不自奉养，天下人谓之膏肓之疾。女贷钱数万，久而未还，女后归宁，戎色不悦，女遽还直，然后乃欢。

奢侈亡身的则有晋石崇，石崇之豪富，至今犹艳称之：

> 石崇被收，车载诣东市，崇乃叹曰："奴辈利吾家财。"收者答曰："知财致害，何不早散之。"崇不能答，水碓二十余区，仓头八百余人，他货贿珍宝田宅称是，皆入官。

故书有之，"积善之家，必有余庆；积不善之家，必有余殃"。虽未如形影相随，而固相去不远也。

载1941年4月17日《申报》第6版、20日第8版　署名冯柳堂

谈 钱

最可爱的是钱，有钱路路皆通。

最可痛的是钱，无钱寸步难行。

最可恨的是钱，天生就势利眼光，偏向富翁钻，不向穷人跑。

最可怕的是钱，但看他一身带双戈，杀人不流血，害人不叫怨。

最可恶的是钱，毕生劳碌为他忙，到了困苦之中漠然不相救。

最可厌的是钱，不是怕盗抢劫掠，便是虑红红绿绿纸糊聚宝盆。

不要谈爱恶，也不必痛恨厌怕，只怪自己不是，为什么去造出钱来，反被钱来颠倒作弄，头昏扰乱，生不明，死不悟，多半是"聪明反被聪明误，自搬砖头自磕脚"。我所以说人是最聪明的，亦是最愚笨的，终究是最可怜的。但要跳出钱之是非窝，恐怕除了夷齐、仲子之外，没有第二等人。如果有的，也是实逼处此，并非本性所愿。

你看魏晋这班清谈朋友，自视何其高，放浪何其甚，六经为糟粕，天地为逆旅，宜可视钱若无物，然而不然不信，且看王戎就是一个榜样。

王戎圜田水碓遍天下，聚集的钱不知纪极，论其富，驾石崇而上之。可是他自执牙筹（当时无算盘，所以还是筹算），昼夜算计，还以为不足。不但如此，就是他女儿（适裴颁）借了钱，历久不还，他也要对她扳面孔，待还了他钱，方是另换一副颜色，欢谈如故。不要说女儿，只认得钱，不认得女儿。就是他的儿子万，生得太肥了，他以为吃得太好太多之故，逼令他去吃糠，不料吃糠吃得更加肥胖，到了十九岁，就一命呜呼。因此没有儿子，把他堂弟的儿子承继过来，辛辛苦苦，绞尽脑汁，用尽心计，丧尽天良，撑下了天大家私，毕竟好了谁？我想，王戎如果临死的时候，有一些清明，亦必埋怨自己，为谁辛苦为谁忙，为他人作嫁衣裳。

有以为你说的不对，清谈的作者是他的堂弟王夷甫（衍），你看夷甫的风度截然不同了！口未尝言钱，即是他的太太郭氏要试他，令婢以钱环绕他的床，使他不得行，而夷甫依然不道一钱字，只命婢将"阿堵物"拿去，如此，才不愧视钱财若粪土，才当得起"清高"二字。啊哟，照我看来，却不是如此真实。夷甫并不是不爱钱，正为他的郭太太，贪婪过甚，屡劝不改，况又是贾后的亲戚，既患之而不张禁。又深恨郭之贪鄙，惟恐将来大祸临身，而矫枉过直的口不言钱。若使他真个不爱钱，早应该与之别爨分居，不必待到贾后败而始言离婚。我非好为诛心之论，有许多做官的老作家，自己惟恐因贪黩败事，叫他的太太出来鬻官卖差弄钱。好在夫妻的财产是共有的，享用是共同，乐得如此串扮，可以清廉，我自窃之。故如王夷甫辈的风，自古至今，正不知有多少。

这不独我的猜想如是，即是在晋朝，南阳有位鲁褒，眼见得纲纪大坏，伤时贪鄙，乃隐姓名而著《神钱论》。亦谓钱"内则其方，外则其圆。其积如山，其流如川"，乃至于"亲之如兄，字曰'孔方'，失之则贫弱，得之则富昌，无翼而飞，无足而走"。你看钱的能力强不强。不但如此，且他的势力，可以"钱多者处前，钱少者居后。处前者为君长，在后者为臣仆。君长者丰衍而存余，臣仆者穷竭而不足"。有钱的对无钱的竟似君长对臣仆，真个伤心。其实无他，亦不过"穷竭而不足"罢了！而有钱的面孔怪难看，也是自古皆然，同声一叹！

鲁褒先生又很感慨地说道："无德而尊，无势而热。排金门而入柴闼，危可使安，死可使活，贵可使贱，生可使杀。是故纷争非钱不胜，幽滞非钱不拔，怨仇非钱不解，令问非钱不答。当途之士，爱我家兄，皆无已已。执我之手，抱我终结，不计优劣，不论年纪，宾客辐辏，门常如市。谚曰:钱无耳，可使鬼。凡今之人，惟钱而已！"

啊！你看钱之声势魔力，会到这般地步，所以数千年来，无论中外古今，战争也，抢劫也，共产也，资本主义也，人道主义也，等等说法，那一件不为"家兄"从中作祟。法律也，平等也，博爱也，又那一桩不是伸出手来要钱。"衙门荡荡开，有势无钱莫进来"，又岂止"衙门"，"有钱使得鬼推磨"，其"威灵显赫"，只要挣开闭眼睛一看，无一不如是，所以鲁褒钱神论的结句是:"人无家兄，不异藏翼而欲飞，无足而欲行。"

哈哈！一语道破，更有何说！

钱，在中国的社会里，以其历史上关系，虽则消灭得无影无踪，有则也是古玩商及考古家的收藏，已失其通货价值;然而钱之一名词，在一般不论货币之为纸为银，概括的仍称为钱。如"赚钱"，如"有钱的人家"，如"看得铜钱太重"，诸如此类，不一而是。不要说是钱，消灭未久，依然成为口头语;即如秦汉时代的话，至今在各地流传着，就不知有多少。文言在人类历史中的势力，不容轻侮;而现代的人，每每忘却历史上的过程，逞一时意气，不顾一切，倒行逆施，何苦自得。

看得钱财太轻的挥金如土，太重的一钱如命，"爷亲娘亲勿是亲，铜钱银子的的亲"，何况其他。然而最势利不过的，要推钱财为生涯的人们。如果沾染习气已深的，那真是铜臭冲天，面目可憎。若对人笑逐颜开，必然是拥资甚富，至少也是上海所谓"兜得转"的人们。若对之金刚怒目，不是菩萨低眉，无论他事业如何，终是"周转不灵"的人了。所以旧时有人嘲钱庄的跑街一首俚词，倒也说得有趣，不妨转录在此:

一个钱庄跑街，两只铜钱眼睛，三餐茶饭讲究，四季衣服漂亮，五路财神打进，六亲全然不认，七两长期弗放，八折倒账欢迎，九九归原，实（谐十）在还是老板伤心。

虽是打科跑街的话，其实也不是跑街之过，可说是通病。又不能专怪钱业，如今银行业难道不有这种习气？岂不见三十年前，宁波路一带的汇票号，那真是官气十足，开派非凡呢！亦无怪今之犹太富商，声势喧赫，骄奢淫乐，至于极点！

"有钱万事皆兴，无钱寸步难行"，居今之世，更加利害了。"一钱逼死英雄汉，三钱叫得店门开"，自从欧美的物质文明、享乐主义，灌输入人心，东方的省吃俭用的美德，荡然无存。聂云台先生尚在谈保富法，不但是"积财千万，不如薄技在身"，还要劝人"积财不如积德"。这五六年来，从大众生活所必需的物品，操纵囤积，有形无形之中，所剥削得来的财，不要说千万百万，尽多是数万万的家私。这种财是那里来的，无非是大众的血汗。所以听见有等人的切口，称钱财曰"血"，其初我以为太蠢俗，而今思之，倒也不失为真实。

钱之魔力实在太伟大了！竟使人只认得钱，不认得人。只有现在，有将来，更不知念过去。忘了本，丧了心，昧了良知，出卖了灵魂；家国非所念，人情非所顾，利害非所计，但愿盈千累万财到手，够我目前享用挥霍，称心如意。那问钱的来源，是印子钱，磬子钱，造恶钱，作孽钱，出卖子孙钱，传不到一世两世，甚至于不能及身而止，试清夜去扪心，难道天良竟不获刹那发见！无如利令智昏，那能动得他神经分毫，宁可盘剥大众身上钱，不是"看儿孙整顿乾坤"，却让他们槃游淫佚，干那杀兄弑父，卖友求荣，种种叛道离经的勾当，这还称得起人世么？

金钱的世界，拜金的主义，充其量，造其极，不是改善了人们生活，而是加增了人们痛苦。利用钱财压迫人，残贼人，欺侮人，骄傲人，诱惑人，堕落人，古人尚谓"率兽食人"，而今竟是"人吃人"，世变惨酷，还有何说！不念"秉权使鬼何多事，赢得人称造孽钱"，人生终究是度那光阴，万万家财，亦不过眼前虚花；儿孙好，自会攒钱，不好，多贴之财，反速其败。因此我又记起一件谈钱的旧话来了！

十余年前，尝兴王一亭、顾馨一、张效良、陆伯鸿诸公在功德林午餐，如今这几位多早已作古了！然而他们在商界上，建立过一番事业，偶尔谈论到得钱、积钱、用钱，这三件事，究竟怎样才得当，这在我还是第一次讨论这问题。

可是这四位立场相同的，以为用钱最得当的办法，是为公众有益而使用，使用到公益慈善事业上去。积钱不求其多，得钱不求其速，但求其能保持正常，这犹是"满而不溢，所以长守富也"，制节谨度之意。

我于此三者都谈不到。一则我是薪工阶级，定额收入，所谓得者，只可维持一身，多至维持一家的生计。二则得既如此，更谈不到积，积蓄要在有余，若如我之度日如年，即使节省而积蓄，也只是微乎其微。至于三则为用，我只要用在柴米油盐、衣着教育，不用在嫖赌吃着、逢迎谄媚上去，那在我自问于心，亦所无愧。然而他们既在大谈其得积用，我独无一言，未免扫兴。我以为："理所应得，虽千万兮奚辞；义非我有，宁一介而莫取。"这是我对于得的概念，然而千万奚辞，在我这一生，可说是梦想，不过借此以明义罢罢了！

至于积蓄，无论有钱无钱，多少要留有余以补不足；即使月月不敷用，也要想到"积钱防老，积谷防荒"两句老古话，所以我之积钱观念，谈不到积极方面，无非尽其可能，竭其所有，以达到防患之义。我就引用两句成语，以为我对于积之观念；所谓："常将有日思无日，莫待无时思有时。"

讲到用，我前面已说过了，不过我归纳下来，还是：当用则用，不当用则不用。

所谓"当"之分际，最难恰到好处，要看各人学识经验，器度境遇而不同。

载1943年《新都周刊》第1、2期　署名冯柳堂

银 行

中国商业中称营业之大者，尝曰"行"。行之名称，唐代已有之。及与欧西通商，与洋人交易之所曰"洋行"。在乾嘉之际，似乎所谓洋商也者，为洋行商人之通称，不限定于洋人；而以夷商乃为专指洋人而言，此则留待将来关于中国商业名称（如行、号、店、铺、厂、局、庄、栈、作、坊、园、场、馆、社、公司之类）需要论述时再谈。因称洋人营业所曰"洋行"，今其所出纳营业者为银，不若中国之钱号、钱庄、钱行之用钱，乃名其行曰"银行"，此即银行名词之由来也。

大约最先使用此银行（Bank）名词者，为英商麦加利银行。麦加利银行原名 The Chartered Bank of India, Australia & China，设于香港者，即称为渣打银行，渣打者，即 Chartered 之译音。而 Chartered 为特许之意，谓其为英皇家所特许之银行也。然则何以上海之行又称为麦加利，此则以人得名。盖当时来沪设立分行之洋经理，据传名麦加利，沪人与所交往者但知为麦加利，遂亦以麦加利呼其行，相沿成习，麦加利银行乃成为固有之名词矣。

麦加利银行开办于公历一八五三年，即咸丰三年，总行设于伦敦，距上海开辟为租界，不及十年。时英人正挟其战胜之威，欲厚植其势力于中国。咸丰七年（公历一八五七年），复有英法联军入广州，虏粤督叶名琛以去，而麦加利银行来沪开办，即在是年，故迄今（一九四一年）固已八十五年矣。

时欧洲诸国之逐鹿于远东者，为英法俄三国。一八五九年（咸丰九年）法人既占领西贡。一八六二年（同治元年）越南又割交趾支那与法。其在中国，为英法联军入北京，两次天津和约以后。法人至是为推广其经济势力于中国起见，乃亦来沪设立法兰西银行，约在同治三年（公历一八六四年），即今北京路外滩东方汇理银行之地址也。第一任之洋经理为哈加森，华经理则为宋书升。宋通拉丁及法兰西语文，忠诚干练，故任华经理终其身，及光绪二十年（公历一八九四年）宋去世不久，而华俄道胜银行开办，遂盘受法兰西银行之基业。

亚于法兰西银行而在沪设立分行者，则为汇丰银行，Hongkong & Shanghai Banking Corporation 开办于同治三年（公历一八六四年）。其初本为英、美、德、华、波斯商人合资组织，其后不满于英人之所为，美、德、波斯股份相继退出，遂成为英商银行。复于同治六年（一八六七年）来沪设分行。虽与麦加利俱为商业银行，然观其英文名称，固一望知其为英人发展远东殖民地事业之银行也。

当光绪甲午（一八九四年）中日战役之后，中国人憬悟于国力不充实，颇思从开发实业以求自强，路矿借款，尤为当时朝野所注目。光绪廿二年，张之洞、王文韶请设铁路总公司，并保盛宣怀为督办。时盛为天津海关道，至是以四品京堂候补，督办铁路总公司事务。盛即条陈：（一）行征兵制；（二）裁厘加税，将关税加至百分之十；（三）发行印花税；（四）开办银行，抵制洋银行；（五）在北京设立银元总局，铸八五成色之一两银圆。当时户部议复，饬盛宣怀筹办中国银行，招股五百万两。俟银行办成以后，准其附铸一两重银元，以十万元为率，先在南省试行，如果可以流通，毫无阻碍，再行妥拟章程办理。此即中国通商银行开办之由来也。

光绪二十四年五月，大理寺少卿盛宣怀奏陈筹办中国通商银行次第开设情形云：

中国银行，节经招集绅商，备定股本，参照西国银行章程，自光绪二十三年（按为公历一八九八年）四月二十六日，开办上海总行。自夏徂冬，天津、汉口、广州、汕头、烟台、镇江等处分行，陆续开设。京城银行，上年亦已开办。至各行省都会，亦当逐渐分设。近年金镑翔贵，银币压低，如上海通商总汇之区，而银根空乏，商情岌岌，皆有不可终日之危。幸通商银行主持市面，银息虽昂，犹有限制，得以勉为支柱。中国银行规模草创，故裨补于商务者必由渐而来。并由仿办于各国银行在华开设之后，如汇丰之设已三十余年，根底已深，不特洋商款项往来，网罗都尽，即华商大宗贸易，亦与西行相交日久，信之素深。中国银行新造之局，势力未充，非可骤与西人争胜。故原议以慎始图终，积小为大为宗旨；今创办一年，始甚已立，自此扩充中土之商利，收回自有之利权，其枢机必视京外拨解官款，是否皆归通商银行为旋转。若各省关存解官款，仍循旧辙，专交私家之银号，绝不与奉旨设立之银行相涉，则商政之体全失，西人讥笑，华人增疑，孰肯信向，所关于通商大局非小。合为仰恳饬下户部通行各省关，嗣后凡存解官款，但系有中国通商银行之处，务须统交银行收存汇解，以符事体。

户部议复云：

中国通商银行，由部借拨官款一百万两，按年生息。……现在各处分行，开办伊始，遽令各省关凡解存官款，统交银行收存汇解，无奈人不相信，未便强以所难，亦恐迹近把持，于市面商情多所窒碍。惟是各省关存解官款，若为原奏所称，专交私家银号，绝不与银行相涉，则是公家所开之银行，公家先不相信，又安望商民之共信，殊非国家所以维持银行振兴商务之意。……拟饬各省嗣后凡有通商银行之处，各项官款汇解，如查明改交通商银行仍不至受亏，汇费当可轻减者，即均交通商银行妥慎办理。

从两段文字中，须注意者：（一）所謂"中国银行"，乃与"西国银行"一种对待之称，盖谓系中国人开办之银行，非若今之中国银行，以中国为其行名之谓也。（二）按盛宣怀之任铁路总办，系在光绪廿二年八月之后，而盛宣怀之条陈，又在其后，故中国通商银行之发动，为光绪廿二年，开办则在光绪廿三年四月，而以廿二年开办者误。（三）按通商银行，为其时通行之一名词，如光绪廿四年四月，盛京将军伊克唐阿请发纸币疏中，亦言及发钞应归于银行，并有"各处口岸，则由关道筹款设立通商银行"，足见当时之欲开办银行，为通商关系，故盛即以此名其行。（四）户部议复，不愿将省关官款存解，交由通商银行办理，即为后来设立户部银行之张本。

至通商银行之发钞，亦见于户部议复盛京将军依克唐阿请发《楮币疏》中，其言曰：

> 光绪廿二年京师盛宣怀请先在京师、上海设立中国银行，各省会口岸设立分行，由商董自行经理，并印造银票与现银相辅而行，曾责成招集股本合力兴办，并赏给官款一百万两，以为之倡，现请饬盛宣怀查明上海银行开设以来所拟足以挽回利权，切实复奏，再行酌夺。

至其时户部何以不自银办行，而必由盛宣怀去办，亦可于此复奏中见之。其言曰：

> 至银行仿自泰西，通商惠工，皆以是为枢纽，非徒为取息而设，亦岂仅造票一端。中国风气未开，京师票号钱庄，皆由商人自出资本，并未承领官款，是以力量甚微；而汇丰、华俄各银行，遂先后开设都城，得以擅我大利。若于万方辐辏之区，先开官银行，为各省倡，内可通华商之气脉，外可杜洋商之挟持，裨益自非浅鲜。第官股既未易筹措，商股亦未易招徕，更

恐经理不得其人，利未兴而弊先见，此又设银行之难也。

中国通商银行开办时，信用未著，所发行之钞票不为世重，未能流通自如。乃一方聘用洋人为经理，以便与洋银行联络，遂亦加入洋商银行公会。一面聘钱业中饶有地位者为经理。盖其时犹是钱业称霸时代，惟因受洋货入超影响，致使白银外流，入于洋商银行之手；乃得利用以操纵我金融，压迫华商，然至出口季节，华商银根宽裕，洋银行有时亦仰华商之鼻息。且汇划钱庄系无限性质，一纸庄票，洋银行受之不疑；而华银行大都有限性质，而当初开办时，洋银行对之，转不若钱业票据之信任。故银行发行钞票，只要钱业肯收解，市面即可流通。非但清季如此，即民国十年以前，凡开办银行，必须延揽钱业中一二老宿，司营业部分可知矣。于是盛宣怀即请钱业董事谢纶辉任经理。谢即进言于盛曰："今之通商银行，已是虚本实利，此后惟不再动用银行款项，方可接办。"盛颔之。盖所谓虚本实利者，谓本已动用，而利则须实付也。

有询谢以办银行之方法者，谢以一语报之，曰"死人额角头"。盖其所谓银行办事，丝毫不可苟且，必须循规守章，如死人额角头之硬绷绷去做也。又询以银行如何可以办得好，谢谓"洋钱当眼镜"，此语之意，虽不至如俚谚所云"铜钱眼里翻觔斗"，外银行之重要业务，为吸收存款，发展放款"只认洋钱不认人"，固要将洋钱进出看得清楚也。

通商银行所发之钞票有银圆票，亦有银两票。银两票为通商银行独家发行，故虽未照部议铸发一两银圆，而已发行银两钞票。自谢进通商后，钞票之信用始固，与洋银行钞票同是流通于市面也。

华俄道胜银行之开办也，其势张甚。时上海以汇丰银行隐然执金融界之牛耳，道胜银行思超越之，不但业务上与之竞争，即建筑上亦务求过之，故特建石质行房，以相矜炫，上海之第一所"石头房子"，自道胜始，即今中央银行之行址也。不仅如此，且于其旁辟广场，为行员业余拍球之用，至今犹存其半，可见其设备之富丽周至。盖此时之汇丰银行，犹无如今之巍巍巨厦，矗立于黄浦江畔也。

当道胜初办时，沪上盛传有西太后投资五百万两在内，事秘莫能详。惟在甲午新败之后，屡遇外侮，屡遭败衄，俄人利用时机，阳示结好于清廷，助之收回辽东割地，阴实为未来租借之前步，而成日俄战役之引线。清廷亦思结俄为外援，以与日抗，只图泄愤，不顾后患。又鉴于日据辽东，卧榻之旁，他人酣睡，惟恐患生不测。事出仓皇，道胜银行适于此时开办，阴以寄托于俄人，此在事实上不能明辨其有无，情理上则不为无因。何况官僚贵族，正以清廷饬令报效，阴将巨额私财，存放于洋银行，藉免查抄勒索之累，几成风气。如光绪廿四年正月黄思永以各国争欲承借债款，不如募集内债，亦言及中国人宁将款项存放于洋商，并购买其证券云：

> 通商口岸，华民依傍洋人，买票（按即指债票、股票而言）借款者甚多，不能自用，乃以资人。目搢绅之私财，寄顿于外国银行托名洋商营运者不知凡几。

此"搢绅"两字，犹未敢公然指斥为王公巨卿耳！故又云："小民不足责，请严饬中外臣僚，激以忠义之气，先派官借以为民倡。"

此则明明言臣僚以私财寄于洋商银行矣。尚有最明显之一例，为日俄战争初起时，庆亲王奕劻将其私款自两交战国之银行，转存于汇丰银行，蒋式瑆奏参有云：

> 庆亲王奕劻于光绪二十九年（公历一九〇三年）十一月二十二日日俄宣战消息，将华俄道胜银行、日本正金银行所存之私产一百二十万，提往东交民巷汇丰银行存放。该银行明其来意，多方刁难，始允收存，月息仅给二厘。

时户部方于二月十三日（光绪三十年）请设立银行，成本四百万金，户部任筹其半，余下二百万，招商入股，月息六厘（按即为开设户部银行之张本）。但以咸丰年间发行钞票，光绪二十五年举办昭信股票，未能取信于天下，商民愈涉疑惧，一闻官办，动辄蹙额，视为畏途，故蒋式瑆又云："庆亲王之款，何不命其从汇丰银行提出，拨交官立银行入股，俾成本易集，可迅速开办。而月息二厘之款，增为六厘，庆亲王私产亦大有利益，商民亦释其疑惧而踊跃加入矣。"

折入，派鹿传霖至汇丰银行澈查；该银行总经理熙礼尔，买办杨绍渥，不受调查；均称"银行向规，任何人存款，不准告人，账目亦不准示人"；遂无结果而返。蒋式瑆因以受处分，革去御史，转向原衙门行走。

此可见官僚财产逃避于洋银行者甚伙，故即使西太后无此举，而皇族贵戚中有此事，亦未可知。况当时各洋银行在北京设立分行，其唯一营业，无非吸收官吏私蓄等于无息之存款，即以之转贷于清廷，扩张其在华之势力。华俄道胜银行在庚子（公历一九〇〇年）拳乱时，曾遭洗劫，匪羡汇丰银行多银，图劫未遂，时有人诗咏其事云："华俄西去汇丰存，雪白纹银百万屯；想发洋财人似蚁，崇文门接正阳门。"

自法兰西银行并于道胜，法独无银行在。且其时清廷军需赔款，财用大绌，开源无门，辄以路矿实业，向洋商举债为事，借款担保之巨，利益之厚，条件之苛，回佣之丰，莫与伦比。法人能不无动于中，乃将共经营安南殖民地之 Banque De L'Indocine 印度支那银行，向设于西贡者，赋以特权，分设来沪，约在光绪二十四年（按二十四年为公历一八九八年，该行总行设于巴黎，开办于公历一八七五年即光绪元年），以一百万两资本，来沪开设，即东方汇理银行是也。不久而盈利累累，支分行遍于南北矣。其先设于汉口路江西路西边，后迁于法租界外滩今中法工商银行基址，三迁于今址，即法兰西银行旧址也。

　　时华经理为朱志尧，即于卅余年前创办求新机器厂也。某次有炉房中人来问，闻有大批安南银条将到，有则愿为承售，询以故，谓其中含有金质也。行中人初无所闻，及后，固有银条运到，讶其消息所自来，炉房人云："盖有安南坐庄通知也。"银条每重十两，色黝黑，当取一条，微锉其角，以硝镪水注其上，有金质处，色泽显然有别。朱好研究，亦用坩锅一，置银条于其中，注以硝镪水，久之未尽融。有语之曰应置于炉上煮之，则银与镪水之化合易，试之果然。但以火力过强，忽有艳若桃李之气体，腾空直上，朱大惊，亟去其火，倾于玻璃瓶中，久之，下有沉淀物，有谓此即黄金质，聚于铁片而煅冶之，则成金；试之，虽稍稍呈红紫色，而未见其为黄金状。惟用显微镜窥之，金光灿烂，固已隐曜于其间。或曰，此火力之未至也。持往炉房，用吹管之焰分析之，融成黄豆半粒大之黄金一颗，即炉房争买之由来也，于是每条申水一两五钱出售。西人事后语人："中国商人真聪明，外国发明硝镪水，中国人用作试金术，我西人尚未知有此运用也。"盖硝酸逢银起化学作用，成为硝酸银；其含有黄金之处，则不受侵蚀，炉房中人即利用此点，以鉴别银中有无金质。余闻人言，炉房鉴别银两成色之优劣，其技术之巧妙，尚优于此，虽西人用化学试验，亦不是过，而实际上仅凭经验，中国人自有其科学的思想方术，而不能利用之，又不肯研究以求深造，否则以中国人之头脑，再加以学识，前途宁有限量。

　　其后，户部开办户部银行（度支部成立，改称为大清银行），商部欲办商业储蓄银行，邮传部之办交通银行，及各地方商办银行之开设，本欲有所谈。顾本文已觉冗长，恐非累日不能尽载，将使读者生倦，亦非本报篇幅所许，爰留待再稿修正出版时作一番陈述可也，此则聊写中国银行事业之由来而已！

载1941年5月18日《申报》第8版、23日第6版、25日、27日第8版、29日第6版　署名冯柳堂

经　济

　　曷为而谈经济？经济之书，汗牛充栋；经济之名，妇孺咸知；奚必谈而不知余所谈，或竟为人所未谈，亦有为人所不克谈；至所谈之允否，为另一问题。余只知备一说，辟一经，供后来之探讨，即《经济丛谈》之作，意亦本乎是。

　　经济，为中国原有之一词，自日本用以译 Economics，而与中国之原义寖失。然则中国之原义为何？此则在前人未有作明确之诠释，余就欲备一说，不得不作一番检讨，而自成其说。

　　余以为经济之经，出于《中庸》，其言有云：

　　　　凡为天下有九经，曰：修身也，尊贤也，亲亲也，敬大臣也，体群臣也，子庶民也，来百工也，柔远人也，怀诸侯也。

　　然九经之经，尚为经常之经，与天下之大经之经，其义相同。但经济虽为抽象名词，分析言之，固皆从两动词联缀而成，非即为经常之经也。故《中庸》又云：

　　　　唯天下至诚，为能经纶天下之大经，立天下之大本，知天地之化育，夫焉有所倚。

　　此则特地提出天下之大经，而曰经纶之，是则“经纶”二字固何谓也？集注有云：

　　　　经纶皆治丝之事，经者，理其绪而分之；纶者，比其类而合之也。大经者，五品之人伦，大本者，所性之全体也。惟圣人之德，极诚无妄，故于人伦，各尽其当然之实，而皆可以为后世法，所谓经纶之也。

于是后世之于"经纶"二字，为有经世治国之意。而讲才学优长者为满腹经纶，亦从此中脱胎而出。至济之为义，余以为本于《易经》系词之"智周乎万物，而道济天下"。

之济为近，盖道济天下者，犹是经纶天下之大经之谓也。唐太宗之名世民，亦为其四岁时，有书生请见唐高祖，并请见其诸子。相太宗，谓其有天目之表，年几冠，必能济世安民。及书生去，高祖追之不见，以为神，乃以世民名之。然此犹未足为余说之证，近阅《新唐书》至《裴度传》，而见古人对于"经济"二字之意义固如是，史云：

> 时（唐文宗时）阉竖擅威，天子拥虚器，搢绅道丧，度（裴度）不复有经济意。乃治第东都集贤里……号"绿野堂"，至白居易、刘禹锡为文章把酒，穷昼夜相欢，不问人间事。

裴度在当时出将入相，功业在人间，系天下安危，及后见宦竖弄权（按唐中叶之后八主，七为宦官立），不复有经济意，此经济二字意义之伟大，盖言其不复作治国平天下，经世济民之想也。不似今之谈经济，仅拘拘于财货方面而言，遘违本义。如比拟于今之学术名词，则以"政治经济"况旧时所谓"经济"，庶几有相似处，至犹未尽其意。

又如光绪拳匪之后，厉行新政，曾仿博学鸿词科举行经济特科，一观其拔擢人选之资格，亦即可见中国"经济"二字之原意。其人选为何？即"志虑忠纯，规模闳远，学问深通，洞达中外时务者"。

所谓志虑忠纯者为品性，规模闳远者为气度，学问深通者为学术，洞达中外时务者为才识。则特科之考选，当然属于后二者，是即所谓经济人才之选也。同年七月改用策论取十谕中亦有云："务以四书五经为根本，究心经济，力戒浮嚣，明体达用，足备器使。"

所谓"明体达用，足备器使"，即为"究心经济"一语作转注。盖其时虽有日本留学生将"经济学"一名词携带回国，然犹未通行于学术界中，遑论士大夫阶级，当时国势阽危，拔擢经济人才，应付时艰，为常务之急。且经济人才之需求，不仅见于今，亦且见于古，如《唐史》云：宰相韦嗣立之子恒，御史中丞宇文融荐其有经济才，愿以位让之，而擢为殿中侍御史。又如梁廷楠《夷氛纪闻》（纪道光间鸦片战争事），有云：粤人御史苏廷魁，讲经济，最留心时务。均足为"经济"二字作正确之解释，远出于今所道之"经济"二字范围之上。

日本之以 Economics 译为经济学，严几道（复）于译亚丹斯密「原富」Wealth of Nation 译事例言中，已论其不当，盖严氏之意，应以计学名。日人所译之经济学也。其言曰：

"计学，西名叶科诺密 Economics，本希腊语。叶科（Eco）此言家，诺密（Nomics）为聂摩之转（按聂摩为拉丁文，意谓管理也），此言计言治，其义始于治家。引而申之，为凡料量经纪撙节出纳之事，扩而充之，为邦国天下生食为用之经，盖其训之所苞至众。故日本译之以经济，中国译之以理财。顾必求吻合，则经济既嫌太廓，而理财又为过狭。自我作故，乃以计学当之。虽计之为义，不止于地官之所掌，平准之所书。然考往籍，会计计相计偕（按皆见于《史记》）诸语与常俗国计家计之称，似与希腊之聂摩较为有合，故原富者，计学之书也。"

余于严氏"经济既嫌太廓，理财又为过狭"，二语深表同意。"计学"二字，谓可当于目前所谓经济学，虽从西文字源而来，余亦未敢苟同。

自"经济"两字流行，今竟成为一般口头禅，无论其为菜也、饭也、纸也、笔也，甚至于形形色色，亦不论其为可通与不可通，学者与非学者，动辄好称经济。大抵通常语中之经济，其意义不外乎所费少而收效大，或则有合理使用之意义存焉，此与旧时所谓经纪二字倒相暗合。盖"经纪"二字本为经理纲纪之意。其后用之于经营方面，称行商为行纪，自有行纪之称，遂称经商人家为经纪人家，又因经商人家之成家立业，大都从勤俭经营而来，故又称人之勤俭而善运用其财者为经纪，转辗沿用，与时人所谓经济者固无一致。及交易所兴，称买卖居间者为经纪人，以其与旧时行纪同以居间收佣□业务也。

由是观之，今通俗所谓之经济，殆即旧时之所谓经纪；而中国所谓经济，其涵义又非今之所谓 Economics 所可比。然既已习焉不察，则亦从其行用之便而亦经济之也。

载1941年6月24日、28日《申报》第8版、7月2日、3日第9版　署名冯柳堂

画　线

　　画线在近年来逐渐为工商界中所采用，其先只统计工作人员用之。统计之为世重，为国民政府成立后之一大成就，亦为国民政府以前之报章及诸学者提倡之成功。盖自民国十六年以后，国民政府所属之内外各机关，年有工作报告，往往藉统计数字图表，以表示其成绩；办公室中，应客室内，亦常以统计图表作点缀；胡汉民长立法院时，且有统计月报之编印，选材颇精审，因出于刘季陶所主编，其后则由统计处编行。各学校尤而效之，满壁图案，皆为统计。此风一开，于是大公司商店耳濡目染，亦以为不可无所装饰品，经理室内，人事科中，及营业报告书类，固不乏花样百出之统计图。虽于统计犹缺乏真正之认识，但依样葫芦，亦固收效匪浅矣。

　　不念二十余年前，中国刊物之中，即一粗陋简单之统计图，亦不可多得。自商报出版，商业金融新闻中，始有金融商业统计图表刊布，一时风气顿开，报章杂志，踵事仿行，浸成习惯，故今日统计学识图表固远较前为精深博大；然一念当初之简陋工作，其艰难亦不亚于今，盖无所师承，亦无从商榷，一切惟从书本中得其大略（其时统计书亦求之不得），迹其形似，从而比拟之，模仿之，以待逐步之改进。绘图也，而图纸不可得，方罗网眼，一□皆须目为之，一不慎，稍有墨污，则全功尽弃。绘图既无素养，器械亦多简陋，欲求其工，忧忧其难，以视今日之工具完备，使用便利，学有专长者，其难易不可以道里计矣。

应用书线统计工作于市价之升降，在二十年前亦只俞寰澄（风韶）一人而已。俞以学者而经商，时交易所初开办，上海证券物品交易所之声势煊赫异常，各交易所之开办，亦风起云涌，纱花标金证券之买卖，突然称盛。俞喜做条子（标金十两为一条，故买卖称为条。做者，买卖之代名词，以买卖为做交易，故即以做字代表买卖），逐日就市价之上下升降，实行其画线工作，以察市面之趋势。其时之交易所经纪人，市场上伸手之代理人，及一本小纸簿一枝小铅笔抄场帐之学徒（而今恐亦有不少为市场上赫赫之投机家矣），见书有线格之纸张上，点点画画，正不知葫芦里卖什么药，更茫然不解其所以然，只见一线曲折，上下起伏，有时若奇峰突起，倏尔如山谷下降，遂有比之为市场画符，亦有以为徒费精神，无甚用处。此外只日本商人，亦多有在市场实行其画线工作，他已不可多觏。不意经年深月久之功夫，亦有知画线工作，便于观察，乃亦窃相仿效，试之果有用，于是互相传播，善用其心思者，遂多以画线工作为研究趋势之用。近且见有论画线之专书问世，行见画线工作，愈加普遍。不禁回首前尘，廿年驹光，工商界之经营方式，固有不少之进步，为之窃喜。

中国旧时工商界对于市价之趋势，虽无画线等工作，以资比较研究，亦自有其经验，颇能亿则属中。其最所重者为关口，此则与画线作观察，有其大同小异处。关口，何谓也；系从俗语而渐沿用于买卖，几已成为商业名词矣。盖关口所以阻隔内外，盘究奸宄，稽征市税，行旅之出于是途者，遂有进关、出关、盘关等种种名目，小儿之游戏，戏剧之表演，口头之道白，亦有把住关口，逃出潼关，文昭关……不一其说之关。商场中乃以所预测之市价，将来所欲到之数目，谓之关。如某种商品今已在一百五十五元左右盘旋，则假定以一百六十元为关口，若窜出关，则市价尚有上升之可能。反之盘旋而下，甚至跌至一百五十元，亦有以为跌进关，或许有重下之趋势，惟其所谓关者无一定，大致言零数者以整为关，言小数者以大数为关，一视商人之假定为何如耳！

载1941年8月28日《申报》第8版　署名冯柳堂

屯　积

　　战事以来，物价层累而上，迄今犹无止境；当然，亦为统制来源，货运失畅，供求不调，苛捐勒索，横征暴敛，货本愈高的影响，及黑汇行市渐缩原因。然而屯积居奇之愈出愈凶，遂使物价脱离货币的疆勒，无限制地升涨上去，亦是最重要一种因素。

　　屯积本是商业上一种自然作用，亦是富欺贫一种剥削手段，原不足奇。然所以为世唾骂，正为其贪心无餍足，拼命地将物吸收，不绝他［地］将物价抬高，压迫大众生活喘不过气来，甚至为维持生存而鬻妻卖子，杀婴煮孩，种种丧风败俗的举动，惨无人道的人世事，俱为少数有财有势损人利己一念所造成。然以有涯之生，逐无穷之欲，徒快一时享用，而暗中造孽无穷，清夜反躬，亦知何必孳孳为利来。

　　世人多屯积，而不究屯积之由来；余未尝屯积，于今偏欲谈屯积，得无令瓠腹费齿冷，以为措大偏喜隔靴搔痒。虽然，余所谈，非为市场上之屯积，而为文字上之屯积，文字上之屯积，为屯积者所不能谈；我虽无能，而固不妨一谈。

　　屯积，通作囤积，余以屯积为是。盖囤者，竹篾编成之廪条，盘圈而上，用以贮米。亦有用稻柴编成直径三四尺高约一尺许之草囤，层累之以藏米，无论其用竹用柴，俱称之为米囤。囤者名词也，与困相近，观其形，亦可知其义。在一方围之中，而禾居其内，非为储米之器而何。困之字为古，囤之字较后，盖囤从口从屯，固从屯字而来，因其为屯积之器，故于屯之外，加一方围，以明其为器；又惟其作用为屯，故其音义仍从屯。

屯积，一种动作也，若以囤相称则不动。盖屯者聚也；积者居也；聚货物而居积之，屯积之本意也。屯，本音豚，俗多作豚之上声读。亦可读作顿，故江浙间颇多读屯作顿字音曰顿货。

有谓孔门弟子，子贡善货殖，故曰："有美玉于斯，韫椟而藏诸，求善贾而沽诸。"此非屯积居奇而何？余曰：不然，姑不论子贡借喻以问孔子何以有道而不仕，即就字面论，韫椟而藏美玉，求善价而沽诸，至多为一种居奇行为。然居奇亦有其分寸，已得善价而犹不肯售，则谓之居奇。若待贾而沽，是不欲衒玉以求售，与屯积居奇之义有别。盖屯积为聚集多量之货物，待贾而获致非常之大利，兹韫玉于椟，无非视为奇珍，郑重宝藏也。

然则孟子所谓"求龙断而登之，以左右望，而图市利"，可得谓之屯积否？余曰：然，而程度尚有深浅之别。龙（同垄）断者，田野中高起之冈垄。孟子借以喻商人居货待售，有若登高左右望，何方之价格高，则售于何方，而以图利。非谓龙断即屯积也。惟龙断用于今之交易所市场，颇为相近，盖交易所买卖，颇有左右市价之能力，人心以为高则高，低则低，拍板员踞［居］高临下，左顾右盼，大有登龙断而左右望之状，然此同非孟子当时所谓龙断也。英文称垄断曰 Corner，本训角隅，负隅而不肯售，固与登断而望相伯仲，何中西文字之用意甚相似。

若是，则范蠡之"治产积居与时逐"，可当今之屯积矣。余曰：言虽近似，实际亦不若今之屯积之甚，仅商业中平时之存货也。越王勾践既称霸，范蠡知不可与共处安乐也，因念计然之策，十用其五而越霸，既以施之国，吾欲施之家。蠡乃乘扁舟，浮江湖，变姓名，至齐国之陶，自称为朱公（称陶朱公以地名及假名并称也，朱公之名望大，居于陶，遂称为陶朱公），以陶处天下之中，诸侯四通，货物之所交易也，乃治产积居与时逐，而不责于人。所谓"产"者，生产之谓也，故"治产"与"治生"并称。然"产"之意义为广，凡财产俱曰产，以财可生产，叠言之曰财产；产可以立业，故又曰产业。货物为财产之大部分，言产即包括货本货物于内。治者理也（唐人避高宗讳，凡"治"统作"理"），治产即料理其货物也。积居即今言居积，居有存放之义，积有聚集之意，积居与时逐，言豫居货物与时逐利也。然经营商业，不能不豫居货物以应一般之需求，故积居不足为屯积解，惟积居而逢高不售，所积之量，又远过其所销之应有准备，斯得谓之屯积。至与时逐利，固商业应有之义也。

惟西汉末所谓"贵庾"，庶几相当于屯积之意。庾者积也，贵庾者，谓所积之物，必待价贵而后售，此非屯积居奇而何。居奇者，以为奇货可居也；向之买不肯卖，非达其所欲得之目的不出售，货至于奇，其自视之高可知矣。然则"屯积"二字，固何自而来也？余以为本于积草屯粮，积草屯粮，本以充军糈，非为经商，因马不可无草料，军不可无粮食，曰屯曰积，所以聚集大宗之粮草，以备用，遂谓有大宗物品聚集而不时售者曰屯积，沿用于商业，即今屯货居奇之谓也。

沪商称囤货曰塌货，询以塌者何谓也，曰塌进；即曰塌进，亦不足以尽屯之义。盖屯者必为聚集多量货物之谓，岂塌进二字所能赅，故其义必另有在。而不知此"塌"之一义，由来已久，明初，京师（其时之京师为南京）军民居室，皆官所给，比舍无隙地，因之商货至，或止于舟，或贮城外，驵侩得上下其价，商人病之，太祖乃命于三山诸门外，濒水为屋，名塌房，以贮商货。永乐时，遂命于各地置客店塌房。塌房者，即今之货栈；凡屯货必贮于栈，称塌货，谓为栈房之货物也。栈房中之货物，非尽为屯货，但存栈之货常为大宗，屯积之货必多存栈，此屯货称为塌货之由来。今商人只知其然，而不知所以然，故揭而出之。

经济丛谈，原为偶尔补白及调剂读者目力，故有时发表一二则，藉助谈兴。尚幸发刊以来，虽时断时续，犹得一部分读者注意。兹以本刊篇幅有限，除《屯积》，上月排成未及发表仍应续刊者外，嗣后不再在本刊发表。况所发表者亦仅一鳞半爪，原不足以污读者之目，亦恐未足以餍读者之望；且待将来有全部发表印行之机会，再求读者作整个之批评，为有兴趣。

载1941年9月26日《申报》第8版、10月7日第9版　署名冯柳堂

虞夏商周之民食政策

自禹治水成，民安其居，万国以乂，中国政治亦于是孕育潜滋，禹乃首揭善政养民之旨以语舜曰："于！帝念哉！德惟善政，政在养民。火水金木土谷（六府）惟修，正德利用厚生（三事）惟和。……"

禹以为德者，惟在善于政。善政在养民，即民生也。养民之具，为水火金木土谷之六者，民非此不生。而谷之于民尤急，故于五行之外并及谷，以见民食之重要。在上者再能正身之德，利民之用，厚民之生，诚如舜谓："六府三事允治，万世永赖。"（见《尚书·大禹谟》）

嗣后均以农事为民食所资，其有怠荒农事者得声讨之，汤伐桀，即以此号于有众也，《尚书·汤誓》曰："今尔有众，汝曰：'我后不恤我众，舍我穑事，而割正夏？'"

我后指夏桀，谓桀不恤我民众，舍废我稼穑之事，夺我农功之业，而为割剥之政于夏邑。故起兵诛之。而此外比事用语，引谷物相喻者亦屡见不尠，如《尚书·仲虺》之告诫成汤曰："肇我邦予有夏，若苗之有莠，若粟之有秕。"

言夏桀之于商，有如苗之有莠，粟之有秕，必欲去之而后已。及盘庚将迁都，民众安土重迁，胥有怨言，盘庚勉民从上命，乃以网纲与稼穑晓譬民众。其言曰："若网在纲，有条而不紊；若农服田力穑，乃亦有秋。"

又谕民如安土重迁，则似惰农自安，不昏（强也）作劳，不服田亩，越其罔有黍稷。

是故农事至商朝，已渐发达，故宣告民众均以农事相比喻，

俾民众易于了解。至《礼记·礼运篇》,以圣王之治天下,譬之治田,而以农作情形喻治国之道。其言曰:

> 圣王之田也,修礼以耕之,陈义以种之,讲学以耰之,本仁以聚之,播乐以安之。故治国不以礼,犹无耜而耕也;为礼不本于义,犹耕而弗种也;为义而不讲之以学,犹种而弗耰也;讲之以学而不合之以仁,犹耰而弗获也;合之以仁而不安之以乐,犹获而弗肥也;安之以乐,而不达于顺,犹食而不食也。

周为后稷之后,世守农业,故于农事特重,周公戒成王以无逸,昺以须知稼穑之艰难(见《尚书·无逸》),又作豳风,以述后稷公刘勤农力作之情形。其六七两章云云:

> 六月食郁及薁,七月亨葵及菽,八月剥枣,十月获稻,为此春酒,以介眉寿。七月食瓜,八月断壶,九月叔苴,采荼薪樗,食我农夫。

> 九月筑场圃,十月纳禾稼,黍稷重穋,禾麻菽麦,嗟我农夫,我稼既同,上入执宫功,昼尔于茅,宵尔索绹,亟其乘屋,其始播百谷。

周代农作,如《诗经·小雅·大田》四章所记,虽为农夫祈祷丰年以答田主,而古代农事亦可窥测一斑矣。诗云:

> 大田多稼,既种既戒[戒],既备乃事,以我覃耜,俶载南亩,播厥百谷,既庭且硕,曾孙是若。

> 既方且[既]皂[阜],既坚[坚]既好,不稂不莠,去其螟螣,及其蟊贼,无害我田稚,田祖有神,秉畀炎火。

> 有渰萋萋,兴雨祈祈,雨我公田,遂及我私,彼有不获稚,此有不敛穧,彼有遗秉,此有滞穗,伊寡妇之利。

> 曾孙来止,以其妇子,馌彼南亩,田畯至喜,来方禋祀,以其骍黑,与其黍稷,以享以祀,以介景福。

大概中国农事，自虞夏商以迄周代，并经周代祖先之努力提倡，历一千二百余年，成效昭著，农民之于耕作除害诸知识，亦渐明了。自禹揭政在养民之旨，修六府，知三事，民生政策之纲要已具。及武王克殷，问箕子以彝伦攸叙之道，箕子语以《洪范·九畴》，《洪范》者大法也。谓禹所受诸上帝以治天下之道也。《九畴》之次三，曰农用八政："一曰食，二曰货，三曰祀，四曰司空，五曰司徒，六曰司寇，七曰宾，八曰师。"

　　八政以农用为名，而以食为先，开中国民食政策之先河，重农足食，遂为历代帝王施政之圭臬，相沿迄今，数千年于兹矣。

　　周为农官之后，农政数见于群经，惟以《周礼》为最详。《周礼》一书，诸儒争辨真伪，为其出于汉河间献王所献，在诸经中为最后发见，疑为刘歆所伪托。而在后世读之，多少可作周代政制看，即古人亦承认之。《周礼》中之地官、司徒职掌，大都为民生方面事情，除授田各制，似应归入土地政策不赘外，兹将其农政荒政分别言之。

　　言周代农政，必先明周时乡村之组织。其组织如下：

五家为邻　　　五家

五邻为里　　　二五家

四里为邻　　　一〇〇家

五邻为酂　　　五〇〇家

五酂为县　　　二五〇〇家

　　遂有遂人，除其他政务外，即教民稼穑，所教者为："……以土宜教甿稼穑，以兴锄利甿，以时器劝甿。……"

　　所谓以土宜教甿稼穑者，如高田种黍稷，下田种稻麦是也。兴锄利甿者，锄，助耕也。兴起其民以相佐助。时器劝甿者，时器谓耒耜钱镈之属劝民耕种也。当时乡野民甿，或犹有未知稼穑，故遂人以土宜及助耕用农具之法教之。复由遂师"巡其稼穑，而移用其民，以救其时事"。则为农事有天时之关系，迟早不容差池，故由遂师巡视农家之忙闲，调移人力有余之家以助不足之家，俾不致有失农时。遂大夫则"正岁简稼器，修稼政"。正岁，谓孟春之月，稼器，为稼穑之器，稼政，为稼穑之事，则又于农暇检查农事也。至掌理水田则有稻人！

> 稻人掌稼下地。以潴畜水，以防止水，以沟荡水，以遂均水，以列舍水，以浍写水，以涉扬其舍作田。

"稼下地"，谓以水泽之地种稻也。"以防止水……以浍写水"，均言田间如何节蓄水利之道。至"以涉扬其舍作田"意谓涉扬其所应舍之草而后治田种稻也。

《礼记·月令篇》所述农政情形较详于《周礼》：

> 孟春之月　天子乃以元日祈谷于上帝，乃择元辰，天子亲载耒耜，措之于参保介之御间 [①]，帅三公九卿诸侯大夫，躬耕帝籍，天子三推，三公五推，卿诸侯九推，反执爵于大寝，三公、九卿、诸侯、大夫皆御，命曰：劳酒。

> 是月也……王命布农事，命田（田畯，主农之官也）舍东郊，皆修封疆，审端经术，善相丘陵阪险原隰土地所宜，五谷所殖，以教道民，必躬亲之，田事既饬，先定准直，农乃不惑。

> 仲春之月　是月也，耕者少舍，乃修阖扇寝庙毕备，毋作大事，以妨农之事。

> 季春之月　天子乃为麦祈实。

> 孟夏之月　命野虞出行田原，为天子劳农劝民，毋或失时。

> 仲夏之月　命有司为民祈祀山川百源，大雩 [②] 帝，用盛乐……以祈谷实。

---

① 旧注：保介，衣甲也，勇士衣甲骖乘以护王，将耒耜置于骖乘及御车者之间。

② 旧注：雩，未雨之祭也。

季夏之月　土润浔暑，大雨时行，烧难行水利以杀草，如以热汤，可以粪田畴。（可与"以涉扬其舍作田"句参照。）

孟秋之月　命百官始收敛。

仲秋之月　乃命有司趣民收敛，务畜菜，多积聚，乃劝种麦，毋或失时，其有失时，行罪无疑。

季秋之月　乃命冢宰，农事备收，举五谷之要，藏帝籍之收于神仓，祗敬必饬。

孟冬之月　是月也……命百官谨盖藏，命司徒循行积聚，无有不敛。

天子乃祈来年于天宗[①]劳农以休息之。

仲冬之月　是月也，农有不收藏积聚者，马牛畜兽有放佚者，取之不诘。

季冬之月　令告民出五种，命农计耦耕事修来耜，具田器。

《月令》一书，可作古代之农历看，而古代对于惰农之处置，颇极严厉，除前述者外，《周礼·地官司徒篇》云："凡田不耕者出屋粟。

夫三为屋，出屋粟者，谓罚其出三家之税粟也，又曰："不耕者祭无盛。"

谓不耕之农，祭祀自无粢盛也，古代既以农为一国财富之源，故国用亦视农产之丰歉而制定，《礼记·王制》云：

冢宰制国用，必于岁之秒，五谷皆入，然后制国用，用地小大，视年之丰耗，以三十年之通，制国用，量入以为出。

国无九年之蓄曰不足。无六年之蓄曰急。无三年之蓄曰国非其国也。三年耕必有一年之食，九年耕必有三年之食，以

---

① 旧注：即蜡祭，天宗谓日月星辰也。

三十年之通，虽有凶旱水溢，民无菜色，然后天子食，日举以乐。

又《周礼·地官司徒·廪人职掌》云：

> 廪人掌九谷之数……以岁之上下，数邦用，以知足否，以诏谷用，以治年之凶丰。

> 凡万民之食，食者人四鬴，上也；人三鬴，中也；人二鬴，下也。若食不能人二鬴，则令邦移民就谷，诏五杀邦用。

是古代之丰歉，以人食四鬴者为上年，即大熟之年。三鬴者为中年，二鬴者为下年，即饥荒之年。照古人注疏，此以一人一月之食而言，则一鬴究为若干，非明白古代量制不可。古代量制，其说亦纷纷，兹姑择其诸说相近者言之。

表一

一二〇〇黍为龠

		表二		
二龠为合	二、四〇〇黍	同		
十合为升	二四、〇〇〇黍	同		
十升为斗	二四〇、〇〇〇黍	四升为豆		
十斗为斛	二、四〇〇、〇〇〇黍	四豆为区	一斗六升	
		四区为鬴	六斗四升	
		十鬴为锺	六斛四斗	

按鬴亦作釜，区音瓯，又据《广雅》云："一手曰溢，两手曰掬，掬四曰豆，豆四曰区。"是以手量计。今一鬴之量，合之于黍为一百五十三万六千。故以月食四鬴而论，其食量颇可惊。但按战国时魏李悝计算民食，以每人月食一石五斗计算，仅及二鬴有奇，岂相越数百年，食量减退如是其速。故疑《周礼》所言，系为一人食用费之共计，如岁收每人只得月二鬴，则于食以外无可支用，自必深感艰难，有四鬴则食以外，日常生活费皆有着，故人二鬴，

即为荒年。盖古代国用以谷计，人民生活费自亦不能例外也。如此说去，方与李悝所计相近，而以古人体格魁伟，食量之大，当亦有胜于今人也。

至古代对于饥荒之界说，亦各异其辞，兹将《谷梁传》及墨子所云，骈列于下。

谷子之说 [1]	墨子之说 [2]
一谷不升谓之嗛	一谷不收谓之馑
二谷不升谓之饥	二谷不收谓之旱
三谷不升谓之馑	三谷不收谓之凶
四谷不升谓之康	四谷不收谓之馈
五谷不升谓之大侵	五谷不收谓之饥
	五谷不熟谓之大侵

《尔雅》则谓谷不熟曰饥，蔬不熟曰馑，果不熟曰荒。至古代荒政之措施，《周礼》有地官司徒以荒政十有二聚万民：

一曰散利　贷种食也，丰时聚之，荒时散之。

二曰薄征　薄，轻也；征，税也，轻重租税也。

三曰缓刑　凶年犯刑缓纵之也。

四曰弛力　弛放其力役之事，息繇役也。

五曰舍禁　山泽所遮禁者，舍取其禁，使民取蔬食也。

六曰去几　几，查察也，谓关市去税而仍几察之。

七曰眚礼　谓吉礼之中眚其礼数。

八曰杀哀　谓凶礼之中杀其礼数。

九曰蕃乐　谓闭藏乐器而不作。

十曰多昏　谓凶荒则眚礼，故婚者多。

---

① 　旧注：见《谷果（疑"梁"字）传》鲁襄公二十四年冬大饥传中，康虚也。
② 　旧注：见《墨子·七患》第五。

十一曰索鬼神　谓凶年祷祈鬼神，搜索鬼神而祷祈之。云汉之诗，所谓靡神不举，靡爱斯牲者也。

十二曰除盗贼　饥馑则盗贼多，不可不除也。

又曰："大荒大札，则令邦国移民，通财，舍禁，弛力，薄征，缓刑。"

大荒，谓大饥荒也；大札，谓大疫病也。移民，谓移民于谷贱之地，或无疫地带。通财者谓有留守不得去者，济之以谷。

又曰："国凶荒扎丧，则市无征而作布。"

国有灾害，物价腾贵，虽去关市之征，犹无补于民生，惟铜无凶年，故铸泉布以饶民，聊以解凶荒之困。其在平年，则由"遗人掌邦之委积，以待施惠；乡里之委积，以恤民之艰阨；门关之委积，以养老孤；郊里之委积，以待宾客；野鄙之委积，以待羁旅；县都之委积，以待凶荒"。

又曰："仓人……谷有余则藏之，以待凶而颁之。"

若遇凶年，则将委积匪（音义均如分字）颁于众庶。谷收不足，则减其他法用。又《礼记·曲礼》云："岁凶，年谷不登，君膳不祭肺，马不食谷，驰道不除，祭事不县，大夫不食粱，士饮酒不乐。"

又《礼记·至藻》云："年不顺成，天子素服乘素车，食无乐。"

又曰："年不顺成，君衣布搢本，关梁不租，山泽列而不赋，土功不兴，大夫不得造车马。"

墨子、谷梁氏均有同样之言。墨子之言曰："岁馑，则士者大夫以下，皆损禄五分之一，旱则损五分之二，凶则损五分之三，馈则损五分之四，饥大侵，则尽无禄，禀食而已矣。故凶饥存乎国，人君彻薪食五分之五，大夫彻县，士不入学，君朝之衣不革制，诸侯之客，四邻之使，饔而不盛，彻骖騑，涂不芸，马不食粟，婢妾不衣帛，此告不足之至也。"（见206页注②）

谷梁氏之言曰："大侵之礼，君食不兼味，台榭不涂，弛侯，

廷道不除，百官布而不制，鬼神祷而不祀，此大侵之礼也。"（见206页注①）

古代荒歉时上下人士之自处，曲礼与墨子、谷梁所言既相近，大抵可以作如是观。

周代偏居北方，旱多水少，故于嗟旱祈雨之作，见于群经者为多，《礼记·至藻》曰："至于八月不雨，君不举。"

八月，谓建子之月之建未月也，即旧历之六月，春秋之义，周之春夏无雨，未能成灾，至其秋秀实之时而无雨，则雩。雩而得之则书喜，祀有益也，雩而不得则书旱，明成灾也。盖古代以水旱为天灾，《诗经·大雅·云汉章》述周宣王忧旱自省情形，其第一章云："倬彼云汉，昭回于天，王曰于乎！何辜今之人？天降丧乱，饥馑荐臻，靡神不举，靡爱斯牲，圭璧既卒，宁莫我听。"

所谓靡神不举，即谓已尽鬼神而祭之，其为祭祀用之牺牲，既不爱惜，礼神之圭璧亦已用尽，而鬼神何以仍不我听，至犹不雨也。古代并以旱为旱魃作祟，其第五章云："旱既太甚，涤涤山川，旱魃为虐，如惔如焚，我心惮署，忧心如熏，群公先正，则不我闻，昊天上帝，宁俾我遁。"

古之祀神用巫。雩祀亦然，《周礼·春官》有司巫，若国大旱，则由司巫舞雩以祈雨。及雩舞而不得雨，乃以为巫之咎，因此春秋列国为旱而暴（同曝）巫尪之事时有，甚而欲焚之以求雨。《左传·鲁僖公二十一年》云："夏大旱，公欲焚巫尪，臧文仲曰：'非旱备也。修城郭，贬食省用，务穑劝分，此其务也。巫尪何为？天欲杀之，则如勿生，若能为旱，焚之滋甚。'公从之，是岁也，饥而不害。"

臧文仲，鲁之贤大夫，故于祈雨救灾之道，以为应（一）利用灾民以修城郭，（二）节省食用，（三）务农稼穑，（四）劝分，如贷种散谷以济民食。焚巫尪乃无理之举也。

春秋之世，列国有饥，互相乞籴。如鲁隐公六年，京师（周室）来告籴，公为之请籴于宋卫齐郑，《春秋》许为礼；又如鲁庄公二十八年大无麦禾，臧孙辰告籴于齐。而最传诵于后世者，莫如秦晋之乞籴。当鲁僖公十三年晋荐饥（连年饥荒）使乞籴于秦：

> 秦伯（穆公）问百里（奚）与诸乎？对曰："天灾流行，国家代有，救灾恤邻，道也。行道有福。"秦于是输粟于晋，自雍及绛相继，命之曰"汛舟之役"。

但至翌年，"秦饥，使乞籴于晋，晋人弗与，庆郑曰：'幸灾不仁。'"

孰料至明年，"晋又饥，秦伯仍饩之以粟，曰：'吾怨其君，而矜其民。'"

盖救济无国界，秦穆公所以怨其君而矜其民。即齐桓公葵印之会，亦以毋讫（同遏）籴为盟。良以天灾流行，国家代有，救济恤邻道也。其由私人救济者则如《礼记·檀弓》所载："齐大饥，黔敖为食于路，以待饥者而食之。"

又载："公叔文子卒，其子请谥，君曰：'昔者卫国凶饥，夫子为粥与国之饿者，是不亦惠乎？'……"

殆如今之施粥。此外尚有施粟，如今之施米。《左传·襄公二十九年》记郑罕氏、宋乐氏散粟事云："郑饥，子禽以子展之命饩国人粟，户一钟，是以得郑国之民，故罕氏常秉国政。宋司城子罕闻之曰：'邻于善，民之望也。'宋亦饥，请于平公，出公粟以贷，使大夫皆贷。司城氏贷而不书，为大夫之无者贷。宋无饥人，叔向闻之曰：'郑之罕，宋之乐，其后亡者也，二者其皆得国乎。民之归也，施而不德，乐民加焉，其以宋升降乎。'"

于此见古代之于民食，从生产方面之农事整修，以至于供给不足时之施舍救济，无不毕备，后世为政，固无能出其窠臼者也。

载1931年《社会月刊》（上海）第2卷第11期　署名冯柳堂

周代列国之民食政策及诸家之学说

我国为农本之国，《洪范》八政，首重食货，良以民生攸关，应所重视，即国用所出亦恃农产。所谓三年耕而余一年之粮，九年作而有三年之储，以三十年之通制国用，则有九年之蓄。禹有十年之水，汤有七年之旱，民无菜色，为其蓄积先备故也。此虽出于后人之追述，而所恃惟农，自以农产为君；凶荒代有，蓄积岂容玩忽？民食问题之重要，亘古已然，惟时至今日，蓄积不具，才愈见其急迫耳。

周代视岁收之上下计国用，若谷不足，则减其他法用；有余，则藏以备凶年之颁给，由遗人掌之。所谓法用者，即：

> 乡里之委积，以恤民之艰阨；门关之委积，以养老孤；郊里之委积，以待宾客；野鄙之委积，以待羁旅；县都之委积，以待凶荒。

则于备凶荒之外，兼及慈幼、养老、振穷、恤贫、款待宾客也。至年岁之丰歉，以人食每月得有四鬴者（一鬴为六斗四升）为丰年，三鬴者为中岁，二鬴者为无岁（谓无赢储也），至人食不能二鬴时为大荒。救荒之策，视灾荒之轻重而异：贷以种食，免其力役，薄其征税；或入市无征，铸泉布以饶民；舍其禁利，缓其刑罚，减缩国用，移民就粟均是也。但此诸说，见于《周礼》，而不见于《论》《孟》。如移民就谷，梁惠王以为善政，孟子犹以五十步与百步讥之。盖在儒家以足食为先（子贡问为政，孔子曰足食），及至灾荒发生，移民移粟，民已受其饥饿矣。故孟子语梁惠王："不违农事，谷不可胜食也。""百亩之田，勿夺其时，数口之家，可以无饥矣。"而归结"黎民不饥不寒,然而不王者,未之有也。"其于齐宣王亦作此语,可见儒家对于一切政治与教育,俱要从民食上做去;惟有养而后民率教,民率教而后政治良,此孔子所谓既庶而富而教也。

如何可以足食?孟子以为首在制产,使民有恒产勿夺其时,不违农事,则食自足。其语齐宣王曰:

> 无恒产而有恒心者,惟士为能……是故明君制民之产,必使仰足以事父母,俯足以畜妻子,乐岁终身饱,凶年免于死亡,然后驱而之善,故民之从之也轻。

及滕文公问为国,孟子以"民事不可缓也",及均田经界为实行王政之始为答。

至谷粟通轻重之权,乘时为之敛散,使归准平,肇自管仲。管仲从"五谷食米为民之司命"之出发点上,运用其政治策略,图国家之富强。彼以为:"岁有凶穰,故谷有贵贱;令有缓急,故物有轻重;人君不理,则畜贾(犹今之囤户)游于市,乘民之不给,百倍其本矣。"故欲杜蓄贾之兼并,使不受操纵之大害,则惟有由政府制其轻重,时其敛散,方无甚贵甚贱之患,而利归于上,民亦不失其利(近于粮食公卖之说)。其说要不失为后世调节民食之准绳也。兹先述其对于谷贱之处置:

> 岁适美,则市粜无予,而狗彘食人食;岁适凶,则市籴釜十锱,而道有饿民。然则岂壤力固不足,而食固不赡也哉?夫往岁之粜贱,狗彘食人食,故来岁之民不足也。物适贱,则半力而无予,民事不偿其本;物适贵,则什倍而不可得,民失其用,然则岂财物固寡,而本委不足也哉?夫民利之时失,而物利之不平也。故善者委施于民之不足,操事于民之所有余。夫民有余则轻之,故人君敛之以轻;民不足则重之,故人群散之以重。敛积之以轻,散行之以重,故君必有什倍之利,而财之扩,可得而平也。

农夫之于谷，为一岁生活之渊泉，有余则求粜；便至供给过多之时，市气必现异常之卑靡，欲粜而无予，亦市面所恒有之事。农夫如欲出粜，商贾非甚抑其价而不敢受，于是农夫所得不能偿其劳力之费，粒米狼藉，狗彘食人食，亦为丰岁或有之现象。及来岁青黄不接，或稻作报歉，农夫所食，转而求诸市，"则市籴十锱，道有饿民矣"，甚至"什倍而不可得"。管仲以为此种现象之造成，由于政府之失理，遂为商贾所乘，坐收巨利。故欲政府于民食有余之时敛之，不足之时散之，而将商贾所收什倍之利，亦为政府所得。管仲又以粟重而万物轻，粟轻而万物重，两者不衡立，欲杀商贾之利而益农夫，惟有重粟之价。其法：

> 令卿诸侯藏千钟[①]，令大夫藏五百钟，列大夫藏百钟，富商畜贾藏五十钟，内可以为国委，外可以益农夫之事。

此则囤储之法也。又曰：

> 凡五谷者万物之主也，谷贵则万物必贱，谷贱则万物必贵，两者为敌，则不俱平。故人君御谷物之秩相胜，而操事于其不平之间。……中岁之谷，粜石十钱，大男食四石，月有四十之籍；大女食三石，月有三十之籍，吾子食二石，月有二十之籍。岁凶谷贵，籴石二十钱，则大男有八十之籍，大女有六十之籍，吾子有四十之籍。是人君非发号令收啬而户籍也，彼人君守其本委谨，而男女诸君吾子无不服籍者也。

此管仲欲将丰岁所敛之谷，乘不足之岁而散之也。中岁石十钱，凶岁石二十钱，政府将积谷照时价出售，每石即有十钱二十钱之利，故政府不为按户征税，而所籴之价与丰岁之价格较，无籍税之名，已有籍税之实。且管子曾以籍税之法，调节丰凶不同两地之米价矣。当时齐西水潦而民饥，齐东丰收而谷贱。齐桓公欲以齐东之谷，

---

① 旧注：六斛四斗为一钟。

移被齐西，使齐西之谷不贵，以问管仲，管仲对曰：

> 今齐西之粟，釜百钱，则钟①二十也；齐东之粟，釜十钱，则钟二钱也。请以令籍人三十泉，得以五谷菽粟决其籍。若此，则齐西出三斗而决其籍，齐东出三釜而决其籍，然则釜十之粟，皆实于仓廪，齐西之民饥者得食，寒者得衣，无本者予之陈，无种者予之新。若此，则东西之相被，远近之准平矣。

齐为斥卤之地，非产谷之区，管子于其本国之谷，轻重敛散，已操其商业之总枢矣，乃进而谋垄断各国之谷。先以提高本国之谷价，使邻国民见齐国之价高以为有利也，相率而驱于齐，齐乃笼邻邦之谷而有之。邻国之民，贪一时之利，忘其切身之害，将来民食不足，乞籴于齐，齐可登垄断而左右望，价格高下，悉惟所命，并可以不费一兵，不折一矢，而服人国也。其言曰："滕鲁之粟釜百，则使吾国（齐自谓）之粟釜千；滕鲁之粟四流而归我，若下深谷……"

又曰："彼诸侯之谷十，使吾国谷二十，则诸侯谷归吾国矣。"

此以提高谷价，吸收邻邦之谷，为所独占也。更利用邻邦之特产，故意重之，使邻邦之人，弃其农事随而重之，齐乃出其不意而轻之。邻邦久不讲农事，一旦齐不与通，粮食不足，势惟屈服于齐，而后得食也。齐之服鲁，梁、莱、莒皆用此术也。

齐桓公欲服鲁梁，问于管子，管子以鲁梁之民俗为绨，使桓公服绨，以为之倡，并令左右人民从而服之。鲁梁之君闻之，教其民为绨；十三月，管子乃请公去绨服帛，闭关不与鲁梁通使，后十月，鲁梁之民，饥馑相及。……鲁梁之君，即令其民去绨修农，谷不可以三月而得，鲁梁之人籴十百，齐籴十钱，二十四月，鲁梁之民归齐者十分之六，鲁梁之君请服。其后管仲又用之服莱、莒，莱、莒产柴，齐以重价购之，莱、莒尽舍其耕农而治柴，二年，

---

① 旧注：一钟为一斗二升八合，五钟为一釜。

桓公止柴，莱、莒之籴三百七十，齐籴十钱，莱、莒之民降齐者十之七，莱、莒之君请服。

至储谷之数量，视地方土壤之广狭，户口之多寡，及年岁之丰歉（即物之重轻）而定。"万室之邑，必有万钟之藏，藏镪千万；千室之邑，民有千钟之藏，藏镪百万"。管子欲谨守谷价，不使过贱，俾免流散于国外，所谓"谨守重流，而天下不吾泄"，是以于藏粟之外，兼行储镪，俟其秋稔告登，发令储敛，贯澈其"谷贱则以币与食"之主张。惟其谨守重流，惧天下之吾泄，故于谷之流散，预防至密。管子认为最足以使农夫流散其谷者，厥为上之征税繁重，因征税重必为库藏空虚，国用且不遑，更何力以制物之轻重？而转向人民苛索，人民不堪横征暴敛，势必急售其谷以应上需，急则不暇择，而谷有外泄之虞矣。故曰："上赋重，流其藏者也。……粟行于三百里，国毋二年之积；粟行于四百里，则国无一年之积；粟行五百里，则众有饥色。"

管子为政之本，以为"民富则易治，民贫则难治"。故欲制万物之轻重——不仅谷粟，惟谷粟更为注重耳——以富国富民，而其道仍在先足食（大约亦为地质关系）。所谓"仓廪实，则知礼节；衣食足，则知荣辱"。至魏李悝为魏文侯作尽地力之教，始于调节粮食，为精密之规划，而开常平仓制之先河，其言固为后世所乐道，备录于后：

> 籴甚贵伤民，甚贱伤农；民伤则离散，农伤则国贫。故甚贵与甚贱，其伤一也。善为国者，使民无伤而农益劝。今一夫挟五口，治田百亩，岁收亩一石半，为粟百五十石，除什一之税十五石，余百三十五石；食，人月一石半，五人终岁为粟九十石，余有四十五石，石三十，为钱一千三百五十，除社闾尝春秋之祠，用钱三百，余千五十；衣人率用钱三百，五人终岁用千五百，不足四百五十。不幸疾病死丧之费，及上赋敛，

又未与此。此农夫所以常困，有不劝耕之心，而令籴至于甚贵者也。是故善平籴者，必谨观岁有上中下孰，上孰其收自四，余四百石；中孰自三，余三百石；下孰自倍，余百石。小饥则收百石，中饥七十石，大饥三十石。故大孰则上籴三而舍一，中孰则籴二，下孰则籴一，使民适足贾平则止。小饥则发小孰之所敛，中饥则发中孰之所敛，大饥则发大孰之所敛，而粜之。故虽遇饥馑水旱，籴不贵而民不散，取有余以补不足也。

李悝以谷贱则伤农，谷贵则伤民，甚贵与甚贱，均非为国之道，欲民无伤，而农益劝，虽遇饥馑水旱而籴不贵，民不散，惟有取丰年之有余，以补凶年之不足，俾剂于平。且据李悝计算当时农民生活，入不敷出，困难异常，兹依其估计，为式以明之：

（1）以量计　粟 150 － [15（税）＋ 90（食）] ＝ 45 石（余粟）

（2）以钱计　余粟 45 石每石钱 30 得 1350 钱

　　[300（祭祀）＋ 1500（衣服）] － 1350 ＝ 450 钱（不足之数）

再将各项收支，统改为钱码计算，较为明了：

收入之部		支出之部			
粟 150 石 @ 30	4500	税 $\left(\frac{1}{10}\right)$	15 石 @ 30		450
		食人 18 石五人共	90 石 ,, ,,		2700
		祀 300 钱折合	10 石 ,, ,,		300
不足 15 石 ,, ,,	450	衣人 300 五人合	50 石 ,, ,,		1500
165 石	4950 钱		165 石		4950 钱

农民极低之生活费，在百亩五口之家，要有一百六十五石的收获，差可维持；而不幸疾病死丧及上赋敛，犹未与焉。照李悝计画，当时之民田尚未尽其地力，若治田勤谨，每亩可增益三斗，则百亩之田，可收一百八十石，除去一年开支一百六十五石，余十五石可为其他之用。其调节之法，视岁之丰俭而殊，上孰收成，约当平年之四倍，则有六百石之收获，除去二百石为生活费等用外，余四百石，政府籴三而舍一，即三百石，舍其一成即一百石，故

当上孰之年，农夫自用有三百石。中孰收成约当平年之三倍，则有四百五十石之收获，农夫自用一百五十石，余三百石，政府籴二而舍一，即二百石，留一百石仍归农夫，则有二百五十石。下孰收获为平年之倍，即三百石，除自用二百石外，余一百石，政府籴其二分之一即五十石，农夫自用亦有二百五十石。小饥之年，每百亩收获比平年约减三分之一，收百石则发小孰之所敛而粜之。中饥之年，收获约当平年二之一，得七十石，则发中孰之所敛而粜之。大饥之年，收获约当平年五之一，为三十石，则发大孰之所敛而粜之。总之在民食适足，价格平准，而以尽地力之教，使生产自然增加之结果以富国，不若管仲之所重在国家制物之轻重，为之敛散。是欲尽民之所有，由国家经营之，则有敛而不散之举矣。欲抬高本国之物价，以徕各国之货，则民或有受其困矣。后世于二人异其论，良有以也。

先于李悝为谷贵伤民，谷贱伤农之说者，则有计然，为越王勾践时人，其言曰："米粜二十病农，九十病末（谓商贾）；末病则财不出，农病则草不辟矣。"

意谓谷石贱至二十钱，农不偿其本而病，贵至九十钱，民食不堪其贵而亦病。末病则财不出，农病则草不辟，然则如何而可农末俱利？此在计然则以为宜有相当之谷价，能："上不过八十，下不过三十，则农末俱利，平粜齐物，关市不乏，治国之道也。"

并谓"十二年一大饥"，又与近世经济恐慌时期之说，为相近也。

此外则有秦商鞅，谷强秦而并吞六国，乃开阡陌而急耕战之赏。盖耕与战相关联，军实出于农，不有耕农，军实无自出。故商鞅欲备战而重农，重农则贵粟贱商，多不农之征，重市利之租，贵境内之食，食贵则田者利，田者利则事之者众，商贾技巧之人，亦皆不堪其苦去而务农。于是垦殖兴，而农产废。"訾粟而税"（即令民以粟为资而纳税），"家无积粟"，胥皆储藏于上，则军食充矣。

而况农夫朴实鲁愚，安土重迁，非若商贾之黠利轻居者可比，既可用以兴地利，复可资以备守战，此贵粟重农轻商之所由来也。惟于民食问题，究属相差有间也。

至遇饥荒而紧缩政用节省消费以资救济者，则有墨翟：

> 五谷丰收，则五味尽御于主，不尽收则不尽御。一谷不收谓之馑，二谷不收谓之旱，三谷不收谓之凶，四谷不收谓之馈，五谷不收谓之饥。馑则士大夫以下皆损禄五分之一，旱则损五分之二，凶则损五分之三，馈则损五分之四，饥则尽无禄，廪食而已矣。故饥凶存乎国，人君彻鼎食，大夫彻县，士不入学，君朝之衣不革制，诸侯之客，四邻之使，飧饔殡而不盛彻，骖騑涂不芸，马不食粟，婢妾不衣帛，此告不足之至也。

即后世遇凶年，戒省恐惧，减膳撤乐，犹是墨子之遗意。夫不足而思节，尚不失为事后之补救。

大抵周初各有委积，以待凶荒；凶荒之岁，发粟振饥。其后政费浩大，盖藏为虚，乃有乞籴于邻之事（如晋荐饥秦济之以粟；秦饥晋人弗与，及鲁饥乞籴于齐之类），甚至大夫于中剥肤，贷谷于民，家量贷而公量收（小出大进），及施舍已责（债）之举。至管仲欲利用其国家资本主义，垄断一切。李悝乃能从生计着想，墨子则主张节用，儒家则注重均平，而以民有恒产为解决生活问题之前提也。

载1931年《东方杂志》第28卷第4期　署名冯柳堂

上海各报商业新闻发展的经过

商业新闻，在二十年前上海各日报中，简直得不到什么地位，有之，只有"商情"一栏，所载的亦无非为"银洋钱市""标金""外汇"及"米麦杂粮油饼"数种行市，聊备一格，并不以为重要。及经过"五四"运动的激荡，上海商人中亦渐觉悟到不能再如以前的"在商言商"，要得到一个为商人的喉舌机关，惟其如此，上海遂有《商报》出世了。

《商报》即以"商"名，自应当对于商的方面多所贡献，于是开辟了"商业金融"一门，专载关于经济方面的各项消息，他的内容是分为：

一、评论

二、本埠金融

三、本埠商况

四、商店消息

五、国内外商业事件

六、调查

七、统计

八、市价

他每天占有两版的地位，即一大张，有时扩充至一张半，即三版。商报初办的时候，找不到各业的通讯员，煞费了一番功夫，每天要兼任"改笔先生"修改稿件，遂造成许多当业的访员，如今各日报商情通讯员中，还有不少是当时所造就出来的。（按《商报》于民国十六年底停版。）

到了星期日，金融商业的新闻减少了，两版的地位，倒是缺一不可，要设法填补这篇幅，那非得另想办法不可，因为商业新闻，非"剪刀浆糊笔"所能创造出来的，而现在各杂志报章中所见一周间各业市况，即是当时的产物。

《新闻报》的汪汉溪先生看见《商报》有这样的举动，经过相当时间，他也在报上开辟了"经济新闻"，其内容当然与"商业金融"相同，且只以本埠消息为限，篇幅为一版。

《申报》也亟亟于把他的"商情"扩大起来，而成为今日的"商业新闻"。

《时事新报》本有"工商界"一门，所载的都是论文调查之类，至是见大势所趋，有不容不改革之势，乃亦改载商业金融的新闻。

此外各日报均有同样的改革，商业新闻，乃成为各日报中应有之一门了。

北方的报纸，我是不甚清楚，但就我所见到，北平方面《京报》是继上海各日报特辟地位而首先登载公债金融消息的，继之则有《晨报》。天津方面，记得《益世报》亦有关于工商法规各种解释的文字刊载。

民国廿一年《申报》利用星期日商业新闻的篇幅，开辟了"经济专刊"，天津的《大公报》旋亦辟有"经济周刊"专载经济论文，以调剂阅者的眼光与识见。

在这时候，《申报》的商业新闻中附刊有"生意经"专载关于经济事态之真相实情，以供阅者之应用，卒以篇幅有限，不能逐日刊登，故不半年而中止。《新闻报》亦于经济新闻栏中附辟了"经济常识"一门。

以上所陈，志其崖略，或足作为同业中谈话之助。

载1937年《新闻杂志》（南京）第1卷第1期　署名冯柳堂

银行周报

中国第一种谈经济文字的定期刊物，为《银行周报》。前乎《银行周报》的虽有杂志发行，亦偶或看见谈经济文字，但是偏重于政治、史学、文艺，而此则全以经济文字为主体，不及其它。

《银行周报》之成立，得力于张公权；时张公权为上海中国银行副经理。在当时充满旧势力之上海银行界中，张公权卓然为新智识派之领袖。会民国六年的夏天，张公权邀宴诸青来、徐寄庼、范季美、徐永祚至其寓中；时张之寓所，似乎在老靶子路相近的一座洋房中，经此一席话，而《银行周报》不久就呱呱诞世。

张自任总编辑，而以诸青来、徐永祚为编辑，徐寄庼、范季美则分任社务的一部分。为了张自任总编辑，故其时的《银行周报》，颇多张之文字。并在汉口路中国银行内辟一室办公；至于今之香港路五十九号的社址，乃自银行公会新厦落成后迁入。

后来梁启超出任财政部长，即调升张公权为中国银行副总裁，到了北京，遂以徐永祚为总编辑，而由徐沧水担任日本通讯，杨端六担任伦敦通信，陈清华担任纽约通信，并由潘士浩、朱义农、冯子明、徐裕孙、刘仲廉诸人，分任编纂。人才济济，故《银行周报》的声誉日上。

因为中国第一家交易所——上海证券物品交易所开办了，徐永祚担任规划编制交易所的会计事务，民国十年，遂由徐沧水继任总编辑。及沧水去世，又由主编《北京银行月刊》的戴蔼露继其事，戴去而李权旹来，此人事变迁之大略。

《银行周报》既每周发行一次，故有每周的商情、金融及论文、通讯、调查、统计诸门，开创了经济杂志编制的方案。自有此方案，而后经济刊物遂不患无所取则，一种一种的继起发行。即耿爱德报告之深得中国银行界注意,亦为《银行周报》迻译之功居多,否则耿之名，不能如是显扬于中国商界中！

为了上海银行界有《银行周报》，北京银行界亦开办《银行月刊》。《银行月刊》初发行的时候,还是上海银行周报社派人去帮办;每期只刊载中国银行所收到各地分行的通信报告，其后才由戴蔼庐进去，方亦有了论文等著作。

后乎北京《银行月刊》的，则有汉口银行公会而由李孤帆去办的《银行杂志》，当时本要请潘士浩去编辑，士浩病，遂由其兄潘更生去创刊，后来由周沉刚继续编下去。

至如今,仍在继续发行中,恐只有首先发行的《银行周报》一家。

在民国五六年，时人虽知注重经济文字，然能写者真如凤毛麟角。自有了《银行周报》，耳濡目染，经济文字，渐为人所习。即现在号称为经济学者专家，在当时大都是默默无闻，且多数恐犹在求学时期,不若今日之目空一切,不可一世。然正见得是进步,进步乃是可喜之现象，所谓"后生可畏，焉知来者之不如今"，亦即"天行健，君子自强不息"之义。

统计之得见称于世，在以前只有关册一种，然首先利用关册分类编制成书的，则为黄任之。杨端六与侯厚培所编的远在其后。当然,以后的编著,有胜于前者,然在黄任之编著的时候，时代不同，有此见解，确乎其不可及了。关册的统计，利用固有的材料，由外人整理而成，尚不为难。若由中国人自己创办出来的统计，那不得不推民国八年开办的驻沪调查货价处为鼻祖，即今之国定税则委员会的前身。至是方有中国自编的各种统计行世，而在世界各国统计中占得一席地。《银行周报》亦继起按月编制了经济统计，印成小册，随报附送，将逐日行市汇载下来，深便检查，当然内容是注重金融方面居多。

　　向握上海金融界牛耳之钱业，亦不甘落后，终于由秦润卿发起，至民国十年二月，遂有《钱业月报》发行，主编为屠光甫，十六年秋屠辞职，遂成立委员会，由胡叔仁、王楚声、王维乔、魏友棐先后任编辑，至二十六年十二月因事变停刊，发行十七卷。

载1941年5月11日《申报》第8版、13日第6版　署名冯柳堂

何为而写此书

人生只有两条路，一入世，一出世；世间只有两部书，一儒一佛。谈入世莫详于儒；谈出世莫备于佛。但出世入世亦只是一条路，能入世者何尝不可出世，盖其修养则一也；能出世者亦何尝不可入世，盖其智勇则一也。看入世太重，未免自固；看出世太高，未免执着。欲入世要做好人，圣贤君子其极也；欲出世也要做一好人，佛菩萨罗汉其极也。吾今不谈出世，无此修养，既然处世为人，只可谈入世。但入世也谈不到，吾何尝能尽其所以做人？惟自古以来，盛称君子，人亦好以君子自娱，虽小人称之为君子则喜。人既好为君子，不知何谓君子，何谓真君子，何谓伪君子。真伪莫辨，皂白不分，此本书因怀疑而所以作也。

君子之典型何在？如何方可为君子？读遍五经四书，称君子不可计数，而仍不得要领。即《论语》一书，于八十六节中，见一百有七起君子，不为少矣。然于何者为君子，犹难捉摸。如集群经中之君子，以释君子，将不胜其烦。亦将以浩繁故，使人无从卒读，非所以便研习之道。本书之作，以《论语》为宗，亦其一端也。

予于八岁读《论语》，距今已四十五年矣！十四岁转入学校，虽仍有读经一科，所读为《尚书》《易》《春秋》。其中有复习者，有初读者，但昔年日日温习之四子书，至是以不用且无所用之而生疏而遗忘。及出学校门，仍操笔墨生涯。此笔墨非那笔墨，旧时之五经四书，束置高阁，无所用之，随不复记忆及之。已逾知命之年，未能学易无过，愆尤丛集，补救未遑。八九年来，无所事事，闭户读书，览及《论语》，此吾童时熟习而流之书，而今竟不能背诵一二节，抑何健忘之甚。但偶一读之，胸次盎盎，何孔子生于三千年前，而其言不受时代之影响，犹可适用于今日之社会，此其所以为至圣也欤！若早把论语温习，可少走许多岔路，省却许多气恼。程颐有言曰："颐自十七八读《论语》，当时已晓文艺，读之愈久，但觉意味深长。"

真是深切有味之言。故不知《论语》之美者，时代为之也，年资限之也。若得《论语》而熟读之，而审思之，方知时代无论如何变迁，科学如何发达，入世门径，非《论语》莫属。孔子有言："五十以学易，可以无大过矣。"予年五十有三，方知读《论语》。孔子曰："温故而知新，可以为师矣。"予今温故而知新，聊以为人矣。"可"吾犹不敢，本书之作，此又其一也。

予以为《论语》是不可不读之书。读《论语》只要领会得其中意义，虽止一言半语，便可受用不尽，此非予欺人之谈。惟有读过《论语》能加体会者，方知予言不谬。但欲现代青年读《论语》，非但无此时间，亦且无此学力，不易接受。即使有时间，肯诵习，但以《论语》一书，错杂其辞，断非初学一时所能找到头绪，便可领会。予乃从圣贤到君子，就君子之德性言行，知人知过，自处处世，交友之要，为学之方，为政之道，以及君子小人之所由分，集《论语》中所言，分类引述之。其有偶及他书者，亦一时走笔所至，聊供参证。故用现代文体，穿插《论语》，使青年不患艰深，掉省不顾，亦予之用心也。惜予不文，不能尽所欲言耳！而本书之作，又其一也。

予对于《论语》之读法，于程子所言，具有同感。其言曰："读《论语》，有读了，全然无事者；有读了后，其中得一两句喜者；有读了后，知好之者；有读了后，直有不知手之舞之足之蹈之者。今人不会读书，如读《论语》。未读时是此等人，读了后又只是此等人，便是不会读。"

不要不曾读，只要会得说，时间不许一齐说，可以随时读。处顺境时要读，处逆境时更要读。处顺境读，可以持盈保泰；处逆境读，可以趋吉避凶；处贫穷时要读，可以乐天安命，不致为非作歹。处乱世时更应读，大之成仁取义，小之守节全身。世多邪愚，罔识大义，皆为不曾读得四字书，尤其是《论语》。

人以不合时代议《论语》，以提倡礼教恶《论语》，是何尝能知《论语》哉！皮相之论，为人所愚，抑何可嗤也已，有何责焉！（三三、五、二七、平旦）

载1944年6月10日、11日、12日《新闻报》　署名冯柳堂

端午节与农商

中国民间的时节，多与农事有关系，工商随农事而转移，端午节即其一例。

端午节在江南一带，尤为重视，因为正在蚕丝麦熟时候。过了这时候，又是雨季来临，农夫忙于插秧种田，所以端午节大家乐一下，稍事恢复疲劳，再来从事生产，原为民间不可少的娱乐。

过时节，最大的目标，就是娱乐。在古时尚含有酬答神明的意义。因为中国人对于大自然观察，与各宗教大致相同，亦以为最高主宰为皇天后土，而一切生活，惟天所赐，可于"靠天吃饭"一语尽之。推人事以言天道，以为天上神明，亦犹人间之有官吏，各有各职，各司其事，于是田有田公，地有地母，蚕有马鸣王（其实为螺祖，故塑女神像），而成为后世的多神教。所以凡有收获，固然要酬神；以为出于神明保佑；即是无收获，也要求神明免除灾患。其实这一种思想，无论在那一种宗教之下，都是有的；不过中国民间，崇尚多神，所以每过时节，就得酬神；酬了神，分酢饮福，大乐一番。

端午节既为蚕丝麦熟时候。在旧时信用制度盛行之中国，一切买卖，单凭信用。小农制度下之农民，贫苦居多（这，原因颇复杂），欲向商店购取物品，处处用现钱交易，断非一般农民所能胜任；如果必欲照此做去，势必限制农民的购买力，结果亦必与商家不利。故乡间商店，宁可利益作厚些，赊与民间，等到三节时候，方向农民收回放出去的货款。而农民亦避免一时支出现金，宁可多出些代价，赊取应用的物品，待他的农产物上场，换取了钱，偿还他的欠账，那就成为商业一个结账期了。

过时节，"一则为神，一则为人"，亦是民间流行的一种信条。既然如此，每逢时节的"吃"，大可以看出这一时期农产情形。用端午节讲，吃的是粽子，古时称为角黍。南方的粽子，偏是用糯米裹成的，何以旧时称为角黍，这可见吃粽子的风气，由北而南，由来已古。因为北方不产米，而在古代盛种黍稷，照"月令"所说，五月正是新黍登场之时，"尝新"，所以拿黍裹粽子。且黍带有馨香气，亦可制酒，当然与糯米一般富有黏性，故适合于裹捏之用。南方不产黍而产米，遂用糯米代替。若是用秔性的米谷，那就不能裹捏在一起。所以裹粽子，非用黍即用糯米，可是黍无糯米的黏，而终于淘汰了！

角黍之角，状其形，现在角形粽子，仍是流行；惟市上所沽的，多为长方如枕形，这已浸失古意了。

除了粽子之外，吃的有枇杷，带的有榴花。端午吃枇杷，亦犹立夏吃樱桃。上海所销的枇杷，以塘栖红种白沙枇杷，及来自洞庭山的白沙枇杷为多，可是今年塘栖枇杷求之不可多得；而市上所售，个形虽大，然非土产良种了。

石榴花开是端阳，故在妇人未剪发前，每于端午节日，剪一朵鲜红碧绿的带叶榴花，插在青丝乌云光泽可鉴之发髻上，煞是美观，可惜现已不可多觏了。其实簪花之习，在古代不仅是女子，即男子亦多插于冠巾或发髻之上，犹今之西人插花于衣袋中，用为装饰之意。

端午节不但是"尝新"娱乐，且为古时的公众卫生防疫运动。这一重大的意义，到现在虽仍流行着，而已"数典忘祖"，知其然，不知其所以然，岂不可叹！

端午在芒种前后，已届梅雨时节，过了端午之后，正是昆虫蕃滋，霉蒸暑侵，易酿疫氛的时候。古时的人，不知疫疠能传染，非归之于天降之灾，即归之于毒物作祟，所以要驱邪，要辟毒。驱邪，即如五月初一日起张贴道家所绘的符，以及钟旭的像，这是近于迷信了。辟毒，有如悬挂的菖蒲、艾草、大蒜之类，焚的苍术、白芷、芸香之属，饮的是雄黄酒，魇镇的是五毒，那无一不是直接间接与辟毒防疫有关系的。这里限于篇幅，不能多所阐述，读者只要稍事研究，便可知其用意。至于魇镇一节，亦是中国古巫遗风，原来古青齐一带风俗，于谷雨日画五毒符，即蝎子、蜈蚣、蛇虺、蜂、蜮也，各画一针刺之，家户张贴，以禳虫毒，即今之张道家之符，及驱五毒的由来，不行于谷雨，行于端午罢了！旧时新嫁娘于端午节礼，尝以采缎刺绣成老虎形，于其腹部，缀以蜥蜴、蛇虺、蜘蛛、蜈蚣、蟾蜍之属，其形稍差，其理则一。盖毒虫滋长，为害于人，故愿图其形以镇压之。后世不□，遂误以五月为毒月，其实五月何尝毒，原是用以驱毒！

因误认五月为毒月，据传古代对于端午日生的儿女，以为是毒月毒日，多不加收养。打破这迷信，说是从孟尝君田文而起；后以田文贵，凡端午日生的遂皆抚育。据《冷庐杂添》所载，"五月五日生，见之于史书者，如孟尝君田文，胡广，张桓侯飞，王凤，王镇恶，齐后主，齐南阳王绰，崔信明，宋徽宗，翁应龙，纪迈，辽懿德皇后，赵元昊等"。王镇恶这名字，大可看出古代对于端午日生的一种观念。记者亦端午日生，碌碌无所表见，有愧古人多矣！

商家往往写五月为端月，以为端节之月，故称端月，而不知端月一名称，本来已有，不过非五月，而用于正月。秦始皇名政，故避讳不称正月，乃改称曰端月。端者始也，端月者即一年之第一月也。有以为正月之正，本应读如方正之正，后来读成征伐之征，盖秦时民间，仍呼正月，惟为避始皇讳，乃读正为征字之音。至于现在称十月朔为十月朝，亦是秦时遗传，盖朝者为岁朝之简称，因秦建亥月，故以十月初一日为岁朝，而称十月朝，相沿迄于今。

为了昨日端午，工商界多停业，无新闻报道，同事嘱为写几行，备充篇幅，遂略述端午节与农商之关系；至言其详，将□□另有机会补充□。

载1940年6月11日《申报》第9版　署名溪南

财 神

恭喜发财，此为新年初相见之酬应语，余初时尝闻长者于新年相逢，互道寒暄，于恭喜之后，必曰新年（或称献岁）如意，以相祝颂，若元旦在立春之后，亦有谓新春如意者。商人则呼恭喜发财，或新年得利，盖商人所重者利，自以"发财"为唯一之希望。虽然，发财固人人之所欲也，故其后一般社会中新年唯一之口头语，亦皆云恭喜发财。实则"如意"二字之涵义大，事事如意，发财自在其中。若谓惟发财才能如意，似于财欲之外，无其他可以如意者，此则世俗之见或如是，未可视为众意尽如此也。

商业新闻，与工商界关系较密切，天天所谈，日日所记，无非商品买卖之行市，与夫情况之变迁。而寒假复刊，又为工商界习俗相沿接财神之日，因有谓本日（正月初四日）出版之报纸为"财神报"。

记者编辑本刊亦将垂十载，未尝与读者谈财神，今乘辛巳年履端伊始，效世俗之所云，聊就闻见所及，于财神报上谈财神，为阅报诸君祝财运昌隆何如！

财神，世所谓掌财帛之神（God of Wealth）。中国之所以多神，正为中国人心目中，以为人间有此事，天上有此神，天上人间，理无二致。故《史记·天官书》所言天上星宿与人间祸福之关系，固同出于一思源也。至于趋吉避凶，求福免灾，人无论黄白，地无论东西，时无论古今，正不必互相丑诋，一则求之于一元之上帝，一则求之于多元之神祇，其揆固一也。兹所谈非谈宗教，无非应景；亦非为于民权时代谈神权，要知民间风俗之由来，自有其民众心理在焉。

何以谓之为财帛之神，此则须知中国之帛，在物物交换时代，为交易媒介物之一种。中国虽早有钱文，但以帛为商品作交换之工具者，直至唐中叶以后，银渐盛行，始渐消灭，因之财帛二字，联用为财货之通称。

财帛之神，始于何时，大约自古已有之，如祀灶，腊祭，以及种种祀典，均无非酬神祈福报之一点用意耳！但世俗所崇奉之财神，有赐福财神，有五路财神，亦有所谓黑虎赵玄坛，均财神也。赐福财神，戴幞头，衮服佩绅，相传为天官也。天官之一名称，始见于周官，旧时常以六部中之吏部尚书拟之。但此之所谓天官，乃道家所尊之紫薇帝君也。紫薇宫本为北极星旁之一星座，以北极星为中枢，十五星东西列，若臣下之辅弼君主。《史记·天官书》有云：

> 中宫，天极星；其一明者，太一常居也。旁三星，三公，或曰子属。后句四星，末大星，正妃，余三星，后宫之属也。环之匡卫十二星，藩臣，皆曰紫宫。

《史记》："《索隐》云：'案春秋合诚图云："紫薇大帝宝，太一之精也。"'《正义》云：'太一，天神之最尊贵者也。'"至汉武帝用亳人谬忌言，始祀太一。唐代崇奉更盛。天宝初，兼祀八宫，谓之九宫贵神，玄宗曾改中书省为紫薇省，故白居易诗中，有"紫薇花对紫薇郎"，与韩竑之"春城无处不飞花"同为单传句。紫薇郎即称中书省之官，中书省犹旧时之内阁军机处，今之行政院。宋神宗天圣七年诏于京中建太一宫，祀太一神，神像用通天冠，绛纱袍，今习见厅堂中所张挂天官图之服章，殆本于此。然民间何以至今仍流行天官图，一则以其能降福镇凶，《宋史·礼志》有云：

> 太一一星，在紫宫门右，天一之南，号曰天之贵神。……

主使十六神，知风雨水旱兵革饥馑疫疾灾害之事。《唐书》曰："九宫贵神，实司水旱，太一堂十六神之法度，以辅人极。"

此民间张挂天官图之由来。再则以天官为贵神，故仕宦人家尤喜于厅堂之上悬天官像，名之曰"加官晋爵图"，即旧时戏剧开场，一伶人绛袍幞头，戴面具，持象笏，作舞蹈状，名之曰"天官赐福"，称之为"跳加官"。如有官员在座，一再"跳加官"，以相取悦，官员亦以红纸赏封遥掷台上以酬之，伶人又以"指日高升""一品当朝"好口谶字眼以报之。

何以民间又奉之为"赐福财神"，此则须知中国为农业国家，但求"风调雨顺，五谷丰登"，即可达到"国泰民安"。而太一之为神，有如天宝三年十月六日敕中所谓"九宫贵神，实司水旱，功佐上帝，德庇下人，冀嘉谷岁登，灾害不作"。

夫能使嘉谷岁登，灾害不作，是则非但降福，亦且赐财。中国之财富出于农，太一神果有如此法力，安得不奉之为赐福财神耶！

然商界所祀之财神，为"五路财神"，此又从商人本身事业着想；盖商货来自四方，故必四方皆有财神，而后财不至落空。五路者于东南西北四方之外，加以本身营业所在之"中"，而五方之财斯全矣。五路财神，皆作顶盔贯甲状，与赐福财神之华贵堂皇，迥不相同。有谓五路财神系绿林出身，义结金兰，故作纠纠武夫状。亦有谓此即五方五甲之神也。或谓即乡间所祀五通五圣之流也。惟祀之者必以野味，羊头猪首，乌腊鲤鱼（上海称为元宝鱼，以红线穿其脊鳍，蓄于水盆中以祀神，祀毕，有放之于豫园荷花池中，亦有纵之于黄浦江头。故正月初四日常闻小贩肩挑求售，大呼"阿要买元宝鱼"之声也）。鸡用白雄鸡，酒用烧酒，皆取其色白，象征白银也。

尚有请藏神，祭主须具白衣冠迎祀之，且谓不可使人见，问以故，则谓藏神亦白衣冠也。又谓见有白老鼠，其间必有藏银。

尝疑白老鼠主财，说何自来，如今之所玩洋老鼠，固皎洁如雪人，乃非中国人所谓之白老鼠也。若赵玄坛之为财神，明陆灿《庚己编》尝记其神异之说，谓其"里人张廷芳，好斗蟋蟀，为之辄败，至鬻家具以偿焉，遂荡其产。素敬事玄坛神，乃以诚祷，诉其困苦。夜梦神曰：'尔勿忧，吾遣黑虎助尔，今化身在天妃宫东南角树下，汝往取之。'张往掘土，获一蟋蟀，深黑色而甚大，用以斗，无弗胜者，旬日间获利如所丧者加倍"。

但赵玄坛始于何时，仍未能得悉。又商店中之市招竖于柜台之上者，称为青龙招牌，青龙主财喜，开市日尝张财神模于青龙市招上，询之商家，但知其然，而不知其所以然。前年得晤西藏荣增堪布，方知藏密之中，有至尊最胜圣白财神法，其说固与今民间所传五路财神及青龙白鼠若相符合也。

荣增大法师，为十六世班禅大师大弟子之一，深通显密教义，故为班禅驻华宗教全权代表。又任嘉穆彦呼图克图教导师，遂有荣增堪布之尊称。尝云二圣白财神，一面二臂，右手持三叉矛，左手持楞棒，坐于青龙之上。东为蓝色金刚空行母，右持金刚，左持盛满各种因缘具足之器。南为黄色宝座空行母，右持宝盆，左持铁钩。西为红色莲花空行母，右持莲花，左持五宝庄严之法幢。北为绿色事业空行母，右手持交叉金刚，左持白鼠。诚如此说，固与中国五路财神之数相符。且北方之财神持白鼠，遂以见白鼠谓将得横财。财神称为白财神，不知者乃误以为穿白衣服之神，而亦以白衣服迎之矣。因白财神骑青龙，故以青龙为财喜（此亦见于六畜之说）。财神皆作金刚并持有叉钩楞棒之属，于是中土之五路财神，亦作顶盔贯甲之状。则焉知所祀五路财神，不由藏密所言之白财神传述而来，向因密宗不许流传于汉土，故但知有此说，以误传误，遂有今日世俗之误会。自荣增大法师卓锡沪上，宏扬藏密，白财神法，乃得流传于世。

曾询以佛教何以有财神？师述：□尊者曾见一道旁饿莩，不胜哀悯，思至城中乞食以食之，但归来已不及救济，欲割肉相饲，则饿莩不受；尊者左右思维，迄乏善策，因思世间惟贫穷为大可怜。乃求教于观世音菩萨，菩萨乃于一眼中显出绿度母，以度世人；一眼中显出白财神，以福世人，救济贫穷，无使流离颠沛，受尽苦痛，此大慈大悲救苦救难之仁心，乃欲享受财富者，能为大众造福，自利利他。若以损人利己为事，剥削居积为能，而致富起家者，独不念财固可贵，福须修来，利人利己，方为财福双修。古语有云：作善降之百祥，作不善降之百殃，因果自然之律，固有不容尽没。深愿有财富者，善用其财，无以财多为祟，用以祸人，不以福人，则如财神有灵，亦将深悔其处理之不允，而失福利公众之本意也。

载1941年1月30日《申报》第13版　署名冯柳堂

上元灯市

　　灯市，历来笔记中不少见；至谈灯市之由来，未之多觏；兹所谈，即欲就此稍事推究耳！

　　上元灯节，由来已久，盖出于方士者流，大抵形成于唐盛于宋，相沿迄今耳！道教以正月十五日为上元，七月十五日为中元，十月十五日为下元。而以三官上帝主上、中、下三元；三官者，天官、地官、水官也。何以灯市形成于唐，此则非谓唐以前无挂灯之事也。李白所谓"古人秉烛夜游，良有以也"。秉烛者，设无灯以笼之，火易灭，即不能作夜游，故知必用灯。既持灯以夜游，则于夜间张灯以作乐，亦寻常之举耳。再进而求张灯之美术化，造成形形色色之花灯，亦为事实所应有。唐承六朝之后，又硬拉老聃作远祖，于是道家之说盛行。道家以三官能为人间降福，而三元观灯之举，遂为大规模张灯之由来。再经君主提倡于上，人民风靡于下，争奇斗胜，花样百出，以求一日之长，亦人情所恒有，于是有花灯。花灯不易制，有求之者，有制售之者，即灯市之所由起也。

　　何以知唐代灯市已形成，此则观于中宗景龙四年正月丙寅丁卯二日，两次偕韦后微行观灯可知之；帝后至微行观灯，正见民间灯市之盛。何以谓盛于宋，盖自唐以后，常于正月十五日之夜开坊市门燃灯。至宋又将燃灯扩展至上元前后各一日，即正月十四、十五、十六三日也。其后增至十七十八夜，而以十三日上灯也。故至今民间尚以十三日为上灯夜，十八日为落灯夜，盖本于此。宋代张灯之日，自大内正门结彩为山楼影灯，起踏台，教坊陈百戏，天子先幸寺观行香，遂御楼，或御东华门及东西角楼，饮从臣。

四夷蕃客，各依本国歌舞，列于楼下。东华左右掖门，东西角楼，城门大道，大宫观寺院，悉起山棚，张乐陈灯，皇城雉堞亦遍设之。真所谓火树银花，城开不夜，想见宋代张灯之盛。至徽宗时尤踵事增华，故《水浒》中所说看灯情形，非向壁［壁］虚造可比。

不但上元张灯，即中元、下元亦张灯，盖所谓"三元观灯"是也。如《宋史》载太平兴国二年七月中元节，御东角楼观灯，赐从官宴饮。五年十月下元节，依中元例，张灯三夜。又如《吴越王钱俶传》，七月中元，京师张灯，太宗令有司于俶宅前设灯山，陈声乐以宠之。诸如此类，不一而是，故谓盛于宋。徽宗时，宫中乃至用龙涎沉脑屑，和蜡为烛，两行列数百枝，艳明而香溢，钧天所无也。南渡后久绝此。惟韦太后回銮沙漠，复值高宗寿，高宗极天下之养，用宣政故事，然仅列数十炬，太后阳若不闻。高宗奉卮，问："此烛颇惬圣意吾？"后曰："尔爹爹每夜常设数百枝，诸阁亦然。"高宗因后起更衣，微谓吴后曰："如何比得爹爹富贵。"以见烛犹如此，宣政间灯市之奢靡可知矣。

风俗相沿，元宵之为灯节，迄今犹然。清室尝于上元夕西厂舞灯，放烟火最盛。皇帝于未申之交，驾至西厂，先之以八旗驰马诸戏，或一足立鞍蹬而驰者；或两足立马背而驰者；或攀马鞍步行而并马驰者，或两人对面驰来，各在马上腾身互换者；或甲腾出，乙在马上戴甲于首而驰者，曲尽马上之奇。日既夕，则楼前舞灯者，三千人列队焉，口唱太平歌，各执彩灯，循环进止，各依其所缀兆。一转旋，则三千人排成一太字；再转成平字，以次作万岁字；又以次合成"太平万岁"字，所谓"太平万岁字当中"（此为宫词中语）是也。舞罢则烟火大发，其声如雷霆，火光烛半空，但见千万红鱼，奋迅跳跃云海内，极天下之奇观也。

按乐舞中列成颂祝词句，始于唐高宗武后所作圣寿乐中，舞者一百四十人，金铜冠，五色画衣，舞之行列必成字，十六变而毕；

有圣超千古，道泰百王，皇帝万年，宝祚弥昌等字句，由此可知，太平万岁之舞，殆亦脱胎于此也。（此风并流行及于高丽。）

　　灯之制，有纸有绢，精粗夐绝。市上所售之灯，有走马灯，莲花灯，马灯，兔灯，蟹灯，飞机灯，画船灯，乃至于飞禽昆虫，元宝金钱等，形形色色，莫不有灯。然皆粗陋不足观，仅供儿童之玩弄。上海例于旧历年初，陈灯于福佑路旧校场街之一隅，即豫园相近处，设摊求售。自南京路几家百货公司，兼售灯，于是灯亦厕 ① 于大公司商品之林。及"八一三"沪战作，豫园灯市星散，乃多由各纸扎店制成门售矣。

　　走马灯之制，颇饶有科学意味。以芦苇作轮轴，植立于灯中。之轮面，以纸条斜拗折自中心辐射，分布于轮之四周，宛若白伞。在轮轴下端缀以针，用小蚬壳相承，故圆转自如，而以纸筒笼之又剪纸作人马状，自纸轮之缘，悬线下垂于纸筒之外，燃烛于纸筒之内，轴下端横杆上。烛焰高烧，筒内空气膨胀，加以冷热交流之作用，鼓动上盖之纸轮，牵动下垂之人马，团圆走转，故谓之走马灯。一日，朱志尧先生又相与谈机械制造之业，亦及走马灯，志尧先生云，挽近新式发电之透平（Turbine），其制作与今之走马灯上之纸轮无相殊，一则用以为工业之原动力，一则仅为儿童之玩具，得失之间，不可以道里计也。

　　　　　　　　1941年2月9日《申报》第8版　署名冯柳堂

---

① 　"厕"，通"侧"。

又是重阳

时光如流，甫过中秋，又是重阳。"落木云连秋水渡，乱山烟入夕阳桥。"（王安石《九日登东山》诗句）一派深秋景象矣。

九月九日为重九，何以谓之重阳？此则脱胎于易象矣。言卦爻者，以九为阳，以六为阴，故乾之体纯阳，爻皆称九；坤之体纯阴，爻皆称六。何以用"六九"代"阴阳"？前人谓从占卦得来。古之人求卦用蓍，以揲蓍之数，计爻之阴阳。（余尝疑中国之算始于筹，而筹之为算始于蓍。）阴阳又有老少之分，九为老阳，七为少阳，六为老阴，八为少阴。后人以钱代蓍，遇三背者为老阳，曰重；三文者为老阴，曰交。此爻之变者也。其静者曰单，曰拆。周易以变者为占，故以六九为阴阳爻之代词，而九月九日之称重阳，亦即此意。魏文帝（曹丕）云："岁往月来，忽复九月九日。九为阳数，而日月并应，故曰重阳。"是则以重阳为令节。汉魏之间已然，至晋始盛。唐德宗所以有"晋纪重阳"之语也。

何以六朝始尚重阳？盖自五胡乱华，分崩离析，中原沦陷，踏蹐江南，大有非整军经武，不足以言匡复，亦且不能图自保。按《晋书》云："九月九日马射。"或说云："秋金之节，讲武习射。"或说云："秋金之节，讲武习射，象立秋之礼也。"刘裕（宋武帝）为宋公，镇彭城。九日，出项羽戏马台习射，谢灵运等有诗纪其事。宋陈师道九日登南山诗云："平林广野骑台荒，山寺鸣钟报夕阳。"即用此典。骑台，即戏马台也。

何以谓重阳习射，象立秋之礼也？盖魏晋之际，于立秋节讲武阅兵，秋狝之遗意也。古之兵寓于农，鲁臧僖伯所谓"春搜夏苗，秋狝冬狩，皆于农隙，以讲事也。三年而治兵，入而振旅，归而饮至"，此风相沿至于清，犹有秋狩热河之举。

何以习武阅兵恒于秋？此又从气候而然。古人以秋之气肃杀，故朝审必于秋，行刑必于秋，甚至名掌刑之官曰秋官，行猎曰狝。"狝者，杀也。以杀为名，顺秋气也。"何况秋高马肥，农事将毕，正是骑射好天气。惟立秋炎暑未消，农事方殷，究非整军经武之候，故改于三秋举行也。

清代新中举子，于八月中秋，犹在闱中呻吟，及至重阳，正是鹿鸣宴罢，兴高采烈，于是重阳登高，先讨取来年春闱口彩，聊舒九日场期抑郁，又可说是补赏中秋。虽只看得半面月亮，原本借此扬眉吐气，意固不在白云明月。唯使不第秀才见之，未免难堪，倍觉心酸，前人有诗咏其事云："约伴登山逢九日，呼朋入肆补中秋。染衣欣羡登科李，射策徒惭下第刘。早莫矜张迟莫怨，得何欢喜失何愁。诗书自古原无负，有志终酬步十洲。"

真个，世间所谓得意人，偏喜向失意人面前卖弄，以为唯如此，才可见个得失。其实世事无常，打开天窗，不知是何为得失。

说起重阳，尚有一件中国历史上破天荒之举，即武则天于九月九日革唐命，改国号为周，改元为天授是也。以女主称帝临天下，在中国，只武曌一人而已！何以选取九月九日？无从知其用意所在；殆亦自知为纯阴之体，居九五之尊，而欲以重阳相生扶耶？

载1942年10月18日《申报》第5版　署名冯柳堂

盂兰盆会

　　时届新秋，各里巷中，每见纸衣飘飘，冥镪串串，夜则鼓钹声喧，螺鸣呜呜，僧众讽诵，数时方休，名之曰"兰盆胜会"。按，兰盆为梵文盂兰盆之省，亦作"乌蓝婆拏"，非意义之相殊，乃译音之稍歧。"盂兰"即"乌蓝"，意为倒悬。婆拏为器皿，译成汉文则为盆，而盆与婆拏之音，又可相切而成，故盆者可谓为音义兼译也。

　　盂兰盆会之缘起，即世俗所谓目莲救母也。目莲尊者，为佛弟子，见其母堕入饿鬼道，目莲欲与之食，而其母饿火中烧，火自口出悉成焦炭，目莲悲不自胜，乃求教于佛，佛为之说盂兰盆经，盂兰盆者，意即解救倒悬之器也。因命其于每年七月十五日盛设供具，以百种供物供养三宝，奉施过往佛僧，得救七世父母，故佛教中有盂兰盆法会，以救先亡倒悬之苦。早年曾见龚云甫演目莲救母，口衔竹签，上燃双烛，意即为口中喷火也。目莲之母，卒赖盂兰盆会之力，超渡于饿鬼道中。

　　盂兰盆经之流入中国，为西晋时竺法护所译，而盂兰盆会之见于中国，已在梁武帝大同年间。佛教盛于中国，为六朝时，其时来说教译经者，俱为西僧，称之为道人，如称观世音菩萨为慈航道人，亦即此意。自符秦之后，始有中国人剃度为僧，僧者，僧伽黎之译音也。然今之兰盆胜会中所做之法事，则又为瑜伽焰口。瑜伽者，为密宗之总名。佛教之中，有显密之分，显者可求之于经论文字之中，即中国所流行之佛教是也。密者凭师传授，持咒修法为事，即川藏所崇奉之黄教红教是也。

　　焰口本为饿鬼之称。相传阿难尊者独坐静室，夜见一饿鬼，名焰口，身体枯瘦，咽如针，口吐火焰，告阿难曰："后三日汝命尽，将生饿鬼中。"阿难恐，问免苦之方便。鬼曰："汝明日为我等百千饿鬼及诸婆罗门仙人等各施一斛食，且为我供养三宝，则汝增寿，我得生天。"阿难以白佛，佛即说陀罗尼，曰诵此陀罗尼，能使无量百千施食充足，此即瑜伽焰口之由来。故焰口中吹海螺，及作咒语手印（即首座之僧用两手之指作种种手势也），皆循密宗之仪轨，凡学密宗者，日常修法必施食，并不为奇。兹姑无论其为盂兰盆会，为瑜伽焰口，要之皆为超度饿鬼，故所重在施食。饿鬼之有无，施食之是否，事属宗教，为另一问题。奈今之焰口，徒而丝竹钟鼓之悦耳动听，法器灯光之灿烂夺目，而于救济饿鬼之本意，几全失之，非以超度，简直闹鬼，末俗流弊，抑何可笑！

相传和尚至奉召各种鬼道之后，例必持咒退鬼，而有所谓退鬼咒，实则即为观世音菩萨心咒，唵嘛呢叭弥吽之六字真言也。《西游记》中，述唐僧之紧箍咒，能使神通广大之孙行者，倒地打滚，哀哀求饶，亦即此六字真言。现在每逢焰口，必供有纸扎青面之神，旁立城隍土地，或为画像，此青面之神，即观世音菩萨之化身，名曰鬼王，盖照佛教中说，观世音菩萨不仅救人，亦且救鬼，故作种种之化身也。

中国道士本出于巫，然自佛教入中国，以佛经之深玄广博，颇得士大夫阶级（亦可谓知识阶级）之信奉，于是中国之道士，窃取其形式，从而为饿鬼施食，攘和尚之生意，即水火炼度是也。

并以佛教有救苦救难之观世音菩萨，道教乃亦有太乙救苦天尊。和尚近已不少而为"胡闹"，而道士中之胡闹，乃有甚于和尚，甚至藉丝弦之助，歌小调，唱淫辞，此亦岂为取悦于鬼神之道耶！但七月十五日之为中元节，则出于道教。道教崇祀三官大帝，而以正月十五日为上元节，七月十五日为中元节，十月十五日为下元节。唐宋时代，张灯供养，所以崇奉之者甚。而七月十五日之为中元，以其为地官，故超度亡魂。旧时一年三节之城隍会，祭祀泰厉坛，亦为超度无祀孤魂，其用意固与焰口施食相近。城隍会中尝见有奉旨祭祀孤魂（原文不能记忆）之高脚牌，此"奉旨"二字，据谓奉明太祖之旨。因明太祖之父母死亡，不知葬身何地，乃于洪武三年定制祭泰厉坛，以清明日及七月十五日、十月初一日行之。先期七日，檄城隍（此"奉旨"二字之由来）。祭日，设城隍神位于坛上，无祀鬼神等神位于坛下之东西，羊三，豕三，米三石，以为祭。降及后世，徒为形式，数典忘祖，习俗所见，又岂止厉祭之一端哉！

　　然何以断章取义，不曰盂兰盆会，而曰兰盆胜会，此则又为中国文士之积习，但知文字美丽，不愿意义如何。盂兰本系译音，理难分割，然偏去其盂，独留其兰，盖以兰盆二字尚觉典雅也。《岁华纪丽》云："道门宝盖，献在中元；释氏兰盆，盛于此日。"意即兰盆胜会四字之滥觞欤！

1941年9月1、3、5日《申报》第11版　署名柳塘

清明时节

"清明时节雨纷纷，路上行人欲断魂"；不料今年的清明，正应着这两句唐诗。

前日寒食，昨日清明，闹得风雨晦冥，真是不大清明。有谓这才是应时天气，不然，那得与时会相应。

关于清明寒食这一类话，前人今人，不乏著述，何必多说。但记儿时，每逢寒食节，至乡间折杨柳枝，以手裹巾，捋叶簇成球，呼之曰杨猢狲；昨过顾家花园旁，见有持之者，不禁回想总角时情景，返顾两鬓已斑斑，光阴如驹隙，不其信然。

吾乡育蚕，一过清明，渐入蚕事准备时期，故独重清明前一夜，称为熟食夜。熟食盖犹是寒食之意，不举火，故熟食，遂早眠；乃有"熟食夜，困得早了好"，以嘲笑旧家庭被压迫阶级之养媳妇，可是天未黑即就寝。如今乡间，油烛俱贵，且均缺乏，早睡之风，靡然相从。即有电灯地方，亦苦于电费昂贵，无力负担，颇多学乡下人去早睡。懒媳妇巴望早黄昏，如今是到处皆然，岂不快哉！

清明扫墓之风，不知何时始。有以为秦汉之间，帝皇始有园寝，魏武死，有司依汉制立陵上祭殿，文帝以为"古不墓祭，皆设于庙"。齐王芳在位九年，一谒高平陵，而曹爽诛，其礼遂废；司马懿乃遗诏子弟群官皆不得谒陵。迨东晋元帝崩，始有谒陵辞告之事。其在民间，余以为东郭墦间之祭，虽不曰墓祭，而近于墓祭；且古人既有庐墓之举，安知不有祭享之事。至东汉有功之臣，皆奉旨还乡上冢，不为少见。如令冯异归家上冢，使太中大夫赍牛酒，令二百里内太守都尉以下及宗族会焉。又岑彭南还津乡，诏令过家上冢。吴汉平蜀振旅旋师，浮江而下，至宛，即令过家上冢，赐谷二万斛。足征上冢与衣饰还乡，同是男儿得志时荣宗耀祖一回事。周太祖郭威临，终诏柴世宗，"如每年寒食无事时，即仰量事差人洒扫，如无人去，只还祭"。更见唐宋之祭，清明扫墓之风，盛行上下矣。

扫墓例焚纸钱，纸钱由来，据明都穆《听雨记》谈云：

> 今士庶之家，凡有丧者，其殡座前，皆设肴果，或土或木，任意为之，而饰以色。其祭祀则必焚纸钱，及金银纸锭，楮钱亦有用金银者。陶谷《清异录》载周祖灵前肴果，皆雕香为之，形色如生，则希果，五代时已有之矣。《唐书·王玙传》，载汉以来葬丧皆有瘗钱，后世里俗稍以楮寓钱为鬼事，玙乃用于祠祭，则祭祀之焚纸钱，盖始于玙。又载周世宗发引之日，金银钱宝皆寓以形，而纸钱大若盏口，其印文，黄曰泉台上宝，白曰冥游亚宝，则金银纸锭及钱，亦始于九代时矣。

按周太祖性俭，眼见唐十八陵为厚葬而被发掘，虽以昭陵之固（唐太宗之墓），亦所不免，故临终前屡语柴世宗，敛以纸衣瓦棺，不立碑，只勒一石曰大周天子，不要守陵宫人，自古帝王谆谆于薄葬者，莫周祖若。余以为死后轮回之说，自浮屠法入中国而始盛。故疑六朝之后而地狱种种传说深入于民间，遂使求冥福，以资超度，不乏见于六朝五代唐宋史中，王玙，一巫觋耳！唐玄宗时为祠祭使，专以祠解中帝意。王安石固一世之俊，子雱病亟，命道士作醮，大陈楮钱。其弟平甫曰："兄在相位，要须令天下后世人取法，雱虽病，丘之祷久矣；为此奚益。且兄尝以君法绳吏奸，今乃以纸钱徼福，安知三清门下独不行君法耶！"安石大怒。由是可知至人力有不能解决时，祷命于天，乞佑于神，无非于精神上求一种安慰；乃同是祈祷，而有嗤之为迷信，则诚如古谚所谓"人苦于不自知"。凡人一有物欲之蔽，门户之见，利害之辨，是己非人，比比然也。

楮钱，向都以市上所谓四六屏纸为之，北方盛行，南方次之；盖江浙一带，多用锡箔折锭，用纸锭者少，用纸钱者更少。八一三前，沪上咸用富阳草纸，供清洁用；及富阳草纸来源缺乏，本以供北方为纸钱用之四六屏纸，乃亦代草纸而消耗于溷圊中。自锡价贵，而锡箔之价更贵，于是亦有所谓洋锡箔者起而代之，但销路不甚广。及纸币遍世界，而冥国银行钞票应时产生，信鬼者当言阴阳一致，故阳世有，阴间亦尤而效之，纸币之毒，乃至上天下地，四维八方，无所不届矣。

信耶稣者，以四月第一星期日为复活节（The Resurrection），盖耶稣以四月第一星期五日（Good Friday）钉杀于十字架上，而于星期日复活也。中国人称之为外国清明，为清明节不出四月五六两日，恰与之相接近。洋商于是时必休假，上海金融上势力，早成太阿倒持之势，故洋商银行一休假，华商银行尝随之为转移，遂亦有扫墓假之设；谓之扫墓，所以示其从中国之礼俗别于西俗也。学校亦定四月一日起之一周为春假，即旧时学塾之清明假。姑无论其为复活节，为扫墓假，为春假，为清明节假，其为藉假期以游春玩景则一也。

清明日，去踏青。踏青之举，由来已古，不必尽为清明。孔门弟子言志，曾点曰："暮春者，春服既成，冠者五六人，童子六七人，浴乎沂，风乎舞雩，咏而归。"夫子喟然叹曰："吾与点也。"清明为夏历三月节，固暮春也。

不要说孔老夫子许为同志，吾侪后人，设身处境，春风之化育人，直与天地万物上下同流，不规规于事为之末，何等伟大。

载1942年4月6日《申报》第4版　署名柳塘

上巳修禊

　　三月三，为上巳，今日，固为夏历之三月三日也。

　　上巳者何？为三月上旬之巳日；然每年三月三日，未必定为巳日，而何以仍名为上巳，此则自魏（三国）以后，但用三日，不用巳，始与上巳之原意脱离。

　　上巳修禊，至今仍能流传于社会，尚得力于王羲之兰亭修禊。盖兰亭诗序，不独文畅情茂，亦目为书法所宗师，于是其文益彰，其事益显，而上巳之名，亦赖以相传不替。

　　上巳宴集，唐宋以前最盛。唐德宗尝以"前代于上巳、九日，皆大宴集，而寒食多与上巳同时，欲以三月名节，自我为古，若何而可"，以问李泌。泌请以二月朔为中和节，因赐大臣戚里尺，谓之裁度。民间以青囊盛百谷瓜果种，相问遗，号为献生子。里间让宜春酒，以祭勾芒神，祈丰年。百官进农害以示务本。德宗大悦，乃着令与上巳、九日，同为三令节。可见上巳为宴乐之节，而寒食为祭扫之辰，故有时而相值，为之不欢，唐德宗所以欲于春日另择佳节，而曰自我为古，良有以也。宋虽不定以上巳游观，然每于春暮赏花钓鱼张乐畅饮于后苑，谓之曲宴，亦曲水流觞之意也。

　　上巳之举，何自始，不独今人思问，即古人亦欲知其由来。晋武帝尝以三日曲水之义问挚虞，虞对曰："汉章帝时，平原徐肇以三月初，生三女，至三日俱亡，村人以为怪，乃招携之水滨，洗被，遂因水以泛觞，其义起此。"

　　晋武帝曰："必如所谈，便非好事。"

束皙进曰："虞小生，不足以知。昔周公城洛邑，因流水以泛酒，故逸诗云：'羽觞随波。'又秦昭王以三日置酒河曲，见金人奉水心之剑，曰：'令君有西夏，乃霸诸侯。'因此立为曲水，二汉相缘皆，为盛集。"

按《宋书》（南朝之宋）所载，稍有出入，而以徐肇为郭虞，云于三月上辰产二女，上巳产一女，二日之中，三女并亡，俗以为大忌，至此月此日，不敢止家，皆于东流水上，为祈禳，自洁濯，谓之禊祠，分流行觞，遂成曲水。史臣案（此史臣即撰晋宋史之史官）：周礼女巫，掌岁时被除衅浴，如今三月上巳如水上之类也。衅浴，谓以香熏草药沐浴也。韩诗曰："郑国之俗，三月上巳之溱洧两水之上，招魂续魄，秉兰草拂不祥。"此则其来已久，非起郭虞之遗风。今世之度水也，月令，"暮春，天子始乘舟"。蔡邕章句曰："阳气和暖，鲔鱼时至，将取以荐寝庙，故因是乘舟禊于名川也。论语，暮春浴乎沂，自上及下，古有此礼。今（此一今字，系指邕时言）三月上巳，被于水滨，盖此意也。"此外如魏明帝于天渊池南设流杯石沟燕群臣，晋海西公钟山后流杯曲禊，如汉书八月被于灞上，固为仲秋也。

以上撷拾魏晋六朝史乘所记，以证上巳之来源，大抵不外乎是。

然而兰亭修禊，独得流芳于百世，此又得人而传。盖晋室东渡，名士，厌弃京尘，慕会稽佳山水，如谢安、孙绰、李充、许询、支遁等，以文义冠世，与王羲之，皆筑室于是。兰亭诗序中所谓群贤毕至，即指谢安、孙绰、郗昙、魏滂辈三十二人而言。少长咸集，则称王氏子弟凝之、涣之、玄之、献之等九人，序文因出于羲之笔；羲之为书，初不及庾翼，暮年方妙，翼深叹服，有"焕若神明"之誉，钦佩可知。墨迹唐太宗所喜，殉葬昭陵，后世所传，遂以定州碑所拓者为佳本，而伪本垒出。吾乡先贤查初白先生《得树楼杂钞》有考证，先生以诗著，即清圣祖南池子钓鱼赋诗遗中官宣召之"烟波钓徒查翰林"也。其言曰：

> 禊序，右军神笔也。七传而归僧智永（羲之后人，即以真草千字文留传于今），永传其徒辨才，唐太宗取之，上距永和癸丑二百六十余年；未几，殉葬昭陵，真迹亡矣。唐初，善书者多拓本，惟欧阳率更（询）为逼真，勒石禁中。石晋时，契丹辇归，流落于定武。宋庆历中，碑出民间，《集古录》以为别本非也。熙宁间，薛师正父子始别刊二本，以易原碑，于湍、流、带、左、天五字，剜损一二笔为识，行于世者，往往而是。南渡后，摹刻几千石，讹以传讹，渐失其旧矣。惟五字不损而书法犹存率更体者为真。米南宫所得，乃褚河南临本耳。盖定武真本，宋时已不可多得矣。

曩按《兰亭序》真迹，唐末又因昭陵被盗而得重见于世，此余读《五代史》得之，温韬传云：

> 韬遍发境内唐诸陵，昭陵最固，韬从埏道下，见宫室制度闳丽，不异人间，中为正寝，东西厢，列石床，床上石函中为铁匣，悉藏前世图书，钟王笔迹，纸墨如新，韬悉取之，遂传人间。

此一段记述，足证兰亭墨迹，并非长埋昭陵，惟经此大乱，又不知流落何处；或以重遭兵燹而湮灭，亦未可知。

去年此日，同学兄居衡甫，集同邑同学及年相若者朱肖琴、施绳祖、孟望渠、何德坤、朱鉴山、汤柏森、周午三、陈巳生、王渭耕等宴于新新酒楼，折柬相邀。衡甫雄于文，虽早岁弃学就商，仍不减当年文采。柬启略云：

> 当年总角相交，何殊秾桃艳李；此际知命乍届，更期翠柏苍松。值炎黄棼乱之秋，丁黑白混淆之世；难得少时旧雨，欢然共聚一堂；恰好俗务清闲，偷得浮生半日。逢上巳之良辰，叙兰亭之禊事；假筵樽以小酌，作祝嘏之行觞……

余拟纪其事，聊志鸿雪，未敢下笔；今又逢上巳良辰，回首前尘，忽忽经年，聊以见上巳修禊，流风固未泯也。

载1942年4月17日《申报》第5版　署名柳塘

乾隆皇帝与海宁

　　清高宗不论南北，都有一种传说，说是"海宁陈阁老之子"，由来已久。究竟如何，即使起清高宗于地下，也不肯说出真相来。可是故老相传，清高宗与海宁陈氏，确似有些瓜葛，或许也是后人猜想傅会；然亦不少可作野史资料看。容日有便，当说与诸君为酒后茶余之用。此刻单讲观潮，我们就从潮的方面谈谈乾隆皇帝与海宁。

　　观潮诸君，到海塘上，看见巍巍石塘，绵亘数十里，值得称许他的伟大。这海塘就名为鱼鳞塘，此塘的确可与同名异工之明太祖编制的鱼鳞册相比，一则厘定了全国的田赋；一则保障了七郡生灵。这石塘如何建筑？是用很长的条石，横直相叠，作成阶级的形状（有如鱼鳞，故名），高至一丈数尺，塘面（即行人的）条石，再用铁锭浇嵌坚固，石与石之间空隙，多用铁屑拌和捵缝，以堵潮水侵蚀。石塘脚底，用数丈长之木段椿实，其外再筑有丈许阔之条石坦水，以固塘身，潮流紧急处，并筑有两重坦水，另用木段排列在外，以护坦水。有这样牢固工程，方可抵御狂潮的袭击；然而潮水的力量太大，年深月久，有时仍将石塘一浪卷去，所以在清代，岁修工程颇为重视。

　　海宁的塘，在清以前，也有柴塘，也有石塘，可是无现今所留存的石塘。现今的石塘——鱼鳞塘，发动于雍正元年，派尚书朱轼往江浙会议修筑海塘事宜，而特别注意在海宁的海塘，临走的时候，清世宗关照朱轼，说是："你这趟去勘塘，也所以报答师门，应该要仔细！"因为朱轼与海宁陈氏有师弟之谊，故云。到雍正十一年，即拨银一百八十余万两，开始建筑。嗣后逐渐修筑，乾隆二十七年第三次南巡，至海宁阅海塘，命岁修老盐仓一带柴塘，增坦水石篓，以资拥护，并亲临阅视尖山、塔山间之石坝（塔山塘）改筑条石坝工，旋幸观潮楼阅福建水师。乾隆三十年四次南巡，二月抵杭州，命修筑海宁石塘。乾隆四十五年第五次南巡，三月至海宁观潮，幸尖山，以石塘工有单薄者命一律改建鱼鳞石塘，其柴塘四千二百余丈中，有可改建石塘者，一并勘估办理。乾隆四十九年六次南巡，幸海宁尖山阅视塘工，工程虽竣，尚多未协之处，又接筑至乌龙庙止石塘，拨户部库银五百万两，连前发各项币银，限五年内分段从东而西，陆续修筑。故海塘自发动至完成，历时六十余载，费币银约一千万两；照现在物价人工，约十倍于当时，则在现在建筑，要费一万万两银子，方得完成。

载1934年9月25日《申报》第15版　署名溪南

记白龙山人王一亭

王一亭先生，浙之吴兴人，其先人侨寓周浦，故不知其原籍者以为浦东人，而先生题字，辄自署曰"吴兴王震"，其不忘本焉有如此。

先生别号曰"白龙山人"，普通作品，常以此署名。幼从山阴任伯年学，以人物蜚声于艺苑。故先生之人物特具风格，非常人所能窥测，寥寥数笔，神韵在笔端毫末之外。晚年多作佛圣神像，法相庄严，令人油然起敬。

先生虽尝问业于伯年，而无伯年之习气。相传伯年性疏傲，且有阿芙蓉癖，发常长寸许，每懒于濡毫，倍送润资犹不一伸纸，纸绢山积，未尝一顾。先生独不然，晨起即作画，有求之者辄应，未下笔前，若有所思构，既落纸，簌簌有声，数尺之画，不十余分钟立就。当其画也，涂一团，撇几笔，横几画，圈几圈，不知所绘之为何物也。未几，枝也，干也，石也，人物禽鸟花卉也，纷然杂陈于目前，盖有庖丁解牛，不期然而然者矣，是乃神也，非力也。

先生作书，笔画无粗细，圆转自如。随笔所至，巨幅一挥毫辄尽，其属联题词，不假思索亦如是。

先生事母至孝，能博母欢者，无不立致。常搜集奇异玩具，进之于母，效莱衣之舞。人有求于先生者，得母一言，可立就。晚年影印宋本《孝经》，殿以先生手笔二十四孝图，可谓孝子不匮，永锡尔类矣。

先生两耳几垂肩，貌似罗汉，家中有塑像，则宛若尊者矣。

人但知先生信佛，而不知亦尊孔，常以孔孟之道训勉人，汇印四书，颜曰《圣经》，布面金字，为袖珍本，固无殊于 Bible 也。

先生开会，常若入定，恒一言不发，然遇取决之际，事有不能决者，一言立解，凡上海慈善事业，无不有先生名，盖无先生之名在董事列，若不足以号召也者。各善团经费恒不裕，其所办事业则又力求其大，因之收支常不敷，转以求先生，先生能有以纾其急，先生常谓"办慈善事业，不愁无经费，如办得好，人自会送款子来"。有时至无可筹措际，先生常出其所作书画，集巨款，而以嘉惠公益慈善事业。

先生与黄涵之、屈文六诸公最相善，先生常对外，而涵之、文六诸公则为之主持于内。自许静仁先生出任振济会，相得而益彰。今先生死矣，先生之事业犹在，先生之精神未死。

载1938年11月15日《申报·春秋》第12版　署名溪南

白龙山人梦游诗

　　班禅额尔德尼之来南京也，王一亭居士、戴季陶居士等都从之游。某日，班禅各授以草一根，产自西藏；置于枕下，云可得梦。是夜王宿于宝华山隆昌寺，梦入一山中，树木苍翠，层峦叠嶂，清流一泓，环绕其下，一老僧危坐岩石上，背石壁，高可寻丈，留咏甚多，王亦不觉兴至，梦中口占一绝云：

　　　　大好河山梦里游，闲题石壁记心头。

　　　　偶然着意成清梦，明月当空似水流。

　　居士返沪，与余相值，为述所梦，并当场索纸题其梦中口占诗句以见示。今先生往矣，不知先生梦中所见之一老僧，为先生之前身欤，抑先生之后身欤？

载1938年11月18日《申报·春秋》第12版　署名溪南

姚天亮

姚天亮者，时人以称南市姚紫若先生也。与苏鸡啼，同流传于上海社会间。盖先生善饮，与苏筠裳有同嗜，低斟浅酌，一非天亮不眠，一非鸡啼不睡，同侪中遂以此称之。

先生早年倜傥风流，才华蕴藉，其后长南市商会，为地方谋福利，无待言，应让诸将来修志乘者。为之副会长者，则为朱吟江先生也。

姚与王一亭、顾馨一两公最相善，而皆于此一年中逝世。顾与姚又以精明干练称，姚尤耽文墨，句斟字酌，恒有一字取舍，煞费推敲。患短视，以纸就目，但见其两目上下，数行已毕。比取定之文稿，无不义埋周至，颇为得体。

姚自沪战发生，以其产业多在沪南，不无抑郁。暮年受此刺激，自不免有伤健康。且老友如顾王相继去世，更予以精神上之打击。为知医，故医方常取决于自己。知将不起，预立遗嘱，洋洋万余言。弥留之前，犹在审酌遗嘱中之字句，其不肯轻率也有如此。喜嗜皮丝烟，虽遇应酬开会，常携水烟袋以行。善谈吐，有杯在手，有烟在口，娓娓不倦，亦即"天亮"之所由来也。

天性孝厚，能持大体，遇事不苟，勇于负责，故为社会所信服。而其所享之福报，亦独厚，子女孙曾数十人，年登大耋，宜可谓福寿全归也。以昨日殡于静安寺家祠。

载1938年12月24日《申报·春秋》第2版　署名溪南

从百岁老人马相伯说起

连日报上所载马相伯百龄大庆，确属是国家人瑞，尤其是马相老，是革命的先进，文化的前驱，以百岁老翁，而仍主张抗战，这就是他享高年之征。现在的青年们，往往以年龄的大小，有所谓老朽腐化，这是孩子们见解。其实腐化不腐化，不应看他的年龄，应看他的行事。如其青年陶醉于声色货利场中，为拜金主义所屈服了，一切不顾，做那苟且无耻卑鄙龌龊的勾当，虽不谓之腐化，不可得也。我们要想到"矍铄哉是翁"之伏波将军马援，以高龄尚能远涉山川去平南；再看《三国志》里的老将黄忠，是何等精神！所以王勃说："老当益壮，宁知白首之心；穷且益坚，不坠青云之志。"这正是现代青年所当取鉴而效法的！

讲到马相老的生辰，是生于清道光二十年庚子三月十六日，即公历一八四○年四月，到民国二十八年的今年，确是百岁老翁了。

但是照中国旧时有一种计算百岁的速成方法，马相老在今年不止是百岁了。这方法就为已有九十余岁年纪的人，想提早做那百龄大庆，于是将每年作十二个月计算，又将闰月提出来，扣足几年，再加到年岁上去，那就可提早一两年庆祝百岁了。如照此算法，马相老到去年（民国廿七年）为止，经过的闰月，计有：

闰二月	四	闰三月	五
闰四月	五	闰九月	一○
闰六月	四	闰七月	五
闰八月	三	闰十月	一

合计　　　三七

那末照十二个月一年计算，再加上三十七个闰月，又是三年零一个月，这不是今年要一百零三岁么？但是这一种计算，原不足法，何况又是科学头脑的马相老，决不肯取巧呢！

民国以来，对于民间种种良习惯的培养，是不甚注意的。要知敬老不但是尊敬或难能可贵的一种表示，也是奖励人民善于摄生，把大家的年龄都提高起来，是民族康龄强健的一种征象，所以前代莫不有敬老慈幼的一种措施。远的不必说，单拿清代讲，寿民至百岁者例得建百岁坊以资旌表，并且还给他建坊银三十两。到了雍正四年七月，有河南杞县寿民萧俊德，年届一百十八岁，雍正特加倍发给他的建坊银。而且定了一个例，说：建坊银子，嗣后年至一百十岁，加一倍，一百二十岁加两倍，有多得寿算者按其寿算加倍。就在这一年，户部奏报赏给直隶各省七十岁以上至百岁以上的寿民，共有一百四十二万一千六百二十五名，照那时候人口比例计算，大约年高的人，要占到二十分之一啊！可想当时的人享年，大概远出今人之上。

最可为长寿之征，要推雍正十二年二月有一起旌表老年的事件了。父子六人，合计五百零三岁，这是广东兴宁县人幸登运，他自己一百零二岁，他的长子幸伯达，这年八十二岁，决子幸伯玉年八十岁，三子幸伯锦年七十八岁，四子幸伯旺年七十四岁，五子幸嘉宾年六十七岁，父享高年，五个儿子亦享高年，可谓一门眉寿了。

又看到马相老的两位外甥，一位是朱志尧先生，今年是七十七岁，走起路来，写出字来，那里看得出他是将近八旬的老翁了，还是雄纠纠，气昂昂，背不伛偻，足不趑趄，大有老英雄褚彪神气。他的介弟朱季琳先生，今年也是六十六岁了，依然是翩翩风韵，不减当年，犹似四十许人，这都是长寿之征，将来享年都不让乃舅哩！

载1939年1月8日《申报·春秋》第14版　署名溪南

看了刘海粟近作归来

看画原不是易事，因为看画要懂得画，不懂画而也假作风雅去看画，真所谓"盲子看画壁"，可是我确是其中人物。

我在学堂念书时候，一星期也有两个钟头图画，这位先生倒也是杭州小小有名的画家。为了清季刚办学堂，现在学校出身的画家，尚在养成之中，所以那时候所画的大都是毛笔变相的铅笔画，后来即转入当时所谓的几何画，但是我在图画课时候，只见先生簌簌地在黑板上画，而我呢，往往老鼠画成了兔子，山羊画成了出胡须的白犬，如其没有先生替我加上几笔，我总是不能缴卷的！

近年来见书画会，往往去观光一番，这也无非消磨时间；再则我们住的没有庭圃游的，既没有功夫，亦没有钱财；足可为我坐卧欣赏的，除了斗室之中，几张破旧书画外，新的价贵买不起，另外找不到赏心乐目之事。那末，有书画会可以浏览，无论懂与不懂，乐得去跑一趟。刘海粟近作去观览，也是这用意。

"艺术叛徒"这四字，早已震惊了；何况他的作品，有口皆碑，原不容多说。我只将所陈列状况写出来。

这一次所谓近作展览，倒是以国画为宗，据他陈列目录所载，共有一百四十九件，油画只有二十件，国画倒有一百二十九件，油画只占百分之十四而弱，可见海粟的近作，渐趋重在国画方面了，亦或许是为给本国人参观，所以特地将油画陈列减少到最少地位。

海粟的国画，似乎学的在八大山人近人如吴昌硕、王一亭之间，所谓粗笔仗是也。粗笔仗不但要讲神韵，还要讲气魄，近人之学吴王者，多见其为"黑漆一团糟"，这是大误了。虽说是粗笔仗，不尚工细，但是准绳仍旧是不能少的；越是疏疏几笔，越是非同凡作，这也是功到自成，原不可强而致之。

神韵，我说是国画的特征，但可以神会，不可以言说。有时一幅画，大有减一笔不可，增一笔不能，所谓恰到好处，这才是神品了。至于画的布局，那是一画的结构所关。有如所陈列诸画中，有一幅为王一亭添补了一轮明月，就要观察到这一幅画的布局，究竟需要不需要这一轮明月，这在作家自会明白，而如我是门外汉，简直不明白其中神理了。

刘海粟摹的米派泼墨山水，他自题有云（原文记不清）：米派山水，在有意无意间。他自己所摹的亦在似米非米之间，的是至言。无论其为写字，为作画，不能不有所取则。可是临摹，无论如何神妙逼肖，其结果终究是临摹！故画匠之所以为画匠，画师之所以为画师，山水人物，禽鸟花卉，未尝不皆然，所差者只此一点神韵而已。可见临摹之中，也要自己打点主宰。

所谓近作展览，以其多为近时作品，但有一幅题词，似乎写的为二十八年冬，如其不是我记忆错误，那易使观者一时有所迷惑，因为一般人心理，多以目前之冬，归之于二十七年，好在这是无足重轻，或许我是记错了。

诸画之中，亦有林森、于右任、蔡元培、叶恭绰诸人题词，更见声价倍增。但以为画之品题，最好仍请画家去品题。假如我若能画，定去请冯超然、汤定之、赵叔孺、商笙伯去品题一番，才有意义。

说来说去，没有说到刘海粟近作是怎样，多是空话，说他则甚。是不是要得《春秋》一些稿费，贴补参观门票所费么？或许也有这点用意在内，一笑。

1939年1月18日《申报·春秋》第17版　署名溪南

与吕十千论画

余酷爱山水，而又懒于出游，尝以为苟得名画张之于几席之上，则起居坐卧之间，盖不啻置身青山绿水中也。余于时贤之画，独喜吕十千所画山水，为其用笔于刚健中含婀娜，无一笔不自中锋腕力而出。故其点画苍劲，雄浑静穆，而元气氤氲。一钟于至雅，由一水一山，一树一石，而至于千岩万壑，脉络蜕卸于云烟变灭之间，息息归根，一览清澈。非其学有根源，数十年身行万里，胸吞云梦，独参造化之机者，乌克及之。昔赵文敏产于宋季，元黄王倪吴，明文沈唐仇，二朝隆盛，文献盎然。董文敏生于明季，清四王吴恽，为一代文献。自古至今，文人艺士之所出，关于一朝之兴起可知。吕十千产于清季，独以画名世。二十年前社会所论，早有遥□四王之誉。当知建国之兴，流露于十千作画之笔者，相符矣。宜其片纸千金，视同至宾。余尝闻十千谈艺，言古人论画，只以运笔点墨，缓送实按诸法，写其性灵，为自成一家。读吴渔山、王石谷之画，于诸法之外，多得造化之机，阴阳阖辟之理，我于是师渔山而兼参石谷云云。今观其作画之法，实出宋元明清四朝诸家遗矩，而独提渔山为师者，以名求实，不亦太谦乎。

载1941年5月21日《新闻报》第14版　署名溪南

狸案人物志

　　自小说有《狸猫换真珠》，舞台有《狸猫换太子》，竟使上海人不少有"猫迷"，猫之魔力亦大矣哉！余虽未尝一睹猫戏，顾人云亦云，耳熟能详。长日无聊，爰为春秋写《狸案人物志》，根据史传，旁及笔记，文字虽不足道，考证之功则一。上海人但知狸猫换太子，不知究竟是怎么一回事，此狸案人物志之作，非为多事，亦非小题大做，乃曲徇时俗之举也。称狸案，从俗也。盖古之春秋，尊王攘夷之作也；今之春秋，通俗应世之读物；余故择习俗之所见闻，旁采而曲证之，以实通俗之春秋。至随笔之全部内容，果属何如，非今之春秋所能毕见，且待一朝问世，再与读者以共见共闻，求当世批评，未为晚也。闲话少说，言归正传，读者稍耐，且听分别道来。

　　一、宋真宗

　　真宗虽非本案之主角，而实为本案之导线，盖刘后为某配，仁宗为其子。案真宗为太宗子，太宗违母兄之命，陷弟廷美于罪死，威偪德昭至自杀，赵普又出卖太祖以希宠，揆之人伦道德，太宗与普，皆弃信蔑义不友不忠之人也。兹不必多言题外事，以言刘后，原非正配，出身亦微，真宗之正妃潘氏（潘美之第八女），未立为后已死。次为郭皇后（郭守文第二女），生一子，即悼献太子，九岁（咸平六年）而殇。后亦于景德四年薨。

　　真宗生五子，皆早殇，以仁宗为最幼而独存。真宗最宠爱刘氏，亦最畏刘氏，后宫生子多不鞠育，甚至寄养于人（如张茂实，后避英宗讳，《宋史》作张孜）。故仁宗若非刘后子，亦不得立，即使得立，亦不得信任，何况仁宗诞世，已在悼献太子死后第七年，真宗已为四十三岁，亦为郭后死后之第三年。李宸妃为刘后侍婢，职司寝，刘后若有子，恐不让宸妃得幸于真宗，则称何有乎仁宗。仁宗生后二年（大中祥符五年十二月），刘氏始立为后，故仁宗不能无刘氏，刘氏亦藉仁宗而益重。

二、刘皇后

仁宗，为本案之主角，刘皇后，为本案中主角之主角。刘皇后，成都人，母梦月而后孕，幼在襁褓即孤，鞠养于外家，及长，善播鼗，鼗者，摇鼓也。年十五，曾有蜀人以锻银为业之龚美，携之入京，遂入襄王邸，襄王者，真宗在潜邸时之封爵也。真宗之乳母王氏性严整，为太宗言之，令真宗斥去，真宗不得已，乃藏于王宫指使张耆家。

及太宗崩，真宗即位，入为美人，以其无宗族，命以龚美为第改姓刘。自郭皇后卒，真宗即欲立为后，大臣多以为不可，故至大中祥符五年，始受册封，时仁宗犹在襁褓中。真宗崩，仁宗即位，以皇太后听政者十一年，年六十五而崩。

从上列事实，而知真宗宠爱刘后，始终弗替。至刘后何以能永得真宗欢，当然，必有刘氏才貌个性，足可使君王倾心在；就史书以为推敲，不难想像刘皇后之为何等模型人。一，何以一入襄王府，即不为生性严整之王乳母所喜，甚至言之太宗，太宗亦欲逐去之而后已，足见其"不严整"可知。而真宗恋恋不舍，仍欲置之张耆家，以图重聚，可见是"狐媚偏能惑主"之人物。二，若专恃色宠亦不能久，盖色衰而爱弛。史称"后性警悟，晓书史，闻朝廷事能记其本末，真宗退朝阅天下封奏，多至中夜，后皆预闻。宫闱事有问，辄传引故实以对。天禧四年，帝久疾居宫中，事多决于后"。以如此人才，安得不使真宗颠倒，信任不衰。

大凡有才貌出众的女子，必是又甜又酸，又香又辣，才能使英雄入彀，玩之于股掌之上，倾倒于石榴裙下。不过刘后究竟不失为典型人物，非可以淫荡残忍、辜恩负义之武曌比。方其听政时，小臣方仲弓上书请依武后故事立刘氏庙，程琳亦献武后临朝图，后掷其书于地曰："吾不作此负祖宗事。"可见刘后当年之被逐，无非为声色惑主。至后宫所生子多不育，亦不能归责于刘后一人，盖刘后早年尚处于妃嫔之列。其后有留养在外，大有非刘后子，不得为真宗嗣，此则刘后之过也。真宗之于刘后，由爱而惧，曲意相从，亦无可讳。然仁宗之得安享帝皇等荣四十一年，微刘后养育保护之力，恐不易得此。

刘后所不足者为无生育，美而无子，硕人之赋，刘后必与有同感焉！故其心目中所切念者，时思得一子以专宠固权。仁宗之生，既距悼献太子之死后七年，此一时期，刘后必尚在自望生育，后知其终无能为，乃思以李妃侍真宗；仁宗生时，刘后已为四十二岁，不然，以蛾眉不肯让人之刘后，岂肯卧榻之旁，容人鼾睡。盖在宗法社会制度下，庶出之子，以主母为母，何况皇室。故李妃之得幸，刘后实纵容之，冀其有子，犹是利权不外溢之意也。

三、李宸妃

李宸妃，杭州人，为仁宗之生母，刘后之侍婢，真宗以为司寝。司寝者，女侍之官也。凡帝王结婚之前，先于宫女中择稍长者进御，凡八名，曰司帐、司寝、司仪、司门。故大抵皇后妃嫔宫中，例有此服务之女侍。即如《石头记》中，怡红院内之袭、雯、秋、麝，亦为变相的四司。刘后，为真宗所最宠爱；李妃，又为刘后之司寝，故李妃之有孕，真宗知之。刘后不能生育，亦岂能瞒过真宗。小说书造作《狸猫换真珠》，以不知李妃为刘后之宫女也。其时真宗望子心切，见李妃有孕，热望其所生为男子。尝从临砌台，李妃之玉钗忽下坠，妃心恶之，帝见其坠，心卜如玉钗下坠仍完存，所生当为男子，及左右取以进，钗果不毁，帝甚喜。已而生仁宗，封崇阳县君，复生一女，不育。进才人，后为婉仪。从此段史实，李妃之生仁宗，为公开之事实，故李妃一生子，即从司寝而封为县君，又进而为才人、婉仪，此皆真宗时代事，若果为狸猫换太子，李妃尚得享此荣华耶！且不仅宫中知之，皇叔知之（八太保），即大臣亦知之（吕夷简辈），所不知者，仁宗本人而已。刘后不欲使仁宗知，正为刘后之权术，亦即大欲存焉！故仁宗乳育，皆由刘后委托杨淑妃护视之。杨淑妃本与刘后同列，善奉顺刘后，故刘后亲信之。夺诸侍婢之手，育之于杨妃，此即刘后不欲使亲母抚亲子，而隔其母子之情，惟恐异日之夺其位，不服从其命也。虽李妃当仁宗即位，进位顺容，而仍嘿处先朝妃嫔中，不欲自异。宫中人皆畏太后，更无敢言者，即毅然不可犯之八太保，尚恐为刘后所忌，深自沉悔，其他可知矣。

戏剧中，有李妃入破窑一幕，自属无稽之穿插，惟真宗崩，一度从守永定陵，亦妃嫔例有之事。再戏中尚有仁宗为李妃舐目，此则以仁宗施之于姑母者，以为施之于生母也。盖卫国大长公主，仁宗之姑母，晚年病目失明。仁宗挟医诊视，自后妃以下，皆至第候间。帝亲舐其目，左右皆感泣，帝亦悲恸。按其时，李妃早已逝世矣。

李妃之死，为明道元年，疾革，进封宸妃，年四十六，翌年而刘后死。若得迟死一二年，尚可享皇太后之尊荣，李妃生成福薄，竟先刘后死。刘后欲以宫人礼葬之，吕夷简朝，因问有宫嫔亡者，刘后遽引仁宗起，有顷，独坐帘下，召夷简问曰："一宫人死，相公云云，何欤！"夷简曰："臣待罪宰相，事无内外，无不当预。"刘后怒曰："相公欲离间我母子耶！"夷简从容对曰："陛下不以刘氏为念，臣不敢言。尚念刘氏，则丧礼宜从厚。"刘后悟，遽曰："宫人，李宸妃也。且奈何？"夷简乃请治丧用一品礼，殡洪福院。夷简又谓入内都知罗崇勋曰："宸妃当以后服殓，用水银实棺，异时勿谓夷简未尝道及也。"崇勋如其言。

李妃之一生大抵如是，以见狸猫之说，荒诞不经。当其生仁宗时，年已二十三，更见刘后不欲使之早侍真宗也。

四、仁宗与八贤王

仁宗直至刘后死，方知为非刘后所生，语之者皇叔燕王元俨也。刘皇后死于三月甲午日（是月大，应为二十九日，月小应为二十八日），四月初七日燕王为仁宗言之，始知为宸妃所生，大为悲恸，立尊李妃为皇太后（其后追尊为庄懿皇太后，刘后为庄献皇太后）。燕王又言妃死于非命，仁宗闻之，更悲不自胜，不视朝者累日，并下诏自责。九月中，亲至洪福寺祭告，换易梓宫，见李妃玉色如生，冠服一如皇太后，盖尸以水银养之，故得不坏。仁宗叹曰："人言其可信哉？"盖其时臣下在仁宗前屡谮刘皇后之短，至是亦知有不可信，刘后之身后礼遇益加厚。

仁宗既知为李妃所生，蔡襄乃上言晏殊尝奉诏志宸妃墓，而不言帝为宸妃所生，晏因是贬官。晏则以刘后方临朝，不敢斥言，谓非其罪。吕夷简亦以为附刘后而罢相，及后知李妃之殓，皆出于吕意，复相如初，晏殊后亦复官。

燕王者，即小说中之八贤王，误以为太祖子，实则太祖诸子，早已在太宗时死亡尽，何得延至此时。王在太宗诸子中，行居八，故有八太保之称。少奇颖，太宗以其类己，特爱之，每朝会宴集，令其侍左右，尝曰，非年至二十，不令其出外就封，故宫中称为二十八太保。及真宗即位，仍处宫中，直至大中祥符八年四月以侍婢妃奸纵火焚帘，灾及殿阁内库（淳化阁图书碑帖，同归一炬），获谴，始出居驸马石保吉第。因其处宫中久，宫中事知之特详（仁宗出世，燕王尚在宫中）。且生得广颡丰颐，严毅不可犯，以是大小百官，宫中上下，咸崇惮之，名闻外夷，即刘后亦独畏忌之。刘后临朝，王即深自沉悔，闭门却绝人事，盖自知属尊望重，恐为刘后所忌，故意谬语阳狂，不复预朝谒。及刘后崩，仁宗亲政，益加尊宠，故小说中，每遇有大事危急，必以八贤王出而解决，固亦有所本也。盖当时燕王一语褒贬，朝野感动，如闻元昊未平，王即谓如此安用宰相为，闻者莫不畏其言，可知其声望之重矣。

五、李国舅

李用和，宸妃之弟，据宋魏泰所记"李太后入掖庭才十余岁，用和年方七岁，太后临别，以手结刻丝罄囊与之，拊背泣曰：'汝虽沦落颠沛，不可失此囊，异时我若遭遇，必访汝，此为物色也。'后用和佣于凿纸钱家，常以囊悬于胸臆间。一日，苦下痢，势将不救，为纸钱家弃于道左。有入内院子者见而怜之，收养于家，怪其衣服百结，而胸悬罄囊，因问之，具以告，院子愀然惊异，盖当奉命于太后，令物色访其弟也。院子复问其姓氏小字世系甚悉，遂解其囊，明日入示太后，及具道本末，是时太后封宸妃，已生仁宗，闻之悲喜，遂以其事白真宗，遂官之"。

按此系宋人笔记，尚与史书不符者有多处。一、其时之太后非李妃，而为刘后。二、访之者为刘后，而非李妃本人，且仁宗已即位，故刘后遗刘美、张怀德为访李妃亲属，魏泰谓以事白真宗大误，盖真宗已逝世矣。三、李妃之封为宸妃，已在疾革时。而访寻李用和，乃在仁宗即位之初也。惟一点相同，史亦称李用和少穷困，居京师，凿纸钱为业，刘美求用和于民间，奏为三班奉职也。及仁宗知为李妃弟，推恩外戚，官至彰信军节度使，同中书门下平章事，卒赠太师中书令，陇西郡王，当时或称为李国舅。

仁宗每念李妃，不及享天下养，故深罔极之思，因遇李氏特厚，乃以其长女（即周陈国大公主）配用和之子玮。玮朴陋，与主积不相能。主尝中夜扣皇城门入诉于帝，玮坐是贬官，其后终不睦，主常处宫中，及主卒，以玮奉主无状，又贬陈州。

尝见包公案中有铡美案，谓有陈世美停妻尚主，为包拯所诛，查自太祖至徽宗所生八十主，尚主之驸马，未见有陈姓者，除李玮与陈国大公主不睦之外，绝无与小说所言相类似之事实。

为刘后宠遇最厚者为张耆，因尝寓其家，耆事后唯谨，所以报之也。及刘后预政，赐第凡七百楹，安佚富盛逾四十年。有子二十四人，俱以"一"为名，如得一、可一、利一、希一。家中为曲栏，积百货其中，与群婢相贸易，婢有病，亲为诊切，以药偿之。家庭开商店，自相买卖欲钱不外出，利不外溢，可谓盘剥入微矣。

六、包龙图

说到包龙图，至今犹无人不知，小说戏剧之力量真大。宋代置殿阁学士官，殿为观文殿、崇政殿等等。阁有龙图阁、天章阁、宝文阁等十一阁，皆设有学士、直学士、待制等官。包拯尝为龙图阁直学士，故后世但知有包龙图，而竟有以龙图为其名者。但在宋时，童稚妇孺，莫不知有包待制，盖以包拯曾为天章阁待制，知谏院，数论斥权幸大臣，是以直声振天下，妇稚咸知，故称为包待制。再擢为龙图阁直学士。其后以丧子，乞便郡，乃命其知扬州，盖包拯为庐州合肥人，故以扬州为便。又徙庐州、池州，遂自江宁府，召权知开封府。开封府府尹，在宋时，为亲民官之最尊者；宋太祖时，命太祖为开封府尹，因之其地位甚高贵。包拯性刚毅，不畏权势，能为民除害，贵戚权臣，见之无不敛手，闻包拯名，莫不畏惮，故当时以"包拯笑比黄河清"，极言其难得也，想见其铁板面孔，丝毫不肯容情之神气。是以京师（即开封）为之语曰："关节不到，有阎罗包老。"盖世俗以阎罗王为最不畏权势，无论为杀人不眨眼的魔王，富贵尊荣的帝王，享尽人世快乐的达官富商，日夜思算计人的奸刁巨豪，以及损人利己，争权夺势，与夫乞丐饥民，瘪三苦力，在人世间强凌弱众暴寡，惟有阎王一视同仁，勾魂票一出，不能用人力、财力、权力、武力、女色力、恶势力，能勾通搪塞过去，所谓"阎王料定三更死，断不留人到五更"，才用阎罗比仿包拯之严正。乃竟有以包拯为阎罗王，已属可笑，更有以阎罗王尚且包庇属下弄权舞弊，滥死无辜，编成《包龙图铡判官》一戏，以见包龙图比阎王还要公正严明，此皆后人借以讥世讽俗，不可当实有其事观。

包拯问事听词讼，确乎能事必躬亲。向例开封府尹，为保持其尊严起见，诉讼人不得径造庭下，胥由吏转陈于府尹，因之吏得从中舞弊，枉法杀民，不知多少；包拯为府尹，命开正门，使诉讼人得至前陈曲直，吏不敢欺，于是人皆崇德，比后世所以尚有包青天之名。

但包龙图与刘后仁宗一案，毫不相涉。包拯立朝，已在仁宗亲政之后，故小说中以仁宗认母，得之于包拯之力，与事实相去太远，全无影响。包拯曾劝仁宗立太子，倒有其事，以仁宗无子也。

在小说中看去，包拯虽清正，似乎饶有酷吏色彩，然照史书上说，却大不然，史云"包拯性峭直，恶吏苛刻，务敦厚，虽甚嫉恶，而未尝不推以忠恕也"。正见包拯深恶苛刻，故欲一反其道，务敦厚而推以忠恕，戏剧中欲描摹其峭直，形容过当，不觉失之于残酷也。包拯尝以贪污戒其子孙，曰："后世子孙仕宦有犯赃者，不得放归本家，死不得葬大茔中，不从吾志，非吾子若孙也。"不意包拯之所痛恶，为后世所风尚，而贪污之所以成风，又无非求享用之侈泰，然不如包老布衣家风，转可流芳百世，甚矣物欲惑人之深，断丧多少志士仁人，而今安得千百包龙图，不畏权势，澄清吏治，为民众造福耶！

小说中尚有一陈琳老太监，求之于记传，不但无陈琳之太监，亦且太监中无陈琳一类之事实。惟刘后时，确乎有一程琳，即尝劝刘后以效法武后也。但非太监，亦尝知开封府尹，会刘后之戚王蒙正之子齐雄捶老卒死，又买通其妻，使以病死告，琳察其色辞有异，验得捶死状，捕齐雄。刘后语琳："非齐雄所杀，为其奴所捶。"琳曰："奴无自专理，且使令奴捶人，与己犯同。"遂论齐雄如法。有外戚吴氏离其夫，挈其女去，其夫诉之于开封府，琳向吴氏索女，吴云："已纳之宫中。"琳请于帝曰："臣恐天下人有窃议陛下夺人妻女矣。"帝亟命出之，笞而归其妻。遂授龙图阁直学士，再知开封府，事皆在包拯前。后世混程琳与包拯知开封府事为一谈，亦未可知，此为小说家常事，无足怪也。

载1941年9月12、17、19、24、29日，10月3、8、15日《申报》

署名溪南

宋神僧道济师出生异同考

予阅南屏宗乘集诸传志诗文纪，宋神僧道济师事者，莫备于此。但所记生卒年月日并世系，仍不一其说。予不敏，敢就其异同一考订之。

叶尔恺太史《济师别传》称师为天台李茂春子，茂春系宋高宗时李都尉之后（并见《天台县志》天台山诸志）。按济师本人为宋高宗时人，而又称其父为宋高宗时李都尉之后，是不明年代也。都尉自为驸马都尉之称（宋代武勋中有轻车都尉、骑都尉，及金吾卫，有果毅都尉、折冲都尉，但不简称为"都尉"）。宋制公主下降，初被选尚者，即拜驸马都尉。而宋高宗只生一子，名旉，其他无所出，即孝宗，亦为太祖七世孙。（太祖少于秦王德芳之后。）盖其时太宗后裔，除高宗外，悉为金人掳往五国城安置。而抚养太祖后裔为嗣，此亦历史上一大报应。故称李茂春为宋高宗时李都尉后者，不但犯时间上之错误，亦犯事实上之错误。

赵宋一代，有两李姓驸马，均为北宋时事。一为潞州上党之李，一为杭州之李。上党之李，为李遵勖（继昌之子，崇矩之孙），尚太宗之女荆国大长公主。一为杭州李用和之子玮，尚仁宗长女周陈国长公主。李用和为李宸妃之弟，仁宗之母舅。宸妃为刘后侍女司寝，得幸于真宗，生仁宗，刘后据为己子，不令仁宗知。刘后死，燕王元俨（真宗弟）方为仁宗言之，仁宗思母痛，故待李氏独厚。李用和（字富礼）贫无聊赖，在京师，凿纸钱为业。及生仁宗，刘后令其弟刘美访得之，授以官。用和生三子，长璋字公明。次玮，史独不著其字。三珣字公粹。璋、珣皆有能，仁宗尝褒称之为"忠孝李璋"及"李珣忠孝"，独玮朴陋，不合主意。主尝半夜叩宫城入内，玮坐是贬官，但终不和谐。故济师为李驸马后，必出于玮之后。释居简撰《济师舍利铭》，有云"叟，天台临海李都尉文和远孙"则更明瞭。惟误用和为文和，误国舅为驸马，不知何故。

济师生卒年月日及其享年，亦有多说：

 （一）生年

  （甲）绍兴十八年十二月八日

  （乙）绍兴三年十二月八日

 （二）卒年

  （甲）嘉定三年五月十六日

  （乙）嘉定二年五月十六日

  （丙）嘉定二年五·月十四日

 （三）享年

  （甲）六十三岁

  （乙）六十岁

  （丙）七十三岁

 （四）出家之年

  （甲）十八岁

由上观之，出家之年均同。出生之年有两说，相差至十六年之久，惟月日则同。卒之年亦有两说，相差一年，卒之日，亦有两日差。案《济师别传》，订正师之生为绍兴十八年十二月初八日，卒为嘉定三年五月十六日，年六十三岁，僧腊四十六，揆之师临终偈"六十年来狼藉，东壁打倒西壁"之语尚相近。若即以偈语为享年六十岁之证，未免拘泥于文字，而不明文字上用词之惯例。或以为此乃自道其僧腊之说，则又不看《西归口颂》有："吾闻水要流干，土要崩陷，岂有血肉之躯，支撑六十年而不变？"夫谓血肉之躯，则此六十年非为僧腊可知，而况济师之僧腊，亦明明见之于舍利铭，如谓"信脚半天下，落魄四十年"，四十年即指僧腊而言。不言四十余年，与不言六十余年，同为就整数而略畸零。如师年为七十三，则应不止四十年，当作五十年；而云四十年，可见六十三岁左右之享年，为最近似之数。

清乾隆时，梁同书石塔复向碣，云师生于绍兴三年，并云"往来灵鹫慧日两峰，且六十年，圆寂于嘉定二年五月十六日"，则又是根据"六十年来狼藉"而来，盖据此计算，师享年为七十八岁，恰合十八岁出家，僧腊六十年之说。而忽略其他较可近信之记载，以迁就"六十年来"一语，未免失于造作。

孙峻案曰："田氏志余载济师年七十三端坐而逝，自可信。今传后"释际祥云绍兴十八年生"十字疑衍文。……兹将生卒年月日列后：释际祥（《静慈寺志》）绍兴十八年十二月初八日生，释居简（《北磵文集》）嘉定二年五月十四日死于静慈，邦人分舍利藏于双严塔下。田汝成（《西湖游览志》）余年七十三端坐而逝。"

照此计算，为六十二岁，而非七十三岁；若必如际祥之说，"十"字为衍文，则应作绍兴八年，亦只七十二岁，但田汝成（《西湖游览志》）余七十三岁之数，且亦何解乎"落魄四十年"及"血肉之躯支撑六十年"之说？孙峻以为可"信今传后"，又以为"信而可征"，然若稍加思索，方知硬凑答数尚不可得，何可轻下断语。惟卒年月日，理应采居简之说，较为可信。以与济师同时，但事阅七百余年，后人仅从字里行间觅线索，蚁负蚊驭，能有几何？况此躯壳之久暂，有何关系？六十三可，七十三亦可，七十八又何不可，事固不在年数上寻出路，何必斤斤计较。然既费一大套话，理应告一段落，兹汇集诸说，而列济师生卒年月日表于后，以备订正。

生于宋高宗绍兴十八年戊辰十二月初八日（民元前七六四年，公元一一四八年）；

出家于宋孝宗乾道元年乙酉年十八岁（民元前七四七年，公元一一六五年）；

卒于宋宁宗嘉定二年己巳五月十四日（民元前七〇三年，公元一二〇九年）；

享年六十二岁，僧腊四十五年（从十八岁起算）。

火烧净慈寺为宋宁宗嘉泰四年（甲子），时济师已五十七岁。世传济师梦感皇太后赐币重新藏殿，亦有谓即系重建净慈寺事。案重建净慈寺，济师有募捐疏文，且其时只有宁宗杨皇后，已无皇太后存在。南宋之初，三代内禅，高宗禅孝宗，孝宗禅光宗，光宗禅宁宗。高孝之禅位，思享数年太上皇之福，宋高宗确乎享福，孝宗已不能，光宗之禅，则出于病，非乐为之也。故在宁宗初年，宫闱之内，有祖孙三代太后，其时之称谓如左：

太皇太后	宋高宗吴后	卒于宁宗庆元三年
皇太后	宋孝宗谢后	卒于宁宗嘉泰三年
太上皇后	宋光宗李后	卒于宁宗庆元六年

以谢后为最后死，亦称皇太后，而死于火烧净慈寺之前一年。故梦感太后，必为谢后，亦为重新藏殿也无疑。

济师何时入静慈寺亦无记载，推想当在远公圆寂之后。案孝宗乾道八年正月幸天竺寺、玉津园，是年，勅封远公为慧远佛海禅师。时济师年二十五，离去灵隐，尚在其后。

南宋之初，灵隐有二异僧盛传于后世。一为疯僧，相传秦桧至灵隐寺拈香，语以"东窗事发"，即昆剧中"疯僧扫秦"是也。一为颠僧，即济师也。一疯一颠，无独有偶。后人亦有误以为一，而不知秦桧之卒（绍兴二十五年十月），济师犹在童年（年九岁），尚未至杭，何来有此一回事？故附及之。

民国三十三年甲申五月初二日即济师诞生七百九十七年海宁冯柳堂识

据稿本整理

在浙江高等学堂的回忆①

考学堂幸得录取

我是与玉书（徐永祚）同自海宁达材高等小学投考浙江高等学堂预科的。达材第一届毕业投考浙高预科的有胡岳（楠齐）、郑宗海（晓沧）、许森鑅（文彬）、查徽辙（绍伯），尽是"一榜皆及第"；继之而往投考者有潘忠甲（更生）、顾振常（思九），亦皆录取；我与玉书去投考，在达材已是第三批了。未考之前，我们两人常常盘算着，不要我们去坍台，一个不取，或者只取一个，那也没有意义了。这一次投考约有四五百人，所以初试分两天考试，我们又是轮着第二天。到第一天开考的时候，我们先去看情形，但见学堂门外，人头挤挤，伸长头颈，提起两耳，向内注意，只听得门内一声唱名，即有一人应声而出，手中托了笔砚，直进大门，对证照片，领取试卷，经过迥廊，走进试场，我们看见这样排场，好不威风，更加有些害怕。到了第二天，轮着我们去考了，我们也照样经过这番手续，心中自不免胆寒，所以一步挨一步走进了试场，勉强完卷，静待揭晓。初试揭晓的那一天，正是中午吃饭的时候。我们就搁在普安街一家人家，有人来报说"出榜了"，一听之后，饭也不想再吃，放下碗筷，立刻跑到蒲场巷，看榜的人已挤成一大堆，我们站在后面，从末一名坐红椅子（凡榜上末一名例用殊笔一勾，俗称坐红椅子）的倒看上去，看到约莫在十余行（每行五名）光景，我与玉书的大名先后发见，这一喜非同小可，总算是有了一半希望。但是我正站在

①　标题为编者按，原载题为"二十"，即第二十篇。

"门槛边"，因为录取的名额定一百名，覆试还要剔去三分之一人数，如其覆试之后，跌进不成问题，跌出那就糟了，故不免又深危惧。幸而居然考取了，我们两人觅保缴费，总算进了高等学堂的门。

为名字险闯大祸

啊哟！险些儿又闯祸，这祸不是我闯，乃是玉书先生自己闯的。玉书，他进了达材之后，接受了新洗礼，脑筋中充满了"排满光汉"的思想。其时的《国粹学报》偏有一位经史大家仪征刘光汉先生的史论，做得议论风发，声调铿锵，引得一般小学生十分爱读，因此又动了他的歆羡；加之他的贵同宗革命老前辈徐锡麟先生又把安徽巡抚恩铭刺死了，更加使他有"闻鸡起舞"的思想，他就毫不犹豫，把他带有几分帝王封建思想的大名——永祚；毅然决然，宣告废止，而大书特书为徐光汉了。

话又说回来，我们去投考浙高预科，距我们达材高小的毕业，还有一个学期，这是我们堂长朱东湖先生特许我们先去升学，再考毕业的，所以到了学期末，我们仍旧请假回去考毕业。那时候高小毕业考，由当地州县监考，考试的卷子，都要送到浙江提学使审核后，还有一个出身给你。高小毕业的出身，最优等是奖给廪膳生，优等奖给增广生，中等奖给附学生，这项出身，由提学使发给朱色印照为凭。不料正在这个当儿，险些儿同出事来。

为的这次毕业考试，修身题目，论的是三纲五常，不料这位徐玉书先生，大发议论，除了父为子纲一目外，余的君为臣纲，夫为妻纲的两目，指摘得体无完肤，虽然不是十分明目张胆地说，可是尽够人家的震骇了。

这批试卷，由海宁州知州上详浙江提学使衙门，打开一看，"徐光汉"三字已觉刺目，及看到试卷内容，不看则已，一看之后，吓得几位幕府先生，立刻拿了卷子，去见提学使。这位学使姓支名恒荣，乃是一位老翰林，是浙江第一任的提学使，好比现在的教育厅长。支学使架起了玳瑁镜，拿卷子仔细看了一遍，两目一睁，两眉一竖，短短的须髭，上下一移动，一副赫然震怒的面孔，连说："还当了得！小小的年纪，就这样目无君上，将来不得了，假使不惩戒他一番，被御史知道，风闻一本，连老夫的前程，要为他牺牲了。"幸亏这位文学使一怒之后，也知道时势犯就，不必多事，只将这本试卷注销。仍旧准他毕业。不过好好哩考列最优等的徐光汉，一个劢斗，跌入中等去了。自从这个风声传播开去，上海的《中外日报》首先揭功，他的标题，约略记得"竟有废止三纲的小学生，"其实他要废止的只两纲，不是三纲，而照现在看来，他所要废除的实只"君为臣纲"的一纲罢了。

沪杭报上，有了这一段记载，浙高的教职员看见了，啊哟，要想废止三纲的学生，原来在我们学堂里；看看他的名字，依然是徐光汉。一想这可不好，现在官厅算是过去了，将来设或旧事重提，那不是玩的。其时有一位地理教员，也是海宁人，姓张，名宗祥，字阆声，这位张先生是乙榜出身，他就出来以师长兼同乡前辈的资格，招呼进去，劝导一番；叫他取销光汉，仍旧永祚，他听了师长的一番劝导，遂回复了徐永祚的原名。自经此一番变迁，我们"汉"族后来毕竟是"光"复了；清"祚"经他这样一搅，终归是不"永"了；不料他又回复了原名，所以又闹出今日之下，日本人一手造成的"伪国"来了；徐先生的大名，与中国大局有这样深远而且密切的关系，恐是人人所想不到的。只有我与他同学之时间最久；所以能道人所不知道，如今再经我一番叙述，焉知将来不为人采入笔记中去？如此，玉书还该特别向我称谢一声。为了要得玉书称谢，不妨再把他称扬一番。

玉书是天生的会计师材料，每到了礼拜六，他总要将书籍文具一切的一切，整理得十分整齐，到他自己满意才止；他的被褥用具，处处要整洁，即是他写的字，写得笔画清楚，遒劲有力，不似我乱涂一番可比；他的精细善整理的精神，就是今日成功会计师的结束。

谈谈辫子的故事

老古话说："三岁知音，七岁知老。"从小可以看到大的时候成就。即如布雷老兄，他的文学在学堂里已早负盛名，他的辫子，得风气之先，亦早已光复，所以他代表要求光绪慈禧丧假的时候，吴监督据以反诘，他就无言可对，正为这个缘故。其时我们学堂里，有校友会的组织。这校友会的会员，先生学生，一概在内，不过我们学生是普通会员罢了。校友会是学堂所御用的，而且当时的学生，对于师长，以服从为天职，凡事谁敢道一不字，那里及得现在的学生会，有声有色有精彩。除了每一年级得推一人为会正外，开会的时候，往往看到布雷兄高高立在台上，用那尖利清锐的声调，报告会务。我第一次到会看见他，我问旁边的同学说："这位面如满月眉似秋水的同学是谁？"他回道："这就是吴监督最得意的学生，三年级的陈训恩啊！"

还有一根小辫子，说起了，不但我注意，人人也都记得的，就是现在的傅医师壮民。他在高小，已将小辫子剪了；及进浙高念书，他又装一假辫子，上半段是自己生成的头发，下半截乃是假发添接，看去上半段是特别的粗，下半段是特别的细，截然两节，煞是好看。假使这辫子还留存着，大可参加今年（廿四年）十一月中在伦敦举行的中国艺术展览会。

讲到辫子，在这时候大家都想剪，而有所不敢。惟有几位满蒙驻防军的同学，认为"国脉"所系，不敢存丝毫变动之心，我们学堂中本有雇就的剃头司务，他们的发辫，天天梳打得精光净亮。

提起辫子，我又想到一位教师来了，就是教国文历史的范耀雯先生。范先生是一位教授很认真的先生。他授课的时候，一手执讲义，一手执辫须（不是常常如此），他一面讲，一面将手中的辫须，绝自然地在挥动着，他越讲得起劲，越挥得团团转，我们也越听得有味；但是在台下望去，好似范先生用辫须作圆规，不停地画那三百六十度的圆周，来了一个又一个。

讲讲会食的苦痛

在学堂一日三餐，规矩是六人一桌，人齐动箸，先蔬食而后荤食，饭毕，不得先离，须六人齐毕，乃得离座。食时不准短服，闻钟声始到食堂。可是春秋冬都不成问题，独有夏天那就糟，长衫小衫，穿着整齐，始赴食堂，吃得大汗淋漓，长衫湿透，还要等待同学吃毕才离座，这十几分钟吃饭工夫，真是哭笑不得。

这时候，学生不敢闹风潮，至多是饭菜不好闹饭，闹饭可说是甘地的先导，就是与厨子不合作，不合作方法，亦就是大家不吃饭。可是闹的结果，添了一碗炒蛋，一场市饭风潮，可顿时消灭得干干净净，大家儿狠吞虎嚼去吃了。

学堂中不许喝酒，可是有几位同学喜欢吃酒的，到了冬天，偷偷地叫斋夫（即是茶房）买了一壶酒，几个铜板落花生、白切羊肉，在那自修室中围坐共食，这是绝端秘密的。独有毕业的时候一顿酒吃，那是当官大路，猜拳行令；个个要吃得酩酊大醉，尽欢而散，这可说是最开心了。

印像［象］中的教师

浙高正预两科的教员，当然不少，外籍的也有。英文教师要推孙显惠先生了，英文中生字，他大都知道的，据说他将一本字典熟读在肚里，可是他的说话声调，中国文也是英语化，骤听之下，简直听不出他说的还是中国语，还是英国语，都变成 A.B.C.D……调调儿了。后来又有一位英文教员，被学生问急了，他就说："I am not a dictionary."再有人问问他，他又说："知之为知之，不知为不知。"可是这位教师，英文是很好的，不过没有孙先生那样熟，是真的。往往先生本领是好的，他的教法，或许不足。记得我们教数学的马先生，他曾经演算过不少难题，然而有时在黑板演算或许也要"顿头呆"，一时会算不出来。此外大有传教风味的教师，要算教理化的郦敬斋先生了，他讲书用很轻微很和婉，好似那耶教中传教这副神气，一句一句讲下去，除了学生十分激怒了他，绝无疾言厉色的神气。他尝说："我们中国人吃的水烟最合卫生，因为烟中所含毒辣质尼可青，经过了水，有一部份溶解于水中了，纸烟旱烟，所有烟毒，都直冲入喉头，容易成病。"所以他要改良旱烟筒，使烟毒不直接冲入咽喉口腔中去作祟。

学堂中跛一足的先生有两位，一位是教史地的美国教师 Bible，行路非扶杖不可；一位是陈佩忍先生（去病），一足微跛。缺一足的有位授数理的胡先生，他在房中休息时候，假足除去了，但见一双裤管正在飘呀飘。讲到足的方面，记得几位外国教员到了冬天，常喜欢穿中国棉鞋，铃木龟寿先生每到冬天，穿的是绒靴，美国亨培克梅利加两先生穿的是元绒蚌壳式红皮底的椿鞋，我想，可见皮鞋没有中国棉鞋的轻而暖，简而便。

我自己的回忆

说来惭愧，我是每个学期总得请几天假，所以每次大考终了，我的总平均分数，总得扣去四五分不等；最多一回，扣去八九分，因此，我的功课，常常脱去一大段，到学期末要大考了，临时抱佛脚，日夜温习起来，以求一试。

一次考动物，这位铃木先生所出的题目中，有一题是："蛙何以行皮呼吸？"（大概是如此）啊呀？我想奇了，书本中没有这句话。我转思一想，我就答："因为蛙的气管，散布皮上，所以能行呼吸。"等到动物试分揭晓，我还是八十五分，后来问同学，他说："这是他教课时所讲的，书本中是没有。"可是被我胡乱一想，居然猜中了。

我幼时生得胖胖的，布兄回忆录中描写我的情形，大概有些像，不过军号好像我没有吹奏过。写到这里，接着布兄来信，他说："回忆录忙中偷闲的写成，误记的地方当不少，老兄胖胖的面颊，再满满的鼓起来而吹奏军号，实在是好看之至。如果当时事实不是这样，也请借我一用罢了！须知弟之脑中，确实留有如此一段的迹象。或者说是幻觉，但此幻觉是美妙的。"

布兄：你的话真有意思；我也常常在这样想，想的是：

美妙地，我们的回忆！

亲爱地，我们的同学！

提起少年时；

忘却了老将至；

来啊！来啊！

我们再来一个迷藏戏！

哈哈！这不是诗，也不是词，乃是我一时兴会所至的随口曲，诸位看去不像腔，也可打个大哈哈。

载1935年旅沪浙江高等学校同学会会刊《同学回忆录》

乾隆与海宁陈阁老

自 序

频年无所事，谋生有余暇，用以读书。读书所以致用，但吾之读书，无所得，亦无可用，用以作消遣，甚无谓也。然得免夫饱食终日，无所用心，亦余所以自慰耳！

世传乾隆帝为海宁陈阁老之子，既为南北咸知之事实，而事之为真为假不经一番检讨，终无以祛人之疑。余自幼习闻其说，蓄疑三十载，今得集所见闻，汇述成书，以供世之留心斯事者，作史料观，作小说读，酒后茶余，相与剧谈，亦快事也。至谓揭破宫闱之秘密，解决历史之疑案，则吾岂敢。

旧时书中，述及帝皇，称以庙号曰某祖某宗，或曰某帝；遇叙述时间，始用年号。本书初亦循此例，即书名亦为《清高宗与海宁陈氏》。既而以庙号如"清高宗"不若"乾隆皇帝"之为通俗化，而称"乾隆皇帝"又似乎不若迳称年号之为便，因之屏圣祖、世宗、高宗、仁宗等庙号于不用，间有沿用之者，仍为行文之便。

稿成于民国二十有六年六月一日 海宁冯柳堂识于沪寓

一、渤海陈氏的由来

海宁陈氏，如以父姓作统系，应姓高，不应姓陈，其姓陈，盖从母姓。高氏系出渤海，据云，宋朝宣仁皇太后亦为所出。后随宋高宗南渡入浙，遂家于杭州。至元末明初，有高谅者，号东园，入赘于海宁城东陈明谊家为婿，其后嗣遂承外家之姓为陈氏，而以父之郡望为郡望，故称渤海陈氏以别于外家原宗之颍川陈。因其为渤海陈，故不与渤海高氏通姻而有与颍川陈氏互通婚嫁者，则似偏重于父姓方面矣。陈高既系支衍一脉，康熙年间，都御史郭琇劾高士奇词连陈元龙，谓与高交结，有叔侄之称。在不明陈氏世系的观之，高与陈何来叔侄？正为陈氏之祖先为高氏，高士奇虽居于平湖，而原籍亦为杭州钱塘，与陈氏或系同一祖先，因之呼元龙为叔，此为陈（海宁）高（杭州）一系的一段事实。

高东园如何会入赘于陈氏，亦有两说，一据《陈氏宗谱》始迁祖东园公传云：

> 公讳谅，故家仁和黄山，少从父南江公肄业海宁东里。陈公明谊无子，见而异之，欲妻之。南江公卜之，龟坼，占者曰："不必问休咎矣。"南江公投之于河。有老渔攫而视之曰："大吉之兆也，坼文弥布，具太极图形；太极，万物之祖，是谓一姓肇始，莫之与京。"南江公归遂委禽焉。明谊公悉以其资予公，生月轩公荣，而蒙其姓。公以先世仕宋，累受宋厚恩，故命其里桥曰赵家桥。子孙聚族，衡宇数里相望，迄今三吴推右族必曰"赵家桥陈氏"。……

但据陈氏后裔陈其元所撰的《庸闲斋笔记》所载，略异于是。其说云：

> 余家系出渤海高氏，宋时以勋戚，随高宗南渡临安。始祖东园公讳谅者，明初居仁和之黄山，游学至海宁，困甚，偶憩赵家桥上，忽坠于水。陈公明谊设豆腐肆于桥侧，昼寝梦青龙

蟠桥下，惊起，见一男子方入水，急援之询知世族乃留之家。公老无子，止一女，因以女妻之，而以为子焉。

陈其元之说，较为可信，因为宗谱家传之作，不能脱阀阅门第之见，为尊者讳，每不肯将事实明白记载，故不能如笔记之少顾忌。即如家传中老渔翁论卜一段文字，几乎全从《左传》"有妫之后，将育于姜"一番论文中脱胎出来，显见其为不可尽信。而且高东园游学到海宁城东，其事实亦较为近情。盖当时皇岗贾氏，设立皇岗书院，招致名士学者，讲学其中，刘基尝主其家，宋濂亦来盘桓，即如元尚书贡师泰，兵乱被阻，亦息影于桃源里朱家，所谓皇岗、桃源里、赵家桥俱为海宁城东，袁花镇之西十余里内之乡镇。皇岗与赵家桥相距尤密迩，则高东园为要到皇岗书院就学路过赵家桥（自杭州至赵家桥，为程当在一百五十里），行路疲困，偶然休憩，得遇陈明谊，事实上更为可能。至其时间，以其子荣（字月轩）生于洪武五年壬子四月而推测之，当为洪武初年。

按，陈明谊本为颍川陈氏，弟兄四人，明谊只有一女，自赘高东园为婿，颍川陈氏宗谱中即不收入，而别为渤海陈氏。

二、陈氏始祖檀树坟的神话

陈氏后来世代簪缨，据其所自述，咸归功于檀树坟之风水。且此风水之说，在陈氏未发时（明初）已见于其祖先之家传中，惟不指明为檀树坟也。檀树坟，即陈氏始迁祖之墓。《陈氏宗谱》云：

> 始祖墓在城东道人塘埦桥西名檀树坟，天生檀树合抱，故名。外太明谊公始祖东园公，二世祖月轩公，三世祖乐耕公，及昆季南墅、西湾二公，咸合葬也，树而不封。

但据《庸闲斋笔记》所载，尚有一段神话略云：

> 东园公一传而为月轩公，讳荣，承外祖姓为陈氏。世业腐，业腐者起必以戊夜。一日，于门隙见双灯野外来，潜出窥之，则一儒者一道士也。道士指公室旁一地曰："此穴最吉，葬之，

子孙位极人臣，有一石八斗芝蔴官数。"儒冠者曰："以何为验？"曰："以鸡卵二枚坎其中，明日此时，鸡子出矣。"乃于怀中取卵埋之而去。次日，公起磨腐，忽忆前事，往探其处，则阗然二鸡雏也，正骇异间，又见双灯遥遥至，雏已出壳不能埋，即于室中取卵易之，而屏息以伺。二人者至，撏之，则仍卵也。儒冠者咎其言不雠。道士迟疑良久，曰："或气运尚未至耶？"遂去，不复返。居久之，公乃奉东园公骨瓮葬其中。二世之后，遂有登科者。至今巳三百年，举贡进士至二百数十人（柳按：据《陈氏宗谱》所载，至清末止，举人一百零七人，进士三十一人，生贡不计），位宰相者三人，官尚书侍郎、巡抚、布政使者十一人，科第巳十三世矣。初葬时，植檀树一株，堪舆家称为海宁陈氏檀树坟。圣祖仁皇帝南巡时，闻其异，曾驻跸观焉。

按，檀树坟至今谈堪舆者犹乐道之，并载入堪舆书籍中。但《陈氏宗谱》始迁祖东园公传，亦有言及墓地之形状者，略谓："……受知外父遗命，共域而葬；葬地虽小，而萦纡蜿蜒，沙水浑成，与渔者占卜之言符。"

盖指形似太极之说也。要之，俱为坟墓风水佳胜之一说。

至圣祖仁皇帝南巡曾往观焉一节，据吾乡父老相传，俱谓是乾隆，而非康熙。即按之康熙南巡记载，除第一次至苏州即回銮外，其余五次，皆至杭州，并无一次到达海宁，可观下列记述即明。

（一）康熙二十三年甲子，九月辛卯东巡启銮，十月戊午至苏州，十一月壬戌朔至江宁。

（二）康熙二十八年己巳，正月丙子南巡阅河，二月丁未临幸杭州，辛亥渡钱塘江，壬子祭禹陵，癸丑还驻杭州，己卯自杭州回銮。

（三）康熙三十八年己卯，二月初三日奉皇太后南巡启銮，三月辛卯驻跸杭州，戊戌回銮。

（四）康熙四十二年癸未，正月十六日壬戌启銮，二月庚寅驻跸杭州，癸巳回銮，遣内大臣阿灵阿阅钱塘江堤。

（五）康熙四十四年乙酉，二月癸丑南巡启銮，四月丙寅驻跸杭州，癸酉回銮。

（六）康熙四十六年丁亥，正月二十二日南巡启銮，四月甲申驻跸杭州，甲午登舟泊塘栖，丁酉回驻苏州。

假如康熙曾至海宁，在海宁决无不知，亦不至无一笔记载，故以父老相传之为乾隆者为可信。乾隆六次南巡，四次至海宁，皆驻跸陈氏安澜园，且曾至海宁城东之尖山，辇道所经，而至檀树坟（坟在尖山之西北），不能谓为必无之事。况据父老相传，乾隆至时，坟之四周张黄幕（关防），不许人近前窥视（禁跸），独自一人入内展墓（此或传说之过甚），一若言之凿凿。《庸闲斋笔记》作者之于康熙未至海宁，宁有不知之理，而必曰圣祖仁皇帝，不曰高宗纯皇帝，适见其为欲盖弥彰欤？

三、陈氏一门的显贵

陈氏之发达果如响斯应，自东园而下，六传至凤山，有子与郊、与相，与郊官至吏科给事中，与相官至贵州布政使司左参政。与相之第三子祖苞，官蓟辽巡抚。祖苞有五子，长即之遴，崇祯丁丑会试第二十一名，廷试第一甲第二名进士及第，入清，官至宏文院大学士。第二子之暹，生子骏永，官工部尚书，卒谥"文和"。第五子之逊，子齐永，官至太常寺少卿。而之遴之子奋永，娶武进吕宫女，宫为顺治年间之状元宰相也。

与相之第五子为元成。元成有子三：之问、之闿、之闇。之闿无后，以兄之问之子诜为后。之问有六子：长即论，官至刑部右侍郎。三子诜，官至礼部尚书，卒谥"清恪"。四子訏，官温州府教授。五子谦，官莱州府知府。

之闇之长子为元龙，官至文渊阁大学士。二子维申，三子依仁，早世。四子嵩，官至礼部祠祭司郎中。

诜有五子,长世儁,官建昌府知府。二子世俨,举人。三子世仁,翰林院检讨。四子世倌,官至文渊阁大学士。五子世侃,翰林院检讨。

訏有七子,四子皆中举人。第三子世倕,官至都察院左副都御史兼顺天府尹。

元龙之子邦直,官翰林院编修。其弟维申之子邦彦,官礼部右侍郎。三弟依仁之子邦怀,官工部虞衡司主事。四弟嵩之子履长,官四川眉州知州。履祥,官云南建水州知州。

兹以元龙为主体,明其世系如左:

① 谅（东园）　② 荣（月轩）　③ 亮（乐耕）　④ 晃（宾旸）
⑤ 经（南竹）　⑥ 中渐（风山）　⑦ 与相（虚舟）　⑧ 元成（无为）
⑨ 之闇（容庵）　⑩ 元龙（广陵）

再就元龙之父兄伯叔行辈之官职为表如下:

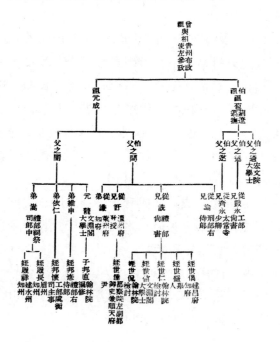

且元龙一家，不仅世代簪缨，亦家学渊源。吾海宁"查诗①陈字"，名著海内；陈字者，即指陈元龙一族中善书者而言。

元龙之伯祖增城（名祖夔字季常），酷好临池，晚而益精。慕董宗伯其昌作书，虚衷请益，董亦最引重之，常留连于其家者逾数岁，得意即伸纸，真行大小，藏弃于篋笥者甚伙。其他什袭名迹，亦复不少。董其昌尝以钟绍京《灵飞经》真迹，质于陈氏，得金八百；既而取赎，重又付质，而不再赎。刻有《玉烟堂》及《渤海藏真》帖行世。乾隆乙酉南巡，驻安澜园，陈氏曾以钟绍京《灵飞经》真迹进览，乾隆批有"永为陈氏传家之宝"等字，其后此帖转辗入于嘉善谢氏及常熟翁氏之手。

元龙之从兄奕禧，一号香泉，工书法，能诗，画效晋人。所藏秦汉唐宋以来金石甚富，皆为题跋。康熙时，以诸生入直内廷，屡奉诏作书。雍正十二年十二月，敕以其所作书勒石，为《梦墨楼》帖十卷。乾隆年间，海内争购其书，至故乡几无遗墨、而赝本充斥。吴下都门，价更十倍。日本国王嗜之，海舶载往，辄得重值。

因是元龙亦善书。康熙二十五年四月，尝侍班乾清宫西煖阁。上顾元龙曰："朕素知尔精于楷书，可写大字一幅。"命御前作书，上嘉奖，以御书阙里碑文示之。又康熙四十一年十月，召翰林院侍读学士陈元龙、侍讲学士揆叙、侍读宋大荣、谕德查昇、编修汪士鋐、陈壮履、庶吉士励廷仪，入行宫，令各书绫字一幅进呈，康熙并与论书法。又命至行宫左厢，观皇四子胤禛（即雍正）、皇十三子胤祥（雍正同母弟，即后封怡贤亲王者）书联，诸臣环视，无不钦佩。

元龙之嫡侄邦彦，其书法尤有名，同为康熙所赏鉴。邦彦在

---

① 旧注：查诗者，时吾乡查初白、查查浦、查声山、查伯葵之诗，俱为世所称，史家至称之海宁查氏，名家叠出云。

京师时，侯门相第，必得其书以为快。夸酋土司，咸欲邀尺幅，以为家宝，其见重可知矣。

四、陈文简公元龙的一生

兹再进而陈文简公元龙的一生。虽无年谱可稽，只就诸书中所见者，加以整理，仿年谱式而出之。其尚应补充者，又加以按于其后。

顺治九年壬辰

十月二十九日公生。公为容庵公长子，名元龙，字广陵，号乾斋，世称"广陵相国"，亦称"海宁相国"。

按，公以壬辰年生，肖龙，又为长子，命名元龙，殆亦此意欤？余亦为壬辰年生，后公二百四十年，同一肖龙，而在天在田，固有霄壤之殊也。一笑！

康熙五年丙午

公年十五，贡入北京国子监肄业。时长洲宋文恪公德宜为国子一监司业。

康熙八年巳酉

公年十八，就试北闱。公其时试辄第一，宋文恪公已为国子监祭酒，大赏识之，而以其嫡室王夫人所出之第五女妻之。

康熙十一年壬子

公年二十一，中顺天副榜第三名。是年与宋夫人结婚于北京。宋文恪公不忍其爱女远离，命就婚甥馆，而教诲之如子。

康熙十二年癸丑

公年二十二，偕夫人南下回籍。

康熙十七年戊午

公年二十七，中浙江乡试第四十三名。

按，是科主考，为吏部郎中项一经，湖广汉阳人，副主考，内阁中书李鸿霍，山东新城人。题为：①子张问政一章，②及其闻一善也至御也，③知所以修四句。解元为嘉兴叶汝诜。

康熙十八年己未

公年二十八，北上会试，以外舅宋文恪公为正考官，回避。

按，是科仍入场与试，《庸闲斋笔记》有云：

> 公博极群书，文名藉甚，上达宸聪。己未科会试，适妇翁
> 长洲宋文恪公充总裁，公以嫌，不与试。是日，圣祖临朝，阅
> 礼部奏回避事，指公名以询廷臣，群臣以宋系陈之妇翁对。上
> 曰："翁婿何回避之有，可趣令入试。"时日已届亭午，闱中
> 将放饭矣。忽传鼓启门，"奉旨特送举人陈元龙一名进场"。
> 然公仍以嫌被屏。

作者又按是科总裁为大学士冯溥、兵部尚书宋德宜、掌院大
学士叶方蔼、副都御史杨雍建。杨亦为海宁人，与陈元龙隔河而居，
杨宅面阳，陈宅朝北，陈氏门前之旗杆，相传犹为杨家物。

康熙二十四年乙丑

公年三十四，会试中式。总裁官以十卷进呈公卷列第十，上
拔置第二。殿试，上复亲擢一甲二名。赐进士及第，授翰林院编
修入直南书房。

按，是科进士一百二十一人。总裁为刑部尚书张士甄，顺天
通州人；户部左侍郎王鸿绪，江苏娄县人（康熙十二年癸丑榜眼）；
户部右侍郎董讷（原为礼部侍郎），山东平原人（康熙六年丁未探花）；
掌院学士孙在丰，浙江德清人（康熙九年庚戌榜眼）；状元为陆肯堂，
由令元连中，江苏长洲人；榜眼即陈元龙，亦系第二名连中；探
花黄梦麟，江苏溧阳人；传胪张希良，湖北黄安人。按陈氏有两
榜眼，俱官至大学士，一为元龙之伯父陈之遴，一即元龙自己也。
又按，会试及顺天乡试之四书题，改由皇帝命题（钦定），自此科为始，
左副都御史胡昇，并请殿试题目，亦由钦定，康熙以为不然。

其理由是：

殿试设有读卷官，俱系大臣，岂不相信；纵有他故，亦自有定例。若题目俱由朕亲出，不胜烦琐，即如会试题目，乃偶一行之，岂遂为例（其实即以为例）。且朕所出之题，乃试官不出，人所不能预拟者，若屡为亲出，人亦能豫为揣摩矣，着仍照旧例。

诚然，这时的士子揣摩考官命题的本领很强，康熙所以说"若屡为亲出，人亦能豫为揣摩矣"。盖此届会试题确由康熙亲出，是：

① 颜渊问仁一章，② 仲尼祖述一章，③ 圣人百世一章。

为什么康熙如此命题呢？正是有故。

上年冬季（康熙二十三年十一月）康熙东巡谒孔陵，自见到阙里伟大的气象，心中似乎有绝大感动，留了一柄九曲黄凉盖，永为纪念外，又题了"万世师表"四字，以志景仰。并尝问满大臣明珠等有无读性理大全诸书。到了本年（二十四年）三月癸亥（即会试之时）诏云：

> 孔子圣集大成，道隆德备，朕躬诣曲阜，志切钦崇，应勒庙碑，朕亲行撰写，以昭景行尊奉至意。

遂将所书"万世师表"勒石，颁行天下学宫。四月，又将所制《桧树赋》，勒碑阙里孔庙。

此外对于周程张朱诸书，推崇备至；并其文体而亦称道不已。有云："周程张朱诸子之书，虽主于明道，不尚辞华，而其著作，体裁简要，晰理精深，何尝不文质灿然，令人神解意释。"

他有这样浓厚的尊孔心理，因之这届会试的四书三题，那一个不是从尊孔作出发点。康熙若照样去出题，自必为人所"揣摩"得到的，可见他所虑的确是不错。

康熙喜用文墨之臣为侍从，如高士奇、徐乾学、王鸿绪、励廷仪，以及张英等，都参预密勿，而元龙以新进之士，入直南书房，诚异数也。

康熙二十五年丙寅

公年三十五，充日讲起居注官。

四月，侍班乾清宫西煖阁。上顾元龙曰："朕素知尔精于楷书，可写大字一幅。"命就御前作书，上嘉奖以御书阙里碑文示之。

按，所示之阙里碑文，殆即上年三月癸亥诏中所云者。

康熙二十六年丁卯

公年三十六。

六月，外舅宋文恪公德宜卒于京寓。

康熙二十八年己巳

公年三十八。

正月丙子，圣祖南巡阅河，并至杭州，公随行扈跸。

二月，公母陆太夫人卒，公时在扈，宋夫人在京闻耗，兼程奔丧回宁，日不能进一溢米，昼夜哭不绝声，夫人两遭大故，自此遂长斋不茹荤。

九月壬子，左都御史郭琇，疏劾原任少詹事高士奇，左都御史王鸿绪等，植党营私，招权纳贿奏中有云："结王鸿绪为死党，科臣何楷为义兄弟，翰林院陈元龙为叔侄，鸿绪胞兄王顼龄为子女姻亲，俱寄以心腹，在外招揽。……更可骇者，王鸿绪、陈元龙，俱鼎甲出身，竟不顾清议，为人作垄断，而不以为耻。……请立赐罢谴。……"有诏高士奇、王鸿绪、陈元龙，俱着休致回籍。公奏曰："臣族本由高继陈，与士奇叔侄，谱籍可稽。且使臣果结彼为势利交，安得命之为侄？"上意乃释。

康熙三十年辛未

公年四十。

十月服阕，诏复原官。

康熙三十三年甲戌

公年四十三。

三月庚申，上御乾清宫，亲定殿试贡士甲第。先是大臣进呈殿试卷，上特宣二三亲信大臣入，公以翰编（翰林院编修）得与同列荣之。上得顾履悦名，以问大臣，对不知。即问公："尔同乡，其人何若？"对曰："真读书人，惟闭户，故少知名。"遂定第三。

闰五月庚午，上御瀛台，以"理学真伪论"命题，试翰林官于丰泽园。公于是岁迁侍讲，寻转侍读。

按，是年康熙又在选翰林内长于文学之人。七月，大学士等并以《三朝国史典训》《一统志》《明史》尚未成书，请召令在籍之徐乾学、王鸿绪、高士奇、韩菼等，各纂一书，书可速成，上乃召徐乾学等来京修书。公之升转，殆亦在此时。又按，是年公之僚婿王掞方由内阁学士，转兵部右侍郎。又按，是科进士一百六十八人，状元胡任舆，江苏上元人，榜眼顾图河，江苏江都人，探花顾履悦，浙江海宁人。传胪汪倓，江苏吴县人。

康熙三十四年乙亥

公年四十四，御书"凤池良彦"额，并御书一卷赐之。

十月公子邦直生，与公同诞辰。

按，邦直为王氏出。宋夫人举一子而殇，不复怀妊。宋夫人卒，公年已六十，邦直年已十七。《宋夫人传》中有云："男邦直，与余（元龙自称）同月同日生，夫人极珍爱之，夜闻啼声，则竟夕不寐，出痘甚险，为之寝食俱废，就塾后，爱劳兼至。"则邦直当为侧室所出，而宋夫人爱之如己出。但陈谱于邦直注明王出，无侧室出之字样，意者所谓继室王氏者，并非另娶，即邦直之生母扶正者也，故谱中即称邦直为王出，不书侧室。

康熙三十五年丙子

公年四十五。

二月丙辰，上诣堂子行礼，祭旗纛，亲领六军启征噶尔丹。公以文学侍从之臣随征。

康熙三十六年丁丑

公年四十六，迁右庶子。

康熙三十八年己卯

公年四十八，充陕西乡试正考官。

康熙三十九年庚辰

公年四十九，迁侍讲学士。

康熙四十年辛巳

公年五十，迁侍读学士。

四月，上御便殿作书，赐内直翰同观。谕曰："尔等家中各有堂名，不妨自言，当书以赐。"公奏："父之闇（《清史传》作之'闇'）年逾八十，拟'爱日堂'三字，御书赐之。"

按，世人常以陈氏有御书"爱日""春晖"之堂名额，遂以乾隆为陈氏出之一证，其实两额皆为康熙所赐。"春晖堂"额，康熙于五十四年题赐元龙之侄邦彦，邦彦之父早世，母黄夫人抚孤成立，故有"寸草春晖"之恩。

康熙四十二年癸未

公年五十二，擢少詹，充经筵讲官。十月，迁詹事。

按，是年二月，康熙南巡至苏州，遣官致祭公之外舅原任大学士宋德宜之墓。

康熙四十三年甲申

公年五十三，以父病乞终养，上谕允，并谕曰："尔思亲念切，天气渐热，可即起身。"赐其父人参二斤，复令携赋汇归，校对增益。

康熙四十四年乙酉

公年五十四。

二月癸酉，上南巡，四月丙寅，驻跸杭州。公迎驾，并询及其父，赐御书"南陔日永"额，并赐其父人参、金扇等物。又追赐其母"慈教贻休"额，又谕以"家有老亲，不必远送。"

康熙四十六年丁亥

公年五十六，正月十八日父容庵公立卒，年八十八。

康熙四十七年戊子

公年五十七，子邦直补诸生，其年为十四。

康熙四十八年己丑

公年五十八，父丧服阕。

康熙四十九年庚寅

公年五十九。

三月，由詹事即家起为翰林院掌院学士，兼礼部侍郎，教习庶吉士，复充经筵讲官。

康熙五十年辛卯

公年六十。

二月，调任吏部右侍郎。四月，调任吏部左侍郎。

八月初三日辛酉，调任广西巡抚。（按，是年四月，公之从兄诜自湖广巡抚内升工部尚书。）

八月十三日庚午，高宗纯皇帝生。

九月，公子邦直中第五十名举人。宋夫人卒于京寓，时公已衔命赴粤。

按，高宗生日，距公奉命抚粤西之日，仅十日。公之出京赴任日期，虽不可知，但观公所撰之《宋夫人传》云："辛卯九月，邦直幸邀乡荐，夫人病不能起，予以衔命抚粤不能视含殓。"则离京当在九月左右。高宗生时，尚未出京也。又按《庸闲斋笔记》载：

公奉命巡抚广西，人皆贺之。宋夫人独慨然不悦者，累日曰：'一门群从，咸列清华，我夫子乃出为粗官，令我惭颜于娣姒矣。'事载全太史祖望文集中所撰《广陵相国伤逝记》。

时弟兄叔侄中，从兄如论（丙斋官刑部右侍郎）、诜（实斋官至礼部尚书，其时方为工部尚书）、彀永（官工部尚书）、侄邦彦（匏庐礼部右侍郎）俱官列京曹。夫人之姊妹夫，太仓王相国掞，方掌钧轴，海宁顾侍郎，合肥李宫詹，长洲缪宫赞，同在朝列，故夫人云然。

康熙五十一年壬辰

公年六十一。

公之授命为广西巡抚也，圣祖谕之曰："尔至广西，当使文武和睦，兵民相安。巡抚有管兵之责，宜不时操练。尔任翰林年久，朕特试用边疆之职，观尔办事何如，宜益心加勉。"按公家传，述公首三年治粤西情形云："公首务养民，继以化俗，重农积粟，建学宣谕，三年而民怀生。"

康熙五十二年癸巳

公年六十二，疏言"自广东歉收，米谷腾贵，臣不敢遏籴，听商贩运米以济，遂致广西乏食，米价亦增，臣现已借支藩库银一万两，遴员赴湖南采米平粜"。下部知之。

康熙五十四年乙未

公年六十四，四月，疏奏现行事宜三条："（一）桂林贮谷，高建仓廒百余间，以避潮湿。（二）兴安县陡河，水通漓江，达广东，为三楚两广运粮要道，旧闸倾圮，率属捐俸修筑。（三）养济院外，别搆屋数十间，收养鳏寡。又立义学，即以贫士为师，量给修膳。创育婴堂，施药饵，设粥厂，以赈穷民。下部知之。"

公子邦直，会试中第一百一名贡士，殿试第二甲十三名，授职翰林院庶吉士。

康熙五十五年丙申

公年六十五，仍在广西巡抚任，公子邦直授为编修。

康熙五十七年戊戌

公年六十七。

九月，自广西巡抚，内用为工部尚书，复充教习庶吉士。公家传云："入觐，晋大司空，裁糜费，蠲赔累，于南北河务，悉心谘度，浙江海塘，建议与朱文端公（轼）合，上用其法。浙人历世永赖。"

康熙六十年辛丑

公年七十。

十二月转为礼部尚书。（其时满尚书为赖都）

按，公之从兄谠，为礼部尚书，至五十八年十一月乞休，距公之为礼部尚书也，相越仅二年。又谠自五十年四月由湖北巡抚，内升工部尚书，公亦于五十七年九月，自广西巡抚内升工部尚书。兄弟升迁，同出一辙，且相距不逾数年，而又同共朝列，六部之中。弟兄占其二，诚美谈也。

康熙六十一年壬寅

公年七十一。

疏言"各省贡监生，愿应顺天乡试者，于乡试前一年，赍本省地方官印文，投监肄业，临场取同肄业监生，连名互结，并同乡京官印结，移送入场，以杜顶冒。"从之。

又"选拔停止年久，请照康熙三十六年例，令学臣于府州县每学优等生员中，选拔一名，送国子监肄业"从之。

十一月甲午，圣祖崩，辛丑，世宗（雍正）即位。

十二月癸亥，命大学士萧永藻，尚书凯音布、陈元龙，刑部右侍郎周道新，原任侍郎穆尔泰，往马兰峪护视陵寝，以萧永藻勤慎廉洁，特加太子太傅衔，公仍食礼部尚书俸。

按，即康熙之景陵，其后雍正曾命十四阿哥允禵，亦在景陵居住。雍正五年十一月，以萧永藻时深怨望，不肯实心办事，并曾趋奉允禵，革去大学士。

雍正元年癸卯

公年七十二，在景陵。

五月，吏部以恩诏题给臣工诰命，得旨："陈元龙系年老一品大臣，朕念景陵紧要重地，特行遣往，伊当乐于行走，乃不乐往，若似罪谪者，到处怨望，此等之人，虽加恩亦不知感，其应得封典荫生，俱不必给。"

雍正二年甲辰

公年七十三，在景陵。

先是康熙五十三年，公任广西巡抚时，曾奏准开捐，五十五年停止，共捐谷一百七十万八千余石。至是广西巡抚李绂奏报仓谷买补，尚欠四万余石。十二月，命李绂清查，如有亏空，即着陈元龙等办理。嗣审明督抚司道府厅共分肥银八十二万四千七百余两，上命元龙应追赔得过羡余银及任分赔部科等费，共银二十一万二千两有奇，捐助等费，俱不准扣抵，分限五年完纳。

按，是年三月，雍正即以公之从子世倌为内阁学士，闰四月即授为山东巡抚。

雍正四年丙午

公年七十五，在景陵。

公子邦直，以诗不称旨罢职。

雍正七年己酉

公年七十八，在景陵。

正月十二日丁巳，谕内阁云：

满汉内阁大学士，俱各全备，办理事务，亦甚属妥洽，无庸再为增添。朕因圣祖仁皇帝时，所有年老大臣，今在朝者甚少，时深注念。礼部尚书陈元龙、左都御史尹泰，历事圣祖仁皇帝多年，屡经任使，今虽年近八旬，而体力尚健，特加恩授为额外大学士，以示优眷至意。

翌日戊午又诏云：

大学士陈元龙之子陈邦直，向以年少轻浮，罢斥回籍。今经数年，谅已悛改。朕念陈元龙年近八旬，止此一子，又在原籍，无人侍奉，着将陈邦直复还编修之职，令其来京，交与伊父管束，并令掌院学士时加训导，以玉成之。

正月二十八日癸酉，命公为文渊阁大学士兼礼部尚书。

又诏免公在广西任内应赔之项，以曾有效力之处，着准其照数扣除也。七月疏请"各省提奏本章增揭帖一通。送起居注馆记注后，贮内阁"。从之。

八月疏请"严察游民，不时密访，其番役串通流棍，拿获赌博斗殴等犯，匿犯索财，即行私释者，应严讯治罪"。下部议行。

按，其时汉大学士为朱轼、蒋廷锡、张廷玉，满大学士为马尔赛等，故云齐全。

是年三月，以公之从子世倕为河南按察使。时巡抚为田文镜，雍正最信任之人。八年三月，田文镜调京，世倕亦入京，足见雍正亦信任世倕与文镜相同也。又按，公子从子世倌，后亦为文渊阁大学士，与公同位。

雍正十一年癸丑

公年八十二。

七月初六日乙酉，大学士陈元龙以年老乞休。得旨："大学士陈元龙，老成练达，学问优长，在职多年，宣劳中外。朕念圣祖仁皇帝简用旧臣，晋秩纶扉，俾承恩眷。今以年逾八旬，乞休情词恳切，朕勉从此请，着加太子太傅衔，以原官致仕。伊子翰林院编修陈邦直，随归侍养。起程之日，赏给酒膳果品，着六部满汉堂官饯送，沿途官弁迎送尽礼。"

公陛辞出京时，世宗赐"林泉耆硕"额，复亲解御用数珠，拊其肩挂之，近侍扶掖以出。

按，同时尚有大学士孙柱，亦年逾八旬，乃以年齿衰迈，命原官致仕，后公不数日，即无公之恩荣有加也。

乾隆元年丙辰

公年八十五。

高宗（弘历，年号乾隆）登极，恩予在家，食全俸。

八月二十五日公卒。

高宗诏恤云：

> 陈元龙耆旧大臣，服官宣力五十余年，今乞休在籍，朕方望其颐养林泉，以承恩眷，忽闻溘逝，深为轸恻，应得恤典察例具奏。

寻赐祭葬如例，谥“文简”。

公有子一，邦直，已见前。

女二，长适太仓相国王公棪子，进士四川宪副奕鸿，侧室王出。次适御史昆山徐树谷子，广西梧州郡守德秩，侧室吴出。抚弟嵩之第六女（侧室邓出），适虞山相国蒋文肃公廷锡子，相国谥文恪溥。

邦直之长女，适溧阳相国史文靖公贻直子兵部左侍郎奕昂，汪出。次适嵊县教谕乌程董一经，王出。

又按，公之姊妹行中，长适武进相国吕公宫子贡生方嘉。次适湖北粮道殉难谥忠节上海叶映榴。三适进士常熟赵世铎。

又按公之成名，半亦得力于外家，公于宋夫人传中有云：“少年以文学受知外舅，中选雀屏，亦垂老弗能忘者。”

又相传公为老僧转世，家传云：“公生甫岁余，每午夜闻诵佛号，梦寐中必合十起跪，太夫人陆拊而祝之，乃不复尔。”

至陆太夫人如何拊而祝之，《庸闲斋笔记》有云：“母夫人抚之曰：‘儿既生我家，当从事圣贤之学，比佛氏之教，不足循也。’”

公貌甚魁伟，面形长方（至今其子孙面形仍长方），惟公之遗像，已毁于太平军役，相传公有“矮胖子”之目。又观其历官清要，位极人臣，克享期颐，非厚福载德之相，曷克臻此。

五、以女易男的传说

余幼时习闻父老言"乾隆皇帝是海宁陈阁老的儿子",怎么会是陈阁老的儿子？据说"雍正皇帝（其时还是雍亲王,乡间传说总是称皇帝）,有一天与陈阁老晤见,谈起,恰值两人同日各得了儿子。雍正很高兴地命他抱新生的孩子,送进宫中去看,不料抱送进去之后,及回出来,男的一变而为女的了"。此种传说,颇类于宋朝的"狸猫换太子"。及余稍长,至海宁达材高等小学读书,校即陈氏安澜园旧址之一隅;校舍以外,丘陵起伏,池沼犹存,蔓草荒烟,断桥残址,徒供后人之凭吊。即我校墙垣,有时剥去外涂之白垩,赫然犹是黄墙也。园毁于太平军之役,近则改辟为桑田。若再经过多少时候,将并废址而亦不可寻矣。

余好问,又举所闻者,叩诸陈氏之长者,时在光绪季年,故咸不置答。及后外出,人以我为海宁人,常举以相问,余所能对者,亦不过如或人之所问。既而于笔记野史之中,见其所记,大致亦仅如余之所闻,仍不能释余之疑念。民国十八年,见萧一山氏著的《清代通史》中。亦将野史所记载,作为附注以存疑。继又见某史纲中,虽未明言,而谓"玉牒彰彰可考,稗史所云,绝无确证,不足辨也"。此则完全深信"官文书"的记载。要知即使有此事,在雍正是不可说,乾隆是不能说,陈氏更不敢说。何况玉牒是皇家谱牒,如不说是雍正亲生的儿子,那里可以继承皇位。不要发生争位的大问题么？故以"玉牒可考",即认为不足辨,未免大粗疏武断了。

余尝谓"即起雍正、乾隆、陈元龙等于地下而问之,亦不能解决"。不过传说既如是其盛,又且如是其久,几可云全国皆知,有这样重大的传述,吾人在数百年后,不加研究,似乎太不该。但欲探索数百年前的故事,且又不是一件寻常之事,而是宫闱的秘史,历史上的疑案,欲得一个明"确证"据,谈何容易。

但是"史"这件事，可信之成分绝少。颠倒黑白，淆混是非，正不知有多少。何况一人的聪明有限，目前的事，尚多不明其真相，而欲明已往的事，不亦更难。话虽如此，但仅有许多事体，事过境迁，反能得到一种真相，亦不是没有的事。因此我积三十年之疑念，常欲求其是则是之，非则非之而不可得，退而求其次，只能就见闻所及者，为之编述，如果能达到事实明白之一日，则稗官野史之说，亦可不攻而自破。因之余同情于萧一山氏之态度，可于《清代通史》中卷第一章弘历即位之附注中见之：

> 或曰弘历为海宁陈氏子，非世宗子也。陈氏自明季衣冠雀起，渐闻于时。至之遴始降清，位大学士，厥后陈诜、陈元龙、陈世倌、父子叔侄，并位极人臣，遭际鼎盛。康熙间，雍王与陈氏尤相善，会两家各生子，其岁月日时皆同，王闻而喜，命抱之来，送归，则竟非己子，并易男为女矣。陈氏惧不敢辨，遂力密之。未几，雍正即位，特擢陈氏数人至显位。迨乾隆时，其优礼于陈氏者尤厚。尝南巡至海宁，即日幸陈氏家，升堂垂询家世，将出，至中门，命即封之，谕"厥后非天子临幸，勿轻启此门也"，由是陈氏永键。盖乾隆帝实自疑，将欲亲加访问耳。又或曰"雍正之子实非男，入宫比视，妃窃易之，雍正实不知也"。
>
> 二说见《清史要略》及《清秘史》，然无确证，注此以备异说而已。"

以上为萧氏所引之说，余所见于他书者亦如是而已。虽系同以为"无确证"而"注此以备异说"，固不失为存疑之道。余之为此，亦何尝能得有确证，但有存野史所未见，或有为人所忽略以及疑似之间者，取说于书，取证于心，举而出之，以待读者之评判，至于事之真伪，非本书编述之目的所在。

六、说是有其事——为何要调换

乾隆之母为钮钻禄氏，在雍正即位之前，犹为"格格"。"格格"者，满语"姑娘"也，侍女之得幸者称"格格"。雍正元年，立嫡妃那拉氏为皇后（费扬古之女）。侧妃年氏封为贵妃（临终之前封为皇贵妃）。侧妃李氏封为齐妃。格格钮钻禄氏封为熹妃。格格宋氏封为懋嫔。格格耿氏封为裕嫔。同一格格，两人为嫔，而伊独为妃，可见其独邀宠幸也。钮钻禄氏之年龄，就推算所得生于康熙三十一年壬申十一月二十二日。而于四十三年甲申，挑选秀女，赐侍世宗藩邸为格格，时年十三。五十年辛卯八月十三日子时，生高宗弘历（？）于今之雍和宫，时年二十。（比高宗长十九岁，雍正时年为三十四，长高宗三十三岁，长钮钻禄氏十四岁。）雍正元年癸卯二月甲子受封为妃，时年三十二。八月，用密封建储之法，立其子弘历为储。五年丁未，弘历结婚，十三年乙卯八月己丑，弘历即位为皇帝尊为皇太后。乾隆元年丙辰，上尊号为崇庆皇太后，时年四十五。十六年辛未六旬寿庆，乾隆为举行初次南巡之典，奉之南游。四十二年丁酉，正月庚寅丑刻卒，年八十有六。

　　雍正之后那拉氏，卒于雍正九年九月（庙号为崇敬宪皇后）。其后即不立后。盖以年贵妃早故，除齐妃外自推熹妃，而建储已定，想不欲多此一番举动。故终雍正之世不再立后。

　　据《东华录》载，乾隆生得"珠庭方广，隆准颀身，发音铿洪，举步岳重"。此虽史臣之辞，未可深信，但看留下来的画像，确属长方面形有如俗称之"富字脸"。六岁就傅。十二岁（康熙六十一年壬寅）谒圣祖于圆明园，见即敬爱，命在宫中育养，亲授书课，教牖有加。偶举《爱莲说》以试，讲解融彻，奖悦弥至。是年木兰秋狝，入永安莽喀围场，命侍卫引往射熊，乾隆甫上马，熊突起，而控辔自若，康熙即举枪殪之。事毕入帐，语贵妃（乾隆时尊为温惠皇贵太妃）曰"是命贵重，福将过予"。至有谓雍正之得继承为帝，亦为康熙欲使将来皇位归诸其孙之故，此不在本书范围之内。惟果如世俗所传，有以女易男之举，此中应研究者：

① 须问陈元龙当时是否在京。根据上述各节，其时元龙，虽拜抚粤之命，尚未出京，即陈元龙赴任之后，其眷属仍在京，则元龙与雍正相见，提及生男之事，不能谓无此一举。

② 在雍正方面，当时如果未封藩于外，则宫闱之内，禁卫森严，出入传递，虽由内侍，亦多不便。惟其时雍正已受封为雍亲王，居今之雍和宫，则一切由其自主，可无阻格，宣阅调换，如欲行之，亦有何难。

③ 惟乾隆之于雍正。已为第四子。雍正既已有子，当非急于望子者可比。如果有此"狸猫换太子"的一类举动，是否出于情理之外？而且前三个儿子，作何情形，就我所见到的，只于乾隆即位之后，有追封皇一兄弘晖，皇八弟福慧为亲王之举。又有"三阿哥从前年少无知，性情放纵，行事不谨，皇考特加严惩，以教导朕兄弟，使知儆戒，今三阿哥已故多年，朕念兄弟之谊，仍收谱牒之内"。则乾隆一、三两兄已有下落，二则想亦早世。不过在乾隆出世之时，其诸兄想必犹在，何以即欲调换人家儿子，此其中似有不可解者，所以如果调换是为事实的话，从雍王素行推测之，不外下列数点：

易女为男，谓为钮钴禄氏之举动，雍正所不知，则有所难信。盖以雍正之精明深刻，家庭间事，宁有为人蒙蔽之理？何况陈元龙生子，当然非钮钴禄氏所得知，更无从预谋与人调换。至抱入府中一看，必为两家同时生，又全出于"好奇"一念所驱使。否则无缘无故，命人家将新生的儿子抱进去，似乎太鹘突了。若既已生产，所产的之为男为女，雍正早已明白，如其私相调换，由女化男，雍正必加查究，钮钴禄氏那能吃得消。所以如调换的话，雍正必然知情的，至少限度，旁人或有所不知。雍正既然知情，其动机何在，真有不可测度的了！

如今先问钮钴禄氏如何得入雍王府，据《清代通史》所载：

> 钮钴禄氏，家素贫，幼时常入市购物，值选秀女入宫，归于雍亲王府，即世宗之潜邸也。世宗病疫，奉王妃命，旦夕服侍至五六十日，疾愈，遂侍世宗。

凡人在疾苦患难之中，得到人之同情帮助，最易深入心坎，故此五六十日疾病扶持，不避疫氛，不舍昼夜，此情此景，自当为异日随侍之张本，情感深孚之根由。今见其生女而适有人同时生男，于是以女易男，聊资慰藉，亦为人情之所或有。

但雍正之决心调换，其动机不至如是之简单。必为（一）是好奇，以为同日同时（？）生；（二）则疑为命运之说所驱使。

雍正之为人，最喜以神道设教，言天命，敬神明，封神祷天，喜祥瑞之说，好方士之术。庆云见，黄河清，凤鸟至，麒麟生，万蚕同织，五星连珠，嘉禾瑞芝，不绝于书，凡秦皇汉武之所喜者，雍正莫不深好之则命运之说，亦必为雍正所素习而重视，于是以女易男，从乾隆之命造观之，或许有以促成之也。

尝见康熙六十一年（壬寅）乾隆所批之命图（时年十二），为转录于后：

乾造十二岁八月十三日子时生

劫才辛卯正才	六丙申	四十六壬辰
正官丁酉劫才	十六乙未	五十六辛卯
日元庚午正官	廿六甲午	六十六庚寅
偏官丙子伤官	卅六癸巳	七十六己丑

金庚生于仲秋，阳刃之格。金遇旺乡，重重带劫，用火为奇。最美时干透杀，乃为火炼秋金，铸作剑锋之器。格局清奇，生成贵富，福禄天然。地支子午卯酉，身居沐浴，最喜逢冲。又美伤官驾煞，反成大格，书云，子午卯酉成大格，文武经邦，为人聪秀，作事能为。运行乙未、甲午、癸巳，身旺泄制为奇，俱以为美。

五星日月分阶，四余独旺身命，居官，又为月上奎娄。加之妻临财地，嗣主入垣，真为七政纯粹，格局清奇。由此观之，名爵禄寿，子秀妻贤，天然分定，无不备焉。更美水辅阳光于田宅宫中，又系昆主朝阳；令主椿萱俱庆，雁行有序。

此命贵富天然，这是不用说。占得性情异常聪明，秀气出众，为人仁孝，学必文武精微。幼岁纵见浮灾，并不妨碍。运交十六岁，为之得运，该当身健，诸事遂心，志向更佳。命中看得妻星最贤最能，子息极多，寿元高厚。柱中四正成格祯祥，别的不用问。今岁壬寅流年，天喜星坐命，天福星守限，四季祯祥，喜福安宁。

按，是年即康熙命留养宫中及雍正即位之年也。而康熙语皇贵妃以"是命贵重，福将过余"，可见康熙亦重视乾隆的八字，那末，雍正之调换，焉知亦不从此方面所得到的一种决心呢？

总之，没有见过清室的玉牒，推测终有不切实处。但即使是调换，亦是一时的偶然。而此偶然之动机何在，就我想来，除了雍正与钮钴禄氏二人之外，恐没有第三人得知呀！

至于与陈元龙的关系如何，恐也说不得有什么。陈元龙自康熙二十四年点林之后，即入直南书房，直至雍正十一年告老还乡，此四十九年中，除因高士奇参案牵涉，适丁内艰，及请终养回籍八年，又外任广西巡抚六年，住景陵六年外，可云无一年不为左右侍从之臣，与皇子们晤见之机会自多。而且雍正是一喜作书的人，陈元龙既善书，当然是合得来。陈元龙之从兄奕禧的字，又为雍正所欣赏，而雍正善书又可于其元年八月亲书景陵匾额一节中见之，其事云：

> 八月丁巳，上亲书景陵匾额，复命诚亲王（允祉）、淳亲王（允祐）及翰林官善书者各写一幅，再召九卿及南书房翰林并阅，并云'景陵碑匾，事关重大，诚亲王、淳亲王素工书法，朕已令其恭写，翰林中善书者，亦令其恭写，朕早蒙皇考庭训，仿

学御书，常荷嘉奖（参阅前节在行营书联事亦其一端）。今景陵匾额，朕亦敬谨书写，非欲自耀己长，但以大礼所在，不亲写于礼不安尔！

可见其时诸皇子中善书者亦不少，而且雍正能写康熙所写的一路字，写得逼真，故有"仿学御书，常荷嘉奖"之语也。

在乾隆出生的时候，正是陈元龙将赴任的时候。旧时相识，酬酢必多，出入宫禁，相见藩邸，在当惯文学侍从之臣，不算得希罕，那末，闲谈及于生男育女之事，亦不足为奇。有以为这时候的陈元龙，年已六十，何得再有生育，实则男子精神强壮的人，六七十岁生儿子，不算一件异事，而且说是陈元龙晚年所娶的一位如夫人所生的。不过宋夫人恰于其时相距不远的时候去世，照她的素行观来，焉知不为调换一事而忧畏成疾呢！

七、雍正之与陈元龙

何以见得乾隆是从陈家调换来的？人家都说是"查无确证"，吾亦如此说，但有许多地方，又好似"事出有因"。我们若不将他分析质疑一番，纵说不相信，心里总存有这样一疑问，如今且听我分别道来。是呀！否呀！原无关重要，不过将此作为一种研究，消磨功夫罢了！

有人说，雍正如果是调换了陈元龙的儿子，何以即位之后，不重用他，反派他到马兰峪护视陵寝，这可见调换之事为无稽了。可是照雍正的一生行事看来，正为了与陈元龙有了特殊关系，所以一即位，就把他撵逐出去。

试看最有功劳于雍正的，是隆科多与年羹尧。康熙殡天之时，只有隆科多一人在侧，相传受遗诏立皇位的手谕，是在隆科多手中。"传十四皇子"改为"传于四皇子"的把戏，亦是隆科多及查嗣庭（隆科多门下）的手笔。所以雍正对于隆科多初时酬庸之典甚丰，将佟国维所留的一等公爵，归隆科多承袭，又给以阿达哈哈番（汉语为轻车都尉），另外敕建佟氏宗祠，加太傅衔，关照启奏处称"舅舅隆科多"，调吏部尚书，诸如此类，不一而足。查嗣庭亦立擢内阁学士，即转礼部左侍郎。

年羹尧更不必说了，授大将军，封以一等公，其他一切优越待遇，竟超越于王公之上，这是何意？就为的一是握有政权，一是握有兵权，并且尚在诸弟争欲为帝之时，不得不绝端笼络，收为己助。而且年羹尧本是雍王府下的人，雍正一即位，觉得最难处的，倒是自己的弟兄。弟兄之间，又以允禩为最有能力，最得人心，亦最为诸弟所信服。在雍正认为可靠的，只有他同母弟允祥。而允禟、允祯、允䄉，都是处于他的反对方面。他所以要分诸弟反对党之势，①把允禩明示隆崇，命为摄政，暗实借故而时加之罪，造成一种空气，有类于郑庄公之于共叔段，欲使其"多行不义必自毙"是也。②把允䄉调回来，安置于景陵，而把允禵差往军前效力，调至西宁西大通居住，暗中就交给年羹尧去看管。允禟则遗使出口，中途退回，又把他管束起来，无非要分散其势力。待他"三年无改于父之道"的时间满了，就把名义上所给与允禩、隆科多的摄政收回，把隆科多投置闲散，允禩呢，早已今一道上谕，明一道上谕，数他的罪恶，而不把他即行处置。及青海已平定了，年羹尧志高气满，僭侈日甚，雍正就借奏章中一个"朝惕夕乾"用字上下倒置的小错误，大发雷霆，说他有无君之心，要把他从严处分。御史先意承旨，亦交章弹劾了。结果是年羹尧终于由大将军一调而为杭州将军，由杭州将军一降而为闲散章京，我们海宁人士有句谚语说"一夜降了十八级"，就指这事情而言。又将一等公，而二等，三等……而终于完全革除了。最后还说是十分成全，赐令自尽。

年羹尧已死（雍正三年十二月），转而处置允禩、允禟了。他先将允禩拘禁，又将允禟（塞思黑）用三条锁自西大通锁挐解京。允褾到了保定，直督李绂尚报身体平安，不料翌日就报死了（雍正四年八月二十四日）。允裪（阿其那）九月初一日忽得呕症，初五日不进饮食，初十日亦病故了。时人都疑惑这两人都被雍正交人药死的，盖允裪的暴卒，允禩的呕症，确有许多可疑之处；如今只剩了允禵、允禑二人，把他拘禁起来就完了。

兄弟之争已毕，雍正五年的最紧要事，就是把隆科多怎样来处置？因此先把隆科多私钞玉牒，作办罪的导线，革去公爵（五年六月）。终于（十月）以四十一款罪状，把他打倒。总算还顾念照拂即位的情谊，免其正法。在畅春园外附近空地，造屋三间，永远禁锢，以至于死。（按，隆科多尝谓"白帝城受命之日，即是死期已至之时"，盖亦知杀机伏于拥戴之时矣。）

查嗣庭则于雍正四年八月，为了当江西主考，用"维命所止"命题，雍正说他有意把"雍正割了头，又把他分割开来"，办了他一个大逆不道之罪。（"维止"二字，为雍正二字去头，又把两字分列上下，不是把他分割起来么？）然而还是恩施格外，等他死在监中之后，才明令正法，做到了戮尸（即割死人头）的结果。

五年的十一月，又故意将"不知感恩，时怀怨望……不肯实心办事……惟知阿谀允禑……"种种罪状，革去了与陈元龙同时派往景陵的萧永藻大学士之职，而命其仍在陵寝居住。

由此可知，凡与雍正有密切厉害关系的，大都不能得到善终，尤其是有权有势的人们，如隆科多、年羹尧，拘的拘，杀的杀，那末，如果陈元龙确与雍正有这么一件关系，雍正自得先给他一些威势看，使他慑伏，永不敢心存什么奢望，或有所言说，这是枭雄之主制伏臣下的一种本领。所以处处要使陈元龙难堪，后来还说陈元龙怨望，不给他荫生，定要叫广西巡抚李绂，彻查陈元龙任内积谷亏空，命他赔二十余万两银子，总之，要使陈元龙哭又不是，笑又不是，走头无路，服服帖帖，对雍正再不敢有什么话；幸而陈元龙是一无权无勇的文臣，雍正所以还起用他，否则，稍微有些声势，早触雍正之忌了。

至于雍正一即位，就把陈元龙差往看陵，固然是一种权术；在另一方面，或许是心存顾忌。因康熙的二儿子允礽，立为太子，既而废，废而又立，立而复废，康熙越是举棋不定，弟兄中争储之念愈烈这时候的康熙，神经受了大刺激，举动几乎失常。其中尤以允禩希冀最力，王鸿绪复左右之，故当时咸目王鸿绪为允禩与党，所以王鸿绪于雍正元年八月去世，礼部循例请恤，雍正勿予谥，只予祭葬，但是这口恨气，直到乾隆手里还没有发泄尽，定要将郭琇参高士奇、王鸿绪奏折，插在王鸿绪传中，这是后话。康熙五十九年十二月，又有许多御史请立储。接着康熙六十年二月，大学士王掞密请建储，意在复立允礽；随后又有御史陶彝等十二人的条奏。这一回康熙竟大动其怒，说是请立储的人，为是将来希荣邀宠的地步，甚而拉扯到王掞的先祖王锡爵身上去，说王锡爵力请明神宗立储，竟转辗而亡了明室，如今王掞要他立储，几乎说王掞也要亡清了，王掞为此险遭不测，幸而康熙不过借此杜绝人口，并无兴大狱之意，乃以王掞年老为辞，宽宥了他的罪，命其子奕清代往征西军前效力，作为完案。到了雍正元年二月，王掞不安于位，以老乞休，雍正亦不挽留。而且王鸿绪之得起复回京供职，又出于王掞的保举，故在雍正目光中看出来，那得不以王掞、王鸿绪为一派。无如陈元龙既与王鸿绪有座师的关系，又是在高士奇参案中牵涉在一起；王掞明明是陈元龙的僚婿，又是儿女姻亲，关系更形密切。虽说陈元龙不是那一党那一派，但是在这种情况下，雍正对于同他对立的一班党与未肃清前，即使与陈元龙没有什么关系，尚要心存顾忌，何况还有特种事由呢？若将陈元龙留在朝中，为人家利用了去，不是碍手脚吗？所以特地把他调往看坟，在伊以为保全之，但在陈元龙自以为无过，并且与雍正或许有特殊关系，乃一即位，就把他遣出去，有如放谪，未免要心存怨望！

到了雍正六年，所有年羹尧、允禩、隆科多的党，都给雍正一网打尽了。又经过了一年的观察，平安无事，可见反对党势力已是消灭绝迹。雍正就安心把陈元龙调进京来，所以雍正七年的正月，陈元龙授任大学士，特地又把他儿子邦直起复来京，以便服事，这又何等的优遇。有说同时被召进京的尚有尹泰，不知陈元龙是主角，而尹泰是配角，犹如清季要给英人赫德以太子少保衔，总要用一人作倍衬，才得像样，而盛宣怀亦恩赏宫衔，可一样的看法。

就是陈元龙的儿子邦直，在雍正四年为什么"诗不称旨"而至罢职？在书本中寻不出什么事实来，可是这年，是处置允禩等进而处置隆科多之递嬗时期。九月即有查嗣庭江西乡试命题之文字狱，雍正其时正在文字细节上用功夫。如诸臣奏章中说他"众利皆兴，诸弊俱除"，他见了老不舒服，以为他只知"因事治事，以人治人，从不居兴利除弊之名，而以此颂扬朕之政事，朕实不敢当，亦不顾当也"。或许邦直的诗，自以为颂扬，而雍正以为不当，故这"不称职"三字之中，尚包含着一番事实；何况其时邦直还是年少气盛（时年三十二），说不定心中有一种感想，不知不觉，流露在诗句中，为雍正看出了，遂至罢斥回籍，亦未可知。大概在君主时代，独揽大权，赏罚那得能公，何况又是"喜怒不定"的雍正呢！

陈元龙调京授任大学士，一则或以为他年老，所谓"夕阳无限好，只是近黄昏"。二则或许记着康熙五十年的事，心中究有些过不去。三则配与蒋溥的女儿，说不定要完姻了，遂调他回来，好使他料理婚嫁。以上三种猜测，如有几分合理的话，那末，调换这件事更有几分可信了。

还有一点，看雍正一方面似在对付陈元龙。另一方面，却又似"爱屋及乌"，把陈元龙的子侄辈都提拔起来。如雍正二年三月，以陈世倌为内阁学士，闰四月即授为山东巡抚，三年九月调京，又命他历办河工督运阙里文庙等工程。陈世倕放了河南按察使，署过河南布政使，河南的巡抚是兼河东总督的田文镜，为雍正最信任的一人，如今派陈世倕去，可见亦信任陈氏了。后来田文镜调京，世倕亦随同回京。若使看到陈元龙及其前后，陈氏一门鼎盛情形，那得不使人惊异，所以颇有人怀疑当时的清室，何以这样优待陈氏呢？

八、乾隆之与陈氏

乾隆之与陈元龙，我们也看不出什么来，就是即位之后，恩赏在家，食全俸，这是对于大臣告老在家的一种恩惠，并不说是特典。不久而陈元龙亦死了，赐祭葬，赐谥，都是对大臣例有的举动，亦可不足为奇。只有一点，系陈介卿先生对我说的：陈文简公既赐祭葬，例有一篇赐祭葬文，宣读之后，刻于墓碣，却不料文简公墓上的墓碑，雕刻精磨的光洁细致，而不着一字，竟成为"没字碑"。问他们以缘故，哪里能知道？据传，乾隆祭文是有的，宣读之后就把他焚化了，所以有碑无字，长留了一个谜。亦有说：康南海（有为）晚年酷好风水，常往看有名大族之墓，以资取鉴，他也到过文简公墓上，见了这没字碑，亦以为奇，据一般推测，或许祭文词句之中，有不可告人之隐衷在，所以不要他流传，而终于不刻了。

此外乾隆六次南巡，四次都到海宁，为便于阅者参考起见，先将六次南巡的时日，略记于后：

① 乾隆十六年辛未，正月辛亥，奉皇太后南巡启銮。三月戊戌朔，至杭州。癸卯渡钱塘江祭禹陵。庚戌，自杭州回銮。

按，是年为皇太后六旬万寿，举行南巡之典，亦所以娱亲。

②乾隆二十二平丁丑，正月癸卯，奉皇太后南巡启銮。二月丙戌，至嘉兴。丁亥，至石门。己丑，至杭州三月。丁酉，自杭州回銮。

③乾隆二十七年壬午，正月丙午，奉皇太后南巡启銮。（按二十六年为皇太后七旬万寿）三月甲午朔，至杭州。乙未，幸海宁阅海塘。戊戌，阅兵（已返杭州）。壬寅幸观潮楼，阅福建水师。癸卯，奉皇太后临视织造机房。丙午，自杭州回銮。

④乾隆三十年乙酉，正月壬戌，奉皇太后南巡启銮。闰二月丙午朔，至苏州。庚戌，至海宁，视察绕城石塘，饬动币兴修坦水，普筑三层，护城保塘。辛亥，阅海塘，壬子，奉皇太后至杭州。癸丑，阅兵。甲寅，幸观潮楼，阅福建水师。甲子，自杭州回銮。

⑤乾隆四十五年庚子，正月辛卯，启銮南巡。二月壬申，至苏州，三月辛巳，幸海宁州观潮。壬午，幸尖山，命将沿城鱼鳞石塘内，有二十余丈，仍用石条做墙，内填块石，以及城东八里之将字至陈文港密字号止，石塘工七段，一百五六十丈，一律改建鱼鳞石塘，以及老盐仓一带，添建石塘四千二百余丈。癸未，至杭州。甲辰，幸秋涛宫，阅水师。乙酉，阅兵，壬辰，自杭州回銮。

⑥乾隆四十九年甲辰，正月丁未，启銮南巡。命皇十五子颙琰，皇十一子永瑆，皇十七子永璘随驾，三月辛卯，至苏州。乙未，至文庙行礼。己亥（十四日），至海宁州，诣海神庙行礼。庚子，至尖山观潮，阅视塘工，辛丑，至杭州。戊申，阅福建水师。庚戌，自杭州回銮。

六次南巡，有四次到海宁。第一次到海宁阅塘（第三次南巡）是在二十七年三月乙未。乾隆是于甲午到杭州的，可见到杭州之翌日，即至海宁阅塘。在海宁耽搁多少日子是不明白，但就戊戌阅兵，以为推算，阅兵必在杭州举行，其间只有两日功夫。这次虽是奉皇太后南巡，但到海宁，是他一人去的，去的路程照我推测，亦必沿海塘以至海宁。

第二次到海宁，是在乾隆三十年四次南巡。闰二月初一日，到了苏州。庚戌至海宁，视察绕城石塘，辛亥，阅海塘。壬子，奉皇太后至杭州，亦只耽搁了两日光景。但似乎皇太后没有到海宁，或许在石门一带等候同行，已不可考了。

第三次到海宁，是在乾隆四十五年的五次南巡。二月壬申至苏州。三月辛巳至海宁州观潮，壬午，至尖山。癸未，至杭州。亦不过耽搁两日。尖山是海潮汹涌作势的发轫处，在袁花镇之南约七里。在尖山之西，海中有一小山，名塔山（亦作塌山），自乾隆年间，于塔山及海岸间，中宽三里许的滚水石坝，重行修筑起来，所费的工程颇不轻。自从此坝落成之后（土名塔山塘，因小山有一石塔也），而海潮之势稍挫，海宁之塘始得稍安。

第四次到海宁，是在乾隆四十九年甲辰第六次南巡。三月十四日（己亥）至海宁州，诣海神庙行礼。庚子至尖山观潮，阅视塘工。辛丑，至杭州，亦只耽搁了二日。

海宁的海神庙，是仿宫殿式建造的，非常雄伟。雍正七年八月，拨内币银十万两所兴修，以当时的物力，而有十万两建筑费，当然可观了。

他共有四次到海宁，除第一次从杭州沿海塘到海宁外，其余三次，都从苏州循运河南下，至石门镇（今崇德县）转棹至长安，由长安上塘河至海宁北门登陆。但自长安至海宁，只十八里，故乾隆有时乘骑至宁。安澜园，即在海宁北门内的西北隅，可说进城即是。至于乾隆阅塘之外，另有什么事，因为记载的缺乏，简直得不到什么情形，流传下来的，只有乾隆驻跸陈氏安澜园的几首诗，今全行抄录在后边，因为诗句中说不定也可看到一种线索。

乾隆二十七年高宗御制《驻跸陈氏安澜园即事杂咏》六首：

名园陈氏业，题额曰安澜。
至止缘观海，居停暂解鞍。
金堤筑筹固，沙渚涨希宽。
总廑万民戚，非寻一己欢。

两世凤池边，高楼睿藻悬。
渥恩赉耆硕，适性惬林泉。
是日亭台景，春游角征弦。
观澜遂返驾，供帐漫求妍。

隅园旧有名，岩壑窈而清。
城市山林趣，春风花鸟情。
溪堂擅东海，古树识前明。
世守犹陈氏，休因拟奉诚。

别业百年古，乔松径路寻。
梅香闻不厌，竹静望偏深。
瑞鹤舞清影，时禽歌好音。
最嘉泉石处，抚帖玩悬针。
元臣娱老地，内翰肯堂年。
赌墅棋声罢，木天砖影捐。
竹堂致潇洒，月阁挹清娟。
信宿当回跸，池边坐少延。

天朗惠风柔，临溪禊可修。
趣真如谷口，姓不让冈头。
意以延清永，步因觅韵留。

安澜祝同郡，宁为畅巡游。

乾隆三十年又御制《驻陈氏安澜园叠旧韵》六首：

如杭第一要，筹奠海塘澜。
水路便方舸，江城此税鞍。
汐潮仍似旧，宵旰那能宽。
增我因心惧，慭其载道欢。

隔园城角边，新额与重悬。
意在安江海，心非耽石泉。
乔柯皆入画，好鸟自调弦。
有暇诗言志，雕虫不尚妍。

盐官谁最名，陈氏世传清。
讵以簪缨赫，惟敦孝友情。
春明寻胜重，圣藻赐褒明。
来日尖山诣，祈庥尽我诚。

书堂桥那畔，熟路宛知寻。
既曲越延趣，惟幽不碍深。
风翻花动影，泉出峡留音。
古栝无荣谢，森森青玉针。

园以梅称绝，盘根数百年。
古风度迥别，时世态都捐。
春入香惟净，月来影亦娟。
闲吟将对写，消得意为延。

溪泛橹声柔，溪涯有竹修。

獭时看伏翼，鱼并育槎头。

似此真佳处，无过信宿留。

观塘吾本意，讵可恣遨游。

乾隆四十五年又南巡，御制《驻跸安澜园再叠前韵》六首：

观海较前异，石塘贴近澜。

州临因系舫，城入更乘鞍。

熟路原相识，名园颇觉宽。

就瞻甚民便，雷动夹涂欢。

沙坍逮北边，数岁为心悬。

到此蒿增目，慭其言涌泉。

急愁塘与堰，懒听管和弦。

对景惟惕息，摛辞那复妍。

安澜易旧名，重驻跸之清。

御苑近传迹，海疆遥系情。

来观自亲切，指示惭分明。

行水缅神禹，惟云尽我诚。

石径虽诘曲，步来那用寻。

无花不具野，有竹与之深。

洞户开生面，泉声振旧音。

御书楼好在，垂露护苇针。

溪上三间屋，栖迟似昔年。

非图燕寝适，颇觉犀尘捐。
老梧诗中画，古梅静里娟。
别来十六载，可不意为延。

拂岸柳丝柔，出檐竹个修。
重来亦怆耳，昔事忆从头。
南北涨坍屡，愁欣诗句留。
即今值愁际，那得惬情游。

乾隆四十九年又南巡阅视塘工，御制《驻跸安澜园三叠前韵》六首：

北坍今次永，塘尚近洪澜。
春月来观海，古稀仍据鞍。
鱼鳞期越固，蚕市较苏宽。
乡语分疆异，民心一例欢。

塔山已近边，踏勘慰心悬。
竹篓喜增涨，蚁坯惕漏泉。
隅园且停憩，比户有歌弦。
自是文章邑，然当戒藻妍。

旧家原有述，熟路不须寻。
世业传来久，国恩受已深。
翰林兹挂籍，书囷勉绳音。
重展蔡襄迹，依然悬古针。

安澜讵祇名，永祝晏而清。

明日观形势，一宵厘虑情。
前吟巡壁旧，圣藻额檐明。
载语世臣者，承家在敬诚。

是园有紫竹，不计岁和年。
画格应为创，吟情讵可捐。
梧非自称直，梅亦舍其娟。
三益于斯盉，都因静以延。

一溪春水柔，溪阁向曾修。
月镜悬檐角，古芸披案头。
去来三日驻，新旧五言留。
六度南巡止，他年梦寐游。

以上二十四首诗，当然看不出什么道理，但是浅而易见的有几句，假使我们也如乾隆一般解释胡中藻的诗句的论断法，用以解释乾隆的几句诗，那好像有些破绽了。

胡中藻，是鄂尔泰的门下，因为这时张鄂两家门户之争甚烈，乾隆深恶之，乃掀起了胡中藻的诗狱。胡的诗中，有一句说是"一把心肠论浊清"，乾隆硬生生说他是"把'浊'字加在国号之上，是何肺腑"。以后各文字狱中，关于"清""南北""蛮夷"等字样而以为罪的尚有多起，那末，乾隆诗句中，所谓："盐官谁最名，陈氏世传清。讵以簪缨赫，惟敦孝友情。……"不是说"陈氏世传清"代么，即四次至海宁，俱下榻于陈园，纡尊降贵，又安知不如其诗中所云"讵以簪缨赫，惟敦孝友情"而来了。且以"他年梦寐游"为未足，还要"安澜易旧名，重驻跸之清，御苑近传迹（原注），海疆遥系情……"。

原注说："圆明园曾仿此为之，即以安澜名之，并有记。"安澜园何以值得乾隆"系情"如是，并圆明园而亦"仿比为之"，是诚值得称奇。岂以"元臣娱老地"，更使乾隆有不尽之情思！如此说来，人或笑我咬文嚼字，牵强附会，但照乾隆平时对人的寻解索句，我所忖度的，即使不然，亦只可怪乾隆自己说话不当心，于人何尤。

我们再看陈氏方面有何记载，可惜得不到什么。然而即使有"什么"，见诸谈吐尚不敢，那敢形诸楮墨呢！可是陈家修谱的，毕竟是一有心人，他无关紧要的几句，使吾人得到深刻的印象。

乾隆南巡，陈元龙早已死了，即陈元龙的儿子邦直，乾隆第一次到海宁的时候，他已是六十八岁了。（乾隆时，两任大学士的陈世倌，亦于乾隆二十三年去世了。）第二次到海宁，是七十一岁。再过了十五年，乾隆四十五年，第三次到海宁，他已于乾隆四十二年去世了。幸而他的寿长（八十三岁），否则那能见得到此。所以三次四次到陈园情形，在陈氏方面，简直更找不到什么资料。而在乾隆诗中有"重来亦倦耳，昔事忆从头"（昔事忆从头，是否要追忆到康熙五十年八月么？）以及"旧家原有述，熟路不须寻……翰林兹挂籍，书圃勉绳音"，似乎抚今追昔，勉励陈氏后嗣之意，而"六度南巡止，他年梦寐游"，更写不尽乾隆依依之忱。

闲话少说，究竟陈氏家谱中，有怎样的一段记载，可于陈邦直的家传中见之。

> ……岁壬午（乾隆二十七年），纯皇帝三举南巡盛典，大吏以海隅僻壤，惟陈园可为清跸之所，公亦以世受国恩，故宜自效。爰鸠工庀材，一一躬阅其事，以昭慎重。观者多以简陋为不安，迨临幸之日，转以朴素无华，仰邀睿赏。一时恩来稠叠，未易悉数。复蒙垂问家世年齿甚详。乙酉，翠华重幸，擢公侍读。

真奇谈了，陈氏非草莽新进，自康熙以至乾隆，陈氏任大员的正不知多少，耳熟能详，乾隆难道有不知他的家世之理，还值得垂问，而且问家世不够，还要问“年齿”，“问”又不够，还要问得“甚详”，是否心有怀疑，并真个要序兄弟之行，所以如此详细询问么？及第四次到海宁，还要带了他三位皇子（其中一位又是未来的皇帝）来认识陈氏家园，这更妙了。

而且撰陈邦直的传这位先生，又何必特地把问家世、年齿，这些寻常之事，大书特书，吾非神经过敏，这可是值得注意之一点。

再则皇帝出外巡幸，所在地有大臣的坟墓，致祭或有之，但也不一定。然而不在所过地方境内而赐祭是很少有的。可是陈元龙的墓，葬在海盐禄步墩，虽系邻封，实已隔境，然而乾隆每到海宁一次，必命膳房颁祭，遣大臣祭墓一次，虽说是驻跸陈园之故，亦可说是异数了。（陈世倌同葬一处，亦同样赐祭。）

按，清制，一品官员，例有造坟工价银三百两，民夫二百名，每名折银一两。予谥一品官立碑工价银三百五十两，给本家自造。

九、海塘与陈氏的关系

颇有人说，乾隆掷数千百万库币，与筑海宁的塘工，深深地动人们疑虑，大有似可无须如此的一种表示。其实不知当时海潮的凶险情形，以及塘工关系，不仅是海宁一县之故。

旧书本，都说钱塘江从鳖子亹入海。鳖子亹，在海宁之西，杭海交界处，故自海宁而东是海，不是江（但乡人看潮，仍称看江潮），水是咸水，潮是海潮，现在要观潮，都要到海宁，为的是海宁潮最大，那末，潮最大的地方，当然亦是潮浪冲击最利害地方，因潮汐之昼夜循环，南涨北坍之结果，海宁陆地沦入海中者，当不下数十里。康熙三十七年七月十三、十四两日，飓风大作，海潮越堤而入，冲决海宁县塘一千六百余丈（海宁称七月中元节边之潮为“孤魂潮”），雍正二年七月十八、十九两日，又来一次大风潮，飓风大发，江浙沿海一带，冲毁塘堤甚多，田地室庐，人口牲畜，损失甚众。于是渐得着清廷的注意，到了十二月，命吏部尚书朱轼往海宁等县勘查海塘（以朱在康熙时曾为浙抚，并经办塘工），雍正并关照他说："海塘关系民生，务要工程坚固，一劳永逸，不可吝惜钱粮。俟浙江议定，再查勘苏松塘工作，如何修筑。……"

到了雍正十三年七月，议筑浙江海塘，朱轼请往董其事，敕督抚及塘工大臣咸听节制。据闻尚有几句话说："尔此去修筑海宁塘工，务要尽心，亦正所以报答师门。……"

师门是指点陈清恪公诜，因诜曾为考官，朱轼出其门下。当初兴修塘工，海宁若无在朝之人，当然没有这样急进；即朱轼勘查回京定议，后来决定兴修办法，陈文简公亦与有力焉。但决意修筑石塘，乃在雍正五年，其理由为"东南财赋之区，灌溉田亩，保聚室庐，全赖海塘捍卫，土塘历久，未免可虑，故一例改建石塘"。

又到了雍正十一年四月，才决定修筑海宁的鱼鳞大石塘，盖以"……江潮大溜，直趋北大矗（即今之水道），桑田庐舍，已成沧海。……今海潮直趋尖山、塔山之间，护塘之沙日刷，拟于两山之间，修建石坝（本来有的，因日久毁坏了），设法堵塞，使江水海潮，仍向外流。……"

所谓"桑田庐舍，已成沧海"，内中正含蓄着沿海生民无数凄惨事实。

雍正时代，所费于海塘工程的经费，为二百余万两（见乾隆二年御制尖山观音庙碑文），乾隆六次南巡，四次到海宁都为塘工而来。除六次南巡时，一次发给库币五百万，修筑杭海石塘外，此外历年修筑诸费，虽无数字可查，然如乾隆四十六年办理鱼鳞石塘二千二百四十丈，工料脚价估银三十万余两，以为比例作算，则雍、乾两朝杭海塘工所费，当在千余万两，若曰"数一百万"则未免言过其实。

为什么雍正说兴筑海宁石塘为保障东南财赋之区呢？正是有故，江浙地形愈近南，则地势愈高，我们海宁有句谚语说"坍了

长安坝，漫了吴江塔"，难道真个长安坝（长安即为沪杭路所经之长安
站），坍了会没了吴江的宝塔？此亦绝言其海塘地形之高，而以长
安河坝高于吴江之塔相比拟罢了！

　　地形既如是其高，而海塘之高，又过于塘内之地者数丈，设
以平准之器测度之，则今室庐聚居之处，或在江海水面之下。如
潮浪溃堤而入，处建瓴之势，狂倾直泻而下，恐不仅海宁一县有
陆沉之虞，即附近各县，亦将有其鱼之叹。即使不遭淹没，而
咸水内灌，田稻鱼虾，遭之立毙，所以海宁海塘向来有"七郡
（杭嘉湖苏松常太旧郡）保障"之称，其重要固不亚于河工且或
过之。

　　有以乾隆将"安澜"二字，赐给陈园为名，说是海塘为陈氏
而修筑的一证，那亦不无误会了。

　　乾隆赐名安澜园，正如元文宗时将盐官改为海宁是同样用意。
海宁本称海昌（陆逊曾为海昌屯田都尉），后来改称盐官（因为沿海煮盐，
有盐官之故）。到了元朝，海潮亦冲击得很利害，于是兴修海塘，才
把盐官改名海宁；希望从此海澜安宁。乾隆改陈园为"安澜"，其
意亦为"安澜祝同郡"，可见不专为陈氏了。

　　如其一般人定要说乾隆为海宁陈阁老的儿子，硬把筑塘为了陈
氏而起的说法，那末，只可说是为陈氏的祖墓——檀树坟起见，但
也不能说是乾隆一人所发动，而是雍正注意起来的，乾隆亦犹是父
述子作。如此说来，雍正是深信风水的了，诚然，于何证之，可观：

　　① 昭西陵的营建，充满着深信风水的色彩。他说："孝庄文皇
后自安奉以来，圣祖仁皇帝历数绵长，海宇乂安，子孙蕃衍。……"

　　故以为此奉安之地，为吉壤无疑，就此起筑陵墓，按孝庄文
皇后即太宗之妻，顺治之母。临终告其孙康熙，不欲与太宗合葬，
故在顺治墓相近筑室安厝，直至康熙死了，雍正才把他营葬。

　　② 雍正自己的墓地，在易州泰宁山太平峪（其先勘定九凤朝阳

山，以为不妥，故选此处）。由弟允祥及高其倬等筹度之，雍正极赞美高之堪舆技术，以为"大凡读书居官之人，通晓堪舆者甚少，即或知之，又往往以此为讳。不肯身任其事，高其倬乃以封疆大臣，筹度万全无一，毫瞻顾推诿之意，实出于忠爱至诚"。特给以一等阿达哈哈番（即轻车都尉）世职。此外随同相度之堪舆管志宁、明图、任择善、海望、保德，都以"地理明通，赞襄勤慎"得着优奖。

③ 雍正之弟允祥，亦酷嗜风水，曾向雍正索涞水县境墓地而未得，临死，又遣侍郎刘声芳往求始许，允祥即遣侍卫前往启，土及呈看土色，即取土一块，捧而吞之，以示茔域之有定。

这样迷信风水，真正罕有。

如今且说当时海塘险工的情形，潮自东海来，进尖山口，而始发声如雷，连成一线，奔腾而西。在康雍之际，尖山、塔山间之石坝已圮，海潮直扑塘岸，将这一带地方冲刷成一绝大弧形。如其不将塔山、尖山间石坝修复起来，以及海塘兴筑坚固，此处十余里内田地房舍尽将沦入海中，而陈氏的檀树坟，正在海潮冲击最凶恶的海岸北面四五里地方，都是一派平原，毫无防阻（见附图），所以雍正急欲堵塞尖山、塔山之水道，修复石坝。及乾隆屡次到尖山阅塘，正为欲使塘坝告成，抵抗怒潮之侵蚀。

兹录乾隆四十九年六次南巡至海宁，所制塔山志事诗于左：

> 两山接口坝，恃竹篓外翼。
>
> 条石未可筑，潮汐日夜逼。
>
> 乙酉沙护篓，庚子坍渐急。
>
> 今幸护以全，并无篓露立。
>
> 北涨期难望，遑此论寸尺。
>
> 乙酉即有言，安保无更易。
>
> 吁佑未蒙庥，诚弗假予责。
>
> 接筑鱼鳞塘，工料筹详悉。

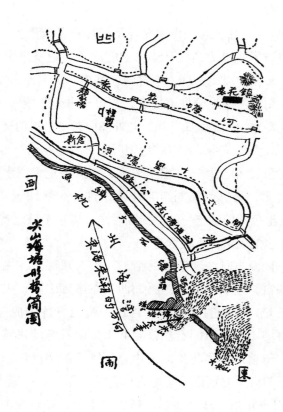

兹更有后议，欲接筑坚石。

币项非所靳，然斯亦下策。

　　按，当时塘工所费究有多少，曾欲就报销数加以统计，惜又残缺不全。据雍正十三年海望请改建鱼鳞大石塘所佑［估］计之工料银一百八十万两。及自乾隆二年四月初七日开工，至八年六月初九日竣工，共建大石塘六千零九十七丈，报销银一百十二万七千一百十两，每丈平均不过一两八钱四分八厘，从中难免无克扣侵蚀之弊，足证当时工料之低廉。以此推之，其后虽常有兴修，所费或当不足千万也。（此皆依乾隆时修建大石塘而言。康雍两朝，所费于塘工见之于报销者，仅四十三万余两，自系不全。）

十、从其他各方面去观察

（一）乾嘉面貌。假如将康、雍、乾、嘉四人的面貌，放在一起，仔细端详起来，康雍虽丰癯之不同，固为通古斯族之典型。乾嘉则长方面庞，俨然汉人。大凡同种族所生者，大概同形貌；异种族相合而生者，近彼近此，又当别论。如果乾隆是汉人之说，则其相貌当然像汉人；而嘉庆之母魏佳氏，又是汉军，所以嘉庆之面貌，与乾隆相似。道光之母喜塔腊氏为满人，故道光之貌，又是长尖面孔，与康熙相近了。

按，余尝谓"满汉不通姻"，不如说"民旗不通婚"为较确切。因顺治、康熙、雍正、乾隆、嘉庆妃嫔中不泛汉人，故清皇族中血统早充和着汉人的血液，即使乾隆为汉人（？）亦无足奇。而汉人与旗下人则不通姻，故不如说民旗不通姻较为合理也。

（二）从寿算言。清代历代帝皇的享年，自以乾隆为最高，可观下表：顺治（二十四）——康熙（六十九）——雍正（五十八）——乾隆（八十九）——嘉庆（六十一）——道光（六十九）——咸丰（三十一）——同治（十九）——光绪（三十八）

但一观陈元龙父子祖孙的年龄，俱在八旬以上，与乾隆年龄正可联成一系。

陈之闇（八十八）、元龙（八十五）、邦直（八十三），而乾隆前后帝皇年龄，从无有过八旬者，虽然——钮钴禄氏亦寿至八十六岁。但近人颇有作寿命亦有遗传之说者，余观于雍正十二年广东兴宁县民幸登运一家父子六人，共年五百零三岁，则遗传之说或有足证：

> 幸登运年一百零二岁，长子伯达，年八十二岁；次子伯玉，年八十岁；三子伯锦，年七十八岁；四子伯旺，年七十四岁；五子嘉宾，年六十七岁。

但据清宗室昭梿所著《啸亭杂录》中云，乾隆得享高年，出于松苓酒之助，余以为说近神秘为难信。其言曰：

> 纯庙时，张文敏（照）献松苓酒，方于山中觅古松，伐其本根，将酒瓮开坛，埋其下，使松之精液吸入酒中，逾年后，掘之，其色如琥珀，名曰松苓酒。上偶饮之，故寿跻九旬，康庄日健有以哉！

（三）改汉衣冠。有人曾说乾隆曾一度拟改服汉衣冠而不果。《清宫词》中亦有此说，其词云："巨族盐官陈渤海，异闻百载每传疑。冕旒汉制终难复，曾向安澜驻翠蕤。"

原注：海宁陈氏有安澜园。高宗南巡时驻跸园中，流连最久，乾隆中尝议复古衣冠制，不果行。

即有此种传说，陈氏家中复有雕漆屏风一座，所刻绘的乃是高宗南巡图。中坐者，方面汉服，即高宗也。其余扈从人员，满列全屏，亦有清服者。（其另一面，为斗方式之字画，相间而列。）似改汉衣冠之说为不尽无稽，有以为乾隆对于满汉界限之成见甚深，又深恶满人之染汉人文习，决不至有此举动。余以为满汉界限之成见甚深，是否为矫枉过直之故；而深恶满人之染汉人文习，乃欲保存满人骑射健武之精神，即在他人，亦要如此做去。

（四）海宁改称州。地方凡称州厅者，非为军事上之要区，即为政治上之繁邑；或则地域广袤，兴屯开垦。非较县官职秩较隆，不能治理。而在海宁，似乎俱够不到这条件。此外只有与帝皇有关系的地方，亦得升为州。如顺治之陵墓在遵化县，而遵化即改称州，所以隆体制。又如此浙江安吉，在旧时有军事上的意义，而称为州。有人以为海宁之改称州，当为塘工之故。其实塘工修理，另有专员，巡查抢护，设有营汛，皆与县官无涉。然则以何种理由改称为州呢？可惜已查不着了，只知道是乾隆三十八年浙抚三宝所奏准的。或以为海宁在元时亦为州，不过回复旧称，又何必多所议论！要知元时之改为州，是以人口蕃庶为理由；至清代，人口蕃庶，已不足构成为州之要素。遂有以为三宝此举，暗中系迎合上意，而明乾隆生有所自，故将海宁改为州，当然，亦不过一种推想罢了。

（五）高天赐。还有一小小资料，不是有一部《万年青》小说么？他所叙述的，即为乾隆下江南的故事。他把乾隆易名改姓为"高天赐"，用意虽不可知，或许以皇帝为天子，故名"高天赐"。然若《万年青》的作者，也知道乾隆与陈氏的一种传闻，那末，改姓为高，不是故弄玄虚，说他是陈氏子么？

以上种种推想，大都就清室及陈氏方面说；至于事之为真为假，那得能有确证可言，只可听诸读者之"自由心证"了。

至于陈氏的大门，确属门虽设而常关。我们所听到的，也说是乾隆关照，非天子驾临，不得开此门。但我以为不尽然，因为凡天子驾临过的场所，往往封闭起来，以示尊敬。即如乾隆三十八年十一月，大学士刘统勋入朝，至东华门，在舆中忽得中风而死。乾隆闻之震悼，随即至其第吊唁。其子刘墉在陕西按察使任，家中只有孙镶之，而大门则又以乾隆曾驾临而闭，另辟侧门出入，仓卒闻驾至，不及启大门，由侧门入，门仄不能通辇，及乾隆举哀出，大呼快叫刘墉回来，办理丧事。可见凡帝驾临幸过的厅堂大门，封闭不常启用。于此足证乾隆不但驻跸陈园，亦曾亲临陈宅，此陈氏大门所以扃固不启。

按，陈文简公本宅，在海宁小东门内瓦石堰据闻告归后，即驻本宅双清堂内。

又按，元成宗元贞元年，以户为差，而分州县。户四万至五万者为下州，五万至十万者为中州，凡中州二十八，下州十五，盐官，其中也。然以盐官东南滨海，唐宋来常有水患（宋时县城尚距海三十余里，至明清之间，则已临海，有如现状），元泰定四年，海汜盐官，命张仲仁往治水，役工万人，至文宗天历二年水势渐平，乃改名曰"海宁"，以迄于今。

又按，乾隆六十年九月，既立颙琰为太子，乾隆忽下一谕，以为清朝旧典，最重祭神，遇父母丧，百日之内，例不剃发，即不举行祭祀。雍正死时，乾隆亦拟行三年之丧，皇太后（钮钴禄氏）以服孝不应剃发，设三年之久不剃，与前代汉人蓄发何异。若因不剃发，遂三年不祭神，更非吉事故乾隆亦止服孝百日。至是举以嘱皇子等不必泥古，于其死后举行三年之丧，又谓："若必泥行此礼，则蓄发三年，又与改装汉人何异。且必有因此怂恿改服制者。前代北魏辽金元，初亦循乎国俗，后因惑于浮议，改汉衣冠，祭用衮冕，一再传而失国祚。是以祖宗垂训，无得改用汉人服色，实万万年贻谋燕翼之道。设云，天子应服衮冕以祀天，不服衮冕，即非敬天之义（此袁世凯所以定祭天礼服也），则我国家用本朝（俱乾隆自谓），礼服，将事郊坛，百数十年来累洽重熙，懋膺洪贶。……享国延长，两朝共阅百二十余年之久。……若后世无识之徒，复有循古衣冠之议者，即可执此谕，以破其迷。总之事贵，斟酌成法，期于可行。……"由此观之，乾隆并不是为三年之丧，发此议谕，实在是为改汉衣冠了。反复申论，似乎大反对复汉衣冠。然从另一面观之，其时正在立太子筹备禅位大庆典，而无端讨论自己（乾隆）身后之事，又忽牵涉到回复汉衣冠，追溯到辽金元之以亡国。骤视之似乎语言无伦，细按之，并非无的放矢。盖有所言必有所指，此一篇大文章，决非作无病之呻吟。设其时无主张复古礼及汉衣冠者，乾隆决不于此"大吉祥"之时，轻易作此等语。可见必有主张复汉制，而为满人所反对。乾隆乃借题发挥，自相掩饰。文中"复有"两字，亦值得注意。

十一、如今要探寻这小姐的下落

本书之作，一方面固当推求到男的方面，但另一方面，既说以女易男，那末，女之下落是怎样，不是紧要关键？盖如果有了女的下落，即可推证男的调换之有无，本问题不是可解决么？然而要求女之下落，正与求男之下落，是同样不可能。专制君主时代，那敢多所记述皇室的事，即时事亦不敢多所论列，否则有如查嗣庭、汪景祺、吕留良，都是前车之鉴。何况果有调换之举，在陈氏更欲隐秘至不当隐秘者而亦隐秘之，不然，即有杀身灭族之祸。所以在当时的环境之下，决没有关于本事件明白确实之记述，留传下来。我们如果要推寻的话，只可仍求之于夹缝之中，寻错了，那亦不能怪人，因为这是研究的性质。

值得称奇的，陈元龙已有了一子二女，他还要抚养他最小的兄弟，而又是庶出的第六个女儿为己女，这是什么用意呀？

有以为是何足奇，陈元龙必喜爱这位最小的侄女，所以抚养作己女；其实既不是干女儿，有了儿女，还要抚养别的儿女作儿女，除了其中别有情形之外，是很少见的。

而且即使他心爱，然要人家将自己的儿女——旦说是弟兄——为他的儿女，也除非有特种情形外，亦是绝少见的。

这位小姐，既不少抚养的人，又不至如他的堂兄邦彦，是早年失怙的孤儿。而且他的父，是礼部郎中，诸兄出为郡守，十足的一位官家小姐，并不是儿女众多抚养无力的平常人家可比，为何要有此举动，此人家所以发生疑问了。

乡里父老相传，陈元龙与邦彦之父俱是嫡出，而伊最小的兄弟嵩是庶出。据说陈元龙的老太爷容庵公，在晚年，也免不了如一般人所谓老太爷宠爱姨太太，喜欢小儿子，遂使嫡庶所出之弟兄叔侄间，不无有所芥蒂。因之容庵公去世后，自与他的夫人合葬；而这位如夫人后来去世了，由其所出的子孙，把她另葬一处，乡人称之为"金爷坟"。

"金爷坟"的意义是这样，因为既不得与容庵公合葬，而又不欲其母独葬，乃以黄金范成容庵公形貌，刻生年月日时于其上，俾与其母合葬，以示同穴之义，故有"金爷坟"之称。

如果父老相传为确实的话，那末，陈元龙抚养他兄弟的女儿为己女，似为必无之事。有谓，既如此说，即说是他自己的女儿亦无妨，何以定要托名他的兄弟的女儿呢？这不用思维，所谓老成深虑；如吾前面所说，不当隐秘尚要隐秘，免得旁人说短论长，传扬出去，自速杀身之祸。何况尚因面貌体态，各不相像，说是别人所生，归自己抚养，或可掩饰过去。若说是自己生的，不免人家说稀奇，正是他一番苦心用意所在，故愈说是他兄弟的女儿，使后人的疑念亦愈深。

原来这位姑爷是大学士常熟蒋文肃公廷锡的公子名溥，字质甫。蒋廷锡在康熙时没有发迹，即已承直内廷。到了康熙四十二年癸未科会试，仍未得中，康熙大不以为然，立下一谕说："举人汪灏、何焯、蒋廷锡，学问优良，今科未得中式，著授为进士，一体殿试。"

可见"君王能造命"，从此一帆风顺，何焯则为允禩当先生又是干亲家之故，早经失败。蒋廷锡则到了雍正手里，出任钧轴，与张廷玉同为大学士。赐第宅，赐匾额，赐世职，说不尽种种优遇，假使迟死数年，亦说不定奉遗命配享太庙，不是张廷玉，而为蒋廷锡呢！

然而他的公子溥，在雍乾两朝，其官运之亨通，遭遇之隆盛，更比乃父有过之而无不及。且待我把他表示出来：

康熙四十七年

六月二十七日生。

雍正八年

二十三岁，殿试二甲一名进士（传胪）。授职翰林院庶吉士，入直南书房。

九月，承袭一等阿达哈哈番（即一等轻车都尉）。

雍正十年

　　二十五岁，闰五月丁父忧回籍，既葬，谕即来京供职，不令终制。

雍正十一年

　　二十六岁，授编修。

雍正十二年

　　二十七岁，迁侍讲。

雍正十三年

　　二十八岁，迁左庶子，充日讲起居注官。

乾隆元年

　　二十九岁，迁侍讲学士。

乾隆四年

　　三十二岁，擢内阁学士。

乾隆五年

　　三十三岁，授吏部右侍郎，寻转左侍郎。

乾隆六年

　　三十四岁，二月，兼署刑部左侍郎。

　　六月，充浙江乡试正考官。

乾隆七年

　　三十五岁，充经筵讲官。

乾隆八年

　　三十六岁，闰四月，署湖南巡抚，御制诗以宠其行。

　　十月，实授湖南巡抚。

乾隆十年

　　三十八岁，授吏部右侍郎，军机处行走。

乾隆十一年

　　三十九岁，兼理户部侍郎事。

乾隆十二年

四十岁，充会典馆副总裁。

乾隆十三年

四十一岁，三月，充会试副总裁。

四月，擢户部尚书。

乾隆十五年

四十三岁，晋太子少保。

乾隆十六年

四十四岁，兼管三库。

乾隆十七年

四十五岁，充文献通考馆正总裁。

乾隆十八年

四十六岁，协办大学士，兼署礼部尚书，掌翰林院事。

乾隆十九年

四十七岁，命偕汪由敦等修《盘山志》。溥工写生，有父廷锡遗法，每进呈，多蒙御题，有"师承家法间图出，右相丹青有后生"之句。

乾隆二十年

四十八岁，兼署吏部尚书。

乾隆二十三年

五十一岁，因秋审错拟，奉旨严议，销去加一级，仍降一级，留任。

乾隆二十四年

五十二岁，授东阁大学士，兼管户部尚书。

乾隆二十五年

五十三岁，充会试正总裁，并免除其代弟渊之赔项。

乾隆二十六年

五十四岁，病，二月癸酉，高宗第一次往视疾。四月庚午，高宗二次往视疾。四月初九日戊寅，卒于北京赐第。初十日己卯，下诏赐恤，加赠太子太保，入祀贤良祠，赏治丧银二千两，赐祭葬，谥"文恪"。十三日壬午，高宗又至丧次赐奠。子楙，历官至兵部左侍郎。赐棨，官户部左侍郎，袭一等轻车都尉。

从右表以为观察，效专制时代的口吻，可说"圣眷优隆"到绝点了。盖自二十三岁点林，直至五十四岁卒，几可说无年不升迁。此三十一年中，升迁派署有二十四次。四十一岁，已官至尚书。四十六岁已为协揆，五十二岁，实授大学士。乌头宰相，而且是父子宰相，在有清一代中，能有几人。最可异者：

（一）父丧不终制。蒋溥之父廷锡。卒于雍正九年闰五月，年六十有四，长溥三十九岁。清制，汉官离任守制，甚为注重。康熙时，李光地方在整顿顺天学政，康熙深资倚畀，因母死，特准给假九月治丧，令在任守制。即为御史沈恺曾、杨敬儒，给事中彭鹏所劾，终于令光地解任，在京守制。雍正四年，朱轼丧母，因有畿辅水利之事，准其回籍守孝百日，仍回京办事。轼以终制请，乃准其开缺，在京守制，以备顾问。即蒋溥之父廷锡，丁母忧，虽亦回籍丧葬毕，即来京在任守制，但不迁官至服阕，方授为文华殿大学士。故惟大臣当军国重任，不可或缺，遂有夺情之举。乃蒋溥既如其父之于母丧，葬毕即回京供职；然溥官不过庶吉士，虽入直南书房，究之位卑职微，不过一文学侍从之臣，何至有不令终制之必要。既不令终制，且在服内，两升其官，尤为异数。盖清代惟满人不守制，居官当差自若，后亦渐染汉习，多行守制，岂清廷竟以"满官"目溥，故不令终制！

（二）袭职都尉。这一等轻车都尉世职，虽则不止蒋溥一人承袭，其来焉突然。因为雍正在八年夏秋之交有病，病愈，以大学士马尔赛、张廷玉、蒋廷锡，一心一德，赞襄机务，得以静摄见愈，故给马、张、蒋，以一等阿达哈哈番世职。张廷玉即由其子若霭承袭，蒋廷锡亦由其子溥承袭。我常猜想，蒋溥之娶陈夫人，当在雍正七八年之间，今所赏世职，虽同时有三人，然而这一种恩典。出于非常，恰又在这时候，君主之心不能测度，假使竟有康熙五十年的一回事，那末，溥之袭职，接连读下去，不是成为驸马都尉么？

按，雍正这次病，演了一出"斩方士"，这件事原不在本书范围之内，好在这本书，当作小说消遣，没有什么体例，信笔所至，仅管谈说，聊为读者酒后茶余，添些谈话资料。

雍正是相信神仙，前已说过。我尝与友人闲谈，雍正之死，后世相传，都谓不得善终，但似乎暴卒，较为近情。惟是否如《聊斋》之女侠，有如世俗相传不保其首领以没。抑或是竟如余所疑为有如《红楼梦》中贾敬之死，亦是难说。但观这一次"斩方士"，以及后来崇信道教，并雍正一死，乾隆即将道士驱逐出宫，似乎余所猜想服丹中毒而死，亦有可能性。盖帝皇所不可抗者，只有死之一途。故好长生不老之术，自古雄主，如出一辙。且雍正之信斯术，已有自白："前因怡亲王气体清弱，时常抱恙，谕令访问精于医理及通晓性宗道教者，以为调摄颐养之术。"

换一句话，即是道家炼气炼丹之术。后来，雍正亦令外省督抚，访求通医学道之人，李卫即保举河南方士贾士芳。雍正命田文镜送之入京，乃即前怡亲王所荐之白云观中道士也。不知如何一番按摩，口诵经咒，竟大触雍正之怒，说他"蛊毒魇魅"，又说他咒语中有"天地听我主持，鬼神听我驱使"，为"心志奸回，语言妄诞"，及"假托知医之名，显露不轨之迹"，卒将贾士芳立斩。然而雍正并不懊悔，仍用了张法官一流人物在宫中。余尝欲写一篇《雍正与神仙》，自顾材料缺乏，且没有得闲，到如今未写出来。闲话少说，言归正传，再说蒋溥的荣遇。

（三）亲往视疾。视大臣疾，已为少数，视汉大臣疾，尤为稀遇。

即亲王公主有疾，非伯叔兄弟或有功绩者，亦不往视疾。乃蒋溥病，两次往视，卒后，又往赐奠，这样恩施逾格，在后人看去，总以为内中或有特别关系，非如此焉得如此。

我们当然不能以恩遇优渥，即认为他的陈夫人，就是世间相传的以女易男的那位公主。

最关紧要的为陈夫人的年龄问题，如其查明了，那末，本问题即可得着解决。无如陈氏谱中，既没有载明女小姐的生年月日，不料常熟蒋氏宗谱，也是同海宁渤海陈氏宗谱，是同样体例，不但女小姐生年月日不载，即女太太的生卒年月日，亦付缺如，只于蒋文恪公名下，有寥寥二十一字："诰赠一品夫人，继配陈氏，大学士礼部尚书文简公女。"

如此一来，这哑谜儿，竟无法打破了。大凡各家宗谱关于女太太的生卒年月都有注明。独陈蒋大族，偏存重男轻女之见，略而不书，有人说，只怕正为了有特种原因呀！牵一发而动全体，如记明了生卒年月日，说不定要掀起大波，那是何苦。况且陈氏的谱，制作于文简公，焉知蒋氏的谱，不是取式于外家？此等非常之事，在"当今"之下，只有"讳莫如深"，那可稍露行迹。但只有本人，固不妨四次省亲，两次问疾，以尽亲亲之义，所谓"心照不宣"罢了。

陈夫人的年龄，虽不可考，但可肯定的，"继配"之年龄，常较夫年为小，一也。陈夫人先蒋溥而卒，溥又续娶太仓王氏，可见陈夫人之享年不永，二也。以此推之，陈夫人必小于蒋溥，但亦相差无多。因蒋溥享年只五十四岁（溥年比其外舅陈文简公元龙小五十六岁），三娶其妻，则其元配必早亡。继娶陈夫人，余常疑在陈文简公出任大学士之后，或在蒋溥点林袭职之前后。所谓"洞房花烛夜，金榜挂名时"。那是当年士子人生最荣誉最快乐之一页，而且蒋溥的年龄与乾隆年岁最相近，恰比他大了三岁，如其陈夫人亦比例推算与乾隆同庚的话，那末，"男大三"恰合了吾乡择婿年龄的标准。

（四）金莲花。据海宁旧时的老古话说，陈阁老的女儿三小姐出嫁时（乡间盛传所调换出来的为陈三小姐。如今按之陈氏宗谱，在诸女中确系行序第三，可见乡人所传，非尽无因）。是奏明皇帝，皇帝还赐予许多东西。这是我在幼时即听到的。后来遇见陈氏后裔，他不说别的，但告诉我一件故事，大约如此说："吾家请了一位教读先生，是一位太史公（他说的名姓，我忘了）空闲之时，常向书房中翻阅旧物。某次，得见一本奁目底稿，即是文简公嫁女儿的。内中有御赐金莲花。（他说是皇太后赐的。如其为皇太后所赐，那末，在乾隆朝了，但是他也记不清楚，所以是谁赐的，姑置不论）。按赐金莲花，那非公主郡主得不到此的。"

可惜这本奁目底稿，目下无可查寻；假使将来尚能发见的话，那不是绝好资料。余尝推算蒋文恪公与陈夫人结婚，当在登第以后，后读蒋志范先生覆函（原函见后），亦作如是说，惟其时雍正后那拉氏未死，钮钴禄氏犹在贵妃位，决无此举。即举以问诸文简公后裔陈赓虞先生，亦云未闻是说。但言之凿凿，似非无因。然以意度之，即使有其事，在雍正亦讳莫如深，岂肯稍露行迹，贻人口实之理，以是疑为难信。

按，关于蒋文恪公配偶，曾托陈陶遗、曾虚白两先生分函常熟蒋韶九、蒋志范两先生检查谱牒，韶九先生为文恪公直系后裔，据查《蒋氏宗谱》所载，仅云"继娶陈氏……"寥寥二十一字，及文恪公生卒年月日，已引入前文。后接蒋志范先生复曾虚白先生函，系引蒋引之先生咸丰辛亥科朱卷所载履历中云"文恪公先娶汪夫人为礼部郎中讳无亢之女。继娶陈夫人为东阁（柳又按文简公为文渊阁大学士，同时进京之尹泰，则为东阁大学士）。大学士谥文简之恩抚女，而为礼部郎中讳巨高之亲生女。再继娶王夫人为太仓王文恭公之孙女（柳又按王文恭公顼龄为华亭人，如为太仓相国之孙女，则为王掞之孙女，亦即为陈夫人姨母之孙女，而为其妁奕鸿之妻之子姪女矣）……至陈夫人生卒年月，谱亦不可详。文恪于雍正八年登第。年甫弱冠，原配汪夫人，则续娶陈夫人，必在登第后。至钦赐完婚，及偷龙换凤，旧时传说，等诸齐东野语耳。"（下略）

十二、为本书作一结束

信笔写来，不觉词费。有谓你唠唠叨叨，拉拉扯扯。写上一大套，到末了，事之为真为假，仍没有一个解决，说他做甚。其实无论那一件事，不是说他真即真，说他假即假，也不能得到一绝对的真假。何况仅多以真为假，以假作真；虚虚实实，实实虚虚，我们如果一定要寻根问由，那不是要为智者所窃笑么？所以乾隆是陈阁老的儿子固不足为奇；不是，更不必说。本书的著作，原以消遣，事之真假，只可由读者自得之了！

附　录　渤海陈氏世墓记（节录）

其一即檀树坟。吾海宁渤海陈氏，自高氏谅公继陈之始迁墓，葬于城东四十里，乡名埂上。埂上，故陈氏发祥地，傍老宅稍东，面道人塘，立子山午向，纳坤申寅戌乙辰滦潭水，并葬二坟，东一坟无罗城，即高氏谅公继陈之岳父母也；西一坟，即谅公及其子孙曾玄五世合兆也。《庸闲斋笔记》所记不足信，今考其实事言之，葬后至六世孙即葬北阡者，生伯仲季三支，惟长支先发（知县一人教谕二人），仲季尚平平也。万观陈氏谱牒及叶九升所著《地理大成》载，斯茔为癸山丁向，是诚失考地理者也。万曾经数次勘察，其隐隐罗城，尚有可稽之处。据其原理而考其生息之祥兆，并察其门户之东偏，实子山午向也。万勘斯墓时，尝有诗云："檀树阴中宿草堆，夕阳影里几徘徊。化龙桥衍飞龙兆，同见当年驻跸来。"

其第二坟曰北阡（檀树坟亦名南阡），葬于水塘之北木行头，癸山丁向兼丑未四分坐牛星而向柳宿，纳坤申巽乙水，地甚平常，为伯仲季三支之祖坟。按其作法，则伯支应衰，故伯氏后裔无贵显者，多务农经商。

第三坟，即北阡所出之季子曰南竹公，葬于稍东二里许，化龙桥之北，当时有李姓者无嗣，曾得是地，为自营寿藏之需。会陈氏求善地久不能得，而陈氏子多长者。李氏慨然愿以自营生圹地正穴赠与之，自营生圹于陈茔罗城外之袝穴，并与陈氏约，曰："地不取值。此穴主大发祥，位极人臣，未可限量，吾李氏既无后嗣，今将福祚让尔陈氏，尔陈氏子孙，永享贵显，至于无极。予今以地相赠，不愿受值，惟陈氏茔须永称李家坟；陈氏子孙岁时祭享，须另备祭品，先祭李坟，然后自祭，以示陈氏之发祥，得于李氏，不忘其本之意也。"陈氏子诺，而迁南竹公灵榇茔于此，李氏遂茔于右。是地离山百右余里，虽无脉脊之可寻，然三面环水，水外诸护地，皆高厚，颇得藏风聚气之致。所可贵者，其干水，自水塘直接杭之西湖，悠扬曲折，分支进化龙桥，入首暗朝午向，交会坤方三叉，一字纯清；转流乾戌，立子山午向，水与水交，向与水交是为贪狼见贪狼也。虽左方兜水，自艮丑转巽巳，而会合于坤，不免稍杂，然已筑围建祠，而辟辰门，掩其杂水之光，独开长支之秀气。南竹公生二子。长即风山公。于斯茔未葬之先，已得北阡丁未向上秀气之余荫。风山公已生有六子，次房则四子也。按斯茔长支得坤水，而次支得艮丑巽巳水，于是独发长支。今迁于城中之贵显后裔，皆斯茔之长支风山公派也。

第四坟为风山公墓，葬于土地木桥之北，亦有三面环水，巽水来转流艮丑。所差者误置酉山卯向兼辛乙缝针，三房首蒙其祸。按之遴相国，其三支也，因蒙其难；即相国之父祖苞公，为明巡抚，亦未得其终。由是知钟灵之气，转归于三房。故厥后文简、文勤二相国，以及五尚书，皆出于斯茔之二支也。第五坟即风山公第二子，葬东谌庙，此坟最凶（理由从略）。第六坟即前坟之第五子，为文简相国直系之祖。当时停枢东谌庙内八十余年，至文简公归老后，始移庙于水东，覆土筑茔，未穿寸土。立癸山丁向，右水纳庚，而前朝午水……其余继垂之茔，皆葬于沈荡，余未之见也。（按，移庙坟有类于雍正之葬孝昭西陵。）

陈氏诸墓中，为世称道者，尚有八卦坟，为之遴相国荣盛时葬其父祖苞公之处也。祖苞公为明巡抚，卒于明末，葬于清初。墓在杭州玉皇山岭南，由玉皇山渡乾戌脉，穿田隆起小山者是也。四面田塍，环护穴心，象八卦，因谥八卦坟。有乾艮二峰，高插云霄，而之江来水，曲折湛潆于丁未，横陈于巳巽。是穴之作，内外同立子山午向，是误作也。乾艮虽得生气，而未得吉曜；况诸水尽为破局，于是之遴相国虽得南竹公墓上荫之荣贵，又乘风山公墓向卯乙缝针之凶气益多，斯墓廉破凶咎之交加，不能自持矣。故在位不久，即夺官藉家，流徙尚阳堡，卒于戍所。万尝数过其地，未尝不为长叹息也。以是地得四维之山朝。刘诚意伯载在铃记曰："天目生来两乳长，龙飞凤舞到钱塘。海门一点巽峰起，五百年间辅帝王。"世固有善地不得善葬者，此亦一见也。若使当时之遴相国稍有朒诚，虽不遇名师，亦得悟彻一点巽峰巳丙之玄奥，而加外向，完潆其天地自然之理，安得不应刘诚意伯云云。又何至得善地而竟凶终耶！乃世有慕斯地之美名，犹远道来访，登山眺望。咄咄叹美，以为清高宗之诞生。得力于斯茔，其误孰甚；要知高宗乃为文简公之子，与斯茔固无涉焉。

　　万按陈氏墓系，由微时而至于贵族，由第一始阡檀树坟而至东谌移庙所作之墓，凡六坟，综檀树坟合葬五世，合计得十世祖墓，发迹之源，已尽在其中矣。自檀树坟而至李家坟南竹公墓，为最高之点，及风山公墓继承之后，至东谌庙墓，逐渐低下，好在显贵都生于东谌庙墓未葬之前。统观陈氏世墓，皆出于平阳有水无龙之地，顾有水无龙。而得如是之贵显者，水之龙诚不让山龙之力大。以水龙之来，亦有明朝暗朝之分别，如檀树坟子山午向。而化龙桥李家坟南竹公墓，亦立子山午向，其子孙得同运七世祖茔之荫庇，力量愈重。而况李家坟分支龙神为午水暗朝端门格。扩大言之，吾海宁得钱塘江水，由徽州源远流长而至之力量，千湾百曲，转折逆朝于坤申，关锁于尖山之乙辰方，江水面积八十里，浩荡汹涌于三里之外，澄潆于明堂之前，虽不见水光，同属暗朝，纯清不杂，南竹公墓，诚荟萃之中心点矣。故斯茔之下，举贡进士得二百数十人之多，岂三阁老五尚书已也。即言清高宗之所自出，亦固不无根据也。查清高宗之生于康熙五十年八月十三日子时，命格为辛卯、丁酉、庚午、丙子，格成四正，子午为明，卯酉为暗，南竹公墓向属子午，凤山公墓，向得酉卯，一家茔具子午卯酉四正之向，是宜生子午卯酉大贵之人。故推其年命，及合考陈氏世墓之灵异，确有符合之处。观清高宗登极后，四次南巡，均在陈邸，而祭葬文简相国之墓，置上谕碑于右方，而左立无言碑者，及其制汉装御像漆屏八扇，留陈氏宅邸而去，似其本人先已明了其所自出，可为铁证也明矣。